O IMORTAL

MAURICIO LYRIO

O imortal

COMPANHIA DAS LETRAS

Copyright © 2018 by Mauricio Lyrio

Grafia atualizada segundo o Acordo Ortográfico da Língua Portuguesa de 1990, que entrou em vigor no Brasil em 2009.

Capa e foto
Milena Galli

Preparação
Ciça Caropreso

Revisão
Márcia Moura
Jane Pessoa

Os personagens e as situações desta obra são reais apenas no universo da ficção; não se referem a pessoas e fatos concretos, e não emitem opinião sobre eles.

Dados Internacionais de Catalogação na Publicação (CIP)
(Câmara Brasileira do Livro, SP, Brasil)

Lyrio, Mauricio
    O imortal / Mauricio Lyrio. — 1ª ed. — São Paulo : Companhia das Letras, 2018.

    ISBN 978-85-359-3095-5

    1. Ficção brasileira I. Título.

18-13493   CDD-869.3

Índice para catálogo sistemático:
1. Ficção : Literatura brasileira 869.3

[2018]
Todos os direitos desta edição reservados à
EDITORA SCHWARCZ S.A.
Rua Bandeira Paulista, 702, cj. 32
04532-002 — São Paulo — SP
Telefone: (11) 3707-3500
www.companhiadasletras.com.br
www.blogdacompanhia.com.br
facebook.com/companhiadasletras
instagram.com/companhiadasletras
twitter.com/cialetras

Yes, character is destiny, and yet everything is chance.

Philip Roth

A vida são as maneiras como deixamos escapar nossas vidas.

Randall Jarrell

Você não deveria ter acreditado em mim.

Hamlet

1.

14 de dezembro de 2025

O suicídio de Andrés talvez tenha vindo em boa hora. As declarações de Peter, mais misóginas do que racistas, também podem ter ajudado. Que os ineptos e os mortos não sejam candidatos parece critério razoável, mas me ressinto de não ter citado Nabokov ou Borges no discurso do Nobel. Não ser candidato não significa não ser digno de menção pelos que lhe devem algo. Graciliano, Guimarães, Drummond, João Cabral. Tampouco me senti obrigado a mencioná-los. Alguém declarou que o primeiro Nobel brasileiro deveria pagar tributo aos compatriotas que poderiam ter recebido o prêmio antes. Pagar tributo é um anglicismo, e compatriota não me soa bem em literatura. Como compatrício ou conterrâneo. Lembra literatura regionalista. Citei Machado e Euclides. Machado quase não teve tempo de concorrer e sobreviverá a mim e a quase todos os premiados. Isso não é difícil. Difícil é sobreviver aos que não ganharam o

prêmio, a Tolstói e Tchékhov, a Proust e Joyce, a Musil e Kafka, que ainda estarão vivos quando o último homem cair morto.
Dizem que um condenado à pena capital atravessa o corredor da morte com o peso do mármore. Se o suicídio é o único problema filosófico verdadeiramente sério, como queria Camus, deveria ser simples ter sobre as costas a obrigação legal de morrer. Antes de entrar no salão da Academia Sueca, o premiado também caminha por um longo corredor. Com todo o apego ao ego e à obra, percorre-o com a leveza de quem recebe uma segunda vida. Foi quase isso que senti. Ao fazer o discurso fixei-me num rosto. Lia meu texto e voltava-me para o rosto. Dois olhos cinza sobre a pele clara, uma luminosidade desumana, fora de qualquer medida. Li como se lhe dedicasse um discurso íntimo. Disseram-me que duas emissoras de tevê brasileiras transmitiram a cerimônia ao vivo. Pulei uma palavra e errei uma sílaba. Nada mau para um discurso de quarenta e cinco minutos que começou a me cansar perto do fim. Pluralismo provoca certo desconforto no céu da boca, pela transição pouco natural do PL ao R e de volta ao L. Não é a primeira vez que a pronuncio mal. Comi a palavra "abismo". Deveria mencioná-la duas vezes, mas só saiu uma. Se o Afonso estivesse vivo, teríamos uma sessão inteira sobre o *lapsus de lecture*, diria ele com sotaque de lacaniano carioca. Já a menção aos versos de Shakespeare era inevitável. Até o ganhador do Nobel precisa de um pai.

A cerimônia de entrega do prêmio, no dia seguinte, pareceu-me mais afetada que solene. Ainda encenam peças de Ionesco? Agir com naturalidade em meio ao teatro da realeza exige esforço. De um lado, cinco homens de casaca representam, com sua inteligência e trabalho, algo da sabedoria do mundo; do outro, um rei, uma rainha, uma princesa e dois príncipes mantêm-se hieráticos, adornados devidamente. Eu me senti no cenário de uma fábula de Andersen adaptada para crianças com déficit de atenção. Por um momento, o charme do prêmio diminuiu.

Passei os três dias seguintes sem dizer uma palavra. Sem escrever uma linha além deste diário. Boa cama e boa comida, uma garrafa de vinho, silêncio. Só fez aumentar a comoção em torno de meu nome. Quando cheguei ao Rio, na volta de Estocolmo, havia uma faixa no novo aeroporto internacional da Zona Oeste: O NOBEL É NOSSO, com meu nome embaixo e as mesmas letras maiúsculas. Custei a entender o sentido. A faixa era mais extensa que a piscina da academia onde corro a distância do Leme ao Leblon sem mover-me do meio metro quadrado da esteira. Duas raias semiolímpicas encobrindo a vista bonita da praia do Recreio, no mezanino do aeroporto. Letras amarelas sobre azul-turquesa (ao menos evitaram o verde). Nunca tinha visto meu nome escrito com letras do tamanho de um pônei. Deve haver formas mais elegantes de grafá-lo.

Minha resistência a entrevistas e eventos parece estudada. Talvez haja algo de ardil, mas a impaciência é genuína. Não tenho o que acrescentar ao que escrevo. Se tivesse, escreveria mais. Tampouco me sinto culpado se o silêncio ajuda a criar certa aura de mistério. É verdade que tendo a admirar a obra de escritores que pouco falam. Quando se manifestam, invariavelmente corrompem algo que parecia perfeito. Os livros são sempre melhores que os autores.

Posso recusar os convites sem remorsos. Remorsos financeiros, quero dizer, pois outros já não vêm ao caso. O Itamaraty proveu-me o essencial por mais de trinta anos, e talvez não haja razão para largá-lo. O dinheiro do prêmio e o aumento das vendas darão alguma folga. Meus filhos hão de estar contentes. Telefonaram.

Farei uma pausa de duas semanas antes de voltar a escrever. Algum cinema, as imagens de orquestras dançando no ar sobre o smartphone holográfico que a Deutsche Grammophon me deu em Estocolmo, uma visita à filial do Hermitage na Gávea, Borges, Calvino, Bellow, Conrad, Nelson Rodrigues, releituras de prazer.

Não creio que o prêmio me desobrigue de continuar. Não chega a ser um vício. Escrever tornou-se um hábito, custoso às vezes, mas sempre com a expectativa de uma surpresa. Há uma infinidade de maneiras de combinar palavras. Não sei se minhas combinações melhoraram. Tornaram-se mais fáceis pelo menos. Não detectei alegria ou desprazer no rosto. Talvez um leve incômodo nos olhos absurdos, por terem concentrado a atenção do Nobel de literatura.

* * *

BRASEMB ESTOCOLMO
TELEGRAMA

Caráter: Reservado
Prioridade: Normal
Distribuição: DE-I/DC/DP
Classificação: PEXT-BRAS-SUEC
Categoria: MG

De Brasemb Estocolmo para Exteriores em 11/12/2025.

Índice: Relações Brasil-Suécia.
Entrega do prêmio Nobel.
Cássio Haddames.

Resumo: Relata cerimônia de entrega do prêmio Nobel a Cássio Haddames, em que tive a oportunidade de dialogar com o rei Carl XVI Gustaf.

Refdesptel 608. Como previsto, participei ontem, 10/12, da cerimônia de entrega do prêmio Nobel deste ano, no Stockholm Concert Hall, durante a qual o ministro de segunda classe Cássio Haddames foi agraciado com o galardão no campo da literatura. 2. Pouco antes do começo da cerimônia, tive a oportunidade de cumprimentar o rei Carl XVI Gustaf e de reafirmar os laços de amizade que unem o Brasil à Suécia. Sua Majestade recordou o interesse em visitar o Brasil no próximo ano, como antecipei pelo tel. 1167. Fiz ver a Sua Majestade o quanto o Brasil aguarda com ansiedade sua visita e informei-o de que as negociações entre nossas chancelarias para determinar a data e o programa da viagem estavam bastante avançadas.

3. Conforme negociações prévias com o cerimonial da Casa Real sueca, sentei-me na segunda fileira do auditório, ao lado dos embaixadores dos Estados Unidos da América (Nobel de Física), Áustria (Nobel de Química) e China (Nobel de Economia). Em sua qualidade de ministro de Estado, o chanceler queniano, que veio a Estocolmo especialmente para a cerimônia, sentou-se na primeira fila, ao lado de seu homólogo sueco. Disse-me, emocionado, que o Quênia inteiro comemorava o Nobel de Medicina, o primeiro do país, e que pouco importava se o dr. Thiong'o havia deixado Nairóbi com dois anos de idade.

4. Troquei algumas palavras com o embaixador norte-americano, sentado à minha esquerda. Pareceu-me de gosto duvidoso a maneira pouco contrita como se referiu aos conflitos entre a Casa Branca e a prefeitura de Nova York acerca da futura reocupação de Midtown, em Manhattan. Recordei-lhe que, dos sessenta e dois diplomatas e demais funcionários do governo brasileiro que se encontravam na cidade no Sete de Janeiro, vinte e oito já haviam sucumbido aos efeitos da radioatividade e os demais viviam sob o espectro da doença e da morte iminente. Mais sóbrio diante de meu semblante circunspecto, o embaixador

Strether lamentou ter perdido alguns amigos, embora nenhum parente direto, até onde ele sabia. Disse-me que as investigações se arrastavam e que os serviços de inteligência não teriam chegado a uma conclusão sobre se os autores do atentado fariam parte ou não de um braço terrorista da Aliança pela Sobrevivência das Pequenas Ilhas do Índico e do Pacífico.

5. O MSC Cássio Haddames recebeu o prêmio das mãos de Sua Majestade. Na véspera, na Academia Sueca, em cerimônia à qual também estive presente, pronunciou seu discurso/palestra de laureado. O MSC Haddames fez apenas duas referências diretas ao Brasil ("Quando deixei o Brasil pela primeira vez, tive a impressão de que..." e "O Brasil dança mais do que lê, o que não é necessariamente..."). Não se referiu ao senhor presidente da República nem a Vossa Excelência.

6. Tendo em conta as posições muito pessoais do MSC Haddames, surpreende que não tenha feito comentário algum de natureza política. Seu discurso centrou-se em questões abstratas como o tempo, a resistência do homem diante da morte, o papel da arte. Para um primeiro Nobel brasileiro, pareceu-me um tanto ensimesmado ao longo das duas cerimônias. Leu seu discurso voltando-se para um ponto fixo no auditório. Em telegrama à parte, transmitirei a íntegra do texto.

7. O MSC Haddames não quis hospedar-se na residência nem ser homenageado com um coquetel que eu lhe ofereceria, com a presença da comunidade brasileira em Estocolmo. Acolheu, não sem certa hesitação, meu convite para que jantássemos na residência, onde não sofreria o assédio da imprensa brasileira e estrangeira, que evitou a todo custo nos dois dias em que esteve nesta cidade. Já no começo do jantar, transmiti-lhe as razões por que Vossa Excelência não pôde vir a Estocolmo para a cerimônia.

8. Nos licores, mais descontraído, comentou que ainda não havia tomado uma decisão, mas muito provavelmente não pedi-

ria licença ao Itamaraty e continuaria no ERERIO. Disse ter boas relações com o novo chefe do escritório, ex-diretor-geral do Departamento Cultural e seu colega de turma no Rio Branco. Em nenhum momento referiu-se ao fato de que sua "candidatura" ao Nobel foi sugerida por Vossa Excelência ao senhor presidente da República e de que a literatura brasileira, e sua obra em particular, foi objeto de um incansável trabalho de divulgação na Suécia, que tive a honra de realizar com todo o afinco e dedicação ao longo dos dois últimos e intensos anos.

9. Estou enviando por GMD o diploma de concessão do Nobel e um livro de minha autoria que o MSC Haddames esqueceu na residência. Entre os pertences que encontrei na manhã seguinte, não estava a medalha do Nobel. Cheguei a telefonar para o hotel em que o MSC Haddames estava hospedado, mas ele já havia ido para o aeroporto, em carro cedido pelo governo sueco.

ARRAES GAUMOIS, embaixador

AG

* * *

... o que vale mais, um escritor de onze livros, cinco romances, uma novela, três coletâneas de contos, uma de crônicas, um livro de memórias, onze no total, pelo menos cinco são muito bons, com certeza quatro são muito bons, ou um escritor só com três livros de ficção, por melhores que sejam? menos de novecentas e cinquenta páginas, um Nobel para quem só escreveu três romances, um Nobel para quem não escreveu mil páginas sequer, novecentas e quarenta e sete páginas pra ser mais preciso, deviam estabelecer critérios e requisitos mínimos, não sobre o número de páginas, mas anteparos contra a subjetividade pura, contra injunções políticas, marés da moda, avaliação de mérito é coisa muito séria, devia ser encarada como uma ciência, exercida por homens também sujeitos a avaliações de mérito, um acerto mata dezenas de pessoas, um erro então mata centenas, milhares, morre-se aos poucos, remoendo as dores, a dor da derrota, o arbítrio da escolha mexe demais com o desejo e o esforço de cada um, anos e anos de trabalho, décadas de expectativas, não é só uma questão de vaidade, é também uma questão de justiça, de premiar o talento e o trabalho, evitar arbitrariedades, erros crassos de avaliação, quantos morreram sem saber? quantos morreram medíocres e renasceram gênios sem nunca ter tido a oportunidade de saber? já não tinham como fruir o reconhecimento, venerados pela crítica tardia, leitores retardados, universidades saudosistas, teses e mais teses, edições comemorativas, enquanto em vida eram escritores ignorados e ressentidos, sonhando e duvidando de si, deve haver um quê de sadismo em só dar o braço a torcer post mortem, por que ser magnânimo com alguém que vive ainda? talvez seja o charme do morto, o afeto por quem não goza mais, vender é uma maldição, ele nunca vendeu, os três romances juntos venderam menos que um dos meus livros de contos, ainda dizem que conto não vende, foi essa a grande virtude dele, nunca vender, proteger-se dos leitores, aliar-se aos críticos de armadura, nem vendi tanto, não me venham dizer que foi isso, o segundo romance, dezoito semanas no topo da lista, best-seller não emplaca no frio da Academia Sueca, sacana minha editora, tava rindo, o que importa é que você vende, isso significa que as pessoas gostam de te ler, di-ti-lê, não te ignoram, esse é o verdadeiro prêmio, dado pelos leitores, sempre congelo diante do chavão, fiz que não ouvi, a hipnose das ideias prontas, dizer o quê? cada um com seu desejo, com sua expectativa de décadas, seria mais fácil se ele fosse um canalha de verdade, a raiva seria mais natural, mais fácil de purgar, eu até gostava dele, chegou a elogiar dois livros meus, não parecia fingir, não era condescendência, era uma máscara às vezes, isso era o pior, mas havia algo além, talvez certa cumplicidade, o que importa são as palavras escritas, não pareceu clichê na boca dele, o que importa são as palavras escritas, repetia com os lábios roxos de tinto, tava mais interessado no pato e no vinho que na conversa, era sincero o elogio a meu livro de estreia, um elogio oito livros depois, como se o depois fosse a queda, como se o frescor estivesse lá atrás, nunca igualado, fez o mesmo elogio que tava no artigo do jornal, foi bom ouvir na hora, da boca dele, quem não gosta? um escritor se mata de trabalho pra isso, era sincera a voz, a despedida foi quase carinhosa, dois amigos, rivais dignos, uma nobreza quase viril, como se não fossem escritores, e agora é o abismo, nunca vão dar outro Nobel a um brasileiro pelos próximos trinta anos, todo escritor que teve a infelicidade de nascer neste país vai remoer a dor anos a fio, sabe que não tem chance, fechou-se uma porta na ponta do seu nariz, apanhamos todos pra dar felicidade a um, sempre se premia um para deprimir cem, duzentos, semana que vem sessenta e três anos, Vera tava com uma voz de enterro no telefone, eu queria parecer natural, olímpico, mas ela deve ter notado, sessenta e três anos na quarta-feira que vem, não há remédio contra pressão e artrite que faça um homem esperar tantos anos, não há sobrevida, não há o próximo, o Nobel acabou, fechou as portas, e ainda dizem que ele não se encaixa no Itamaraty, um Vinicius sem candomblé nem uísque, o governo montou um esquema e tanto, a viúva sempre serve a viúva, podem se odiar, mas no fim o corporativismo prevalece, quem não faz parte não leva, como é que eu fui achar que tava dentro? já falei até no Congresso, fui chamado pra presidir o prêmio Sagarana, coisa do MinC, o MinC chama sempre, o MinC chama sempre e não manda nada, escrever é o mais fácil, difícil é controlar o percurso do que se escreve, o efeito do que se faz, não há regra, ninguém sabe, nem os marqueteiros de si e dos outros, por que ele não respondeu meu e-mail de parabéns?

* * *

Dr. Benevides de Carvalho Meireles
Rua Tonelero, 261, 7º andar, Copacabana.
Paciente: André Damadeiro H.

 Ele estava numa casa de pedra. Parecia um castelo no meio do deserto. As paredes eram pretas, eu via de longe o muro negro contra a areia cáqui, finíssima, quase um vapor de areia. Entrei em silêncio, para ele não perceber. O salão de entrada estava vazio, não tinha ninguém. Só um tapete enorme, uma colagem de peles de animais, em forma de estrela. Era um mosaico de manchas e listras escuras no couro amarelado, uma pele alta que se abria em cinco pontas. No fundo do salão tinha uma escada, da mesma rocha preta. Contornava o castelo por dentro, como uma serpente subindo as paredes em espiral. Eu tinha a sensação de estar subindo há muito tempo. Puxava o ar, o castelo não parecia tão alto visto de fora. Cheguei a um salão vazio, que dava para alguns quartos. Bem no centro vi um buraco no chão, parecia a boca de um poço. Me aproximei, dava para ver o térreo, muito lá embaixo, como se eu olhasse a estrela animal por uma luneta gigante. Uma das portas no salão tinha uma fresta de luz embaixo. Abri a porta do quarto ao lado. Tentava ouvir os sons na parede. Era a voz dele, recitando alguma coisa. Parecia uma poesia, falava com uma voz grave, triste. Eu não entendia nada. Eram palavras soltas, nem era uma língua estrangeira, mas algo que vinha de um passado que eu não tinha como conhecer. Saí e parei na frente do quarto iluminado. Já não ouvia som nenhum, mas a luz embaixo da porta tremia um pouco. Girei a maçaneta, bem devagar. Abri só uma fresta. Lá dentro eu vi uma cama quadrada, parecia um palco. Cheia de lençóis espalhados, brancos, meio manchados de sangue. Em cima da cabeceira ficava um quadro enorme, que cobria a parede toda. Era uma floresta verde e densa. Meu pai estava deitado no centro do quadro, de olhos fechados, ele mesmo em alto-relevo, deitado mas em posição vertical, a cabeça um pouco mais alta que a copa das árvores. Não parecia preso ao quadro, estava só encostado de leve, mas não tinha como cair. Usava um terno novo, preto, com uma fita vermelha no pescoço e uma medalha grande, bem no meio do peito.

Estava sozinho?

Alguma coisa se mexia debaixo da cama. Era uma mulher nua, muito bonita, se contorcendo. Na verdade, se masturbava em cima de um tapete igual ao da entrada. Era linda, se masturbava muito devagar.

Parecida com alguém?

Eu não conseguia ver direito.

Não via, mas *sabia* que era linda?

Tinha um cabelo lindo. Um corpo lindo. Era sexy a maneira de se esfregar nos pelos do tapete. Parecia um balé em câmera lenta.

Seu pai tinha os braços abertos? Estava morto?

Estava com as mãos nos bolsos da calça. O corpo era de quem dormia, com uma perna cruzada sobre a outra perto do calcanhar. O rosto parecia de um morto, sim.

Dor?

De vazio mesmo. Sem vida. Ou parecia. Não entrei, fiquei espiando de fora, pela fresta.

Se masturbava também?

Não lembro de mais nada. Acordei irritado.

Com quê?

Não sei. Ficar de fora. O castelo, as palavras que eu não entendia, o prêmio, o prazer...
Nem tudo, não? O corpo enforcado com a medalha, a mulher que goza diante do cadáver.
O prazer era seu, de violar um segredo, espiar. A estrela pelo buraco, o quarto pela fresta.
Talvez parte da irritação fosse culpa.
Foi você ou ele que falou de castelo quando você ligou para dar os parabéns?
Eu. Falei que agora ele podia comprar até um castelo.
O que ele disse?
É difícil ter um castelo sem empregados.
Ele não gosta de empregados?
Às vezes lava a louça e os banheiros só para não ter ninguém em casa. Vai para um hotel todo sábado para a faxineira entrar. Um hotel de frente para a praia.
Ninguém para limpar a estrela dourada e os lençóis... Ele reclama quando você aparece na casa dele?
Prefere me visitar. Pode ir embora quando quer. Não precisa mostrar que está a fim de se livrar da visita.
Quando você ouviu a notícia, qual foi sua primeira reação?
Achei que tinham feito uma montagem no meu computador.
Imaginou que alguém no trabalho tivesse feito uma brincadeira?
Eu estava em casa.
Mesmo morando sozinho, pensou que alguém tivesse plantado uma notícia falsa no computador da sua casa...
Pensei.
Você acha que ficou feliz quando soube que era verdade?
Como eu não ia ficar feliz?

* * *

Então. Tô tentando, tentando muito. O homem não quer. Se acha do caralho. Quem não ia se achar do caralho? Já falei com meio mundo. Consegui encontrar o editor. Tava em Paris. Os dois filhos até que falaram. Filhos mesmo do cara. Deram o número, mas ele desligou o celular. Entrevistei os dois porteiros do prédio dele, a faxineira, o barbeiro, o cardiologista. Até as meninas da academia. Liguei pra cinco ou seis diplomatas. Ninguém resolve, nem os filhos. Falei com três ex-mulheres. Uma me chamou de perua. Três ex-mulheres, é mole?
    Tenho. Dá um caderno inteiro. Mais de sete páginas já. Muita coisa boa. Um dos filhos me mostrou uma carta que o pai mandou da China, quando morava lá. O cara ainda escreve carta. Manda pela mala diplomática. O filho defende, diz que é uma maneira digna que o pai achou de falar sozinho. Já fez duas corridas com o cardiologista. Não, não é eletro de esteira não. Corrida mesmo. Na rua. Ele não quis falar da saúde dele, mas deu a entender que quem corre não tá mal. Fonte boa mesmo foi a empregada. Aparece só uma vez. Lava umas dez panelas, uns quinze pratos, joga umas dez garrafas de vinho na lixeira, recebe as compras do mercado que ele faz pela internet. Ele deixa a grana em cima da geladeira. Ela diz que é um roubo. O preço das coisas pela internet. Justina é o nome dela. A Justina acha que ele dorme no chão, por causa das costas. A cama tá sempre feita. Ela nunca viu mulher lá, mas diz que o cheiro do quarto não engana ninguém.
    Não, a exclusiva não rola, não tem jeito. Ele não vai dar. Não vai dar exclusiva nem coletiva. Você não pode me ameaçar assim.
    Errei nada. Duvido que alguém tenha conseguido o que eu consegui. Só eu falei com ele. Desligou na minha cara não. Foi escroto, mas não desligou na minha cara. Eu disse que só faria uma pergunta. Ele disse que uma pergunta que começava por

"Então" já era uma resposta. O cara é arrogante pra cacete. Mas não foi grosso. Disse que o telefone era pra falar com os filhos, pra mais ninguém. Só dá sinal de desligado. Então bota alguém pra me ajudar. De plantão lá na porta do prédio, vinte e quatro horas. Ele pode sair a pé a qualquer momento. Ele mesmo dirige, sai rápido sempre. Não, não vai a lugar público. Nada de cinema, shopping. Não foi à academia desde que voltou. Eu não posso deixar de ver meu filho. A creche abre às oito e fecha às cinco. Você sabe onde tá o filho da puta do pai dele, né? Teu amigo, né? Mui amigo. Além de botar um filho no mundo que tá derretendo, não sabe nem onde fica a porra da creche. A menor pelota. Nunca deu. E agora sou eu que vou ter que deixar ele sozinho em casa, sem pai nem mãe?

* * *

Era uma vez um homem que não queria morrer. Não tinha restrições à morte propriamente, a seu desenrolar, a seus métodos; nutria mesmo um discreto interesse por aquela experiência que, não fosse a alegada irreversibilidade, pareceria até sedutora em seu poder de subversão, em seu transcurso incerto, carente de qualquer relato.

Desejava apenas não parar de viver. Hoje, dali a setenta anos, em qualquer ponto do futuro que sua mente podia imaginar.

A suspeita de que não tinha o dom da imortalidade lhe apareceu precocemente, e logo começou a planejar e a construir formas precárias de sobrevida, como a posteridade. Imaginava maneiras de permanecer em feitos e obras. Se a carne é orgânica, transitória, o nome é imperecível. Gravava-o pelo mundo, nos cascos dos animais, nas raízes centenárias, em sementes, conchas, pedras, cavernas, montanhas. Escrevia poemas que se cantavam como música, erguia templos que se faziam sagrados. Nada lhe era imotivado; pensava sempre nas possibilidades e no sentido da permanência. O que importa: habitar a memória impalpável, sua existência insubstancial, ou imprimir-se no corpo dos objetos, como um registro fixado no tempo e no espaço? O que é permanecer na memória do outro? Ou na materialidade do mundo? Sou eu mesmo que lá sobrevivo ou um conjunto de referências que mal roçam meu ser? Como assegurar que essas referências remetam a mim, sem resvalar em outro nem se contaminar de outro? Que forma assumo quando sobrevivo em alguém? Ecos de um nome, uma voz, um retrato movediço de vários ângulos e idades, uma situação, um sentimento? Como essa aparência de individualidade no outro se comunica comigo? Ou com essa mesma evocação em outros indivíduos? Que ser nasce disso? Vive em meu lugar ou me faz viver novamente?

Ele pensava e pensava, e protegia-se de pensar espalhando evidências de si, suas obras, seu nome. Forjava a imortalidade possível e tentava se assegurar de que ela estaria confinada ao domínio de *sua* individualidade, sem interferências de homônimos, erros de pessoa, impurezas da memória.

Um dia, deitado na montanha, pensou o tempo e compreendeu o tempo. Como o filósofo, olhou o abismo, e o abismo olhou-o de volta. Descobriu que o tempo era aquilo que impedia as coisas de acontecerem de uma só vez e o que lhe dava a ânsia de alongar-se e não ter fim. Nada do que fizesse resistiria ao tempo. De nada valeria ganhar uma sobrevida póstera, simbólica, se esta também se apagaria. Para não se extinguir de todo precisava aderir ao tempo, tornar-se tempo.

O tempo caminhava. E junto ele seguia. Homens nasciam, viviam, homens morriam, em carne e em memória, e ele testemunhava tudo, inextinguível como o tempo. Afeiçoava-se a um ou a outro, tomavam-no como um dos seus, conviviam. Chegou a chorar algumas vezes. Acostumou-se à morte, sem nunca ter de sofrê-la.

Seu nome desapareceu da pele decomposta dos animais, das árvores deitadas ao chão. Os templos ruíram, um por um, e ele se cansou de reerguê-los. Passou a errar os próprios poemas, já não eram seus, e começou a esquecer o homem que um dia quis permanecer. Suspeitava que tinha uma existência eterna, mas mal se dava conta de que a memória era finita. Por que não nasceu? Por que não morria? Por que os deuses, tão mortais e onipotentes, não lhe deram o descanso como aos outros homens e animais?

Vem, ó tu, grande noite veladora,
E o tenro olhar do compassivo dia
Venda; e com as mãos sangrentas e invisíveis
Rompe, destrói o laço que me torna
Tão pálido! A luz baixa, as gralhas rumam
Aos seus ninhos na mata.
As criaturas do dia já se inclinam
Ao sono, enquanto os lôbregos agentes
Da noite vão movendo-se à procura
Da presa. Não te espantes do que digo.
Tem-te tranquila. As coisas começadas
No mal, no mal se querem acabadas.
Vem, querida, comigo.

Florestas morreram aos poucos, campos esgotaram-se, a montanha onde dormia desfez-se ao vento. Já não havia homens nem animais. Todas as construções, todos os seres, todas as cordilheiras e colinas assentaram-se no plano, uma única e vasta planície. O vento interrompeu-se, as águas estagnaram, secaram. Já não havia deuses nem razão para deuses. Ele olhou em volta, um horizonte límpido e circular. Sentou-se sobre o pó da montanha. Com o dedo, começou a escrever na poeira. O tolo sobre o pó não tem passado. Não tem origem, não tem antecedentes, não tem idade, não tem cor, não tem sexo, vícios nem virtudes, não tem pares, mal nasceu, nome não tem. Ele apenas escreve. E um dia esquecerá, uma vez mais, o que começou a escrever neste momento.

From: alicia.grosmoran@nobelprize.org
To: cassio.haddames@itamaraty.gov.br
Cc:
Subject: RE: olhos cinza
Sent: Saturday, December 20, 2025, 3:01pm

Yo no debería escribirte. Tu mensaje me pareció grosero, pero nunca dejé de responder al email de un Nobel.
Tu mirada constante me dio miedo. Me cansaste. No sé porque me elegiste a mí entre toda la gente que estaba allí. Había otros que no usaban auriculares de traducción.
Me gusta mucho oír el portugués de Brasil. Pero ha sido una tortura aguantar tu impertinencia. ¿Por qué no disfrutaste de tu momento de gloria?
Yo soy casada. Vivo en Estocolmo con mi pareja. ¿Qué querés? Si tu intención es hacerme revelar información sobre la selección y premiación, buscaste la persona equivocada. A los escritores les encanta saber a quiénes han vencido. Tengo un contrato de confidencialidad con la Academia y no diría una sola palabra a nadie.
Admiro tu obra. Tuve mucho trabajo cuando tu nombre fue seleccionado en el listado final. Sólo uno de los dieciocho miembros de la Academia lee bien portugués. Suerte que los traductores de tus novelas al francés y al español son muy buenos.

No tengo ningún interés en ese tema más allá de mi amor por el trabajo y por la literatura.
¿De dónde sacaste la idea que mis ojos son grises? ¿No ves bien?
Alicia Gros Morán
P.S.: No me gustó la parábola en tu discurso del hombre que no quiere morir. Prefiero la forma satírica como trataste el tema en *La carnívora*. Es un tema muy serio para *no* ser tratado como farsa.

From: cassio.haddames@itamaraty.gov.br
To: alicia.grosmoran@nobelprize.org
Cc:
Subject: olhos cinza
Sent: Tuesday, December 09, 2025 11:41pm

Alicia,

Não vou me apresentar. Já me conhece, pelos livros e pela cerimônia de hoje. Acabo de chegar a meu hotel. Tentei falar com você no final do discurso, mas me levaram logo para uma sala interna, onde fui sabatinado por quinze imortais suecos, todos muito gentis. A gentileza sempre me assalta nos piores momentos. Ao menos consegui extrair de um deles seu nome e e-mail. Foi uma boa surpresa saber que meu anjo da guarda na Academia é uma argentina com tese de doutorado sobre o imaginário do estrangeiro em Saer e Raduan.

Não consegui desviar minha atenção de seu rosto. Olhava o texto pousado no púlpito e voltava-me para seus olhos cinza. Apaixonei-me antes da terceira página.

Gostaria de encontrá-la amanhã, quarta, antes ou depois da entrega do prêmio e do jantar formal. Se não for possível, queria vê-la na quinta. Puseram-me no Stockholm's Grand Hotel. Estou na suíte Nobel. Um tanto previsível, não?

Não sei se você conhece o Rio. Imagino que tenha ido ao Brasil para pesquisas da tese. Adoraria que você voltasse agora, para passar uns dias comigo.

Você tem os olhos mais bonitos que já vi.

Cássio

2.

31 de dezembro de 2025

Precisava de um Natal. Nem fúnebre nem festivo. Não posso me queixar. Meus filhos vieram na noite de 24. Marcus Vinicius trouxe minha nora, e não brigaram. André não trouxe seu parceiro. Devem ter brigado. Ou ele achou que eu não ficaria à vontade na frente dos dois. Talvez tenha razão. Nunca vi o casal se beijar e não me comportaria de maneira natural, talvez pelo excesso de zelo em parecer natural.

A única forma de aplacar o assédio é ceder, satisfazendo-o. Aceitei dar uma entrevista coletiva. Fiz que assinassem um termo em que se comprometiam a sair da frente do prédio. E do vestiário da academia. Disse-lhes que não é o tamanho que faz um Nobel. Perseguiam meu carro como se eu fosse uma princesa inglesa em fuga com um árabe bon vivant. Não me deixavam sair a pé.

É difícil manter a disciplina diante do microfone. Estipulei que daria respostas de uma frase. Acabei falando mais do que devia. Por isso prefiro o papel.

Minhas ex-mulheres dizem que sou egoísta e frio. Nunca descobri o que a frieza e o egoísmo têm de encantador. Meus filhos alegam que eu não era assim. Que endureci com os anos. Acho o contrário. O tempo me fez sentimental. Emocionei-me com as mensagens.

A carta de César foi direta e carinhosa. Não disse com todas as letras, mas deu a entender que indicou meu nome aos suecos, em sua prerrogativa de ex-premiado. Se é verdade, terá valido mais que o empenho do Itamaraty em vingar os brios feridos do único país digno do nome que não havia recebido um Nobel. Um povo rico e filisteu em seu complexo de inferioridade, no divã da diplomacia.

Conheci-o quando servi em Buenos Aires. Não visitei Coronel Pringles nem Flores. Uma cidade chamada Coronel Pringles. Mais parece um personagem de suas histórias. Um amigo comum, que organizava eventos para a embaixada, dizia-me que lá estava o novo Borges. César não deve ter acreditado nisso. Talvez tenha sido vítima de sua loquacidade. Ninguém se convence de que um homem que escreve tanto e tão rápido pode ser um grande escritor. Cento e treze novelas. Ou cento e catorze. Ele mesmo deve ter perdido a conta. Se tivesse dividido sua obra entre vários heterônimos reclusos, provavelmente um deles seria maior que o próprio César.

Ou talvez César sejam três mesmo e, por trás da figura de fala e olhar manso, dois amigos lhe forneçam anonimamente algumas novelas por ano.

Fernando mandou-me seu *O grau Graumann*. Disse que o romance era profético. Como posso achar profético um livro em que o primeiro brasileiro a ganhar o Nobel morre nove dias depois do anúncio? Sou suspeito para falar, mas não o esconderia na primeira metade do livro e o mataria na segunda, por mais charmosa que seja a ideia de um Nobel que faz uma cirurgia espírita. Deve ser anticlimático dedicar uma vida inteira à literatura e sobreviver apenas uma semana à glória do prêmio. Até onde sei, minhas doenças não são terminais.

Gosto do poema sobre Kublai Kahn. Pena que um suposto fragmento de um Nobel, encontrado num baú e transcrito na página de um livro, sempre parecerá aquém de um Nobel. Os livros são melhores que os autores, mas, nos livros, os autores, mesmo quando personagens medíocres, são melhores que seus supostos livros.

Escrevo para leitores que imagino exigentes. A começar por mim, releitor do que escrevo. Não acredito em escritores que dizem não reler sua obra. E quase todos dizem isso. Mas fiquei emocionado com a carta de um assumido não leitor. Não leitor de si e dos outros.

Era um pacote do tamanho de uma poltrona inglesa, gorda e cúbica. O porteiro teve de trazê-lo com a ajuda da mulher. Mal passou pela porta da frente. Colada ao pacote estava a carta. A letra era escolar, correta. O português, sofrível. Mas de uma honestidade evidente. Avisava que não era uma bomba, e sim uma homenagem. Homenagem com H maiúsculo (como a bomba H). De alguém que lê mal para alguém que escreve bem. Dizia ainda lamentar não ter passado das primeiras páginas de meu livro (não disse qual). Apesar disso, admirava-me e sentia que eu havia conquistado algo importante para mim e para ele. Não eram bem essas palavras. Era esse o sentido.

Abri o pacote. Barbantes toscos de padaria sobre papel pardo. Um ligeiro odor de umidade, de casa pobre molhada de chuva. Dentro havia um tecido enrolado, azul, muitos metros quadrados de um pano azul barato. Comecei a desenrolar e notei pedaços de amarelo. Retângulos e curvas. Eram partes de letras. Letras amarelas do tamanho de um pônei. Desenrolei mais, e a frase começou a surgir novamente. O Nobel é nos... A faixa que me recebeu no aeroporto.

Estendi-a no chão do apartamento. Tive de empurrar um ou outro móvel. O Nobel... ficou na sala. Letras Arial bold, um cortejo de cavalinhos comportados. É nosso... avançou pelo corredor, entrou no quarto. Meu nome seguia embaixo, ainda dobrado longitudinalmente, pela falta de espaço entre os sofás e a mesa de jantar. Cássio na sala, Haddames para além do corredor.

    Ninguém acreditaria se eu dissesse que deitei sobre a faixa e rolei entre as letras C e O de meu nome. Eu mesmo diria que sonhei e não contaria o pesadelo a um psicanalista. Não parece tão má a combinação de azul e amarelo. É salutar agir longe da zona de conforto, a dignidade e a lucidez aquém do esperado.

    A carta do senador continua sobre a mesa. Olho-a, esqueço de abri-la. Será algo aborrecido, naturalmente.

    Tem sido difícil desligar-me da imagem que retive, ou criei, de uma luminosidade própria, hipnótica, o par de olhos cinza. Olhos cinza que se negam e não definem outra cor.

    É tentador demais para ser recusado, mas ainda não houve resposta a meu novo convite.

    Já me disseram que gosto do cinza por minha obsessão com a morte. Uma interpretação rasa e óbvia. Como se a obsessão fosse minha, não do homem.

* * *

Pestana Rio Atlântica
Sala de convenções
Terça, 23 de dezembro de 2025

    J — (Inaudível.)
    CH — Não representei o Brasil. Seria pretensioso da minha parte.

J — (Inaudível.)
CH — Fui como escritor, não como diplomata.

J — (Inaudível) não pode representar um país?
CH — Só se for eleito para um cargo no governo ou aprovado em concurso público.

J — Do you think that Rio Olympics, Brazil's permanent seat in the Security Council and the Nobel Prize are (inaudível)?
CH — They have absolutely nothing in common.

J — (Inaudível.)
CH — De onde você tirou essa ideia?

J — (Inaudível.)
CH — Falei em abstrato sobre representar um país. Não de uma candidatura em particular. A entrevista é sobre literatura ou política?

J — Muitas pessoas acharam curioso que você (inaudível).
CH — Vermelho seria mais adequado?
(risos)

J — O que ajudou na (inaudível)?
CH — A obra.
(risos)

J — (Inaudível) na obra?
CH — O encadeamento das palavras. Isso não é uma piada.

J — (Inaudível.)
CH — Não fiz nenhum pedido ao governo. E não considero que isso seja determinante na escolha do Nobel. De Literatura pelo menos.

J — (Inaudível) sem um critério claro de seleção?
CH — Não sou porta-voz do Itamaraty. Perguntem ao ministério. Não sei se a escolha foi criteriosa. Parece que foi eficaz.

J — (Inaudível.)
CH — Todo julgamento é parcial.

J — Ser diplomata (inaudível)?
CH — Machado, Drummond, Guimarães, João Cabral e outros foram funcionários públicos como eu. No Brasil, estabilidade e literatura combinam.

J — Which contemporary Brazilian writers (inaudível)?
CH — I haven't read most of them. It wouldn't be fair to comment.

J — (Inaudível.)
CH — Não considero meus livros difíceis.

J — (Inaudível.)
CH — Mas não ao preço de mudar o que eu faço.

J — É correto que (inaudível)?
CH — Não fui nem sou contra nenhum país. Como diplomata e por convicção pessoal, sou contra a guerra. E contra governos e grupos que alimentam o fetiche da guerra.

J — (Inaudível) pela China. Tanto que (inaudível).
CH — Besteira. Morei mais tempo nos Estados Unidos do que na China.

J — Alguns críticos caracterizam sua obra como existencialista. Outros, como (inaudível). Como você (inaudível)?
CH — Não me cabe fazer o trabalho dos críticos.

J — Mas muitos dizem que (inaudível) e de ensaio em seus romances revela uma pretensão crítica?
CH — Em todo romance há uma dimensão crítica do autor, que se manifesta de forma mais ou menos explícita. Mesmo quando explícita, deve ser tomada pelo que é: ficção.

J — (Inaudível)?
CH — Alguém já lhe perguntou se as matérias que você escreve para o jornal têm um forte conteúdo autobiográfico?

J — (Inaudível) foi A carnívora. A que você atribui isso?
CH — O humor ocupa um lugar muito particular na literatura. É difícil classificá-lo. O humor na obra, não o humor do crítico... Não sei se isso explica a reação ao livro. Eu nem tinha a intenção de transformar uma brincadeira em romance. Talvez o livro seja pior que os outros.

J — Então (inaudível)?
CH — "Cinza".

J — Por quê?
CH — É o mais seco.

J — (Inaudível) de público foi *Horizonte*.
CH — Quem sabe melhor das vendas é meu editor.

J — Um crítico acusou (inaudível).
CH — Personagens não cometem plágio, ainda mais quando declaram suas fontes. E não há plágio de maneiras de morrer.

J — (Inaudível) do aborto e da eutanásia.
CH — Leia o livro e tire sua conclusão. A mim parece uma suposição primária e equivocada.

J — (Inaudível.)
CH — Talvez estejam certos. Nem sempre optei pela naturalidade.

J — (Inaudível) de que Dublín fuera arrasada por una catástrofe, bastaría seguir el Ulises para reconstruirla. (inaudível) a Rio con su obra?
CH — Solo una parte de Gávea, en la subida de Marquês de São Vicente. Pero yo llamaría un buen arquitecto.
(risos)

J — (Inaudível.)
CH — Literárias?

J — (Inaudível.)
CH — Não tenho a menor ideia. Gosto e influência são coisas distintas. É possível identificar o que nos agrada. Acho difícil identificar o que nos influencia. Livros ruins ensinam mais.

J — (Inaudível) agrada mais?
CH — Depende do dia.

J — (Inaudível.)
CH — Acordei com vontade de ler Sterne.

J — (Inaudível.)
CH — Acabei lendo Swift.

J — O que você pretende (inaudível) de dólares?
CH — Gastar aos poucos.
(risos)

J — (Inaudível.)
CH — Não sou um bom doador. Prefiro doar meus livros que encalham.

J — (Inaudível.)
CH — Nunca se sabe.
(risos)

J — Você esteve (inaudível). (Inaudível) após ser atropelado.
CH — Lamento o que aconteceu. Foi há quase vinte anos. Não tenho o que dizer sobre isso.

J — (Inaudível.)
CH — Talvez. Comecei a escrever depois do acidente.

* * *

Pequim, 4 de agosto de 2006

André, filho querido,

Cheguei a Pequim no meio de uma névoa densa, que me impedia de enxergar além de uns poucos metros. Só pude ver o chão quando as rodas tocaram a pista, e não me pareceu mera formalidade o anúncio do piloto de que faria um pouso por instrumentos. Chegar sob o nevoeiro espesso fez aumentar a sensação de ignorância. Se a primeira imagem permanece, Pequim será sempre insondável.

Na verdade, a névoa é menos mistério que poluição. Deprime mais do que instiga. Só se pode ver a cidade aos pedaços, em fragmentos que o visitante precisa completar com alguma imaginação, como se andasse com óculos que se desmancham. Já me disseram que uma única empresa é responsável por metade do estrago. Será transferida para longe, para que as Olimpíadas em 2008 tenham um céu. Ontem a poeira diminuiu um pouco. Pude ver um azul lavado e familiar.

Por trás do nevoeiro, há uma vertigem de letreiros e monitores no horizonte das avenidas largas, nas laterais de prédios altíssimos, que se comunicam em inglês e mandarim. Compensam a visão parcial dos que passam. Pequim tem a poeira colorida e os espaços amplos de Brasília, e a saturação de sentidos de São Paulo. A poluição atmosférica, novecentista, encontra a poluição visual, moderna, simbólica. Contei mais gruas do que *hutongs*.

Meus três primeiros dias aqui foram os últimos de muletas. Larguei-as ontem, exatas seis semanas depois do acidente. Não sem antes subir de escada os três andares da embaixada. Cheguei a perguntar ingenuamente onde era o elevador.

Já percebi que, na vizinhança do China World Apartments, onde estou hospedado, ou nas trilhas longas dos compounds modernos, onde procuro o apartamento, caminha-se mal mesmo sem muletas ou botas ortopédicas. São avenidas de cinco, seis pistas, complexos empresariais que se espalham por grandes distâncias. Saí em busca do comércio local e da economia socialista de mercado e topei com Starbucks, Häagen Daaz, Pizza Hut. Toda vez que volto à noite da piscina da academia do hotel ao lado, sou abordado por chinesas mais arrumadas que atraentes, que insistem: "Would you rike mashage?".

O trânsito não surpreende. É caótico e instrutivo. A bicicleta já não predomina, mas os chineses dirigem o carro com a nostalgia da bicicleta: não se deixam abater por regras de trânsito, buzinam como se conversassem, imaginam caber em qualquer espaço, "automóveis como peixes cegos". Cruzamentos são experiências sociais, um pouco de épico, um pouco de drama: carros, vans, ônibus e caminhões de todos os formatos enfrentam scooters, bicicletas, riquixás e pedestres imodestos. Só não vi corredores. Perguntei a meu corretor de imóveis, um chinês da etnia han nascido na Manchúria, se alguém fazia jogging nessa área da cidade. Respondeu que seria mais provável encontrar um panda em plena avenida.

O mandarim não é língua de poucas aulas. A empáfia do professor Jiang, o xangaiense que você conheceu aí em Brasília, desancando os pequineses com a boca torta de Bacardi, me fez imaginar que eu falaria algo. Na verdade, me perdi na rua todas as vezes em que tentei conversar com os locais. Ontem procurava um restaurante recomendado pelo *concierge* e acabei num templo taoista.

De fora, era bonita a simetria do conjunto de tetos escuros, tradicionais, fechados num retângulo de muros vermelhos. Parecia uma Cidade Proibida em escala humana. Dongyue era o nome do templo, do deus da montanha Taishan. Ao entrar, encantei-me com a distribuição das casas, com o verde dos chorões que preenchiam vãos e pátios. Cada construção era dividida em salas ou "departamentos", que abrigavam muitos bonecos de argila, todos do tamanho de um homem. Quem deu nomes aos departamentos tinha talento literário: "Departamento da Oferta de Felicidade Material", "Departamento da Moralidade dos Funcionários Públicos", "Departamento da Morte Injusta", "Departamento das Aves Voadoras", "Departamento das Almas que Vagam", "Departamento da Ressurreição", "Departamento das Urgências"... Eram setenta e seis departamentos e dezoito camadas de inferno. Os personagens de argila, devidamente pintados, lembravam bonecos de trem-fantasma de parque do interior. A taxonomia nonsense e os personagens improváveis davam um ar de suave irrealidade.

Entre os poucos visitantes, uma chinesa estava vestida como se aguardasse um casamento diurno. Usava um conjunto celeste muito claro, a saia justa, uma curva e um corte que, por alguma razão que não identifiquei, me trouxeram a imagem de Carmen Miranda dançando num filme mudo. Apoiava-se num sapatinho de salto da mesma cor celeste, que se reproduzia uma vez mais na bolsa pendurada no braço, junto com uma câmera fotográfica. Tinha o decote coberto por um tecido fino, de anágua, e exalava uma colônia mais doce que discreta. O caminhar era de uma profissional, mais das ruas que das passarelas, um ir e vir que se limitava a um perímetro bem definido entre o Departamento da Ressurreição e o Departamento das Urgências. Convidei-a para sair comigo. Em inglês. Óbvio que entendeu, se não as palavras, ao menos o propósito. Fez-se de desentendida.

Ao sair, passei a mão no burro de bronze, o burro do deus Wen Chang, que fica num dos pátios internos, onde também se veem dezenas de lápides de pedra. Parece que dá sorte.

Decidi parar de escrever as paródias de poemas. Cansei de acumulá-las. Perdi algumas na última mudança, junto com uma caixa de livros. Talvez perca outras agora. Comecei a escrever um romance. Não, não estou brincando. Farei algo sobre o garoto que matei. O acidente não sai da minha cabeça. A perna já não dói, mas a imagem do corpo contra o carro não cede. Teria sido pior se eu tivesse fugido. No livro darei a ele uma vida longa, não necessariamente feliz.

É verdade que seu irmão está namorando uma angolana mais alta que ele, do liceu francês? E você? Nunca me contam nada.

Saudade dos dois. Beijos do seu pai,
Cássio

* * *

Alô...
Fala, meu senador.
Quem é?
É o Nelson, Otto.
Fala, meu deputado. Você tá aqui em Brasília?
Tô chegando. Tem votação amanhã. Tive que resolver umas coisas aqui no Rio.
Como é que tá a Baixada?
Mais alta que nuvem. O trabalho tá bonito. Cresce que nem barriga-d'água.
Novidades?
Falei com o Olegário.
E ele?
Acha difícil continuar como tá. Não dá mais pra ficar a reboque. Vai sobrar migalha, se sobrar. Ele acha que é hora de pagar pra ver.
Pagar pra ver com quem? Você lembra de 2018, né? Quatro anos de secura. Do jeito que tá, o partido garante pelo menos três pastas. Uma, gorda.
Ele acha que não tá garantido. Tem dúvida sobre a reeleição. O presidente fala demais.
Fala demais, mas com pré-sal do Nordeste, Brasil no Conselho de Segurança e agora o Nobel, vai ter que dizer muita merda pra perder.
Pode ganhar e chutar o balde.
Incerteza tem preço. É hora de cobrar um compromisso do presidente.
A incerteza é nossa, Otto, do partido, não dele. Vai esnobar a base enquanto a oposição não achar um candidato forte.
Candidato forte ninguém tem. Nem a oposição nem nós. Olegário falou de algum nome?
Uchoa.

O homem só carrega o Rio Grande.
O Sul é um bom começo.
Não adianta começar bem e terminar mal. O Uchoa não entra em São Paulo e Minas. Já viu presidente ganhar assim? Só o Getúlio, na porrada.
O Sul e o Rio é um bom começo.
O Uchoa tem esqueleto, Nelson. O armário tá aberto. Estoura no primeiro mês de campanha.
A imprensa sabe?
O grupo do presidente sabe. O Uchoa não vai brincar com isso. Tá bem onde tá. Garante a reeleição por lá.
O outro é você, Otto.
Já disse que não quero. Não vou queimar bala ano que vem. Preciso do estado antes. Você vai me ajudar aí. O presidente não transfere. E não vai dobrar a Executiva. Vai ser no pau. Dois candidatos da base.
Se não tem candidatura única no estado...
Porra, Nelson, pra rachar no federal, só se for pra ganhar ou puxar voto onde interessa. Cavalo manco não trota. O Olegário falou de mais alguém?
Do partido, não.
Você olhou as pesquisas do partido?
O Werneck tá com índice de rejeição igual ao do Congresso, setenta e oito por cento. Só perde pros cartórios. Os números tão ruins pra todo mundo. Tá na hora de buscar fora. Sociedade civil. Ficha limpa. Cara nova.
Atriz de novo não... Brasileiro gosta de macho naquela cadeira. Não importa o sexo.
Se aparecer um nome respeitado, de fora, ganha na Executiva e nas prévias. Ninguém tá vendo graça na mexida. Eram cinco ministérios... Acham que o presidente vai lavar as mãos. Nem vai aparecer em comício.

Se ficar longe dos dois palanques...
Não vai ficar neutro, Otto. Vai dar força por trás. Você corre risco aqui. Ele é amigo do Camarinha.
Do Camarinha eu ganho.
O Olegário comentou a entrevista do Cássio Haddames.
O Nobel? Não vi.
Ele quis negar que foi pra Suécia representando o Brasil. A imprensa acabou perguntando sobre candidatura.
Dele?
É.
De onde tiraram isso? E ele?
Desconversou. A *Folha* diz que ele não descarta...
Não faz sentido.
Tem boa voz. Presença. Olho na câmera.
Diplomata não dá. Não fala a mesma língua. O povo não entende.
Não entende, mas respeita.
O cara não tinha sentado o cacete nos Estados Unidos por causa de Taiwan?
Isso não é problema. Imprensa não gosta, mas brasileiro curte.
Que mais você tem?
Vi uma pesquisa com nomes de fora. Dessas de popularidade e confiança. Tem um tópico só pra ele. O cara tá alto. Ninguém leu, mas todo mundo admira. O jeitão distante ajuda. A pesquisa diz que é "efeito saturação da celebridade insubstancial". Saco cheio de fama sem motivo. É isso que tá matando os reálitis na tevê. O Haddames é celebridade anticelebridade. Com estofo. Hoje ele pode cagar no meio da Atlântica ao meio-dia que todo mundo vai achar lindo.
Não tem esqueleto?
Um atropelamento há vinte anos, 2006. Matou um pivete. Parece que socorreu, e com a perna quebrada.

Salvo pela perna. Que mais?
Tem um filho gay, curador de arte. Outro espada, advogado. Três ex.
Três ex? Foda, hein? Sempre tem uma pra jogar contra.
Pagou pensão em dia, direitinho, até os filhos crescerem. As ex trabalhavam. Dois divórcios amigáveis. Um litigioso. Por causa de grana. Já resolvido. Ele jogou a toalha.
E na política?
Limpo. Nunca foi filiado. Esquerda chique sem partido. Não sabe da melhor. O cara alfabetizava adultos aos dezoito anos. Passou sete anos ensinando porteiro e empregada a ler e escrever. De graça. Em vez de ir cortar cana em Cuba, ficou em Copacabana alfabetizando à noite.
Deve ter coisa aí. Era pra comer empregada?
Acho que não. A escola era ligada a uma paróquia. Naquele shopping velho do Tereza Rachel, na Siqueira Campos. O cara é ateu, mas dava aula numa igreja…
Isso é bom.
Otto, um Nobel que alfabetizava porteiros e empregadas… Imagina o vídeo: o cara encontra, mais de quarenta anos depois, seu José, ex-porteiro, e dona Maria, ex-empregada, hoje com setenta, que podem ler um livro do prêmio Nobel brasileiro porque foram alfabetizados pelo próprio cara…
Fica bonito.
Nosso partido tem como prioridade a educação…
Educação para o Amanhã.
Cai como uma luva.
Nunca vi diplomata candidato. Aqui nas sabatinas eles fogem de Brasília. Querem Nova York e Paris. Ele vai se meter em política, ainda mais depois do Nobel?
Vi o homem na entrevista. Vaidade meio contida, mas tá lá, batendo direitinho. Picada de mosca azul sempre mexe… Tem vaidade maior que não querer parecer vaidoso?

Como é que ele vai no Rio?
Nasceu no Rio. Mora no Rio. Perfeito pra você. Se ele decola, você sobe junto no estado. E garante minha cadeira aí no teu lugar.
O que o Olegário disse?
Que o cara olha pra câmera que nem o Bonner.
Vou pensar. Me manda o vídeo.
A gente não tem muito tempo. O presidente não vai deixar ele solto. Entrou nessa história do Nobel e vai querer faturar. Acaba chamando pra alguma coisa, ministro da Cultura, Funarte... Pode até chamar pra ser candidato no Rio. E põe o Camarinha de vice. Aí você se fode. Eu também.
Você tem o telefone?
O homem desligou tudo. Só recebe carta.
Conversa de novo com o Olegário. Vê o que ele acha. E pede pro teu pessoal preparar uma carta pra mim.
Já sondando?
Uma cartinha meio mineira. Sondar não custa. Você não disse que a gente não tem tempo?

* * *

... não li todos e seria injusto comentar, que sacana, i haven't read all of them, it would be unfair to comment, o sotaque de lorde britânico, não li todos, leu porra nenhuma dessa geração, não li todos, só leu dois meus e olhe lá, elogiou na minha frente, elogiou por escrito, o que importa são as palavras escritas, os lábios roxos de tinto, sim, as palavras escritas, elogiou in writing meu livro de estreia, artigo de meia página, agora é injusto comentar, now it is unfair to comment, sacana, não li todos e quero pairar acima dos mortais, não vou descer ao rés do chão pra ler e comentar obras menores, Brazilian writers, coitados, nem são dignos de menção, não representei o Brasil, seria pretensioso da minha parte, não tenho pretensão alguma, não sou *nada* pretensioso, sou apenas um rapaz latino-americano sem dinheiro no banco, um escritor qualquer que ganhou um prêmio aí, o prê-mi-o-no-bel-de-li-te-ra-tu-ra, não fiz nenhum pedido ao governo, picas, nenhum pedido, claro que não, você é o governo, meu amigo, não pediu nada pra si mesmo, resolveu calar pra não parecer *tendencioso*, meu id não pediu nada pro meu ego, ficou calado como um túmulo, nem queria ganhar o Nobel, aceitou a contragosto, coitado, já que deram, por que não? o governo nem é determinante na escolha do Nobel, os suecos são imparcialíssimos, branquíssimos e imparcialíssimos, nenhum governo influencia aqueles homens brancos e imparciais, todo julgamento é parcial, mas os brancos suecos são mais imparciais que a imparcialidade, que nem o Itamaraty, só diplomatas branquíssimos e imparcialíssimos flutuando de casaca sobre o espelho d'água, águas plácidas e palacianas, cisnes brancos com sotaque britânico, cisnes brancos em rios brancos, fluentes e transparentes, exposições de motivos límpidas, rios branquíssimos, Cássio Haddames é o nome que elevo à consideração de Vossa Excelência com base em consultas realizadas junto à comunidade literária brasileira, que caralho é a comunidade literária brasileira? que consultas? nome prestigioso, senhor presidente, já agraciado com o prêmio Camões, o recebimento de um prêmio Nobel agregaria ainda mais prestígio ao país, à quinta economia do mundo, acorda, senhor presidente, o mundo pede o Brasil, e temos aqui a fórmula certa, a chave para abrir os corações-cofres dos suecos friíssimos, wake up, Mr. President, não sei se a escolha foi criteriosa, mas sei que foi eficaz, eficaz porque te escolheram, cara-pálida? o abençoado diz que a bênção caiu sobre a cabeça certa, a sentença justa, boa escolha porque me escolheram, pois é, cheguei lá em Estocolmo e dei um banho, 5 a 2 na Suécia, eu e o Pelé, ele com dezessete, eu com cinquenta e sete, cinquenta e sete mas ainda inteiro, correndo na esteira, cinquenta e sete com corpinho de quarenta e sete, um Vinicius sem uísque, uísque pra quê? se frequento todas as academias, academias de ginástica, academias suecas, academias do chazinho, goleada em todo mundo, não teve pra Javier, não teve pra Jonathan, não teve pra Haruki, Andrés, coitado, esse caiu nas eliminatórias com uma corda no pescoço, quantos morreram medíocres e renasceram gênios sem saber? não teve pra Salman, não teve pra Michel, só deu Cássio na Suécia, Cássio Haddames e Edson Arantes do Nascimento, o Brasil da escolha certa, Brazil of the right choice, um acerto mata dezenas de pessoas, um erro então mata centenas, milhares, Cássio, seu filho da puta, custava levantar a bola de um ou outro coleguinha? toda a imprensa brasileira e estrangeira na tua frente, sedenta, doida pra ouvir o oráculo, which contemporary Brazilian writers? beber da sabedoria do Nobel, bastava pronunciar um nome, um prêmio de consolação pra quem não levou porra nenhuma, ficou com água na boca, não entrou na festa do Itamaraty, não foi lido pelos suecos, não ganhou picas, custava dizer um nome? por que não o meu nome? recomendar um livro, você não gostou daqueles dois livros? custava mandar uma resposta minimamente decente ao meu e-mail, ob. p/ mens., que caralhos é ob.? que caralhos é mens.? ob. p/ mens., não pode escrever *obrigado*? não pode escrever *mensagem* por extenso? custa muito responder um e-mail de parabéns? vai consumir dedos e neurônios? ou ob. p/ mens. é outra coisa, ob para menstruação? um obezinho para a tua menstruação de ressentido? um absorventezinho pra esse corrimento amargo, é isso? será que é isso que você quis dizer pra mim? podia até sacanear, mas sacanear por extenso, livros ruins ensinam mais, aprendi muito com os teus, gostei de dois, mas aprendi mesmo com sete, sete grandes merdas instrutivíssimas, mas não, custa muito digitar, ob pela mens basta, escritor menor, que não vale uma palavra inteira... seria mais fácil se fosse um canalha de verdade, sem meias palavras, sem abreviações, mas será que você não percebe que a benevolência dele *é* a grande canalhice, meu amigo? que a condescendência dele é a do verdadeiro canalha, que nem parece canalha? vai ficar alimentando a miragem de uma amizade? um jantarzinho de pato e tinto, um artiguinho de lambuja? você não vê que todo julgamento é parcial, equivocado? que o seu julgamento, parcialíssimo, está redondamente equivocado? você precisa pensar nisso na hora de escrever o artigo pro Estadão, Estadão não, Estadão Online, está acabando o papel até do Estadão, pedem pra escrever pro online, oito mil toques sobre a obra do nosso Nobel, nosso gigante, porra são só três livros, daria uma página pra cada livro, mas onde falo da exposição de motivos? como é que não vou falar da exposição de motivos? da seleção criteriosa? do nome elevado à consideração de Vossa Excelência, senhor presidente da República Federativa do Brasil, das consultas realizadas junto à comunidade-literária-brasileira? que cazzo de comunidade? que consultas? levanta a mão quem viu um cisne engravatado fazendo consultas à comunidade-literária-brasileira? levanta a mão quem foi consultado por um cisne com sotaque britânico? quem viu o cisne? onde exerço o *meu* julgamento parcial?

    Vera, Vera, só você pra me consolar, precisava dizer que o cara tava bonito na tevê?

* * *

From: alicia.grosmoran@nobelprize.org
To: cassio.haddames@itamaraty.gov.br
Cc:
Subject: RE: RE: RE: olhos cinza
Sent: Friday, January 16, 2025, 4:45pm

    No hay nada más cliché que intentar conquistar a una mujer dándole un manuscrito. Aunque sea un manuscrito inédito de un Nobel.
    ¿Es una novela también? ¿Existencialista como *Horizonte* y *Gris*? ¿Satírica como *La carnívora*? Para un Nobel que no publicó mucho, va a despertar un gran interés. Sería un honor creer en ti e imaginarme como la primera en leer y comentar tu manuscrito, antes de todas las otras que intentás seducir.
    No iré a Paris. No puedo salir de Estocolmo. Mi correo electrónico funciona muy bien. ¿Podrías enviármelo por e-mail o courier?
    Alicia Gros Morán

From: cassio.haddames@itamaraty.gov.br
To: alicia.grosmoran@nobelprize.org
Cc:
Subject: RE: RE: olhos cinza
Sent: Sunday, December 28, 2025 11:54pm

Alicia,
    Pouco me importa como foi a escolha do meu nome para o Nobel. Não quero desvendar algo que só tem charme porque guarda um pouco de mistério. Meu interesse é você.
    Imagens me assombram. Fui perseguido durante anos pela silhueta de um corpo que saltava sobre o carro que eu dirigia. O som surdo de um choque, o movimento de um corpo que para no ar por uma fração de segundo. Uma fração de segundo que se estendeu por duas décadas e quatro ou cinco cidades.

Agora não consigo deitar sem ver um par de olhos na escuridão. Recebo a visita noturna desse gato de Cheshire sisudo e argentino. "Pois que aprouve ao dia findar,/ aceito a noite./ E com ela aceito que brote uma outra ordem de seres/ e coisas não figuradas." Como a Alice de Carroll, digo a mim mesmo que de nada vale falar, já que olhos não ouvem. "E sabes que, dormindo, os problemas te dispensam de morrer."

Tenho comigo um manuscrito inédito. Não sei se publicarei, mas gostaria de mostrar a você. Ninguém viu. Eu mesmo o reli uma única vez.

Em fevereiro darei uma palestra no Collège de France. Chego a Paris no dia 17, volto três dias depois. Comprei uma passagem em seu nome, Estocolmo-Paris. Você encontra e imprime neste link (view your itinerary online). Estarei no Café Panis, no Quai de Montebello, em frente à Notre-Dame, dia 17, às 13h.

Sim, levarei o manuscrito.

Cássio

3.

22 de fevereiro de 2026

Pode soar artificialmente enigmático, mas minha autoestima é maior quando caminho de costas para o sol, projetando uma sombra à frente. Andar toda manhã de abril pela rua 46, em Nova York, entre a Segunda e a Terceira avenidas, com o sol vindo do lado do Hudson, deixava-me bonito e inteligente. A sombra perfeitamente alinhada ao corpo, ligeiramente maior que o corpo, guiava-me na calçada, lenta, elegante. Não podia passar das dez. A essa hora a imagem começava a se comprimir e a se inclinar para o lado, perdendo a serenidade da simetria. Odiava minha rotina em Nova York, mas não encontrei, desde então, projeção mais perfeita de mim mesmo do que aquela mancha de contorno nítido, sem frente nem verso, desenhada na calçada.

A sombra não era mais do que uma representação. Os antigos basutos, da África do Sul, caminhavam longe dos rios para evitar que suas sombras — almas projetadas sobre as águas — fossem devoradas por crocodilos. No meu caso, eu parava na esquina da 46 com a Terceira e, enquanto aguardava o sinal fechar para atravessar a rua, deixava que carros e ônibus descolassem a sombra do chão e a retalhassem em cortes horizontais. Sobrevinha um silêncio, a cratera negra reconstituía-se e voltava a se mover no asfalto.

Sombras e representação. Era essa minha razão de ser na cidade. Eu trabalhava na Missão do Brasil junto à ONU e representava o país nas reuniões da Organização. A ideia de representar o Brasil tinha algo de elevado, quase ficcional. Via-o como um animal grande, deitado sobre o próprio corpo, de quem ouvia grunhidos que chegavam do passado. Às vezes, não era mais que um conjunto de impressões muito vagas e pessoais, se pessoais não são todas. A mudança de planos numa viagem, os prédios perfilados em semicírculo, a areia sobre o asfalto, o som das sirenes no estado de sítio, uma tabela de livro didático, o calor e o vento como remédios, a sonolência do túnel, vinhetas, sotaques, frases. Não o compreendia bem, mas sabia que estava lá, algo me ligava a ele. Não que eu conhecesse melhor outros países. Já tinha morado no exterior o suficiente para saber que não se conhece o que não é seu. Brazil has the floor… O Brasil tem a palavra. Eu apertava o botão e começava a falar. Em nome do Brasil. O Brasil acha isso. O Brasil pensa isso. O Brasil defende isso. O Brasil fala. Um animal de grandes proporções com voz de tenor, que soava ligeiramente mais grave ao microfone, tão dissociada de minha garganta quanto eu daquele animal. Uma pomba-gira empoleirava-se em minhas cordas vocais e produzia palavras abstratas, codificadas numa língua estrangeira e numa linguagem estranha. Ninguém conhece o que representa. Só se conhece, e mal, a si mesmo. Em uma circunstância particular, em um momento particular.

Na esquina da rua 46 com a Terceira Avenida, já não se projetam as mesmas sombras. Ninguém circula mais pelas ruas de Midtown. Os prédios, os postes de luz, a banca de revistas que parece uma instalação involuntária de pop art, os sinais de carros e de pedestres estão todos lá, inteiros, como se nada tivesse acontecido. Os escritórios continuam habitados por objetos impessoais — mesas, telefones, monitores, relógios de parede, armários, divisórias. As luzes estão acesas. Os computadores em modo hibernação. Os elevadores parados no térreo, de portas abertas. Estendidas ou a meio pau, as persianas continuam na exata posição em que se encontravam no momento da evacuação dos prédios. Nada mudou na vida dos objetos. O incauto poderia retornar ao trabalho, animado pela paz de espírito dos objetos inanimados. Em poucos minutos começaria a sentir náuseas e dores de cabeça, a tremer e a vomitar, condenado a morrer em um ou dois dias. Não tenho saudades da esquina da 46 com a Terceira. Já não tinha antes.

Ontem, ao chegar de Paris, tomei coragem e abri a carta do senador, que ainda estava sobre a mesa. Voltei a deixá-la no mesmo lugar. Não sei se a compreendo bem. Tenho a vaga lembrança de tirar boas notas nas provas de interpretação de texto da escola. Um premiado com o Nobel de Literatura deveria ser um leitor competente. Li a carta com atenção. Duas vezes. Não querem que eu represente o Brasil. Não querem que eu represente duzentos e vinte milhões de brasileiros em reuniões de organizações internacionais nem em contatos com governos estrangeiros. Não querem que eu represente a mim mesmo em algum evento no Congresso, no Palácio, na Assembleia. Querem que eu seja o chefe de duzentos e vinte milhões de brasileiros. O senador Otto Rodrigues, do PDJS, pergunta se não seria a hora de "um grande escritor brasileiro candidatar-se a presidente da República pelo Partido do Desenvolvimento com Justiça Social, que tem na educação sua mais alta prioridade". Não sei de onde ele tirou a ideia de que um presidente-escritor seria bom para a educação de um país. *A mais alta prioridade* me soa como pleonasmo.

O senhor quer uma mesa perto da janela, já que a chuva passou e o sol começa a aparecer? O senhor quer fazer um pagamento semestral e ganhar um mês de aulas grátis de spinning, jump fit circuit ou body balance? O senhor quer se candidatar a presidente da República nas eleições deste ano? O político é político porque nos isenta da gravidade: trata do tema mais crítico com a leveza e a graça de um ilusionista. Ser presidente de um país de duzentos e vinte milhões de pessoas. Mexer, para o bem e para o mal, com a vida de cada uma dessas mais de duas centenas de milhões de pessoas. Não há como apreender realidades exteriores simples. Não há como apreender realidades exteriores complexas, cuja heterogeneidade e ordem de grandeza vão além do que um indivíduo pode experimentar ou mesmo imaginar. No Theatro Municipal do Rio cabem duas mil pessoas. O Brasil são cem mil Theatros Municipais lotados. No Maracanã cabem quase cem mil pessoas. O Brasil são dois mil Maracanãs lotados. O Brasil é, portanto, o Theatro Municipal lotado de Maracanãs lotados. Um Maracanã lotado e sentado em cada uma das duas mil cadeiras do Theatro Municipal. Vá ao Theatro Municipal do Rio e coloque, em cada uma das duas mil poltronas, um Maracanã lotado. Comece pela plateia, onde poderá alojar quatrocentos Maracanãs lotados nas quatrocentas poltronas. Observe essa primeira fila, do gargarejo. Há um Maracanã lotado com cem mil pessoas em cada cadeira. Acomode agora, confortavelmente, mais cem Maracanãs lotados nas frisas laterais, cem mais nos camarotes. Suba ao balcão nobre e sente trezentos Maracanãs lotados. Suba mais um pouco, ao balcão superior, e faça sentar mais quatrocentos Maracanãs lotados. Suba finalmente à galeria e ponha setecentos Maracanãs lotados nas poltronas do poleiro. Observe agora esse animal grande, acomodado sobre o próprio corpo, com duzentos e vinte milhões de humores. Está à espera dos movimentos do presidente-maestro, que lhe dá as costas no centro do palco. Enfie a cabeça em um desses dois mil estádios em forma de anel e observe os cem mil que se apertam em suas camadas concêntricas. Levante a cabeça e dê uma última espiada nos dois mil estádios-anéis acomodados nos assentos das poltronas. Não se deixe distrair pela visão onírica de um teatro-banheiro com dois mil vasos aveludados. Concentre-se na ordem de grandeza. Não querem que eu represente no exterior o Theatro Municipal lotado de Maracanãs lotados. Querem que eu, do centro do palco, agite a batuta e coordene os movimentos do Theatro Municipal lotado de Maracanãs lotados.

* * *

Dr. Benevides de Carvalho Meireles
Rua Tonelero, 261, 7º andar, Copacabana.
Paciente: André Damadeiro H.

Eu caminhava com ele por Dashanzi. Dashanzi ou Fábrica-Conjunta 718 era um antigo complexo industrial e militar na periferia de Pequim. Tinha se transformado num centro de galerias de arte, ocupadas por marchands e artistas locais. Eram galpões industriais e alojamentos em estilo soviético e Bauhaus, com duas chaminés ameaçadoras ao fundo, de tão altas. Iguais às que eu vi quando ele me levou para conhecer o lugar.
Ele estava de preto, eu e ele. Meu pai usava um chapéu alto e uma bengala. Parecia bem mais velho, com uma barba branca e olhos que não paravam de piscar. Meu terno era igual ao dele, mas nas costas eu tinha um quadrado recortado no paletó e na camisa, no formato de uma pequena janela. Chuviscava e eu

sentia os pingos escorrerem no quadrado da pele. Não podia ver, mas sabia que o quadrado estava lá. Queria saber se meu pai também tinha um, mas ele caminhava do meu lado. Ele falava das brigas entre chineses, alemães orientais e soviéticos. Os alemães e seu desejo de prédios que resistissem a terremotos de oito graus na escala Richter, os chineses e russos contentes com sete. Eu olhava os slogans maoistas no alto dos arcos, como se os chineses da época já antecipassem a ironia do kitsch. Entramos num galpão comprido e escuro. Nas paredes eu via enormes pinturas a óleo. Cada quadro tinha um animal pintado com uma minúcia hiper-realista, com cores frias, sempre num fundo neutro, que simulava uma foto. O que impressionava eram os rostos. O formato da cabeça era o de cada bicho, mas os traços se aproximavam do humano, como se fossem híbridos monstruosos. Não dava para dizer se eram animais com corpos que pararam de evoluir enquanto os rostos se humanizavam ou homens que se transformaram em animais. Os olhos eram atravessados por uma linha vertical que lembrava os olhos frios dos répteis. Aquilo era terrível e sedutor. Vinha de um lugar incerto, seres presos na transformação.

No fundo da galeria ficava um quadro separado, maior que os outros. Chegamos perto. Não era um híbrido. Era humano da cabeça aos pés, um homem jovem, completamente nu. Muito bonito. Lembrava um quadro que eu vi quando visitei o lugar. A diferença é que agora ele estava de frente, totalmente de frente. Meu pai se virou e perguntou se eu gostava. Eu disse que sim, que gostava do quadro. Ele disse que não tinha perguntado sobre o quadro. Olhei de novo e não disse nada. Ficamos parados um tempo. Quando saímos, atrasei um pouco o passo e olhei as costas do meu pai. Ele não tinha um quadrado. O tecido preto do paletó estava intacto.

Ele de chapéu e bengala, você com uma janela. Voltamos para a rua. Já não chovia. Perto da saída, senti na pele o toque de uma mão quente, espalmada no quadrado. Virei e vi um jovem bonito, pelado. Era o homem que a gente tinha acabado de ver. A pele dele tinha a cor fria de todos aqueles quadros. Eu não sabia se ele tinha se descolado da pintura ou se era o modelo. Não sabia se era uma performance ou um sonho dentro do sonho. Ele vinha bem atrás de nós e fiquei com medo de que meu pai percebesse.

Nem em sonho você abria o jogo com seu pai.

Ele desconfiava e queria aceitar, mas não convivia bem com a ideia. Nunca falou mal de gays e defendia a liberdade de escolha. Mas era algo mais intelectual do que espontâneo. Como se não quisesse admitir seu lado conservador. Uma vez ele disse que ligou para a casa do analista para desmarcar uma consulta. A voz na secretária eletrônica era de outro homem, que dizia que aquela era a casa dele e do analista. Um casal gay. Meu pai não quis continuar com o analista. Se sentiu traído. Disse que era melhor ser analisado por um hétero.

Talvez fosse a maneira de dizer que era melhor você contar a ele que era gay. Como é que você reagiu?

Falei que ele tinha razão. Um hétero entenderia melhor a cabeça dele.

Ele conversava com você sobre sexo, namoros?

Conversava...

Você me contou essa história porque acha que, como gay, seria mais bem analisado por um gay? Ou porque tem dúvida sobre a minha sexualidade?

Contei para mostrar o preconceito do meu pai.

Eu tinha perguntado se seu pai conversava com você sobre sexo, relações...

Sempre falou de mulheres. Mesmo antes da separação.

Como se eu fosse cúmplice dele. Tinha um orgulho masculino tosco, quase infantil.

Alguma vez você tentou dizer que não estava interessado?

Uma vez ele perguntou se eu era capaz de mudar de direção na rua para observar uma mulher bonita. Ou seguir uma mulher que tivesse atraído minha atenção...

E você...

Eu disse que sempre andava distraído na rua.

Quando ele parou de fazer esse tipo de pergunta?

Quando descobriu o caderno de anotações.

Você nunca falou desse caderno.

Eu anotava algumas coisas.

Íntimas...

Nem sempre.

O que ele leu?

A linguagem era cifrada. Eram as mesmas vinte e seis letras, mas com fonemas trocados.

Ele não decifrou?

Abriu o caderno, entendeu que era uma coisa pessoal, disse que eu podia ter os segredos que quisesse. Era um direito meu.

Você queria que ele perguntasse?

Nunca escondi o caderno.

Não tinha coragem de dizer o que era, mas queria que soubessem que você tinha segredos.

Não era segredo que eu tinha segredos.

Como ele reage hoje aos seus parceiros?

Fala mais do que o normal. Tenta parecer simpático, mas me olha estranho. Como se acordasse de uma amnésia e quisesse reconhecer o filho. Mas é algo sutil. Ninguém nota.

Só você?

Só eu.

* * *

http://www.umdesconhecidoacadaesquina.blogspot.com

A REALIDADE VALE MAIS QUE A FICÇÃO

Retrato falado n. 7598
17.2.26, Paris, Rive Gauche, café em frente a Notre-Dame (1)

Ele tem entre cinquenta e cinco e sessenta anos e está numa mesa de canto do café restaurante, perto de uma janela. Senta-se ereto, não com a rigidez naturalmente artificial de um militar, mas com a aplicação de quem segue uma recomendação médica. O queixo é mais alongado do que quadrado, e a barba grisalha dá um pouco de volume ao rosto, que, mais de frente que de perfil, parece o de um homem magro. O tom cinzento da barba é ligeiramente mais escuro que o dos fios ralos da cabeça, que atravessam, e mal escondem, a curvatura do crânio em seu caminho do alto da testa em direção à base da nuca, como se levitassem sobre o conjunto. Não deixa que lhe cortem mais do que as pontas do cabelo na parte alta e central, com a falsa expectativa de que o comprimento compense a baixa densidade. Usa creme em vez de gel, e o pouco brilho não vem dos fios propriamente, mas do crânio parcialmente encoberto, de tamanho médio, mais ovalado que esférico.

Os óculos para miopia, com armação tartaruga discreta, diminuem um pouco o tamanho dos olhos, que revelam tons claros quando ele estica o braço em direção à garrafa de vinho e enfia o rosto na faixa de sol que corta a mesa pela metade. Dependendo do ângulo, são mais verdes que castanhos. Junto com o nariz médio e o bigode da barba aparado na linha que demarca o lábio superior, quase formam o desenho de um X no centro do rosto. Um caricaturista poderia representá-lo como um brasão com duas espadas cruzadas ao meio. A tez do rosto é média, mediterrânea, levemente bronzeada. Se ele fosse posicionado ao lado de um mostruário de tons de madeira para pisos e móveis, sua pele seria classificada entre as claras, um carvalho-dourado.

Corre ou nada ao ar livre. Além do corpo mais jovem que o rosto, exibe uma faixa de pele não bronzeada no pulso esquerdo, no desenho de um relógio cronômetro para esportes, bem mais largo que o Cartier formal de fundo negro que carrega no momento. Veste paletó de lã azul-marinho com dois botões de um dourado-fosco e calça cinza de veludo cotelê com bolso faca. Gosta de roupas que não entram nem saem da moda, imunes ao tempo: o paletó sem ombreiras não é apertado nem largo, a calça sem pregas não é justa nem folgada. As cores não são cores; são padrões socialmente aceitos. Se entre as muitas categorias de peça expostas numa loja houver uma com a palavra "classic", como no caso dos jeans, essa será a sua escolha. As que ele veste no momento não têm o brilho ou as linhas do novo. Raramente frequenta lojas; afeta um ar disciplinado de quem sofre poucas variações de peso e mantém o mesmo guarda-roupa há anos. Não usa aliança, gravata ou perfume. O sapato bordô, tamanho 42 ou 43, foi engraxado recentemente por um profissional, mas já não brilha nas bordas, devido ao contato com a umidade deixada pela chuva que caiu sobre Paris de manhã, antes que despontasse o sol que divide a mesa em uma área de sombra e outra de luz.

Ele se move com um charme estudado em passado remoto, com uma autoconsciência que se tornou perfeitamente inconsciente e natural com o tempo. Há mais elegância do que beleza na maneira como mexe as mãos e a cabeça. Só interrompe a leitura da edição parda da Gallimard de A *náusea*, de Jean-Paul Sartre, para levar a taça de um tinto de coloração leve à boca e a garrafa de rótulo creme à taça. Passa as páginas do livro sem vincar a parte central, como se evitasse feri-lo. Nos momentos em que levanta a taça de vinho até a boca, afasta ligeiramente a cabeça do eixo em que se encontra o livro, para evitar que uma gota se precipite sobre a página. Mais bebe do que beberica; a cada três goles, esvazia a taça.

Apesar do livro em francês, é um estrangeiro. Dirige-se ao garçom com um francês correto, mas vocabulário e pronúncia indicam que a língua não foi adquirida na infância. Não tem o sotaque pesado de um anglófono, alemão ou escandinavo falando uma língua latina. Vem de algum país europeu meridional ou latino-americano e sente-se perfeitamente confortável no papel um tanto caricatural de leitor de Sartre num café parisiense.

* * *

SAIBAM QUANTOS VIREM ESTE QUE, NA DATA DE 21 (VINTE E UM) DE JUNHO DO ANO DE 2006 (DOIS MIL E SEIS), ÀS 2H15 (DUAS HORAS E QUINZE MINUTOS) DA MADRUGADA, O PEDINTE MENOR CONHECIDO NA REDONDEZA COMO ROMÁRIO, DE NOME CIVIL E IDADE INCERTOS E DESCONHECIDOS, DORAVANTE REFERIDO COMO VÍTIMA, ATRAVESSAVA A RUA VOLUNTÁRIOS DA PÁTRIA, NO BAIRRO DE BOTAFOGO, À ALTURA DA RUA DA PASSAGEM, QUANDO FOI COLHIDO PELO VEÍCULO VOLKSWAGEN PASSAT, DE COR PRATA, PLACA MDA-1839 (UM, OITO, TRÊS, NOVE), DE PROPRIEDADE DE, E CONDUZIDO POR, CÁSSIO HADDAMES, DIPLOMATA, DIVORCIADO, 39 (TRINTA E NOVE) ANOS, DORAVANTE REFERIDO COMO CONDUTOR. SEGUNDO LAURA VASCONCELOS, ARTISTA PLÁSTICA, SOLTEIRA (SOB

UNIÃO ESTÁVEL), 34 (TRINTA E QUATRO) ANOS, DORAVANTE REFERIDA COMO TESTEMUNHA, A VÍTIMA FOI ALÇADA, COMO CONSEQUÊNCIA DA COLISÃO, QUASE À ALTURA DO SEMÁFORO, INATIVO NO MOMENTO DO ATROPELAMENTO, E NA QUEDA VEIO A CHOCAR-SE COM O PAVIMENTO DA CALÇADA, ONDE PERMANECEU IMÓVEL, EM POSIÇÃO DE DECÚBITO LATERAL, SEM CONSCIÊNCIA APARENTE, CONFORME O DIAGRAMA DO ACIDENTE ABAIXO. AINDA SEGUNDO A TESTEMUNHA, O CONDUTOR TRAFEGAVA A VELOCIDADE ELEVADA NO MOMENTO DA COLISÃO E EVADIU-SE DO LOCAL ATO CONTÍNUO AO ACIDENTE, UMA VEZ MAIS A VELOCIDADE ELEVADA. A TESTEMUNHA ACUDIU A VÍTIMA E DILIGENCIOU, SEM SUCESSO, INTERCEPTAR OS VEÍCULOS QUE TRANSITAVAM NA VIA PÚBLICA PARA REMOVER A VÍTIMA PARA UM ESTABELECIMENTO HOSPITALAR. A TESTEMUNHA DECLAROU QUE SEU VEÍCULO ENCONTRAVA-SE ESTACIONADO À RUA SÃO CLEMENTE, NO BAIRRO DE BOTAFOGO, À ALTURA DA RUA DA PASSAGEM, O QUE IMPEDIA A REMOÇÃO DA VÍTIMA DE PRÓPRIO PUNHO PARA SEU VEÍCULO. ENQUANTO A TESTEMUNHA ACENAVA PARA OS VEÍCULOS QUE TRAFEGAVAM SEM PAUSA NA VIA, O CONDUTOR RETORNOU AO LOCAL DO ACIDENTE COM O INTUITO, SEGUNDO ELE, DE SOCORRER A VÍTIMA. SEGUNDO A TESTEMUNHA, "UMA ETERNIDADE" TERIA DECORRIDO ENTRE O ACIDENTE E O RETORNO DO CONDUTOR. A TESTEMUNHA ESTIMOU A "ETERNIDADE" EM NÃO MENOS DO QUE 10 (DEZ) MINUTOS. O CONDUTOR ESTIMOU EM "NÃO MAIS DO QUE 1 (UM) OU 2 (DOIS) MINUTOS" O PERÍODO EM QUE TERIA CIRCUNDADO O QUARTEIRÃO DE RUAS ADJACENTES COM O OBJETIVO DE RECONDUZIR O VEÍCULO AO LOCAL DO ACIDENTE E DE SOCORRER A VÍTIMA. AO CHEGAR AO LOCAL DA OCORRÊNCIA, O CONDUTOR, QUE DIZIA TER FRATURADO O MEMBRO INFERIOR DIREITO NO ATO DA COLISÃO E ALEGAVA INCAPACIDADE DE CONTINUAR A CONDUZIR O VEÍCULO DE SUA PROPRIEDADE, REQUISITOU À TESTEMUNHA QUE GUIASSE O VEÍCULO VOLKSWAGEN PASSAT, DE COR PRATA, PLACA MDA-1839 (UM, OITO, TRÊS, NOVE), ATÉ O HOSPItal Samaritano, localizado à Rua Bambina, número 98 (noventa e oito), no mesmo bairro de Botafogo. A vítima foi alojada em decúbito dorsal no assento posterior do veículo pelas mãos do condutor e da testemunha. A testemunha estimou em cerca de 10 (dez) minutos o tempo decorrido entre a partida do local do acidente e a chegada à entrada do Hospital Samaritano. Segundo relato da equipe de atendimento de emergência do hospital, a vítima já não se encontrava com sinais vitais ao dar entrada no estabelecimento, em decorrência de múltiplos traumatismos, inclusive cranioencefálicos, causados pela colisão com o veículo e posterior queda sobre o pavimento da via pública. O condutor recusou-se a submeter-se a exame de dosagem alcoólica na corrente sanguínea e permaneceu no hospital para tratamento da fratura no membro posterior direito e subsequente observação médica.

* * *

http://www.umdesconhecidoacadaesquina.blogspot.com

A REALIDADE VALE MAIS QUE A FICÇÃO

Retrato falado n. 7599
17.2.26, Paris, Rive Gauche, café em frente a Notre-Dame (II)

Ela tem cerca de trinta anos e entra no café restaurante por uma porta lateral, em direção à mesa do leitor de Sartre (vide retrato falado n. 7598). Cumprimenta-o de maneira formal, com um aperto de mão. Já se conhecem, mas não muito; não há desconforto na falta de intimidade nem embaraço de intimidades parcialmente adquiridas. Senta-se na metade iluminada da mesa. Dos sete homens de idade adulta, solitários ou acompanhados, que se encontram espalhados pelas mesas do café restaurante, quatro lançaram a ela um olhar apreciativo no momento em que entrou. Não é alta, mede entre um metro e sessenta e dois e um e sessenta e quatro com o salto médio da bota de couro negro semifosco, e caminha de modo suficientemente discreto para não parecer vulgar, mas suficientemente desenvolto para que o movimento realce as formas do corpo. Tem uma curvatura bonita que vai da cintura magra até os quadris médios, que, por sua vez, se arredondam em direção às nádegas bem torneadas por um jeans escuro, mais justo que folgado, artificialmente desbotado na altura das coxas. Os seios compactos e altos acomodam-se sem esforço sob o sutiã meia-taça e o suéter de caxemira com gola rulê, de um azul entre o klein e o real. Tem o orgulho de uma elegância aparentemente casual, como se não houvesse situação ou circunstância que justificasse excessos de solenidade.

O cabelo é liso e negro à distância, mas sob o sol mostra sua cor verdadeira. O castanho-escuro nunca foi adulterado por tinturas, e nem por isso se detecta qualquer fio branco. O corte é desfiado frontal, com franja longa na altura do nariz, a ponto de ocultar o olho esquerdo quando ela abaixa a cabeça para buscar um pequeno frasco de colírio na bolsa trapezoide rígida que alojou na cadeira à sua esquerda. Nas costas, o cabelo desce até a base da escápula. Foi lavado há não mais do que uma hora e ainda emite, para olfatos sensíveis a uma distância de quatro metros, um aroma sutil de cítricos, comum em xampus de hotéis.

O rosto é levemente arredondado. No centro, olhos grandes, da cor entre o aço e o grafite-claro, dominam as feições. Os cílios compridos, adensados por rímel negro, atraem ainda mais a atenção para os olhos, como se uma pintura de cores e formas simples precisasse de uma moldura barroca. Sabe que o uso de óculos reduziria o apelo do rosto e opta por lentes de contato, lubrificadas com duas gotas de colírio em cada olho. O nariz é fino, nada arrebitado, a base perfeitamente paralela à linha do chão. Quase não aparece entre os olhos e a boca, mais carnuda do que fina, mais centralizada do que rasgada, de um vermelho-cáqui que tornaria excessivo o uso de brilho ou batom. Quando ela fala, procura esconder os dentes, que nas poucas vezes em que sorri aparecem com um desenho perfeito e uma coloração esmaecida pelo consumo frequente de cigarros. As mãos, sempre presentes e tensas, pedem o cigarro, mas ela sabe que, depois da recente proibição do fumo em parques, quartos de hotéis e ruas com até quinze metros de largura, o melhor local para fumar em Paris são as margens do Sena, cujas águas correm em silêncio a menos de trinta e cinco metros da cadeira onde está sentada.

Ela fala espanhol com um sotaque portenho que arrasta as consoantes guturais. Ele agora fala português com um sotaque carioca de quem está longe do Rio de Janeiro há muitos anos. A comunicação entre a argentina e o brasileiro flui no registro duplo, eles parecem compreender perfeitamente a língua um do outro, mas não abrem mão de usar a sua. Ele quase não mexe a cabeça ao ler em voz alta um trecho de *A náusea*. Ela gesticula quando fala olhando para o Sena, como se pontuasse frases espirituosas com os dedos.

Ambos pedem salada com *chèvre chaud*. Seguem Atkins esporadicamente, sem lembrar-lhe o nome. Ela olha o rótulo da garrafa, o tinto já abaixo da metade, e pede uma taça de vinho branco. Enquanto esperam o prato, ele entrega a ela um envelope pardo, tamanho A4, sem nenhuma anotação externa. Ela retira do envelope um maço de cem a cento e cinquenta folhas, todas soltas, sem grampo ou clipe. Afasta um pouco a cadeira da mesa, apoia as folhas nas coxas e abaixa a cabeça para ler. Lê a primeira página rapidamente, em não mais do que quinze segundos. Levanta-a com a mão esquerda e lê a segunda página ainda mais rápido. A posição da cabeça, muito dobrada para baixo, deixa ver uma área central e bonita da nuca, o cabelo bifurcando-se em dois tufos naturais que descem pelas laterais do pescoço. Começa a folhear o conjunto, como se buscasse algo específico ou destoante. Pula até a última folha e a lê em menos de dez segundos. Folheia o conjunto novamente. A mão direita, tensa e aberta, enxuga um suor repentino na margem das páginas. Ela ergue o rosto. Os olhos entre o aço e o grafite-claro perdem-se no vazio, a testa e as sobrancelhas estão franzidas. Olha na direção do rio e volta a encarar seu companheiro de mesa por um instante, um olhar que o observa e o atravessa, como se indagasse algo a si mesma. Pega a taça de vinho branco, ainda intocada por sua boca, e joga o conteúdo no rosto dele. Observa por um segundo os olhos fechados atrás das lentes embaçadas, os óculos de armação tartaruga, o percurso do líquido que se abre em veios pelo X das feições. Algumas gotas precipitam-se em direção ao livro sobre a mesa. Ele já não parece preocupado com a edição parda e agora molhada da Gallimard. Ela pega as folhas do colo e, enquanto se levanta da cadeira, joga-as na mesa. Duas ou três alcançam os pés de um homem que está de costas na mesa ao lado. Uma se equilibra por um átimo no peitoril largo da janela em frente à mesa e cai do lado de fora. Ela recolhe a bolsa trapezoide na cadeira à sua esquerda e segue em direção à rua com uma contrição de lábios de quem está prestes a chorar.

* * *

Cássio Haddames agradece sua mensagem e lamenta informar que:

☐ Não lê manuscritos

☐ Não escreve prefácios, introduções, orelhas e cartas de recomendação

☐ Não escreve artigos ou livros por encomenda

☐ Não escreve contos nem participa de antologias

☐ Não escreve roteiros nem adapta seus livros para o cinema

☐ Não faz pontas em filmes nem atua em comerciais

☐ Não frequenta saraus nem leituras de poesia

☐ Não integra júris de prêmios e concursos literários

☐ Não dá entrevistas sobre seus livros ou o estado da literatura brasileira

☐ Não autografa seus livros depois dos eventos de lançamento

☐ Não recebe visitas nem responde cartas longas de desconhecidos

☐ Não recomenda livros

☐ Não responde questionários sobre seus hábitos de escrever

☐ Não participa de feiras, bienais e conferências de escritores

☐ Não participa de programas de rádio ou tevê

☐ Não faz doações de livros ou em espécie nem financia escolas e igrejas

☐ Não aconselha jovens ou velhos escritores

☐ Não dá cursos, palestras ou aulas inaugurais

☐ Não envia fotografias de si mesmo ou de outras pessoas

☑ Não recomenda autores para a Academia Sueca

☐ Não compreende bem nem nutre o conceito de amizade em redes sociais

* * *

EM n. 37/2024 — MRE
SECRETO

Brasília, 6 de maio de 2024

Excelentíssimo senhor presidente da República,

Sob a liderança de Vossa Excelência, o Brasil tem realizado feitos sem precedentes em sua história. A conquista de um assento permanente no Conselho de Segurança da Organização das Nações Unidas, a superação da economia francesa e o início das operações do submarino nuclear são apenas os sinais mais evidentes de que o Brasil começa a realizar plenamente suas potencialidades de desenvolvimento e a desempenhar o papel que lhe cabe no concerto das nações.

Muitas das conquistas recentes do país fazem acompanhar-se do devido reconhecimento e de manifestações de apreço de veículos de comunicação, autoridades governamentais e formadores de opinião em geral, tanto no Brasil quanto no exterior. A mediação brasileira que pôs fim à chamada "Guerra do Oceano", entre a Bolívia e o Chile, foi qualificada pelo quase sempre sóbrio *International Herald Tribune* como "uma proeza diplomática, uma combinação perfeita de paciência, discrição e talento" ("a feat of diplomacy, a perfect combination of patience, discretion and genius").

Também a maneira como Vossa Excelência concebeu e implementou a estratégia de repressão à criminalidade de viés político-separatista, com a combinação adequada entre negociação e uso da força, que levou à dissolução da nascente e autoproclamada "República do Comando Miliciano" (RCM), foi enaltecida por algumas personalidades e autoridades estrangeiras, especialmente do mundo em desenvolvimento.

Os progressos do país não se têm materializado, no entanto, sem a superação de resistências externas e internas, materiais ou simbólicas. Em que pese aos ingentes esforços da Secretaria de Comunicação Social da Presidência da República e do Ministério das Relações Exteriores, por mim chefiado, de intensificar a divulgação no exterior da realidade brasileira, proliferam entre os principais veículos da imprensa internacional visões ainda parciais e distorcidas do que é o país. Em decorrência do desenvolvimento econômico nas últimas décadas, é cada vez menos frequente a caracterização do Brasil como o país do samba e do futebol, mas começa a sedimentar-se, em contrapartida, um estereótipo igualmente nocivo, segundo o qual o Brasil é um país tão rico economicamente quanto pobre culturalmente.

As declarações maledicentes e alcoolizadas do primeiro-ministro italiano de que o Brasil é "um burguês sem alma, cuja maior contribuição ao mundo foi a telenovela" ("un borghese senza anima, il cui più grande contributo al mondo è stata la telenovela"), que levaram à pronta convocação do embaixador brasileiro em Roma, repercutiram de maneira desproporcional e injustificada nos meios de comunicação estrangeiros e nacionais. Embora tenham reconhecido a leviandade do mandatário italiano, cuja conduta se revelou incompatível com a sobriedade e a estatura que o cargo exige, muitos veículos acabaram por dar-lhe razão. Editoriais do *Los Angeles Times*, *China Daily*, *El País* e *Die Zeit* reproduziram, em maior ou menor medida, o estereótipo do alegado empobrecimento da cultura brasileira.

O escritor Michel Houellebecq, em artigo publicado simultaneamente no *Le Figaro* e no *Independent*, da Irlanda, chegou a afirmar que "o Brasil e o prêmio Nobel, igualmente medíocres, não se merecem", e que os brasileiros preferem, "muito justificadamente" esmerar-se em desenvolver e oferecer "atividades bem mais sedutoras, como o turismo sexual e as emocionantes visitas guiadas às favelas" ("des activités encore plus séduisantes, comme le tourisme sexuel et les passionnantes visites guidées aux bidonvilles").

A referência ao fato de que nenhum cidadão brasileiro recebeu até hoje um prêmio Nobel foi amplamente reproduzida, nos dias seguintes, em diversos jornais e redes sociais no Brasil e no exterior, dando lugar a comentários invariavelmente negativos e, por vezes, abertamente preconceituosos contra o país.

Independentemente da origem e dos interesses, quase sempre escusos e concorrenciais, que motivam os ataques, o fato é que tendem a distorcer a imagem do Brasil interna e externamente e afetam, sob a forma do preconceito, a capacidade de atuação internacional do país. Exigem, portanto, uma permanente vigilância e uma reforçada capacidade de resposta do governo e da sociedade brasileira.

Inspirado no descortino de Vossa Excelência, o governo brasileiro já vem adotando uma série de medidas que ajudam a difundir, no exterior, uma visão mais fidedigna da realidade do Brasil e, muito especialmente, de sua produção cultural e acadêmica. O *Programa Abre Alas Que Eu Quero Passar*, que tem levado artistas e acadêmicos brasileiros a diversos países, entra em seu segundo ano de programação com recursos ampliados. Já o *Programa Brazil É Brasil*, de financiamento de traduções e de apoio à formação de tradutores de português, começa a gerar resultados no número de textos clássicos e modernos brasileiros editados no exterior.

Todas essas iniciativas nasceram da convicção de que o Brasil produz muito e mostra pouco. Como Vossa Excelência tem reiterado, o Brasil não deve ter pudores de divulgar o que é seu, sob o risco de ver apenas o outro. Projeção cultural é parte indissociável do desenvolvimento nacional. Todos os países de expressão desenvolvem políticas abrangentes de divulgação de suas realidades nacionais.

O caso do prêmio Nobel é particularmente ilustrativo desse desafio. Oitenta e oito países já tiveram nacionais agraciados com o prêmio. Só na América Latina, dez países já receberam o galardão. A Argentina lidera o continente com quatro prêmios, seguida de México com três, Chile e Guatemala com dois, Colômbia, Costa Rica, Peru, Trinidad e Tobago, Uruguai e Venezuela com um. Trinta e quatro países europeus e nove países africanos já receberam o prêmio. Evidentemente, o fato de que nenhum brasileiro recebeu até hoje o Nobel revela mais sobre a introversão acadêmica e cultural do Brasil do que sobre a qualidade de seus escritores, líderes, médicos, físicos, químicos e economistas.

É nesse contexto que trago à alta consideração de Vossa Excelência a proposta de que o Brasil passe a adotar uma política proativa de apoio à conquista de prêmios Nobel. Embora o prêmio seja, oficialmente, infenso a interferências de governos, é fato que muitos países adotam políticas sistemáticas com vistas a favorecer seus candidatos nacionais e a influenciar direta ou indiretamente os integrantes das academias suecas e do parlamento norueguês (no caso do Nobel da Paz).

Instruí meus subordinados no Ministério das Relações Exteriores a realizarem pesquisa preliminar sobre empresas que prestam apoio a campanhas de candidaturas ao prêmio Nobel. Foram identificados ao menos três escritórios internacionais que detêm informações sobre os comitês de seleção e realizam o mapeamento das instituições e dos professores regularmente convidados pela Fundação Nobel a indicar nomes nas diversas categorias do prêmio. A combinação entre a capilaridade da rede de embaixadas e demais postos do Brasil no exterior e os serviços especializados de um escritório internacional de prestígio poderá contribuir para que o Brasil desperte do estado de indiferença e inação que marcou a relação do país com premiações internacionais como o Nobel.

Caso Vossa Excelência esteja de acordo com o lançamento dessa iniciativa, permito-me sugerir que, num primeiro momento, o Brasil se concentre no apoio a candidatos em duas das seis categorias do prêmio.

A primeira seria a do prêmio Nobel de Literatura, por se tratar da categoria que mais diretamente envolve o prestígio cultural de um país. Enquanto as demais categorias se referem a atividades científicas (física, medicina, química), econômicas (economia) ou políticas (paz), o Nobel de Literatura incide diretamente sobre a formação da imagem da cultura de um país e ajuda a promover e a projetar sua literatura como um todo. Nessa área, o Brasil dispõe de alguns bons candidatos. Instruí o Departamento Cultural do Ministério das Relações Exteriores a realizar uma sondagem para auscultar, no Brasil e no exterior, nomes de escritores nacionais que, pela temática, estilo e alcance, mais parecem se adequar ao perfil de um prêmio Nobel de Literatura. Cássio Haddames é o nome que elevo à consideração de Vossa

Excelência, com base em consultas realizadas junto à comunidade literária brasileira. Trata-se de autor prestigioso, cuja obra foi devidamente avaliada e exaltada quando o escritor venceu o prêmio Camões.

A segunda categoria em que recomendaria a Vossa Excelência o devido apoio do governo brasileiro a uma candidatura é aquela em que teríamos, em minha avaliação, possibilidades mais concretas e imediatas de êxito, dadas as qualidades indiscutíveis do candidato e seu acervo de realizações. Refiro-me ao prêmio Nobel da Paz e à candidatura natural de Vossa Excelência, que nada mais seria do que o coroamento justo, para não dizer inquestionável, da muito bem-sucedida mediação que pôs fim ao conflito entre a Bolívia e o Chile em torno da questão do acesso ao oceano Pacífico. Como já mencionei anteriormente, a habilidade e o prestígio nacional e internacional de Vossa Excelência têm sido cantados em prosa e verso, e não há feito recente no campo da política internacional que se iguale à proeza por Vossa Excelência protagonizada. Êxito diplomático sublinhado pela tocante realização do Concerto da Paz em plena zona desmilitarizada e pela histórica partida de futebol entre a equipe brasileira e o selecionado misto chileno-boliviano, símbolo maior da reconciliação.

A publicação de uma biografia de Vossa Excelência em inglês, sueco e norueguês (com possível prefácio de um dos filhos de Olof Palme), a produção e a exibição de documentários sobre o fim da "Guerra do Oceano" com o apoio de empresas suecas e norueguesas com investimentos no Brasil, a realização de eventos e exposições fotográficas sobre o armistício com a presença de jornalistas e membros do comitê norueguês do Nobel da Paz e a nomeação de embaixadores de primeira linha para as embaixadas em Estocolmo e Oslo são apenas algumas das iniciativas que o Itamaraty já se prepara para lançar.

Bem sei da modéstia e do sentido de missão de que Vossa Excelência é imbuído, que o impede de perseguir títulos e recompensas de natureza pessoal, sempre em nome do objetivo maior de construir um país mais próspero. Pondero, no entanto, que, justamente por se tratar de iniciativa que contribuiria para engrandecer ainda mais a imagem do Brasil no mundo, Vossa Excelência bem poderia vencer naturais resistências de foro íntimo e aceitar o sacrifício e o desafio de permitir que o nome de Vossa Excelência seja submetido à consideração do prêmio Nobel da Paz.

Respeitosamente,

Renato Aldo Jacobo-Leme
Ministro de Estado das Relações Exteriores

* * *

24 de fevereiro de 2026

Para Croce, arte é imaginário, e a beleza é a formação de imagens mentais interiores, em seu estado puro, ideal, que se manifestam, exteriormente e por meio da técnica, numa obra. Sempre achei que não era capaz de reter e retraçar na memória imagens de rostos. Nem das mulheres que amei. Nem mesmo de meus filhos. Não que tivesse dificuldade de reconhecer rostos. Considero-me um bom fisionomista. Simplesmente não conseguia redesenhar na mente os rostos que eu tinha visto uma única vez ou centenas de vezes.

Para alguns tipos de imagem minha memória era cega. Daí a inveja dos homens de boa memória visual. Imaginava-os em suas espreguiçadeiras, estirados com todo o conforto, enquanto ativavam e examinavam seus imensos acervos de imagens mentais — rostos, pinturas, fotografias, paisagens. Homens com seus museus privados, mnemônicos, de acesso imediato e exclusivo, totalmente interditados ao público. Não precisavam levantar-se da espreguiçadeira. Não precisavam fechar os olhos. Bastava evocar. Além do ressentimento de um ficcionista mal aparelhado para a construção visual, eu tinha a frustração de não ter acesso à beleza sem recorrer ao mundo exterior.

Tentei curar-me no período de Nova York. Todo sábado, antes de correr, eu passava pelo zoológico do Central Park. Numa cidade em que não há objeto ou superfície livre da intervenção humana, em que até as árvores dos parques e as águas do Hudson parecem amestradas, eu precisava de uma imagem selvagem, original. Chegava cedo e ia direto à jaula-caverna dos leões. Já sabia distingui-los e escolhia o de manchas escuras no alto da juba dourada. Esperava um momento de pausa em seu ir e vir. Quando ele repousava na pedra, com as patas para a frente, eu o encarava. Era a imagem que a mão do homem não podia tocar, um rosto que só o tempo corrompia. Procurava reter os traços na memória. Os olhos pequenos e distantes entre si. A pupila mínima e vertical no alto da íris, como se antecipasse um desmaio. A transparência demoníaca da íris, entre o sono e a vileza. O nariz largo, achatado sobre o triângulo negro e invertido das narinas, no centro do rosto. Os bigodes suspensos no ar, ligeiramente retorcidos nas pontas, como as cordas de um violino partido. A boca, uma máquina em prontidão, oculta pela juba e perfeitamente simétrica ao triângulo nasal. As orelhas arredondadas e voltadas para a frente, muito altas na cabeça, como se desenhadas por uma criança. Todos aqueles traços formavam um totem com arabescos dourados e negros na testa e nas mandíbulas. Eu olhava e fechava os olhos sem mover o pescoço. Retinha os traços e tentava reproduzi-los. Abria os olhos novamente. Confirmava as linhas, as proporções. Aprendia a desenhá-lo em minha mente. Quando achava que já o enxergava dentro de mim, saía para correr. A corrida era uma volta completa na pista longa dentro do Parque, nove quilômetros e setecentos metros. Upper East Side, Harlem, Upper West, Central Park South, Upper East de novo. Um tour pelo "tapete árcade sintético" de Koolhaas, onde os lagos são artificiais, as árvores transplantadas, os acidentes planejados, os incidentes amparados por uma infraestrutura invisível, e ainda assim o lugar onde me sentia melhor na ilha. Começava e terminava na altura da rua 66, perto da estátua que eu vim a saber mais tarde era de Shakespeare. Um Shakespeare de saiote, em pé, com um livro trazido ao peito e a mão esquerda na cadeira, como uma moça bem-comportada. Das primeiras vezes, logo depois de passar pela parte de trás do Metropolitan e de avistar o Reservatório, eu já não conseguia recuperar o rosto. Desacelerava, esvaziava o olhar, tentava me concentrar. A imagem tinha desaparecido. Lembrava-me de cada palavra que havia usado para descrever os traços do leão. A íris de uma transparência demoníaca, o triângulo invertido das narinas... As palavras lá estavam, mas remetiam a outras palavras. Não se convertiam em imagem. Eu completava a corrida mais cansado do que nunca, cego dentro de mim.

Foram necessárias muitas visitas ao zoológico para que eu conseguisse dar a volta completa no Parque com a imagem retida na memória. Cinquenta e cinco minutos de visão total. Era um sábado de Páscoa e de chuva. Dei a tarefa por encerrada. Precisava conviver com minhas frustrações e invejas. Não eram nobres nem agradáveis, mas eram minhas. Nunca tentei recuperar os traços do animal em outra circunstância. Voltou a ser um conjunto de palavras.

Estou há mais de um mês com um rosto gravado na mente. Acompanha-me em cada tarefa do dia e no escuro da noite, quando não há o que olhar. Já não posso dizer que não tenho memória para rostos. Talvez sofra dos extremos da memória: de um lado, a cegueira, de outro, a impossibilidade de deixar de ver. Não se livrar de uma imagem deve ser outra forma de cegueira. Durante anos, a memória resumiu-se a um movimento. O salto na frente do automóvel. Um corpo em forma de estrela voava contra o fundo negro da madrugada, ao som de uma batida seca. Entrou no avião comigo e me seguia aonde eu fosse, uma volta completa pelo mundo. Passei a ver a esquina da Voluntários da Pátria entre *hutongs* marcados com a suástica do despejo, como se Botafogo coubesse entre Sanlitun e Dongchen. O corpo-estrela, magro e elástico, saltava dos canteiros de concreto do Beltway da I-495, entre Washington D.C. e Maryland, ou dos parques esverdeados que separavam as avenidas del Libertador e Figueroa Alcorta, entre Recoleta e Palermo Chico. Também teimava em mergulhar suas pernas acrobáticas nas águas sob a ponte Queensboro ou nos trilhos do metrô da Grand Central. Bastava eu me movimentar de maneira distraída para que ele também fizesse seu movimento. Uma vez saltou do alto do Posto 9 nas costas de uma mulher de shortinho que corria na minha frente. Já não tinha a aura trágica que carregou para Pequim.

Talvez o rosto de Alicia também passe da solenidade à ironia. O que está gravado, sem possibilidade de apagar, é a imagem inicial. Eu ainda estava na primeira ou na segunda página durante a palestra do Nobel. Mal lembro do rosto assustado, a dois palmos do meu, no café em Paris.

Os olhos cinza agora têm cheiro. O cheiro do vinho branco impregnado em minha barba e em meu cabelo no momento em que a beijei entre as coxas no quarto de hotel.

4.

Isso não é um manuscrito

É uma declaração de amor, com pequenas variações ao longo de cento e cinquenta páginas. Há sentimentos que só se expressam por aproximações.

1. O salão era um cubo cor de leite com ornamentos dourados. Um arco retangular de cadeiras cercava o púlpito. A cada assento, um corpo antigo, uma cabeça branca, um brilho de óculos. O secretário perpétuo balbuciou algumas palavras em português. Devia falar bem o sueco. Apoiei as folhas no púlpito e comecei a ler. Seguia meu hábito de erguer os olhos ao fim de frases longas. Poderia não ter percebido. É possível passar anos e anos na mais profunda indiferença a todo e qualquer objeto ao redor, até que uma visão particular opere a quebra. Não sei que nervo a imagem tocou. O corpo era um muro de gelo que se estilhaçava de repente. As frases já não tinham significado; marcavam o tempo de erguer a cabeça e sofrer o golpe de novo.

2. Você dirá que menti. Que veio de Estocolmo em vão. Pegará o copo d'água e jogará na minha cara. Abandonará esta mesa. Apesar de tudo, vou encontrá-la em seu hotel. Leremos na cama as cento e cinquenta aproximações de um sentimento. E você dirá se é um manuscrito ou não.

Página 1

Isso não é um manuscrito

Deveria ser uma declaração de amor, com pequenas variações ao longo de cento e cinquenta páginas. Todo enigma é múltiplo.

1. O púlpito ficava um pouco mais alto que o rés do chão, como o cadafalso em execuções públicas. Um ambiente aconchegante, materno. Os lustres e candelabros caiavam a pele descolorida da audiência. Havia um negro, e sua singularidade não me comoveu. A irmã que não tive não estava dormindo, portanto não me queixo como Bellow, que aqui esteve quarenta e nove anos antes. Minha voz parecia familiar, não havia distância, como senti em outras ocasiões. À minha direita, por entre um urso-branco que dormitava e uma máscara centenária de pó de arroz, estava você. Há uma precisão geométrica, pouco humana, quando as linhas do olhar coincidem. Quase se ouve o trinco de uma porta. Não é mais que um átimo, mas a autoconsciência é imediata e violenta. Você corou naquele instante. Meus músculos trincaram por dentro, como se estrangulassem os ossos.

2. Uma declaração de amor vale mais do que um manuscrito original de um Nobel. Ou deveria valer, ao menos para quem a recebe.

Página 2

Isso não é um manuscrito

Mas deveria ser. O mínimo que se espera de uma declaração de amor é que seja escrita à mão. Como nas cartas, só há espontaneidade se, entre a mão e o papel, não se interpõe a máquina ou um intervalo entre o ato de escrever e o de grafar.

1. Barthes diz que, no arrebatamento ("ravissement"), "amamos primeiro um quadro, porque o arrebatar-se precisa do signo do repentino (...): e, de todos os arranjos de objetos, o quadro é o que parece ver-se melhor pela primeira vez: uma cortina se rasga: o que nunca havia sido visto é descoberto em sua inteireza, e, a partir de então, devorado pelos olhos: o imediato vale pelo pleno: inicio-me: o quadro *consagra* o objeto que vou amar". Representação, exatidão, instantaneidade. O quadro tem um espaço-tempo próprio, e é ali, naquele lugar dissociado do mundo, que se apreende o outro.

2. Não sei o que a fenomenologia do amor em Barthes deve a Sartre. O trecho de *A náusea* que acabo de ler em voz alta, nesta mesa, é também uma descrição do arrebatamento. Roquentin não se cansa de falar da perda de sentido dos objetos a seu redor, até que num momento de iluminação, de contato com a raiz, tem a consciência do ser em sua forma pura. "Eu era a raiz do castanheiro."

Página 3

Isso não é um manuscrito

Talvez nem seja uma declaração de amor. As palavras são ondas na vazante. Quanto mais se acumulam, mais se afastam do lugar aonde querem chegar.

1. Os estrábicos não sofrem o risco do amor à primeira vista. A paixão súbita depende do aprumo do olhar. As referências ao enamoramento nas mais diversas línguas já são metáforas visuais do instantâneo e do exato. Amor à primeira vista, flechazo, love at first sight, coup de foudre, Liebe auf den ersten Blick, amore a prima vista. Os franceses sempre acharam que sabiam do amor mais que os outros. Embora um tanto deselegante na tradução literal, golpe de relâmpago ("coup de foudre") é a melhor descrição.

2. Não use o vinho tinto que lhe oferecerei. Um banho de água é mais civilizado.

Página 4

Isso não é um manuscrito

É uma declaração de amor, com pequenas...

* * *

Pequim, 29 de setembro de 2006

André, filho querido

É triste estar longe de você e do seu irmão. Vim para a China para me distanciar do acidente e o que consegui foi me afastar de vocês. A incomunicabilidade agrava a solidão. Não é só a dificuldade de ouvir e falar. Fico paralisado diante da placa na rua, da manchete do jornal, do aviso numa porta de banheiro. Sempre tive orgulho de me integrar aos lugares pela familiaridade da língua. Aqui, mais do que uma criança balbuciante, sou um analfabeto adulto. Não pertencer é sempre uma lição de humildade, mas não se comunicar é nunca chegar ao lugar onde se está. Sinto-me disperso, anterior a fronteiras. Drummond se repete em meu ouvido interno como música fácil.

Alguns poucos chineses tentam falar inglês. Um inglês de leitura, com uma fonética própria, dos que adivinham uma língua. A vasta maioria, nos restaurantes, no comércio, nas ruas, só fala esse mandarim duro, áspero ao ouvido. Às vezes com o estilo local, como se encenassem uma briga. Quando tento usar algo do que aprendi, quase ninguém entende e, quando entendem, me corrigem a pronúncia, eu adivinhador como eles. Os motoristas de táxi emburrecem quando me veem. São tomados do pânico da incompreensão e não se dão conta de que não estou falando uma língua estrangeira.

É uma ironia que, na busca do apartamento definitivo, eu só encontre nomes em inglês. Condomínio com nome estrangeiro é moléstia universal. O sol nunca se põe no império Alphaville, de São Paulo a Bangcoc, de Guadalajara a Manila. Aqui atende tanto aos expatriados como a uma parte da elite chinesa. China World Apartments (onde estou provisoriamente), Windsor Avenue, River Garden, Kings Garden, Parkview Towers, Golf Palace, Seasons Park, Palm Springs, Central Park, Global Trade Mansion... Você, com essa precocidade de crítico mirim, ficará horrorizado com o estilo. Marcus Vinicius aproveitará as academias de ginástica, símbolos de status intocados, com suas dezenas de esteiras perfeitamente perfiladas e vazias.

Diante da barafunda visual e sonora, a pobreza olfativa me decepciona. Só consigo cheirar fuligem e concreto. Naturalmente não há cheiro de mar ou rio, de montanha ou floresta. A impressão é que isto nunca foi terra virgem. Mesmo para os padrões de um ser convictamente urbano como seu pai, faz falta um aroma ocasional de terra ou grama. Não há representante da fauna e da flora por perto. Em meio à bilionária presença humana, não vejo cachorros e gatos nas ruas. Nunca vi um burro ou um cavalo nesta cidade que exibe todos os meios imagináveis de transporte. É raro topar com um simples inseto. Nada voa nos céus e nos tetos de Pequim, nada rasteja nas paredes. Deve ser meu estado de espírito.

A verdade é que a proporção entre a população humana e animal é tão desvantajosa para a fauna chinesa que não parece existir a ideia do animal vira-lata, que vaga, *flâneur, maître de soi-même*. No confronto com a escassez, nada se esbanja. Há exceções, como o simpático panda, com um status quase sagrado, talvez por ser uma espécie exclusivamente chinesa em risco de extinção, dada a sua proverbial inapetência para o sexo. Já me disseram que tenho que visitar as barracas de comida de Wangfujing, no lado leste da Cidade Proibida, para saborear a variedade de espetinhos com as espécies mais improváveis, escorpiões, estrelas-do-mar, insetos que lembram percevejos e coisas piores. Lá reencontrarei o mundo animal, temperado e empalado.

Fauna viva e variada tenho avistado na noite de Sanlitun ("Sanlitur", na pronúncia amineirada dos pequineses). Vocês vão gostar. É um bairro perto de algumas embaixadas e do liceu francês, com um comércio miúdo de roupas e DVDs, bares e restaurantes apertados, Aperitivo, Nan Jie, Roof Top, Alameda, Tree, numa teia de ruas empoeiradas onde ainda se veem, num beco ou outro, sobrados condenados a dar lugar a prédios de metal e vidro. Em suas paredes carcomidas, aparece uma combinação de xis e suástica, pintada como um grafite adolescente, embora a mensagem de despejo não seja nada lúdica. O que impressiona em Sanlitun é a mistura humana, orientais ocidentalizados, ocidentais orientalizados, chineses típicos, anglo-saxões e norte-europeus ansiosos por desreprimir-se, latinos, negros, camelôs, cantores de caraoquê, africanos oferecendo drogas na rua, chineses oferecendo drogas em bares, prostitutas. Todo um mundo à parte, pequeno e universal, encravado na região leste de Pequim. Procurei o Estado policial e autoritário e não encontrei.

Acabei achando uma mulher que usava uma viseira escura até a boca, uma típica oriental com medo de sol. O detalhe é que já passava da meia-noite, e o lume era apenas das lanterninhas que pendiam na frente de bares e boates. Aquela repulsa a uma luz imaginária me intrigou mais do que a sandália de salto com um cacho de uvas verdes de plástico no alto do pé. Resolvi segui-la discretamente, para ver aonde me levaria. Ela caminhava sacudindo um smoothie de frutas silvestres num copo de meio litro. Dobrou uma esquina e entrou por uma porta ao lado de uma loja. Não estava trancada, e decidi entrar também. Ouvi uma música que vinha do subsolo, desci uma escada estreita e topei com um bar.

Sentei-me no centro do balcão, em um banco alto ao lado de um garrafão de vidro, largo como um balde. Dentro do garrafão havia um líquido amarelo e uma cobra enrolada, que me pareceu morta ou em coma profundo. Notei uma etiqueta do outro lado: "Snake Wine". A mulher da viseira apareceu com um avental amarrado nas costas e perguntou-me num inglês razoável se eu queria provar o vinho. Apontei para a garrafa de uísque na parede espelhada, o pequeno andarilho dourado e familiar. As garrafas do bar eram protegidas por um retrato antigo de Sun Yat-sen, de bigodinho grisalho, e uma fotografia autografada do iugoslavo Bora Milutinović, ex-técnico da seleção chinesa de futebol. Bora usava óculos escuros ao estilo Chico Xavier, que ocupavam metade do seu rosto, em par perfeito com a viseira da garçonete. Perguntei-lhe se Milutinović frequentava o bar. Ela disse que ele vinha sempre, embora ela mesma nunca o tivesse visto, o que pareceu fazer todo o sentido.

As poucas pessoas nas mesas conversavam alto e viravam-se para dois monitores de tevê, um de cada lado do bar. O som ambiente não vinha dos monitores. Ouvia-se uma espécie de rock local, um metal moderado cantado em chinês. A tevê à direita mostrava um espetáculo noturno num rio, estilo *son et lumière*. Dançarinos marchavam em cima de canoas de bambu longas e estreitas, com roupas coloridas e apetrechos de prata, tendo ao fundo montanhas karst sob uma névoa densa. A garçonete ergueu o rosto para me olhar por baixo da viseira e encarou-me com olhos perfeitamente horizontais. Disse que aquela era a história da Terceira Irmã Liu (Liu San Jie), cantora e defensora dos camponeses pobres. Aprovei com a cabeça.

Meu interesse estava voltado para a outra tevê, um balé involuntário de corpos curvados sobre um retângulo verde e uma bola branca que estava em todos os lugares ao mesmo tempo, a exibição de uma partida de pingue-pongue entre China e Coreia do Sul pelas Olimpíadas asiáticas. Aquilo me despertou os sentidos e a fome. Decidi ignorar a cobra e pedi pijiu yu, uma carpa preparada ao gosto local, com cerveja, wok-fried, que você odiaria de tão picante.

Em minha terceira ou quarta dose de uísque, a garçonete perguntou se podia tocar minha barba. Suas mãos eram suaves, com um ligeiro aroma de alho. Nem nesse momento ela tirou a viseira. Quando virou de costas, notei que as orelhas, parcialmente destacadas do crânio, formavam um tríptico com a trouxinha do pequeno coque, sustentado pela tatuagem de uma serpente (prima da cobra do vinho) que se curvava ao longo da nuca como um sorriso de despedida.

E a angolana do Marcus Vinicius? Eles continuam namorando? Você é que não parece entusiasmado com as meninas de Brasília.

Muita saudade. Beijos do seu pai,
Cássio

* * *

estadão.com.br/cultura

Você está em Notícias/Cultura
15 de janeiro de 2026/10h58

um virtuose da arrogância
Ou por que Cássio Haddames não merecia o Nobel

Alberto Amir

A literatura brasileira é funcionária pública. Já nasce com carteira assinada e carimbo oficial. Você, contribuinte, paga com seu trabalho pela literatura que se produz neste país. Machado de Assis foi funcionário do Ministério da Agricultura. Lima Barreto, da Secretaria de Guerra. Drummond, do Ministério da Educação. Cyro dos Anjos, do Ministério da Justiça e do Gabinete Civil. José de Alencar foi deputado. Alfredo de Taunay, militar. Monteiro Lobato foi promotor. Graciliano Ramos, prefeito. Murilo Mendes foi escrivão. Osman Lins foi bancário (do Banco do Brasil). Lygia Fagundes Telles, procuradora. Murilo Rubião, adido. Rubem Fonseca foi delegado. Aluízio Azevedo, Raul Bopp, Graça Aranha, Guimarães Rosa, Vinicius de Moraes, João Cabral de Melo Neto foram diplomatas. Clarice Lispector era casada com diplomata: dormiu, comeu, leu e escreveu em embaixadas do Brasil no exterior, com recursos da viúva. Pelo menos setenta por cento da literatura de qualidade já produzida no Brasil é de origem estatal. E de onde saiu o primeiro Nobel brasileiro? Naturalmente das tetas do Estado.

Não que isso seja um desastre em todos os sentidos. O emprego público do autor afeta a natureza da obra, mas nem sempre a empobrece. Às vezes, torna-a possível. Um mulato pobre, gago, feio e epiléptico como Machado de Assis dificilmente se tornaria o maior escritor brasileiro sem a segurança e os meios que a carreira de funcionário público lhe proporcionou. Parece até que a estabilidade do amanuense abre espaço para a inventividade do criador. O problema surge quando o Estado, não satisfeito em pagar salários a escritores-funcionários, decide arbitrar quem escreve bem ou mal. Não basta patrocinar. O Estado quer julgar.

Este jornal revelou, na reportagem sobre a exposição de motivos secreta n. 37/2024, dirigida pelo Itamaraty ao presidente da República, que o governo brasileiro determinou quem é o melhor escritor brasileiro e montou uma estratégia para lhe dar o prêmio Nobel de Literatura. O governo brasileiro agora é crítico literário e promove espionagem cultural para que o Brasil possa desfraldar prêmio Nobel por aí. Em vez de usar a arte da espionagem para defender o país, o governo pratica a espionagem da arte para presentear seus asseclas.

Em sua secreta exposição de motivos escusos, o ministro Jacobo-Leme afirma que, "com base em consultas realizadas junto à comunidade literária brasileira", seu ministério concluiu que o escritor brasileiro com perfil mais adequado para ganhar o Nobel era o diplomata Cássio Haddames, que por acaso trabalha naquele mesmo ministério, sob o comando do senhor ministro. O amigo leitor poderia fazer a gentileza de me ajudar a compreender o que o governo entende por "comunidade literária brasileira" e como fez para consultá-la? Por acaso o amigo leitor chegou a ser ouvido nessa busca ministerial do escritor pátrio de perfil adequado? Conhece alguém que foi consultado? Conhece alguém que conhece alguém que foi consultado? Receio informar que, se o amigo leitor quiser encontrar a "comunidade literária brasileira", terá de escalar o Planalto Central e visitar um gabinete de bom mobiliário, com ar condicionado e vista para um espelho de águas plácidas e palacianas no meio da Esplanada dos Ministérios, em plena capital do país.

Analisemos então a obra de nosso autor oficial, o nome ungido duas vezes pelo Estado brasileiro, como funcionário do serviço exterior e como escritor-mor da Nação. O diplomata-escritor Cássio Haddames publicou em toda a sua vida três livros, todos romances, que não somam mais do que 947 páginas, incluídas as dedicatórias e as páginas em branco entre os capítulos. Até onde se sabe, sua vasta obra de memorandos, telegramas, ofícios, notas diplomáticas, aide-mémoires, guias de remessa e minimemos não chegou às ansiosas estantes dos leitores.

O primeiro romance, *Horizonte*, conta a história de um ator melancólico que projeta no entorno de familiares e conhecidos alguns fantasmas de seu passado. Apesar da atmosfera pseudoexistencialista, em que o distanciamento psicológico do protagonista parece colocá-lo a anos-luz das feridas sociais ou familiares que ele abre ou reabre sem pudor, o livro é um bom mau exemplo nacional de realismo socialista light. A história se passa entre Copacabana e a Lapa carioca dos anos 1970, mas tem ares de romance regionalista ambientado no Nordeste dos anos 1930. Haddames achava que era Albert Camus; revelou-se um sub-Zé Lins do Rego. O anacronismo é agravado pelo clima de morbidez generalizada, em que tudo parece girar em torno da morte da mãe do protagonista.

Cinza foi o segundo romance. Como o nome já diz, o tema da morte irá nos assombrar mais uma vez. Só que agora vem embrulhado em papel celofane. Acompanhamos a ladainha da literatura ensimesmada e enamorada do próprio reflexo no lago narcísico, mais um entre tantos romances contemporâneos sobre o protagonista-escritor em seu labirinto.

O terceiro e último romance de nosso laureado trata do tema da... morte. Intitula-se *A carnívora* e, lamentavelmente, não é um livro sobre canibais, ninfomaníacas, leoas ou outros seres famintos. Conta a história de um patético habitante de Copacabana, sem profissão nem qualidades perceptíveis, que toma a humilde decisão de não morrer. Não só hoje ou amanhã. Nosso morador da Sá Ferreira proclama aos quatro ventos que irá viver para todo o sempre, e acompanhamos seus esforços para pôr em prática esse modesto propósito. A combinação entre a megalomania do projeto e a mediocridade do talento faz dele um Quixote moderno, mais risível que cativante. Naturalmente, a história é narrada em tom de farsa, já que Haddames tem consciência de que o medo da morte é assunto pesado e cacete, que só o humor alivia. Nem por isso a fórmula funciona. É seu livro mais dispensável.

Os três romances formam uma obra pequena e nada grandiosa. Dão voltas em torno de um único tema. Há momentos em que Haddames nos surpreende com uma situação irreverente ou lírica. É uma pena que essas breves iluminações pouco sobressaiam no nevoeiro de morbidez. Não se desfaz a impressão de que se está diante de uma obra excessivamente cerebral e sem vigor. Os leitores notam, e não parece fortuito que Haddames tenha sido um fracasso de vendas ao longo de sua vida, até o anúncio providencial do prêmio Nobel.

Em minha condição de escritor-desfuncionário, que nunca recebeu um tostão do Estado e pagou-lhe todos, tive o prazer de jantar uma vez, há muitos anos, na companhia de nosso escritor-mor. Dadas as minhas restrições à necrofilia, fomos a um restaurante. Cássio Haddames é profissionalíssimo como diplomata, escritor e conviva. Com seu charme diplomático-vagamundo, quase nos convence de que nos ama. Essa é sua grande obra, sua ficção mais acabada. Mais que um inventor das letras, Cássio Haddames é virtuose de uma sutilíssima arrogância, hipnótica, quase imperceptível de tão diplomática, tão própria ao meio.

Para um país que não teve a alegria de ver Machado, Drummond e Guimarães nobelizados, não deixa de ser desalentador que o primeiro Nobel brasileiro seja dado a Cássio Haddames. Para um mundo em que Lobo Antunes, Marías, Vila-Matas, Lerner, Barnes, Banville, Grossman, Auster, Carson, Amis, Krasznahorkai, Ferrante, McEwan, Binet, Rushdie, Sada, Echenoz, Fernando Vallejo, Knausgård, Murakami, Franzen, Gonçalo Tavares e Mitchell continuam a exercer seu ofício de escritores-sem-Nobel, é no mínimo intrigante que nosso autor-funcionário tenha sido o premiado.

Sejamos honestos: se Cássio Haddames não fosse diplomata, não teria sido alçado pelo governo brasileiro à condição de concorrente ao Nobel. E se a diplomacia brasileira não tivesse arregaçado seus punhos de renda para mostrar ao mundo os músculos da potência emergente, o Nobel não teria sido dado a um brasileiro. A exposição de motivos é prova cabal de um favoritismo injustificado. É triste dizer, mas nem o mérito brasileiro é merecido.

* * *

Rio de Janeiro, 28 de fevereiro de 2026

Caro senador,

Se bem compreendi a mensagem que Vossa Excelência muito gentilmente me enviou, meu nome foi recomendado à Executiva do PDJS como possível candidato, na convenção do partido, à Presidência da República. Fico surpreso e honrado com a lembrança e tomo a liberdade de alertar que o convite carece da sabedoria política que sempre caracterizou a atuação de Vossa Excelência. Eu não seria um nome adequado ao partido e, caso houvessem por bem me eleger, não seria um presidente adequado ao país. Para além de minhas incapacidades inatas, orgulho-me de uma série de idiossincrasias francamente incompatíveis com a prática política:

1. Não teria estômago para articular acordos com partidos e lideranças cujas propostas abomino moralmente ou desprezo intelectualmente.
2. Não conseguiria conviver com subordinados ou aliados envolvidos em tráfico de influência, esquemas de corrupção ou fanatismos político-partidários.
3. Nem em campanhas para o cardinalato e o papado eu negaria meu ateísmo ou frequentaria cultos religiosos.
4. Não viajaria em helicópteros ou jatinhos, de propriedade estatal ou privada.
5. Não montaria a cavalo, não ordenharia animais leiteiros, não participaria de rodeios, danças folclóricas nem de almoços populares com comidas típicas.
6. Não aceitaria conselhos de um consultor de imagem, não abandonaria minha barba nem removeria os excessos de epiderme sob os olhos.

7. Não leria discurso que contivesse o que considero erros de português ou vícios de raciocínio.
8. Não abriria mão de vinho tinto, queijos e charutos a cada refeição, excetuado o café da manhã.
9. Não largaria meu hábito de passar ao menos um dia da semana (o domingo) convivendo apenas com palavras escritas, minhas e dos autores que gosto de ler, sem ter de avistar um rosto humano.
10. Não entraria na vida político-partidária sem ter tido acesso à ficha de meu pai no antigo SNI, que nunca foi encaminhada ao Arquivo Nacional de Brasília, ao contrário dos demais documentos do órgão.

Cordialmente,
Cássio Haddames

5.

14 de março de 2026

    Sinto uma fragilidade imanente a tudo. Até no desejo mais ardente. Faz-me lembrar a história do compositor no romance do Gaddis. O grande desejo do católico Stanley é compor um réquiem para órgão e executá-lo na antiga igrejinha de Fenestrula, no norte da Itália. Passa a vida dedicado a realizar seu sonho. Quando finalmente começa a tocar o réquiem na igreja, a estrutura frágil de Fenestrula não resiste às dissonâncias e aos acordes graves e desmorona sobre o compositor. Ele morre, mas "a música é recuperada e, quando a notam, é tida em alta conta, embora raramente tocada".

    O Nobel é ao mesmo tempo uma sentença de morte e uma ordem de libertação. Já não há pretensões nem constrangimentos, se havia antes. Só o jogo e a obsessão no momento de escrever.

    Na mesma cerimônia em que perdi um sentido, ganhei o desejo por Alicia. Quão extraordinário é experimentar um sentimento inequívoco, que não suscita dúvidas, ambiguidades? Tive algumas paixões, mas nada semelhante me havia acontecido em mais de cinquenta anos. Poderia morrer em perfeita ignorância de um encantamento tão deselegantemente claro. O acaso é o deus possível — cego e sonolento. Sempre o tratei com reverência, à distância. Raramente participei de sorteios, loterias ou de qualquer outra forma de entregar-se à casualidade mais pura. Em cassinos preferia o blackjack à roleta. Não queria despertar o acaso de seu sono benigno e perder o controle de uma vida que me daria tudo enquanto dependesse de arbítrio e deliberação. Fortunas e prêmios eram tão improváveis quanto desastres e doenças súbitas. Pedi que continuasse a dormir e ignorasse minha existência, para o bem e para o mal. Não sabia que seu sono era leve.

Alicia estava hospedada no Hotel des Carmes, não muito longe do Café Panis. Perguntei logo que ela chegou, antes de mostrar o manuscrito. Ela não diria depois.

O encontro revelou algo que o manuscrito não soube antecipar. Barthes falava do arrebatamento como uma visão ao mesmo tempo repentina e abrangente, que apreende o objeto como um quadro. Descrevi a violência física e a instabilidade súbita ao ver Alicia pela primeira vez, no salão da Academia Sueca, os golpes recorrentes, a cada final de frase. No café, o olhar era outro, não menos perturbador. Retardava-se com uma fixidez indevida, e a força estava justamente no atraso. Eu a olhava, examinava o cinza da íris, dizíamos algo, e o olhar prorrogava-se por alguns segundos, quando já não falávamos. Era um diálogo paralelo e lento, desconectado da conversa. Alicia me olhava com a cabeça ligeiramente inclinada para o centro da mesa, e a atenção excessiva em seus olhos tinha algo de um assombro controlado. Não olhávamos o rosto um do outro com esse olhar natural de todo dia, que se acomoda, sem gravidade, numa área entre os olhos e o nariz do interlocutor e parece espraiar-se, um tanto preguiçosamente, pelos traços em volta. O olhar dirigia-se diretamente ao interior dos olhos, duas linhas esticadas e sobrepostas que custavam a se romper.

Enxuguei os óculos, a testa e a barba no guardanapo. Recolhi as folhas espalhadas pelo chão. Afastei o livro molhado da minha frente e comi com calma o prato que o garçom me trouxe como se nada tivesse acontecido. Teve a gentileza de não trazer o prato de Alicia. Deve ter percebido que ela saiu como quem não volta.

Entrei na Rue Lagrange, contornei a Place Maubert, com sua feira de frutos do mar e queijos, e subi a Rue des Carmes, a imagem do Panthéon ao fundo, bem no alto, a sugestão irônica de ascensão para a glória.

O hotel era pequeno. Tive de conversar um pouco com a *concierge*, para que se sentisse à vontade e me desse o número do quarto de Alicia. Contou-me que no subsolo funcionava um bar de jazz até 1948, "Le caveau des lorientais". Tinha sido fundado por bretões de Lorient, onde a Alemanha havia instalado uma base de U-boats durante a Segunda Guerra. Tudo o que ganhavam com o bar destinavam à reconstrução de Lorient, destruída pelos bombardeios dos Aliados. No "Lorientais" viam-se os zazous, dândis anglófilos que ouviam Claude Luter e encontravam Queneau, Sartre, Éluard, Prévert, Boris Vian. Segundo minha amiga *concierge*, Vian achava o lugar "très très swing".

Ela perguntou se eu queria ver o subsolo. Eu disse que não podia. Perguntei se ela tinha ideia do que era ter uma namorada argentina. Estava à minha espera e brigaria se eu não subisse logo. Ela indicou o pequeno elevador de malas, onde mal cabia uma pessoa. Subi pela escada.

Alicia estava no quinto e último andar. Esperei antes de bater. Queria ouvir sinais de sua existência. O noticiário no rádio, o secador de cabelo, passos na madeira corrida, a estática da tevê. Só ouvia um ligeiro estalar do esqueleto frágil e antigo do hotel.

Ela abriu a porta. Olhou-me, não disse nada. Foi direto para a varandinha, como se eu tivesse interrompido algo. Era um pequeno balcão que se abria na parede inclinada e se projetava do telhado de ardósia. Mal coubemos os dois, lado a lado, reclinados sobre a grade. Tentei interessar-me pela vista: a cúpula do Panthéon espremida no funil de edifícios haussmanianos, a desmontagem das barracas de feira, as torres cúbicas de Notre-Dame sobre a barragem de prédios do boulevard Saint-Germain, um homem que fumava e falava ao celular, estirado de terno sobre a maca de massagem na janela em frente. Bronzeamos o rosto no sol de inverno.

Ela entrou e deitou-se numa das duas camas de solteiro. Afastei um pouco a mala e a bolsa que estavam abertas na outra cama, tirei o sapato e deitei-me. Comecei a ler o manuscrito em voz alta. Empilhava as folhas lidas sobre a mala. Foram duas ou três horas de leitura. Larguei a última página e notei que ela chorava.

Barthes no le debe nada a Sartre, sino a Lacan.

Meu analista diria o mesmo.

Passei para a outra cama e abracei Alicia. Pensei em como seria bom ter o distanciamento para passar o resto do dia assim, abraçado para protegê-la, como se o afeto bastasse. Tirei sua roupa e comecei a acariciá-la. O cheiro de Alicia, misturado ao vinho branco em meu rosto, roubou-me o que restava de controle. Queria beijar-lhe todas as partes do corpo ao mesmo tempo. Minha face era áspera, hostil. Alicia segurou-me na altura das orelhas, como se agarrasse o volante de um carro desgovernado. Afundou-me mais entre suas pernas. A languidez, o frescor, a beleza, tudo me enfurecia. O afeto não era uma opção.

No passado, quase sempre o sexo era uma mescla de entrega e juízo. Deixava-me levar pelo desejo, mas quase nunca deixava de medir o objeto do desejo. O prazer da entrega, dos sentidos, misturava-se à visão de fora, a outro prazer, soberbo e cínico.

Ao explicar, o juízo acabava por amestrar o desejo. Perder-se era sempre melhor, mas quase nunca se completava. Pairava sempre a consciência de um limite.

Naquela pequena cama de solteiro, dentro do corpo pequeno de Alicia, não havia juízo possível. Eu era um homem de todas as idades, uma síntese tumultuada da minha vida. Sentia tudo e entendia muito pouco. Nada pairava, nada explicava. Ao todo foram três casamentos, mais densos que longos, várias relações e casos, duas ou três dezenas de mulheres. Não esperava que o momento mais intenso acontecesse aos cinquenta e oito anos.

Cochilamos na cama estreita. Procurei o banheiro. Só havia uma pia no canto do quarto, sob a parede inclinada.

El toilette está en el pasillo. Si querés una ducha, pedile la llave del baño a la conserje.

Pus a roupa e desci. O chuveiro ficava no subsolo, uma adaptação do antigo banheiro do Lorientais. Não precisei usar a chave da *concierge*. Uma japonesa de cabelo molhado e toalha na mão estava agachada e catava seus pelos no piso do box. Não queria o contato dos restos de seu corpo com os pés de um estranho.

Voltei ao quarto e não encontrei Alicia. A mala e a bolsa não estavam na cama. Fui à varanda. Começava a escurecer. Olhei a rua. A calçada e os carros estacionados na frente do hotel cobertos de papéis brancos, cento e cinquenta páginas espalhadas pela Rue des Carmes. Já não havia ninguém na maca de massagem da janela em frente. Notre-Dame estava iluminada de amarelo.

Votre petite amie argentine n'est pas gentile. Elle a dit que vous devez payer la chambre, disse a *concierge*.

* * *

Alô…
Fala, meu deputado.
Quem é?
É o Otto, Nelson.
Fala, meu senador. Tá aqui no Rio?
Pego o voo amanhã à tarde.
E sexta-feira é dia de parlamentar em Brasília?
Senador é quem mais trabalha nesse país.
Senador e deputado…
Ano que vem você compara.
Se Deus quiser. E se meu senador ajudar.
Tem minha bênção. E todos os santinhos.
Santinho já não basta. Agora é na rede.
A gente tá com uma estrutura boa.
A estrutura é boa. Falta definir a cabeça.
Foi por isso que liguei.
Falou com o Uchoa?
Mostrei a carta pra ele. Acha a mesma coisa que o Olegário.
Tá todo mundo querendo um puxador.
O presidente vai lavar as mãos no Rio e no Rio Grande. Eu e o Uchoa vamos dançar. O partido tem que sair.
Também acho. Mas sair pra onde? Achei a carta sacana. O cara faz cu-doce.
O homem é arrogante mesmo. Mas é mais vaidoso que arrogante.
Ele não topa.
Com a ficha ele pode topar.
Vocês conseguiram?
O Uchoa tem uns amigos da dura.
A ficha diz o quê?
O que a gente já sabe. O pai era médico, pcdoB. Tava no Araguaia. Sumiu no Natal de 73. Visto pela última vez na base de Xambioá. Tava preso. Corpo desapareceu.

Isso é bom pra campanha. Garoto perde o pai na ditadura. Sofre, dá a volta por cima. Vira Nobel.
Vou dizer pra ele que a gente vai tentar achar o corpo.
E se o presidente se meter nisso? Não vai chamar pra outra coisa?
Você não leu a exposição de motivos?
Li. Acho que ele vai querer faturar mais.
Parece que ficou puto. O Nobel era pra ele. O Cássio era só fachada. Cortina de fumaça. O chanceler não podia indicar só o presidente. Ia pegar mal. Favorecimento. Tinha que parecer uma estratégia ampla. *Política proativa de apoio à conquista de prêmios Nobel.* Picas.
Por isso o Jacobo tá perigando?
Achava que ia se dar bem. Arrumava o Nobel da Paz pro presidente e ficava com a fama. Todo mundo sabe que foi o Itamaraty que negociou com os chilenos. O presidente seguiu o script e ficou bonito na foto com o papa. Ia ganhar o Nobel, e todo mundo ia dizer que o Jacobo era o gênio.
Deu o Haddames, e o PR se fudeu...
Se arrependeu de ter caído na conversa. Jacobo achava que era mole. Dava até pra incluir um laranja pra não ficar feio. Combinaram a exposição de motivos pra embelezar o arquivo do Planalto. Chamariz pra historiador.
O Jacobo deu um Nobel pro Brasil e agora vai rodar... Mas o PR não vai faturar em cima do Haddames?
Não quer ver o cara pela frente. O Cássio roubou o prêmio dele e nem mencionou o presidente no discurso e nas entrevistas. Cagou solenemente.
Então não vai chamar...
Nem pra servir café no Planalto.
Quando souber que pode disputar com ele...
Vai ficar uma fera. Melhor impossível. Quanto mais nervoso, mais besteira ele faz. Imagina os dois cara a cara no debate.

Por que o Jacobo indicou um escritor-diplomata? Agora tá um auê porque ele não ouviu a ABL. Favoreceu o ministério. O PR tá deixando ele fritar.

Jacobo não queria promover o Cássio a embaixador. A indicação era prêmio de consolação. Ninguém esperava que ele ganhasse.

Não queria dar a promoção e acabou dando um Nobel...

Briga no Itamaraty é pior que briga de mulher.

São da mesma turma do Rio Branco. Primeiro e segundo lugar. Rivalidade antiga.

Quem foi o primeiro?

Não sei. Um virou escritor, outro chanceler. Jacobo queria deixar claro que a carreira do Cássio era de escritor, não de diplomata.

Dizem que ele escreve bem. Ninguém lê, mas é bom.

Escritor bom não é pra ler. Já leu Victor Hugo?

Só vi o filme. Quando você vai levar a ficha pra ele?

Terça. Jantar no Antiquarius. Vinho, queijo, charuto. Como ele gosta.

Excetuado o café da manhã... Carta babaca.

Tô com uma versão nova da carta. Falei com o Dedda. Ele expurgou as besteiras e disse que tem coisa boa ali. *Não teria estômago para articular acordos com partidos e lideranças cujas propostas abomino moralmente ou desprezo intelectualmente. Não conseguiria conviver com subordinados ou aliados envolvidos em tráfico de influência, esquemas de corrupção ou fanatismos político-partidários.* Vai ser o documento para lançar a campanha. Um manifesto do Nobel para ajudar o país.

Tem que tirar aquela esnobada de rodeio e vaca. Comida típica... Mais grave é dizer que não vai pra missa nem culto. Até o Fernando Henrique ia. Sem isso nem Deus se elege.

Limpamos tudo. Ele fica falando que é ateu, mas deu aula de graça naquela paróquia de Copacabana quando era jovem. Não pode negar isso. A gente consegue padre e pastor falando bem dele.

Posso ajudar.

Também botei uma frase dizendo que a educação é a coisa mais importante pra esse país. Tem até ruralista falando isso. Na boca do Nobel tem credibilidade. Ele vai assinar.

Vai ter que dar muito vinho.

* * *

From: cassio.haddames@itamaraty.gov.br
To: presidencia@casadoacaso.com.br
Cc:
Subject: isso não é um manuscrito
Sent: Wednesday, March 18, 2026 10:25pm

 Quando nos conhecemos, você contou uma história que nunca esqueci. Tampouco entendi se tinha acontecido de fato com um editor, colega seu, ou se você ou alguém havia inventado a história.

 Um editor recebe um manuscrito de um potencial suicida que, no livro, conta como será sua morte, iminente e nada trivial. Na avaliação do autor, compartilhada pelo editor, o livro teria, com uma boa campanha, potencial para virar um best-seller, pelo apelo mórbido de uma história que antecipa a morte do autor em um sentido nada figurado. Ele propõe ao editor assinar um contrato com duas cláusulas pouco usuais. Uma certifica que ele cumprirá o prometido: cometerá o suicídio logo depois da publicação do livro e da maneira descrita na obra. Outra estabelece que os valores relativos aos direitos autorais serão pagos diretamente a sua mulher, futura viúva do autor. Ele diz ao editor que ama a mulher, mas que de nada vale o amor de um doente terminal e endividado.

Você não contou o final da história. Acho improvável que tenha sido feliz, na realidade ou na ficção.

Nunca imaginei que um escritor se interessasse em escrever ou publicar algo pelo amor de uma mulher. Talvez eu tenha mudado com o passar dos anos.

Há muito tempo não lhe mando um manuscrito. Este que envio em anexo lhe parecerá diferente. Não é bem ficção. Escrevi em apenas um mês, inspirado em uma cena, ou melhor, em uma imagem. Papéis de circunstância, diria o poeta. Sei que o Nobel que recebi poderá inibir o juízo crítico de vocês na hora de avaliarem o texto, mas não ficarei chateado se acharem que não é digno de publicação. Pensei até em publicá-lo anonimamente, com pseudônimo. É um texto fora de lugar.

Se decidir publicá-lo, peço que não inclua texto de orelha nem de contracapa. Tampouco farei epígrafe ou dedicatória. O manuscrito já é uma dedicatória, em certo sentido.

Isso não é um manuscrito é o titulo provisório. Não pretendo mantê-lo.

* * *

Dr. Benevides de Carvalho Meireles
Rua Tonelero, 261, 7º andar, Copacabana.
Paciente: André Damadeiro H.

Eu estava em casa. Era de manhã bem cedo. Levantei, peguei um cereal na cozinha, enchi de leite e fui para a sala onde ficava a tevê. Sempre acordava antes do meu irmão. Não lembro o que estava vendo. Devia ser um sábado, não tinha escola. Só via desenhos naquela época. Uma forma cômica de iniciação artística. O expressionismo de *Coragem, o Cão Covarde*. O retrô *Tom e Jerry*. O minimalismo do *Papa-Léguas*. O gótico em *Speed Racer*. Surrealismo na *Pantera Cor-de-Rosa*. Esboço e colagem em *South Park*.

Meu pai apareceu na sala. Tinha cara de quem acabou de acordar, mas não estava de pijama. Nunca aparecia de pijama na sala. Usava uma camisa vermelha. Notei o sorriso, como se tivesse feito uma travessura. Se aproximou, sentou do meu lado e começou a ver o desenho. Ria mais do que eu. Gargalhava. Devia ser o Dexter. Odiava *Tom e Jerry*, odiava o Jerry. Torcia desesperadamente pelo dia improvável do banquete. Quando acabei meu cereal, ele se levantou e me chamou para ver uma coisa.

Segui meu pai na direção do quarto dele. Ele pôs o indicador na frente dos lábios, pedindo silêncio, e abriu a porta devagar. Entrei na ponta dos pés, o ambiente era frio e escuro. As cortinas grossas bloqueavam a luz. Ele fechou a porta em câmera lenta, encolhendo o pescoço, como se o corpo retraído fosse mais silencioso. Eu só ouvia o ronco do ar-condicionado. Segui meu pai até o pé da cama grande. No lado esquerdo da cama, uma pequena cordilheira coberta por um edredom azul-marinho descia até o rosto e o cabelo da minha mãe. Ela usava uma venda nos olhos e plugues de ouvido, e parecia dormir profundamente, a boca um pouco aberta. Ele me olhou, tinha o sorriso de antes. Pegou a ponta do edredom e começou a levantar bem devagar. Primeiro vi a planta do pé direito. Eu não sabia se olhava para ele ou para a cama. Depois o tornozelo. A base da panturrilha. O pé esquerdo. Subiu mais e vi uma, duas coxas nuas. Minha mãe dormia sobre o lado direito do corpo, as pernas na forma de um 4 sob a camisola curta. Sem largar a ponta do edredom, que ele segurava como uma tenda, meu pai começou a levantar a borda rendada da camisola com a outra mão. Era sorrateiro em cada movimento. Parecia um mágico levantando o pano para a grande surpresa. Ele me encarava no momento de mostrar a bunda e a calcinha da minha mãe. Tentei fechar os olhos. Fiquei tonto e achei que ia cair. O gosto do leite subia até minha boca.

Quantos anos você tinha?

Sete, oito...

O que você sentiu?

Nojo da minha mãe. Raiva do meu pai.

O que foi mais forte?

Raiva.

6.

Pequim, 20 de outubro de 2006

André, filho querido,

    Decidi morar perto de Sanlitun, aquele bairro de fauna variada e decadente onde esbarro em bartenders de cabelo esculpido e garçonetes de viseira que acham que a convivência com o estrangeiro ajuda a encontrar o verdadeiro eu, seja lá o que isso queira dizer. Perto não significa dentro. Estou na ponta sudoeste do complexo do Estádio dos Trabalhadores (工人体育场), leste de Pequim, entre o segundo e o terceiro anéis. Não sei que uso faço de tantos cômodos com vista para uma Pequim encardida pela poeira arenosa, mas você e seu irmão têm agora quartos próprios em dois hemisférios, embora não seja prático viver em apartamentos antípodas.
    No prédio há uma piscina de seis raias e vinte e cinco metros de comprimento, coberta por um teto de vidro semicilíndrico. Com a volta da muleta, trato a perna à base de muita natação

e, quando nado de costas, imagino boiar em pleno Beaubourg ou num acelerador de partículas, sob o céu branco e baixo que se apoia no imenso tubo de vidro.

É uma vida para estrangeiros e chineses abastados, que se multiplicam e se tornam ostensivos. Pelo menos o condomínio tem nome chinês, "Guancai" em pin yin (pronuncia-se Guantzai), ou 光彩国际公寓 na forma completa, um teste para minha pobre caligrafia.

Ao redor, há de tudo um pouco, o estádio, uma área moderna de restaurantes, casas de boliche, boates imensas e até uma feirinha de alimentos. De manhã olho a feira do alto e vejo a aglomeração de chineses com paletós cinza e sacolas verdes que parecem emergir da Revolução Cultural por um túnel do tempo. O barulho das obras próximas é constante, vinte e quatro horas, três turnos diários. À noite, neutralizo o martelar das britadeiras e bate-estacas frequentando uma boate chamada Coco-Banana. Do bar vejo a pista de dança com a garotada chinesa e expatriada e um pódio onde uma dançarina ocidental aparece de vez em quando para um simulacro de striptease. Volto para casa surdo e anestesiado, muitas vezes na companhia de alguma chinesa caridosa, comovida com minha perna convalescente. Ontem ajudou-me uma menina de coxas bonitas, andar sensual e espinhas no rosto. Suas sobrancelhas eram dois travessões tipográficos desenhados por um quadrinista. Disse que tinha vinte e um anos e queria estudar Broadcasting na Universidade de Chicago. A caminho do Guancai, desafiou-me no bilhar e ganhou todas. Aleguei que segurar taco, uísque e muleta ao mesmo tempo não ajudava. Quando a convidei para subir, ela disse que não podia, pois estava com algo que não sabia pronunciar em inglês, mas sabia soletrar corretamente: D-I-A-R-R-H-E-A. Almoçara pescoço de pato apimentado, que, em seu inglês ritmado, soou quase como um verso de rap chinês: duck-neck-spicy.

A experiência de comer em Pequim tem sido mais intrigante do que animadora. Alguns restaurantes nessa área expatriada partilham certo espírito fin-de-siècle, mais desenraizado do que propriamente cosmopolita. Já os banquetes organizados pelo governo exigem um aprendizado para gostar do que, ao primeiro contato, é repugnante. Enquanto luto, com indisfarçável timidez, com sopas de barbatana de tubarão, abalones, patas de galinha, pepinos-do-mar, meus convivas devoram as iguarias como máquinas de desejo.

Outras preciosidades, como larvas úmidas e ervas raras, fui encontrar na medicina. Sofri uma alergia ao ar da cidade, tão rico em nutrientes, e resolvi consultar-me com um médico local. Na embaixada indicaram um professor catedrático da disciplina do clássico do Imperador Amarelo. Seu consultório ficava num herbário na periferia da cidade, para além do quarto anel. Estacionei o carro, cruzei uma cortina de fitas de plástico duro e transparente, aspirei o cheiro forte de ervas amargas, cumprimentei em silêncio dois herboristas de jaleco branco e semblante pacífico e atravessei a pequena galeria. Centenas de minigavetas de madeira com todos os tipos de ervas e produtos medicinais ocupavam uma parede inteira, como o fichário de uma biblioteca medieval. Ao fundo, havia uma saleta com uma mesa pequena e duas cadeiras, nada mais. O professor Wang ouviu a descrição de meus sintomas em chinês (eu havia treinado com a professora), pediu que eu abrisse a boca e observou minha língua. Tomou meu pulso com dois dedos. Não examinou o corpo nem fez pergunta alguma. Só língua e pulso. Baixou a cabeça, escreveu ideogramas num pequeno papel e direcionou-me de volta ao herbário. Lá me explicaram que eu levaria larvas úmidas para a primeira semana e ervas para o chá das semanas seguintes. Não imaginei que a parte das larvas fosse a mais fácil.

Nem tudo lhe parecerá exótico, mas se trata sim de outro mundo. Padrões de higiene ou de polidez são sempre locais, idiossincráticos. Na embaixada recomendaram-me um casal de massagistas, a mãe especialista em massagem das costas, o filho em massagem dos pés. Ambos me fazem sofrer com seus golpes. Outro dia o rapaz se esmerava em torturar minha perna acidentada. Eu tentava ler e, entre um parágrafo e outro, ouvi o som alto, prolongado e inconfundível de gases em processo de expulsão. Olhei o rapaz, e ele seguia imperturbado em sua tarefa de espremer minha panturrilha. Nenhum constrangimento, nenhuma comoção. Apenas o trabalho diligente, sem pausa. Mais do que em qualquer outro lugar que conheci, aqui os padrões de polidez subordinam-se estritamente aos imperativos de higiene: como no escarrar constante, há uma ânsia de desembaraçar o corpo de toda e qualquer impropriedade.

Já sei aonde levá-lo quando vocês vierem no Natal. Aproveitei o feriado da Revolução de Outubro e fui a Dashanzi, um distrito de galerias de arte e estúdios a meio caminho do aeroporto. É um SoHo periférico e poeirento, montado sobre uma área industrial abandonada, onde se avistam duas chaminés sombrias, dormentes. Lá encontrei uma atmosfera de bienal e telas que impressionam ou pela violência ou pelo lirismo, a ironia de uma pop art chinesa um tanto tardia e cínica, e uma arte-manifesto, contracultural e engajada, sem perda de qualidade. A arte no lugar da indústria pesada, uma metáfora um tanto otimista para o futuro da China. Desse país em efervescência haverá de sair algo surpreendente.

Ao voltar de Dashanzi, encontrei meu apartamento coberto de fitas vermelhas que pendiam das janelas, das lombadas dos livros nas estantes, das luminárias, dos quadros que você ama ou rejeita, da geladeira, do box do chuveiro. O apartamento estava limpo, arrumado, mas lembrava o inferno em festa, à

espera dos convidados. A ayi julgou que eu precisava de ajuda para comemorar a Revolução. Deixou um bilhete em ideogramas que mal compreendi. Ainda bem que ela é feia. Apesar das extravagâncias, preciso mais de uma empregada do que de uma namorada local.
 Decidi escrever mesmo. De maneira um pouco menos irresponsável. Deixei as paródias de poemas de lado. Tenho avançado, ainda que lentamente, no texto sobre o garoto. Deverá ser um romance. Ele continua a me perseguir pelas ruas de Pequim, e essa é a forma que encontrei de exorcizá-lo. Não sei se terminarei o livro, mas ao menos me impus certa disciplina. E já lhe dei um título, *Horizonte*. Quando não há sinais de ressaca da noite no club, acordo cedo e escrevo umas tantas linhas antes de ir à embaixada. A saudade de vocês me força a ser produtivo. Tento transformar o vazio em virtude.
 Beijos do seu pai,
 Cássio

* * *

Paciente: Gros Moran, Alicia
Med. Dr.: Ingemar Thörner
Idade/sexo: 31/F Nasc.: 27/10/1994
Entrada: 24/03/2026 Pedido: HCG
Coleta: 24/03/2026-09:17 Diag.: 24/03/2026-09:27
Status: Comp.
Subm Dr.: Ingemar Thörner
4038: C0075746 Gros Moran, Alicia 7848348

TESTE	RESULTADO	FAIXA	REFERÊNCIA	SITE
HCG	138	#	mIU/mL	
Faixas esperadas de gravidez: Não grávida ou <1 semana:		0-25	mIU/mL	
0-1 semana		0-50	mIU/mL	
1-2 semanas		50-500	mIU/mL	
2-3 semanas		100-5,000	mIU/mL	
3-4 semanas		500-10,000	mIU/mL	

* * *

Rio de Janeiro, 2 de janeiro de 2026

Caro César,

 Obrigado pela carta carinhosa. Fiquei feliz, sim, embora felicidade e infelicidade coabitem harmoniosamente. Seu antecedente, mais que merecido, não despertou o desprazer da controvérsia. Para a literatura brasileira, seu futuro, seu passado, a notícia é irrelevante. Nem saberia dizer, como você faz questão de declarar, se é a mais rica do continente. Talvez a tradição romanesca inaugurada por Machado seja superior às demais. Saer dizia que o romance era, na América Latina, o primo pobre das narrativas curtas. Alguns brasileiros — Machado, Lima Barreto, Graciliano, Guimarães, Clarice — tentaram, e conseguiram, tirá-lo da pobreza.
 Com a exceção de Arlt, vocês dos dois lados do Prata sempre foram obcecados pelo conto e pela novela. O gosto do enxuto. A

história mais longa do maior escritor argentino tem treze páginas. Difícil imaginar um grupo de contistas à altura de Borges, Bioy, Felisberto Hernández, Onetti, Cortázar, Silvina Ocampo, Di Benedetto...

Meus amigos argentinos se diziam admirados da naturalidade com que o brasileiro proclama: "El Maracanã el más grande del mundo". Associam grandeza a incivilidade. O Brasil nasceu grande de pai pequeno, o que nos deixa à vontade com diversas formas de megalomania, inclusive a do romance.

Fiquei feliz com sua reação à proposta de incluir Nelson Rodrigues no Dicionário de Escritores Latino-Americanos. Os verbetes me enchem de prazer. Só não são melhores que suas novelas. Um ficcionista de imaginação farta que escreve um dicionário com a economia e o rigor de um geômetra parece um personagem de César Aira.

Um abraço,
Cássio

* * *

30 de março de 2026

Não que fosse minha intenção original, mas a carta ao senador tomou a forma de um decálogo. Dez negações em vinte e poucas linhas. Mencionei a palavra "não" quinze ou dezesseis vezes. Nem assim perceberam que eu não queria me candidatar. Ou será que eu não percebo que não disse "não" com todas as letras? Ou será que não quero dizer "não" com todas as letras, para ter a chance de vingar o passado, retribuir os traumas? Talvez minha vaidade não se circunscreva ao literário, o que me fere a vaidade de achar que não tenho outras vaidades. Talvez eu queira mostrar algo a alguém. Declarar guerra ao Reino da Suécia. Invadir um país com um cavalo e reconquistar outra Helena fora de lugar.

Sempre me engano quando suponho que um político não pode tudo. Não imaginei que conseguissem a ficha. Parece verdadeira para quem nunca viu nada do gênero. A foto eu conhecia, 3 × 4, cabelo longo que não herdei, um rosto intrigante, com algo de improvável, como se tivesse olhos de cores diferentes. O busto parece, ao mesmo tempo, armado e frágil, com "seu terno de vidro". É uma das três fotos que tenho dele. As outras são de infância. O garoto ao lado do irmão mais velho e, supostamente, dos pais. Uma serenidade quase bovina, de família rural, embora vivessem no Rio. Nada há ali que pareça sugerir o caminho que tomou.

O texto diz bem menos do que eu esperava. Nem é tão mal escrito, levando em conta o tipo de redator. O que me surpreendeu foi ter de visualizar o vulto pegado à fachada do prédio da Faculdade de Medicina, escalando o plano vertical como um inseto pronto a liberar sua substância vermelha e subversiva na forma de três letras.

Minha mãe dizia que ele chegou a me conhecer. Devia supor que eu ficaria triste se pensasse que ele não tomou conhecimento de minha existência. Como se tivesse cumprido sua obrigação materna de informar ao suposto marido o nascimento do filho do casal. Nunca me convenci de que ela contou algo a ele. Nem de que ele me conheceu. Ela não me disse que, no ano em que nasci, de todos os lugares do planeta, ele estava justamente no ponto mais distante do Rio de Janeiro. Percorria as mesmas ruas de Pequim que eu viria a frequentar quase quarenta anos depois. A Pequim dele, da Revolução Cultural, e a Pequim que conheci, do socialismo de mercado. Dois mundos antípodas no tempo. Depois São Paulo, Maranhão, Araguaia, o abismo da guerrilha. Deve ter morrido sem saber que era pai.

Um charuto apagado no canto da boca, um personagem de Orson Welles. Assim o senador reacomodou-se na cadeira e prometeu achar o corpo. O corpo não me interessa. Não terá sobrado nada cinquenta anos depois. Não enterrarei restos sob uma lápide que nem eu visitarei. Tampouco me interesso por DNA e outras abstrações. O que eu queria era uma história. Refugiou-se na mata ao ouvir os tiros de fuzil, os helicópteros sobrevoando em espiral. Teve de abandonar os suprimentos, a munição, os bornais. Ou já tinha desistido da guerrilha e tratava dos doentes de leishmaniose numa tribo krahô. Parou à beira da Transamazônica, ou na clareira no meio da mata, e cozinhou o tatu abatido com um .38. "Dr. Hermes." O mensageiro dos deuses. Desembainhou o resto de farinha e dividiu com o caçula do destacamento. Não teve coragem de cozinhar o macaco-prego. Estava sem fósforo ou isqueiro. Comemorou o Primeiro de Maio (na verdade era 30 de abril) ouvindo a Rádio Tirana, albanesa, e tomando uma sopa de jabota com ovos, fígado e madre. Com palmito de babaçu, inhame e castanha de sapucaia. Foi picado por tatuquiras. Deus da transição, das fronteiras. Arguto e lépido. Operou o mateiro com um canivete e retirou a bala de carabina alojada no ombro. Foi atacado de malária e deitou-se na mata por três dias antes de retomar a marcha. Move-se livre entre o humano e o divino. Conduz os espíritos ao além. Recebeu ajuda de uma velha camponesa. Foi delatado por um casal de lavradores que ele julgava já ter libertado das quatro modalidades básicas de "alienação" ("Entfremdung"). Tomou seis ou sete ou dezenove tiros e se jogou no igarapé, levado pela correnteza em sua moldura vermelha, cada vez mais espaçosa e transparente. Protetor dos viajantes, dos pastores, dos ladrões. Torturaram-no por quarenta minutos ou treze dias. Disse o nome de um único guerrilheiro, já morto. Ou disse um pouco mais.

Eu só queria uma narrativa crível, um arco de drama que me saciasse o desejo de começo, meio e fim. Uma memória tardia e importada. Ainda assim, uma memória.

Talvez eu devesse conversar com a suposta amante. Os serviços de inteligência adoram segredos de alcova, muito adequados à sexualidade retorcida de algozes e torturadores. "Vidinha" inspira fantasias.

Parece que ganhar o Nobel impõe novas obrigações ao agraciado. O editor de um jornal que desprezo mandou-me um e-mail em que pedia uma entrevista exclusiva e dizia que era dever do Nobel brasileiro falar com a imprensa, dar satisfação ao Brasil. O Paulo, presidente da ABL, pede em carta que eu me candidate a imortal. Criou uma parábola para dizer que é um desprestígio para a instituição não contar, entre os seus, com a agradável companhia do Nobel brasileiro. A Eugênia — mais do que a Carolina ou a Marcela — me pergunta que percentual cabe a ela dos doze milhões de coroas suecas (US$ 1.789.174,58) que recebi como prêmio da Fundação Nobel. Alega que inspirou duas das mais importantes personagens femininas de meus romances (contra sua vontade e apesar de suas advertências quanto ao risco de distorções caricaturais e difamantes) e que teve muitas vezes de cozinhar, lavar, passar, varrer, coser e sofrer a solidão de esposa esquecida, enquanto eu, do alto de meu "solipsismo irrefreável", me trancava no escritório para escrever com a lentidão usual. Fair enough.

Mais original foi a carta que recebi de um suposto milionário anônimo. Começava com uma autocrítica sutil, a citação de dois versos de Drummond: "Quarenta anos e nenhum problema/ resolvido, sequer colocado". Depois desse introito animador, vinha a proposta: ele me pagaria cinco milhões de reais para eu escrever um romance a ser publicado por ele como autor. Dizia que precisava de uma razão de ser, "de algo que movimente minha vida para além do meu cotidiano, da minha herança, do meu fastio". Para você, dizia ele, um livro a mais ou a menos não faria muita diferença depois do Nobel. "Para mim, seria a redenção e o recomeço." Disse ainda que só revelaria seu nome se eu aceitasse a oferta, porque "ambos estaríamos em falta com a verdade". O que me intrigou na proposta foi essa disjunção entre verdade e felicidade. No fundo ele tem razão. Se eu aceitasse a oferta, a "soma das felicidades individuais" daí decorrentes seria, provavelmente, maior do que se eu a recusasse. A publicação de um romance de algum sucesso de crítica me daria, nesta altura da vida, um contentamento moderado, mas para meu cúmplice, pouco dado a dilemas morais, proporcionaria uma alegria sem precedentes e, quem sabe, uma experiência transformadora. Dificilmente desconfiariam que a obra não foi escrita por meu amigo, dono de um estilo que não parece tão sofrível, ao menos pela leitura da carta. Para os leitores, a satisfação de conhecer um novo autor, avaliá-lo com olhos frescos, sem o peso de um Nobel, poderia compensar a doce ignorância da fraude. Quantos autores conhecidos por tal ou tal nome escondem "escritores-fantasmas"? A ética da autoria vale mais que o montante de felicidade proporcionado a um grupo de pessoas? O que é afinal a autoria senão um coletivo de influências?

Na transição do vinho para o conhaque, o senador disse que eu "nadaria de braçada" na campanha. A julgar por seu vocabulário, minha suposta candidatura é um sertanejo: "natural e forte". Não lhe disse sim. Não lhe disse não. Falei do e-mail do Dedda Saad, que conheci num coquetel na casa do cônsul-geral em Nova York em 2012. Ele integrava a equipe de apoio à reeleição de Obama e na época me pareceu um tremendo oportunista. O senador disse que não havia elogio maior a um publicitário marqueteiro.

Liguei para meu tio, velho e alquebrado. Foi deputado pelo antigo estado da Guanabara. Lacerdista e depois chaguista. Nunca se reelegeu. Mal ouve ao telefone.

Quintino, você sempre dizia que quando alguém não é bom em nada faz o quê?
Quê...?
QUANDO ALGUÉM NÃO É BOM EM NADA, FAZ O QUÊ?
Se candidata.
POIS É. TÃO QUERENDO QUE EU ME CANDIDATE A PRESIDENTE.
Quê...? Cê tá maluco? Ganhou o Nobel. Cê escreve. Nunca foi bom de diplomacia. Vai ser uma bosta de candidato. Cê não conhece esse meio.
O PDJS QUER LANÇAR MEU NOME.
PDJS... É do Otto, do Nelson... Uchoa. Cê vai ser engolido. Só tem um homem sério lá. O Olegário.
O SENADOR OTTO É QUE TÁ INSISTINDO.
O presidente largou ele aqui no Rio. Cê não tem chance contra o Febuen. Só serve pra puxar voto pra ele aqui.
VOCÊ ACHA QUE EU NÃO TENHO CHANCE?
Nenhuma.
NADA?
Zero. O presidente tá bem. Cê tem alguma proposta? Alguma plataforma?
SEMANA DE SEIS DIAS...
Quê...?
SEMANA DE SEIS DIAS. QUATRO DE TRABALHO. DOIS DE DESCANSO.
(Gargalhada seguida de tosse). Cê continua ruim de piada.
VI A FICHA DO TEU IRMÃO NO SNI.
Do Antônio? Como é que cê conseguiu? Tinha sumido.
O OTTO ME DEU.
Pra quê? Devem ter apagado o principal. Operação Limpeza. Começo do Geisel.
VOCÊ TAVA NO DIA EM QUE ME LEVARAM PRO DOI NA TIJUCA?
Quando eu soube cês já tinham saído.

POR QUE VOCÊ NUNCA FALOU QUE ELE TAVA NA CHINA QUANDO EU NASCI?

Cê nunca perguntou...

Ao referir-se a seu entusiasmo pela literatura do marxismo, ao fervor com que seguia a imprensa de esquerda na Itália e na Alemanha, Croce comparou-se ao homem que, já na maturidade, se apaixona pela primeira vez. Com o benefício do tempo, da experiência, pode observar melhor em si o efeito misterioso daquele sentimento excessivo, o gosto do inusitado.

Não sei se me sinto melhor ou pior. A verdade é que não sou o mesmo. E o tempo em nada me ajuda a entender e a julgar o que sinto. Faz mais de um mês que a encontrei em Paris. Desde então, nenhuma notícia. Não responde meus e-mails, não se move de seu exílio escandinavo. É imensa a falta que me faz.

* * *

19. ANTÔNIO DE ALMEIDA HADDAMES
FILHO DE: LEONARDO HADDAMES E LUÍSA DE ALMEIDA HADDAMES
NASC.: 17 NOV. 44 — RIO DE JANEIRO/DF
RESIDÊNCIA: RUA COSME VELHO Nº 18 — LARANJEIRAS / RIO DE JANEIRO-GB
CÔNJUGE: MARIA JOSÉ BARROSO PEREIRA
PROFISSÃO: MÉDICO FORMADO PELA FACULDADE DE MEDICINA DA UNIVERSIDADE DO BRASIL
OBS.: TRABALHOU NO HOSPITAL DA ORDEM TERCEIRA DA PENITÊNCIA; IRMÃO DO DEPUTADO ESTADUAL PELA GUANABARA/GB-MDB — QUINTINO DE ALMEIDA HADDAMES
AMANTE: RITA CRESPO-CCELLI (CODINOME "VIDINHA")

ANTECEDENTES: militante de organizações subversivas clandestinas. 1964 — participou do Movimento Estudantil da Faculdade de Medicina da Universidade do Brasil; 8 SET. 64 — foi preso com base no artigo 129 do Código Penal por agredir policial que o deteve após o militante escalar uma das fachadas do prédio da Faculdade de Medicina, onde pintou o nome "Che"; ABR. 1965 — foi eleito vice-presidente do DCE; tido como viciado em maconha; 1965 — rodou stencils e armazenou material de propaganda subversiva em "aparelho" do PCdoB; 1966 — cobriu "pontos" de rua no Rio de Janeiro/GB com Helenus Adaducci, que viria a pertencer ao setor de informações da ALN; 1966 — passou a integrar a CAP (Comissão de Agitação e Propaganda) do PCdoB e o grupo responsável pela edição do jornal "A Classe Operária", do PCdoB; 1967 — realizou curso em Pequim de formação político-militar de guerra prolongada de inspiração maoista, tendo saído do Brasil com documentos falsos; no retorno visitou dirigentes de partidos em dois outros países de regime e ideologia marxista-leninista (Albânia e Alemanha Oriental) e manteve reunião com o contato brasileiro do PCdoB em Paris, França; 1968 — tornou-se membro suplente do Comitê Central do PCdoB; 1968 — manteve financeiramente Rita Crespo-Ccelli (cognome "Vidinha"), esposa de Helenus Adaducci, enquanto este se encontrava preso; 1969 — instalou-se no sul do Maranhão, na cidade de Porto Franco, onde abriu consultório para atendimento à população local; 18 ABR. 1970 — foi apreendido em sua antiga residência no Rio de Janeiro material subversivo ("A guerra de guerrilhas" e "Problemas estratégicos da guerra de guerrilha do Japão", ambos de Mao Tsé-tung) e estação de radioamador clandestina, e detidos sua esposa e filho de três anos, que foram interrogados e afirmaram desconhecer a origem do material apreendido; 1970 — deixou Porto Franco e instalou-se na região do rio Gameleira, no Araguaia, sob o codinome "Dr. Hermes"; 1970 — recebeu curso de orientação na selva e camuflagem de Osvaldo Orlando da Costa, codinome "Osvaldão", comandante do Destacamento B; 1970 — passou a integrar o Destacamento B da guerrilha.

7.

Nova York, 3 de outubro de 2011

André,

Desculpe se não pude dar atenção a você. Setembro é sempre um mês crítico na ONU e, como era a primeira vez que a presidente fazia o discurso de abertura da Assembleia Geral, intempéries fabulosas se abateram sobre Manhattan. Tudo se torna teatral, hiperbólico, quando mais de uma centena de chefes de Estado e de governo se amontoam no mesmo quarteirão durante uma semana. Todos se levam muito a sério, e o que poderia ser cômico degenera em neurose. Não sei de onde as pessoas tiram o apetite para certos cargos. Presidente e chanceler são possivelmente os dois piores empregos da República, e me sinto privilegiado, em minha condição de burocrata assumido, por não haver a mais remota possibilidade de me tornar uma coisa nem outra. Se um dia vocês ouvirem que anseio algum cargo político, carreguem-me para um terreiro de quimbanda e peçam uma sessão de descarrego para exorcizar esse exu gozador.

Apesar de tudo, aqui têm acontecido coisas interessantes da ONU para fora, nem sempre o que se esperaria de uma sociedade tão vetusta e repressora em muitos aspectos. Meus préstimos de negociador de habeas corpus parecem transcender as delegacias de Copacabana. Semana passada, tive de socorrer o colega de plantão, primeiro-secretário, que me perguntava como poderia libertar um deputado federal brasileiro algemado. Desaconselhei-o a subornar policiais americanos, mas ele disse que nosso parlamentar não estava numa delegacia, e sim na cama king size de uma suíte do Four Seasons. Não me contou se a razão foi a falta de pagamento pelos serviços prestados ou violações de regras da etiqueta sadomasoquista, mas a garota de programa tinha abandonado o deputado cliente sem libertá-lo da cabeceira. Quando cheguei ao hotel, meu amigo já tinha resolvido o problema com a ajuda de um *concierge* que se dizia capaz de abrir qualquer porta ou cofre de quarto. Talvez os dois agissem em dupla, ela trancando os clientes, ele restituindo-lhes a liberdade de ir e vir, ofícios igualmente lucrativos.

Perda de mala e perda de conexão aérea não deve ser uma combinação rara nos dias de hoje, mas fiquei triste pelos livros que você tinha comprado. Você disse uma vez que seu interesse pela arquitetura contemporânea foi despertado por uma carta que escrevi de Pequim, em que eu falava mal da Cidade Proibida e adotava um estilo "gongórico-sensacionalista" para exaltar a arquitetura moderna da cidade. Mal sabia você que era um chamariz para que me visitasse. O talento é coisa sua mesmo, e eu, humildemente, aprendo com essa sensibilidade estética.

Se você sofreu com os voos, acabei me divertindo na corrida de táxi quando voltei do aeroporto. Pensei até em escrever um conto inspirado no motorista, para reaver a dicção antes de começar o novo romance. Pena que nunca me acomode com a brevidade do conto. Em teoria, é o que a ficção tem de melhor. Borges via no conto um instrumento para expressar uma ideia — abstrata ou narrativa. Havia que se desfazer do acessório e reter o essencial. Como não ando atrás de ideias e centelhas, mas da sedimentação de uma experiência, de um sentido que permaneça na memória, prefiro o poder cumulativo e circular do romance.

A sensação ao entrar no táxi foi a de ter cometido um erro. Era uma minivan, e na divisória de acrílico entre motorista e passageiro estavam afixadas dezenas de fotografias, adereços e bibelôs que saltavam sobre meu colo. Havia ânsia de comunicação, que é a última coisa que se pode desejar de um motorista de táxi na longa viagem entre o JFK e o Upper East Side. Lamentei que não houvesse — em todo táxi, em toda barbearia, em toda situação em que o diálogo é antes um efeito colateral do que uma escolha — um botão de SIM ou NÃO, pelo qual, antes de sentarmos, já indicássemos se estamos ou não dispostos a iniciar uma conversa.

O painel era uma histeria de significados. Elvis, Jane Fonda em *Barbarella*, Marilyn Monroe, Justin Bieber, Gandhi, Bob Marley, Muhammad Ali, Elizabeth Taylor, Elvis de novo, Elvis em todos os formatos e tamanhos, Madre Teresa de Calcutá, Malcolm X, Cristo e o Dalai Lama conviviam com objetos extraviados de uma caixa de brinquedos de uma criança depressiva: cachos falsos de uvas roxas, soldadinhos de chumbo com barbichas e uniformes teutônicos, margaridas e libélulas, uma carteira de estudante de um garoto de olhar perdido, adesivos de "4 more Obama", abóboras de Halloween, enfeites amarelados de um Natal antigo. Olhei pela pequena janela-guichê que se abria no meio do painel warholiano e vi, em cima do espelho retrovisor, à frente do motorista de olhos puxados e boné amarelo, um enorme e solitário adesivo de "Vietnan Veteran" com as cores da bandeira americana.

Antes que me animasse a perguntar como conciliar o orgulho de soldado com a galeria de heróis contraculturais e pacifistas, meu conviva entrou a dizer que era coreano e havia lutado no Vietnã em 1967. Perguntou-me de onde eu era. E dizer que era do Brasil despertou uma avalanche de referências, dados estatísticos, imagens e profecias pronunciadas num inglês tão desnorteante quanto o painel em meu colo. O discurso de águas, minerais e florestas cansava, mas fiquei comovido quando ele declarou sua paixão pela "menina de Salvador". Perguntei-lhe se mantinha contato com ela, e ele deu a entender que sua paixão não era por *uma* menina de Salvador, mas por toda e qualquer menina de Salvador. Todas lindas, na bela mistura do preto e do branco.

Perguntei se eram mais bonitas que a Barbarella de Jane Fonda, que esteve no Vietnã para protestar contra mais uma guerra absurda. O coreano tirou o boné, acendeu a luz interna do táxi, inclinou ligeiramente a cabeça em minha direção e mostrou uma cicatriz do tamanho de uma barata no lado direito do crânio, em uma clareira onde nada crescia. Sem tirar o dedo do espólio de guerra, começou a desfiar o número de vítimas provocadas pelos Estados Unidos: genocídio de dez milhões de índios nativos; um milhão de confederados e unionistas; dois milhões de japoneses; dois milhões de coreanos; um milhão de chineses; dois milhões de vietnamitas...

Quando fui ferido, só queria água, água com gelo. Sabia que ia morrer, mas só queria água com gelo. Queria muito, muito. Ice water, ice water. Eu gritava. Ice water, ice water. Prometi que ia amar o inverno. Ia amar cada inverno...

A voz era a de um homem ainda febril, que viu mais do que deveria. Ele pôs o braço esquerdo para fora da janela e abanou o ar fresco em volta, como se já fosse dezembro.

Depois de um longo silêncio, contou a história do homem que corria por uma montanha no Rio, ladeira abaixo, e saltava de maneira sobre-humana no vazio da cidade, até cair de costas, sorrindo, na imensa lagoa cercada de morros e prédios. Não entendi se ele viu a cena num filme ou se testemunhou tudo numa visita imaginária ao Rio, no delírio da trincheira no Vietnã — a lagoa como promessa de água e gelo — ou numa cama de um conjugado no Queens, ao lado de sua mulata baiana de olhos puxados.

Perguntei-lhe o significado de um pequeno galo que se sustentava sobre o taxímetro. Pela graça e simplicidade, era o único objeto daquela galeria de misérias pop que não ofenderia seu juízo estético. Mais por ingenuidade que provocação, mencionei o galo do zodíaco chinês e a semelhança que Mao via entre o animal e o desenho da China. Respondeu que o galo significava o galo, nada mais.

Ao pagar a corrida, convidei-o para um café no Java, aqui na 66, onde eu e você combatemos o sanduíche inominável com o bom café. Ele disse que não fazia refeições com estrangeiros. Só com sua baiana, naturalmente.

Saudade dos dois,
Cássio

* * *

Hola, te comunicaste con Marina. En este momento no puedo contestar. Dejá tu mensaje después de la señal y me pondré en contacto lo más pronto posible. Si sos vos, Luis, ¿por qué no te callas? Bueno, vale...
Bip
Hola, mamá. Soy yo. Sí, es verdad. Fue un poco loco, lo sé, pero la locura la conocés mejor que yo. No sé cómo Hedvig va a reaccionar. Espero que lo entienda. Me voy a Buenos Aires en

junio, de vacaciones. Me quedaré con Adelia. O con Victoria. Mejor así. Ahora que ustedes están juntos, ¿por qué no cambiás tu mensaje en el contestador? Un beso.

* * *

From: dedda.norwel.saad@rightontarget.com
To: cassio.haddames@itamaraty.gov.br
Cc:
Subject: pau-puro
Sent: Wednesday, February 25, 2026, 11:14pm

Cássio,
Otto me ligou. Não tenho razão pra sair daqui e entrar em roubada no Brasil. Você conhece meu trabalho. Um fracasso ia destoar.
 Pra ser eleito, 1/3 é perfil, 1/3 é tesão, 1/3 sorte.
 Perfil depende do vento. Você tem chance: a onda do Nobel e o caráter do Febuen fazem de você um bom produto.
 Sorte é o imponderável, e até agora teu cu parece acoplado à lua.
 Mais difícil é o tesão. Tesão de poder. E tudo que implica saco e couraça.
 Você tem duas opções.
 Ou fica em casa escrevendo, curtindo as sinfonias de Mahler, recusando entrevista pra ficar mais cool, bebendo uisquinho e comendo umas garotinhas de programa a domicílio (o Rio tá mais em conta que NY).
 Ou então concorre: tem a vida investigada e exposta até o último pentelho, nunca vê família e amigos, leva porrada a cada noticiário, viaja mais que aeromoça de ponte aérea, dorme pou-

co, come mal, bebe escondido, não trepa, mendiga o apoio de cada político meliante, a contribuição de cada empresário escroque. Quase um ano inteiro na merda pra depois cair no ostracismo da derrota ou no calabouço chamado Palácio do Planalto.
É uma escolha.
Se é pra ser, que seja pra valer. Não vou sair do West Side pra cagar meu currículo no Brasil.
Pede pro Otto me dizer o que você quer.
Dedda

* * *

Dr. Benevides de Carvalho Meireles
Rua Tonelero, 261, 7º andar, Copacabana.
Paciente: André Damadeiro H.

Era uma grande massagem da psique. Elas pareciam ao mesmo tempo embriagadas de amor-próprio e inconscientes de si. Falavam alto e faziam queixas, contavam sonhos, vícios, reclamavam de marcilenes e marias. Um teatro: a palavra valia pelo efeito do momento. O salão era o eu feminino, e minha presença não quebrava esse desejo de encarnar a vaidade. Eu era um intruso sexualmente irrelevante, o Mastroianni que meu pai viu descer da Cidade das Mulheres para a Cidade Proibida. Não era ali que eu ia me sentir atraído pelo corpo de uma mulher. Elas estavam nuas de espírito, mas vestidas como islâmicas de chador, com batas-capas que cobriam o pescoço e os braços e desciam até os pés. Ficavam sentadas em poltronas giratórias como grandes peras bojudas, cobertas de uma calda opaca. Minha libido se voltava para mim quando eu me reconhecia no meio daquele espelho. Eu sentia que violava não os corpos na minha frente, mas a própria ideia de alteridade, porque na alteridade tinha algo que era meu. Eu era o invasor de uma mentalidade e de um sentimento. Não conseguia deixar de admirar a maneira como elas se observavam. Mexiam os cabelos de um lado para outro, enquanto os olhos continuavam perfeitamente imóveis, grudados como ímãs no espelho. Aquilo tocava em algum ponto obscuro.

Você não sentia atração sexual, mas a descrição é muito física. Chegou a ter relações com uma mulher?

Se um começo de transa abreviado por uma... Se um começo de transa abreviado pelo desânimo pode ser chamado de relação sexual...

Com quantos anos?

Dezesseis.

Sentiu ânimo antes do desânimo?

Talvez quisesse me testar. Ou mostrar uma coisa para o meu pai. Ainda não tinha transado com ninguém, homem ou mulher. Não lembro o que eu tinha na cabeça. Me deixei levar.

Por sua parceira?

Também... Bebi demais. Foi num caraoquê na China. Eu e meu irmão tínhamos ido visitar meu pai pela segunda vez. Segunda e última, na verdade. Era aniversário dele. Ele disse que a gente ia se divertir naquela noite. Fomos jantar num restaurante bem chinês. Lembro do meu pai pronunciando o nome do prato em mandarim. Um escargot recheado de carne de porco, acompanhado de laranjas em miniatura, para comer com casca. Mesmo falando em chinês, mesmo falando com um garçom, ele tinha aquele tom professoral. Atrás, na parede do restaurante, eu via duas fotos com molduras douradas, barrocas. Numa, Ronaldo, o Fenômeno, sorria no anúncio da pastilha de garganta com a camisa da seleção. Na outra, Ronaldo, de blazer e jeans, sorria abraçado a uma chinesa atarracada e feia. Bebemos duas garrafas de maotai. Comemos bem. Na saída, a mulher abraçada ao Ronaldo se materializou, com copos na mão e mais uma garrafa de maotai: *Baxi, Baxi... Lonaldô, Lonaldô...* Nos deu os copinhos, levantou seu copo cheio e *kanpei*! Tomamos de um gole só. Meu pai avisou que não podíamos ser humilhados por uma mulher, por mais que ela parecesse o Deng Xiaoping. A gente ria no carro. Ele disse que, como não tinha bom jazz em Pequim, iríamos a um caraoquê. Ficava longe, no subsolo de um hotel. Quando a gente chegou, uma menina nos levou para um salão. Umas vinte meninas estavam sentadas em cadeiras encostadas numa parede. Meu pai apontou o dedo para uma e disse que devíamos escolher as nossas. Escolhi uma de peitos grandes e olhos de Yoko Ono, com um casaco de couro estilo caubói. Quando ela se levantou, uma coisa se mexeu atrás dela. Olhei melhor: eram borlas de passamanaria do tamanho de fitas do Bonfim, que pendiam do alto do casaco. Ela andava e as costas balançavam como uma cortina de cozinha. Levaram a gente para um quarto privado com uma tevê enorme, um sofá comprido na parede oposta e uma mesa de centro. As meninas ajudavam a escolher os vídeos. Só pop ocidental. As músicas ficavam ainda mais bregas com as vozes agudas das chinesas. Elas nos ensinaram um jogo de dados. Cada dado tinha uma bola grande e vermelha numa das faces. Eu já não entendia nada, só ouvia o chacoalhar dentro do copo de couro, os dados estridentes caindo na mesa de vidro, as risadas das meninas. Sempre que era minha vez eu perdia. E toda vez que eu perdia, *kanpei!*, tinha que tomar maotai de um gole só. A bebida comia a minha voz, eu era um mímico das músicas. Uma das meninas se levantou e começou a levar meu irmão para um canto. Tinha uma porta. Meu pai disse alguma coisa e jogou uma caixinha de camisinhas para ele. Deu outra para mim e falou que seria útil mais tarde. As meninas riam com a mão na boca. Vini desapareceu. Voltou quinze, vinte minutos depois. Eu olhava para ele, e tinha alguma coisa estranha que eu não sabia identificar. Cheguei mais perto. Eu conhecia aquele sorriso, um pouco contido, um pouco malandro. Era uma herança. Até que vi um pelo retorcido pendurado na haste dos óculos. Descia para um olho como uma interrogação. Imaginei o Vini fazendo sexo oral com a menina e fiquei tonto. Ele sentou e começou a cantar com meu pai: *I shot the sheriff, but I did not shoot the deputy./ I shot the sheriff, but I did not shoot the deputy, oh no...* Os dois ficaram de pé, cantavam mais alto, o braço de um no ombro do outro. Seguravam o microfone juntos. Não tinha mais ninguém no mundo, só os dois. Eu continuava sentado, olhava a dupla levantar os braços, as veias saltando no pescoço.

Uma chinesa feia que desafia homens num restaurante, uma menina com um casaco de caubói, bebidas e dados, seu pai cantando alto com seu irmão, um homem que atira num xerife. O mundo viril, longe do conforto materno do cabeleireiro...

Eu não ia fazer nada, mas minha parceira se virou para mim e puxou meu braço. Levantei, não olhei para trás. Minha cabeça pesava como um barril... Peguei dois dados em cima da mesa e apertei com força na palma da mão. *I shot the sheriff, but I swear it was in self-defense./ I shot the sheriff, and they say it is a capital offense...* O quarto do lado era decente e ordinário ao mesmo tempo. Fechei a porta, e meus olhos foram atraídos por um enorme inseto pousado na cômoda da parede oposta, do outro lado da cama. Era um cubo prateado de onde saíam duas asas finas e muito compridas, dois retângulos perfeitos. O animal estava apoiado num pequeno pedestal. Me aproximei e li "Chang'e 1, China's First Lunar Orbiter". Tinha antenas em forma de concha e as asas eram longos painéis solares. Tentei equilibrar os dados em cima do cubo central, mas caíram no chão. Virei para apanhar e vi a menina bem atrás de mim. Ela disse que Chang'e era o nome da deusa chinesa que vivia na Lua. Explicou que a deusa e o marido arqueiro tinham sido imortais. Um dia, os dez filhos do Imperador se transformaram em dez sóis, fazendo a Terra secar. O Imperador pediu ajuda ao arqueiro. O arqueiro acertou nove sóis com suas flechas e poupou um dos filhos do Imperador, que continuou a brilhar no céu. O Imperador ficou triste com a morte dos outros filhos. Ou se arrependeu de sua decisão. Acabou transformando o arqueiro e Chang'e em meros mortais e baniu os dois do céu. O casal veio para a Terra, mas não se conformou. O arqueiro saiu em busca da pílula da imortalidade. Conseguiu com a rainha-mãe, que disse a ele para tomar só metade. O arqueiro guardou a pílula numa arca, pediu a Chang'e para não mexer ali e saiu de casa. Chang'e até tentou resistir, mas acabou abrindo a arca e achou a pílula, sem saber o que era. O arqueiro voltava naquele momento. Ela engoliu a pílula para ele não perceber que ela tinha desobedecido. Com a overdose, começou a flutuar no céu. Subiu tanto que chegou à Lua. Lá Chang'e passou a viver sozinha, longe da Terra.

Inadequação na própria pele, segredo, transformação em outro ser, fuga do mundo, solidão. Um mito-espelho do que você sentia.

Fiquei hipnotizado pela história. A menina contava de maneira doce. Tinha a língua um pouco presa e comia pedaços das frases em inglês. Tentava desenhar a história no ar, com as duas mãos. Passei os dedos pelas borlas de passamanaria de seu casaco. Tremeram como uma anêmona na água. Perguntei onde ela tinha comprado e enfiei a mão por dentro. Toquei sua blusa branca. Os peitos eram grandes e duros. Ela sentou na cama e tirou o casaco. Os travesseiros estavam espalhados pela cama, com a colcha amarfanhada, como se meu irmão tivesse passado uma semana em lua de mel. Ela repetia a palavra "adventure" a cada peça que tirava. A meia de lã, *adventure*, as pulseiras de macramê, *adventure*. Tirou a calça e vi o joelho magro, parecia um queixo quando ela cruzava as pernas. *Adventure, adventure.* Só quando ela desabotoou a blusa me dei conta de que ela usava um sutiã de enchimento. Os peitos pequenos e flácidos caíram como as orelhas de um setter. Deve ter percebido minha reação e se virou para deitar de bruços. Para uma oriental, ou para o que eu imaginava de uma oriental, até que ela tinha uma bunda redonda e bonita. Veio para a beira da cama e começou a tirar minha roupa. Os dedos estavam vermelhos, enrugados de frio, como se tivessem mergulhado num balde de gelo. Mesmo assim ela era suave e competente. Fechei os olhos e o quarto girou. Deitei enquanto ela apanhava o pacote de camisinhas no bolso da minha calça largada no chão. Ela me tocava e me cobria com as mãos e a boca, eu procurava imagens, vinham e voltavam, a cama girava na minha cabeça. Ela veio devagar por cima de mim, sentou e eu revi mais imagens, eram muitas e muitas imagens, eu precisava de todas. Precisava de uma imagem que combinasse com aquela sensação boa no corpo. Mesmo com a vertigem, com a cama girando cada vez mais rápido, eu resistia a abrir os olhos. *Adventure, adventure.* Sabia que ia botar tudo a perder se as visões que eu tinha dentro de mim se perdessem naquela imagem crua na minha frente. Ouvia a voz do meu pai e do meu irmão em coro, muito longe, nos intervalos da música aguda que saía da garganta da menina, *adventure, adventure.* A tontura me fazia enjoar, as voltas eram cada vez mais fundas, como se eu fosse sugado por um redemoinho no meio da cama. Era impossível continuar naquele poço da vertigem. Olhei o rosto morto, *adventure, adventure,* seus seios subiam e caíam como as orelhas de um setter. Foi nesse momento que eu me afastei...

    Que imagens você tentava rever para se manter excitado?
    De homens.
    Alguém conhecido?

Já não adiantava. Ela se vestiu de costas para mim. Não sorriu mais. Abaixou para procurar alguma coisa. Não sei se eram os dados. Desapareceu debaixo da cama enquanto eu me vestia. Fiquei pensando nas cartas que meu pai escrevia. Pura vaidade, mas tinha sempre um recado meio escondido para mim. Cenas de castração, eunucos em torno do imperador. Voltei para a sala. A música continuava alta, quebrada pelas gargalhadas das outras meninas. Meu pai me olhou. Foi uma fração de segundo. Não sei se era decepção ou afeto. Era um olhar indefinido, parecia me perguntar alguma coisa, mas não era a pergunta óbvia. Nunca entendi, mas a imagem ficou na minha cabeça. Ele continuava abraçado a meu irmão, já não estavam em pé. Cantavam recostados no sofá. Me chamaram para cantar junto. Ficamos abraçados os três, sentados, cantando uma música que eu não sabia cantar, projetando uma voz que, no meu caso, já não existia.

**

From: cassio.haddames@itamaraty.gov.br
To: vidinha46@uol.com.br
Cc:
Subject: RE: antônio haddames
Sent: Sunday, April 26, 2026, 3:53pm

Cara Rita,
    Obrigado pela mensagem. Pedi, sim, ao Otto que descobrisse que fim teve meu pai, não que a importunasse.
    Não estou interessado em restos de ossos que não me dizem nada. Queria uma história (e nomes), e a sua é o amontoado de caminhos sem saída que já conheço.

Eu desconfiava que ele não soubesse da minha existência. Entre Pequim, São Paulo, Maranhão, Araguaia, mal deve ter parado no Rio. Pelo jeito não deu atenção às duas mulheres que tinha na cidade — a titular e você. Curioso que, sendo amiga da sua inimiga, você também não soubesse. De qualquer modo, não caberia a você contar a ele.
Imagino a paz do quarteto antes do trauma. O golpe militar providencial para disfarçar a traição e a diáspora. Naturalmente não direi nada a Helenus, nem o conheço. E ele não tem por que ver a ficha do amigo. Vocês dois poderão morrer em paz.
Agradeço e dispenso o parecer sobre minha possível candidatura. Quando se trata de bom senso e avaliação política, prefiro recorrer a outros conselheiros.
Cássio

From: vidinha46@uol.com.br
To: cassio.haddames@itamaraty.gov.br
Cc:
Subject: antônio haddames
Sent: Friday, April 24, 2026 11:14pm

cássio
sou a rita crespo-ccelli (vidinha(e me disseram que tu soube de mim pela "ficha do sni (não confie nessas merdas(que o otto (não confie nesse merda(te passou, ele veio atrás de mim pra saber o paradeiro final do antônio, essa é uma batalha perdida (em todos os sentidos(a última notícia dele foi do meio de 73, deve ter morrido no ataque de dezembro, pode que foi enterrado na bacaba ou xambioá junto dos outros (não sei se passou no centro de tortura se foi morto e largado na selva outra possibilidade(foi sorte desencavar a maria lucia embrulhada no paraquedas (deve ter algum sentido isso do paraqueda enrolado

prefiro não saber(pode aparecer outro corpo mas o grosso sumiu na limpeza sórdida de 75, desenterraram tudo e levaram pra queimar na serra das andorinhas, essa de que ele ajudou a repressão e mudou de nome é uma farsa muito muito escrota (como todo teatro que os militares armaram(eles querem criar o mito que só ficou vivo quem dedurou (e só até 72 porque em 73 dedo-duro também dançava(antônio era capaz de comer a própria língua e se matar a unha pra não ser preso e entregar, se estiver vivo (com vida de boia fria ou sem terra(é porque fugiu e conseguiu se virar na mata mas ia ouvir falar de ti e aparecia ninguém tem esse sobrenome de vocês, não acho que ele tá comendo jabuti na selva pensando que a guerra continua, os serviços de inteligência tinham alguma informação e zero cérebro zero, não precisavam ter prendido tu e a majô, teu pai tava em pequim querendo ser chu enlai quando tu nasceu e nunca soube de ti não ia aparecer no aniversário de quem não existia (eu só soube quando tu foi preso(a majô decidiu não contar não sei se por causa da guerrilha ou por causa de mim, revolucionário era os outros mas ela era a menos possessiva e pequeno-burguesa, bom ela não batia muito bem tu sabe disso, se contasse pro antônio ia dar um jeito de te conhecer mas não ia deixar de ir pra selva ninguém segurava ele no rio, foi assim com a majô foi assim comigo (ia ser contigo(a vida pra ele era uma escala de tarefas não sei daonde vinha aquela clareza toda meio assustadora do que ia na frente, diga pro otto pra parar de aporrinhar, eu já falei mas ele teima, helenus tá vivo e não quero ele sabendo da relação com teu pai eles eram quase irmãos, se tu quer um conselho de velha que viu muita coisa nesse país não te candidata, se tu sobreviver ao mafioso febuen vai ser engolido pelo otto pelo pessoal do pdjs pela máquina
    a não ser que tu seja pior que eles
    rita

***

4 de maio de 2026

    Comecei a escrever um novo romance. Será o antídoto ou a terapia possível durante esse período que chamam de pré-campanha. Às vezes me pergunto se aceitei a candidatura mais por vaidade do que por vingança. O vago desejo de vingança, que não é exatamente o impulso de me aproximar daqueles que mal conheci e que nem tiveram tempo de viver suas obsessões ou loucuras, e sim uma necessidade mais elementar de punir os que, de maneira institucionalizada ou não, fruíram plenamente suas patologias.
    Deixam-me escrever todos os dias das 6h30 às 8h30. Em seguida, tomo um banho e uma xícara de café e começo então a programação que aprovo, sem maiores resistências ou mudanças, no início da semana. À noite viajo. Não me demoveram da recusa de fazer voos de helicóptero, mas acabei cedendo às ponderações de que me deslocasse em jatinho. Uso-o como se estivesse no quarto esterilizado de um anfitrião generoso e terminal, onde é melhor falar baixo e evitar movimentos. Não me deito no sofá-cama de trás, quase não me levanto da poltrona, nego-me a comer no ar, a setecentos quilômetros por hora. Otto me disse que é um dos três aviões Legacy do empresário Sandru Arsana, nome dos mais fortes dentro do partido para a vaga de candidato a vice-presidente. Garante que isso está previsto em lei e em nada viola as normas do TSE. Além disso, diz ele, o avião é de fabricação nacional, ao contrário do Falcon usado pelo presidente e do Learjet usado pelo Amadeu Balerinn.
    Perguntei-lhe qual era a relação entre um grande empresário do ramo da mineração e do petróleo e um partido que tem

como prioridades a educação e o desenvolvimento com justiça social. Argumentou que as escolas para filhos de funcionários nas empresas de meu provável colega de chapa eram exemplares, de tempo integral, e o conglomerado financiava projetos de registro e preservação de línguas de povos indígenas que habitam áreas próximas a jazidas das empresas. Deve ser trabalhoso preservar uma língua depois da morte ou da fuga de seus usuários. Entregou-me uma carta do magnata em que ele diz ter "apreciado imensamente" dois de meus romances (quais?), se declara encantado com meu espírito de missão e tem a honra de colocar a meu dispor aeronave e quaisquer outros meios necessários para que eu realize uma campanha à altura de meu elevado projeto para o Brasil.

Escrever ajuda a manter a sanidade em meio à irrealidade da campanha. Preciso deixar de lado o humor e a ironia, porque sempre tomam o que digo de maneira literal. Outro dia comentei que seria apropriado incluir a composição de Erik Satie "Furniture Music: Curtain of a Voting Booth" como música de fundo de uma propaganda para as eleições. Uma semana depois, exibiram-me uma primeira versão do programa gravado com meus ex-alunos de alfabetização. Cotrim, que mal reconheci, um tanto inchado e próspero, lia A *carnívora* de pé em pleno Jardim Botânico. O som funéreo da "Cortina de uma Cabine de Votação" dava à cena um ar expressionista deslocado no tempo, e tive a impressão de que, a qualquer instante, um vampiro de traços alemães irromperia das sombras de uma palmeira-imperial e abocanharia o pescoço carnudo de Cotrim. É mau sinal que não tenham percebido a ironia. Desagradável passeio d'olhos para piano a quatro mãos. Três prelúdios flácidos (para um cachorro). Esboço e irritações de um sujeito gordo de madeira. Coisas vistas à direita e à esquerda, sem óculos. Três valsas finas do precioso descontente. Pedi que incluíssem qualquer coisa de Chopin, que não era tão criativo quanto Satie na hora de dar nomes às composições.

O senador Otto tem atuado como coordenador da campanha. Não desgosto dele. O sutilíssimo tique nervoso na pálpebra do olho esquerdo, que se manifesta como o breve cintilar de um farol distante, de certa maneira o humaniza. Ele tem a malícia necessária de um político em fim de terceiro mandato, mas algo de estoicismo o contém, como se o esforço de manter a aparência de harmonia e normalidade no rosto tivesse lhe ensinado o controle dos impulsos. Sei que me usa para sua eleição ao governo do Rio, mas parece acreditar que tenho chances. Ou gostaria de acreditar. Se perder, ficará sem mandato pela primeira vez em vinte e quatro anos, e seu último recurso será um ministério no próximo governo. Tem sido equânime ao montar minha programação, e eu até preferiria menos eventos fora do Rio nesse período de campanha branca. Junto com Dedda Saad e o deputado Nelson, e sob meu olhar benevolente, decide quase tudo, das coligações para tevê aos jingles, das alianças locais à escolha da figurinista.

Nelson é o mais vivaz dos três e, por vias tortas, o mais transparente. O sorriso é tão permanente e sólido que dá a impressão de ser um pequeno aparelho que ele desencaixa da boca antes de dormir e deposita numa gaveta acolchoada. O semblante ingenuamente artificial chega a enternecer o interlocutor, que, desarmado, quase esquece que está diante da astúcia em pessoa. Mais do que uma bandeira antropológica, ele cultiva a linguagem corporal da periferia do Rio como um projeto de carreira. A candidatura ao Senado não altera o estilo; tem sempre a frase mais otimista e o terno mais claro do grupo, que parece pesar sobre os ombros como a imposição de uma cultura externa. Deverá ter boa votação fora de seus redutos na Baixada, inclusive na classe média e alta carioca, encantada com a ideia de autenticidade. Quando veio me apresentar a figurinista, parecia conhecê-la de outros carnavais. Concordava enfaticamente com a cabeça, o sorriso imperturbável de sempre, enquanto ela dizia que minha escolha de gravatas era clássica demais, adequada a recepções noturnas, mas não aos cenários ensolarados do interior do país. Uma figurinista que tem algo a dizer deveria vestir-se de maneira menos desleixada.

Impressiona o grau de profissionalização da campanha. Já sabem o número de comícios e carreatas que farei de 6 de julho, data do início formal da campanha, até a votação do primeiro turno; os índices de aprovação/rejeição de cada traço meu de personalidade, histórico de vida e aparência física; os temas em que posso criticar o Amadeu sem alienar um possível apoio no segundo turno; a composição do grupo de controle que assistirá aos debates para avaliar "em tempo real" meu desempenho a cada resposta; o tamanho do dossiê de denúncias contra o presidente. Em 2012, Dedda pareceu-me apenas um espertalhão sem substância, não exatamente à altura da posição que ocupava na campanha de Obama. Agora, conhecendo-o melhor, vejo-o maquiavélico e hiperativo, mais ou menos o que se espera de um marqueteiro. Diz que minha virtude, além dos baixos índices de rejeição, é expressar-me de maneira inteligente e simples a interlocutores mais humildes, herança do período em que alfabetizei adultos. Já minha deficiência é a "incontinência dos lapsos de empáfia". Nada tira mais votos de um candidato do que a arrogância, sentenciou. Fernando Henrique em 1985. Al Gore em 2000. Comunicação simples aos humildes e virtuose da arrogância? Não deve ter aprendido a Lei do Terceiro Excluído, em lógica. Ou talvez tenha sido influenciado pelo artigo ressentido do Amir. Afinal tenho qualidades bem mais evidentes que a arrogância.

Como era de esperar, o que o grupo menos discute é o projeto de governo. Para além de vagas ideias progressistas onipresentes na retórica de qualquer político brasileiro, de direita ou de esquerda, o programa só vai ganhando forma à medida que acertamos textos e slogans da propaganda política. O efeito retórico é o metro. Pedi uma reunião com a executiva do partido e a equipe de apoio. Discutimos de maneira genérica alguns temas: juros; Bolsa-Aluno; conflito Rio versus Campinas sobre o acelerador de partículas; Belo Monte e Jirau; imigrantes andinos; Programa Com-Ciência; militarização do aquífero Guarani; extinção de espécies (jaguar, tatu-bola e tucano); segunda guerra das Malvinas; política de drogas; Edifício 1Q em São Paulo; e República do Comando Miliciano. Prometi não me pronunciar sobre aborto antes de nova discussão com o grupo.

A campanha e o novo livro me ajudam a esquecer Alicia. Exorcizei o garoto atropelado transformando-o em personagem, para que, preso às páginas de um livro, não viesse me amolar. Tento agora usar do mesmo remédio contra ela. Pior que um velho lascivo só um velho apaixonado e, embora não me considere exatamente velho, já não tenho idade para me apaixonar de modo platônico e juvenil. Alicia diz que é casada, mas não sei se ama o marido. Pedi em casamento por e-mail, na falta de outra maneira de comunicar-me.

O Nobel deu-me certa liberdade ao escrever. Talvez outros experimentem o contrário. O medo de saber que tudo será minuciosamente esquadrinhado. Em meu caso, embora não me recorde de constrangimentos anteriores, ganhar o prêmio foi uma espécie de alforria para escrever o que quisesse, um diploma de onipotência, como se estivesse absolvido de antemão de qualquer crime literário.

O romance é, no fundo, sobre mim e sobre ela. Alguns dirão que é uma obra de autoficção. Como se não fossem todas. Nada é mais narrativo e ficcional que a identidade. Mas a autoficção diária é automática, inconsciente, vende-se como documentário.

Pior, não tem apelo nem pretensão estética. Há mais graça na autoficção de mitômanos e escritores. Fazê-lo conscientemente, deliberadamente, pode ou não ter qualidades literárias, mas sabe-se como produto do imaginário. "Imaginação, falsa demente." Mais do que me amparar em indícios do real, eu preferiria escrever um romance que os subvertesse, em que os personagens, e seus nomes, fossem parte de uma ordem interna inescapável, de uma estrutura simbólica própria, onde tudo fosse organizado da única maneira possível, de acordo com as regras estabelecidas pelo romance. É irônico que somente na liberdade do ficcional possamos nos livrar da liberdade do acaso. De gratuito basta o caos da vida.

8.

WILLIAM BONNER: Como acontece em todos os debates promovidos pela Rede Globo de Televisão, a preocupação maior de todos nós é que este encontro seja útil para você, eleitor. Por isso, as regras que foram assinadas pelos representantes dos candidatos devem garantir discussões construtivas, sem grosserias nem acusações levianas. Quero reiterar mais uma vez meu pedido a todos os convidados aqui presentes. Por favor, se mantenham em silêncio durante o debate, para não prejudicar os candidatos nem aqueles que nos acompanham em casa. Daremos início agora ao terceiro bloco, em que os candidatos fazem perguntas entre si. Os candidatos terão trinta segundos para a pergunta inicial. A resposta deve durar um minuto no máximo, com mais um minuto para a réplica e um minuto para a tréplica. Candidato Marcos Febuen, pela regra o senhor tem agora trinta segundos para fazer uma pergunta ao candidato Cássio Haddames.

MARCOS FEBUEN: Candidato Haddames, não sei se o senhor estava sob o efeito de alguma euforia muito particular, mas o senhor declarou a um jornalista que é a favor da liberalização das drogas. Sim, das drogas, esse flagelo que mutila e assassina milhares de brasileiros a cada ano. O que o senhor tem a dizer aos pais e às mães que estão nos assistindo e enfrentam a dor de ver seus filhos se tornarem viciados e morrerem tão cedo? Como o senhor justifica o absurdo de querer facilitar ainda mais o acesso às drogas para os meninos e as meninas do nosso país?

CÁSSIO HADDAMES: Não declarei isso. Me limitei a dizer que, se a proibição da produção, venda e uso de drogas se justifica porque a droga pode ser letal, a primeira coisa que deveríamos proibir é a produção e a venda de armas, que são feitas com o fim exclusivo de matar. Uma droga pode causar prazer, dependência ou morte, de acordo com seu uso. E é um problema sobretudo de saúde pública. Uma arma só pode causar a morte. Se o critério é a preservação da vida, a arma deve ser o inimigo maior. Apesar disso, o governo sob a sua presidência reduziu os impostos para toda a indústria de armas de fogo, provocando um aumento no número de revólveres, pistolas e munições que circulam no Brasil. Essa é a pior combinação possível: criação de estruturas paralelas de poder pela existência do tráfico de drogas, e acesso facilitado a armas.

MARCOS FEBUEN: O candidato está fugindo da pergunta. Isso reforça minhas suspeitas. A população precisa estar atenta às motivações e à conduta dos candidatos. Temo que a defesa que o candidato Haddames faz das drogas tenha relação com o fato de que *ele*, candidato Cássio Haddames, é consumidor de entorpecentes. Um diplomata e colega do senhor, que trabalhou na embaixada do Brasil na China, relatou que o senhor consumia cocaína em Pequim e uma vez precisou ser socorrido depois de ter desmaiado num caraoquê, na companhia de duas prostitutas adolescentes, com sinais de pó espalhado pelo quarto. É verdade, portanto, que o senhor, além de maconheiro, é cocainômano?

CÁSSIO HADDAMES: Nunca me envolvi com consumo de drogas nem com qualquer forma de prostituição, adulta ou infantil. Esse suposto diplomata está mentindo, e me espanta que um presidente da República reproduza ou invente mentiras desse gênero. Os diplomatas, como os políticos, têm imaginação de sobra. Dou um exemplo. Em 2011 eu trabalhava na Missão do Brasil junto à ONU, em Nova York. Um diplomata, colega meu, foi designado para acompanhar uma delegação parlamentar, eram seis deputados federais. De madrugada o celular dele toca e ele escuta a voz apreensiva de um dos deputados, que pede a ele que vá correndo a seu quarto de hotel e leve alguém que possa abrir a porta. Meu colega vai ao hotel e sobe com um funcionário. Quando entram no quarto, encontram o deputado na cama, debaixo do lençol. Notam que a mão direita dele está algemada à cabeceira. O deputado explica que a "menina" soltou sua mão esquerda, mas não a direita. A chave estava na escrivaninha, fora do alcance do algemado deputado. Meu colega diplomata era dos mais discretos, mas devia ter muita imaginação. Ele disse na época que o deputado de algemas era o então deputado federal por Minas Gerais Marcos Febuen, justamente o candidato aqui a meu lado. Eu preferi não acreditar nessa história. Era muita imaginação para um diplomata só. Quanto às drogas, o maior inimigo que temos é o tráfico, com toda a violência e corrupção que acarreta. Só não mata mais que o álcool e o cigarro.

MARCOS FEBUEN: Isso quer dizer o quê, Cássio? Que você vai liberar as drogas ou vai proibir as armas, os cigarros, a cerveja...?

WILLIAM BONNER: Candidato Marcos Febuen, o senhor já fez sua pergunta e teve direito à réplica. O senhor pode voltar ao tema no próximo bloco. Candidato Marcos, por favor... Sim, depois do intervalo... Candidato Cássio Haddames, pela regra o senhor agora faz uma pergunta ao candidato Marcos Febuen. O senhor tem trinta segundos.

CÁSSIO HADDAMES: Uma das conquistas alardeadas por seu governo foi a chamada "pacificação" da República do Comando Miliciano, a RCM. Há dois dias, seu ex-ministro da Justiça afirmou que o senhor fez um acordo "ilegal, fraudulento e atentatório aos interesses nacionais" com os líderes da milícia. Segundo seu ex-ministro, para que os "separatistas" entregassem as armas antes das eleições, o senhor montou um esquema que envolveu o pagamento de suborno milionário, a "fuga acidental" do presídio federal de Catanduvas de quatro presos favoráveis ao acordo e o "suicídio" de três líderes dissidentes do Comando, que eram contra a negociação. Já há sinais de que os líderes da RCM se rearmaram no Complexo do Alemão e na Rocinha graças à fortuna recebida. As estruturas dos milicianos não foram desmontadas. Deveriam hibernar até o fim das eleições, garantindo ao senhor mais um mandato, e depois voltariam a atuar. Por algum erro de percurso, despertaram antes do previsto. Como o senhor avalia o fato de que o próximo presidente terá de enfrentar esse problema em condições ainda piores do que aquelas que o senhor encontrou, como resultado da negociação de um acordo que envolveu corrupção, libertação de criminosos e assassinatos?

MARCOS FEBUEN: Isso é uma calúnia das mais graves. O ex-ministro da Justiça não sabe do que está falando. Na época, por falta de patriotismo, ele resolveu se afastar da equipe que planejava a estratégia de controle e repressão do "Comando". Não sabe de nada e é irresponsável por comentar o que não conheceu nem acompanhou. Tão irresponsável quanto você, Cássio, que só entende de estórias e de viagens psicodélicas como essa. A RCM foi vencida pela inteligência e pela força de nossa Polícia Federal e Militar, sob a liderança do secretário-geral da Presidência, a quem incumbi o trabalho de liderar uma força-tarefa dedicada à questão. Eu nunca faria acordo com bandidos. Quando assumi a Presidência, o Brasil vivia uma grave ameaça a sua integridade. Meu governo conseguiu a façanha de enfrentar com mãos limpas e muita firmeza a criminalidade e o poder paralelo. Não admito que ponham em dúvida um dos maiores feitos da história recente deste país.

CÁSSIO HADDAMES: Um dos líderes da RCM, conhecido entre os colegas como o "Gordo Batman", disse que se encontrou sete vezes com o secretário-geral da Presidência para fechar um acordo que ele chamou de "satisfatório para as partes". Os encontros aconteceram de janeiro a março de 2024, sempre aos domingos, na chamada "BatCaverna do Dezoito". O secretário-geral da Presidência, que é reconhecidamente um homem de contatos íntimos com a milícia, passou todos os fins de semana do período aqui no Rio. Há uma foto dele, de fevereiro de 2024, na BatCaverna. Num depoimento à revista *piauí*, o Gordo Batman admitiu que foram necessários "corretivos" para enquadrar facções dissidentes e um "incentivo financeiro" para "amolecer" a República do Comando. Alegou que a RCM tinha feito investimentos importantes para garantir a "segurança" das principais favelas da cidade e que era injusto abandonar tudo sem uma compensação. Disse ainda que "saiu barato para o governo". O depoimento coincide com a denúncia de seu ex-ministro, que, ao contrário do Gordo Batman e de seu secretário-geral, é homem de boa reputação.

MARCOS FEBUEN: Cássio, essas inferências baratas mostram somente uma coisa: você tem mais imaginação do que juízo. O secretário-geral da Presidência é homem que sempre me pareceu honesto e de alta competência. Não acredito que tenha feito nada do que você, de forma irresponsável, está alegando. Meu governo sempre se pautou e continuará se pautando pela defesa dos interesses nacionais, pela lisura da conduta das autoridades. A começar por mim, que tenho a obrigação de dar o exemplo para todos. Para que não haja qualquer suspeita, vou mandar apurar as denúncias, e se for comprovada qualquer irregularidade, os culpados serão duramente punidos e destituídos de suas funções.

* * *

Pequim, 28 de janeiro de 2007

André, filho querido,

Pena que vocês não vieram no Natal e Ano-Novo. Não vejo os dois há quase seis meses, e acabo matando a saudade das maneiras mais extremas. Hoje em dia nada é estranho ou estrangeiro, nada é remoto ou inacessível. Não há buraco no mundo onde alguém possa se isolar. Nem por isso é menor o sentimento de isolamento. Às vezes tenho vontade de me desindividualizar, juntar-me a multidões mais uniformes e impessoais. Chego mesmo a frequentar pontos turísticos.

Outro dia, ao sair do Palácio de Verão, meu favorito aqui de Pequim, encontrei o carro ligeiramente inclinado. Contornei-o e vi que um pneu traseiro estava vazio. Logo um rapaz de pés calosos e calça puída nos joelhos veio me oferecer ajuda. Provavelmente era o autor do esvaziamento, mas eu não tinha disposição para brigar com um chinês numa ruela de terra. Nem orgulho suficiente para recusar seus serviços. Perguntei-lhe o nome. Disse que se chamava Wang Tao. Wang Tao... Comentei que eu conhecia outro Wang Tao, funcionário do Ministério da Quarentena Animal e Vegetal da China (AQSIQ). Ele balançou os ombros com ar indiferente e disse que são cem mil Wang Tao espalhados pelo país. Pedi que repetisse. Cem mil, ele confirmou. Enquanto girava o macaco que erguia a lateral do automóvel, começou a desfiar outros números: noventa e três milhões de chineses com sobrenome Wang, noventa e dois milhões com Li, oitenta e oito milhões com Zhang... Fiz as contas: um Brasil e meio só de Wangs, Lis e Zhangs, um Brasil e meio só de Silvas, Souzas, Santos.

Eu olhava a pequena auréola da calva precoce no alto de seu crânio e me perguntava como aquele sujeito construía para si a ideia de individualidade. Não deve ser fácil topar a cada esquina com um Wang Tao. Eu não reagiria bem se, ao caminhar pelo calçadão de Copacabana, encontrasse um Cássio Haddames alongando-se no meio-fio, outro mijando num poste com as mãos na cintura, um terceiro estrebruchando entre paramédicos, meus sócios na legião de cem mil Cássios Haddames que apresentam, a cada ano, sua declaração de imposto de renda à Receita Federal. Aqui na China, com meus traços que destoam, é impossível fazer-me invisível na multidão. Para Wang Tao, é impossível fazer-se único e visível. Indivíduo, desindivíduo. Duas impossibilidades, duas prisões.

Para minha surpresa, você diz que quer visitar a praça da Paz Celestial e a Cidade Proibida, o passeio que menos me agrada. Tudo parece descarnado e seco. As distâncias, os interiores e exteriores vazios, mal preenchidos pelas multidões. Pouco me importa se o jornalista jogou cascas de ovos com tinta vermelha no retrato de Mao, se o desempregado de Urumqi jogou cinzas. Há um retrato novo a cada mês. Também já não me incomodam o Starbucks dentro do Palácio, as placas do American Express e seu patrocínio de reformas em um salão ou outro. O que me intriga é a obsessão do geômetra, que sobreviverá a tudo, até ao dinheiro e ao poder. Toda uma caixa preta com formas e algarismos perfeitos, dos retângulos em sucessão ao número de quartos ou de cravos de latão em cada porta vermelha. O pudor de desafiar os céus — 9999 cômodos em vez de dez mil — soa como falsa modéstia quando se pensa nesse desejo de afirmação de uma ordem abstrata, triunfo do poder terreno. Como Brasília, a Cidade Proibida é o sonho de um matemático desobrigado de viver dentro das linhas de sua alucinação.

Ninguém gostaria de ser personagem de seu sonho se o preço fosse a castração. E a castração chinesa era completa. Naqueles quase dez mil quartos, somente um falo pendia ileso, somente o Imperador estava inteiro, e imensamente inteiro porque cercado de milhares de mulheres e eunucos. Mais do que a glória do regime de falo único, ali estava a opressão do e contra o falo, um Mastroianni oriental e desnorteado na Cidade das Mulheres em que um Fellini geômetra o enfiou. A alucinação do matemático transforma-se no pesadelo do macho inseguro, que castra para não ser derrubado. Nem seu pai, com o ego que tem, acharia graça em tamanho monopólio.

A China antiga é uma galáxia remota, inacessível sem o uso de lentes que distorcem. Você vai gostar mais da febre de novos projetos pela aproximação das Olimpíadas. Com toda a gravidade confuciana, o Partido Comunista Chinês resolveu buscar o que há de mais delirante na arquitetura moderna. É difícil admitir que essa mensagem subversiva tenha nascido do interesse de uma burocracia. Pompa e circunstância estão mais presentes do que nunca, mas há a busca de um sentido pela transgressão da forma. Tudo está por inaugurar-se, mas já é possível perceber algo do desvario: uma monumental nave-ovo-teatro, de titânio e vidro, de casca finíssima, semitransparente, que boia sobre um imenso espelho d'água e parece incubar o alienígena que irá se apoderar da cidade; um estádio-ninho-de-pássaro com gravetos da altura de um prédio, ao lado de um sashimi-parque-aquático, azul-piscina, encarneirado em todas as faces por milhares de bolhas gigantes; um terminal de aeroporto que, dependendo da altura em que é visto, assume a forma de um neurônio ou de um dragão-serpente; uma torre-paradoxo-visual, vazada e torcida, quase um donut quadrado e de pé, de um quilômetro de circunferência, que mais parece um portal para outra dimensão, um buraco negro de orla prateada a sugar os olhares à volta.

Como eu ando em busca de disciplina para escrever e não me perder nesta solidão asiática de prédios e multidões, arrumei uma namorada chinesa. Sem um compromisso afetivo ou conjugal, seu pai é um míssil desgovernado na noite de Pequim, quase sempre na companhia de meninas que me excitam e deprimem ao mesmo tempo. Outro dia tiveram de me arrastar até o apartamento, ou foi isso que me disseram na tarde do dia seguinte. O colega diplomata que estava de plantão contou, sem o menor senso de humor, que recebeu um telefonema de um caraoquê e teve de me resgatar de uma "pequena orgia". Não perguntei se o "pequena" se referia ao número ou à altura das participantes. São sempre mais numerosas do que altas. Disse que me viu desacordado, "nem em bom estado nem em boa companhia". Quem se importa com a própria aparência ou com a qualidade da companhia ao fim de uma noite? Que diferença faz, se na hora não há juízo crítico e, no dia seguinte, não há lembrança?

Quando vi pela primeira vez minha futura namorada, pensei na descrição que Paul Theroux fez da escritora Bette Bao, aqui em Pequim, nos anos 1980: "Tinha o ar alerta e contente de quem tem tudo que sempre quis sem ter pedido nada. Os cabelos pretos eram puxados para trás e enrolados num nó firme e esfaqueado por um estilete. [...] Dois brincos grandes de coral-branco estavam grudados nos lados da cabeça, como se fossem fones de ouvido desenhados por Fabergé".

Minha namorada não usa brincos com o formato de ovos Fabergé. Usa fones de ouvido que lembram uma toranja partida ao meio e espremida contra as faces.

O mais grave é que ela usava os monumentais fones vermelhos sentada na plateia de uma sala de concerto, o teatro Poly (保利剧院), com a presença da alta sociedade pequinesa e, portanto, de altos representantes do governo e do partido. Foi lá que a conheci. Ela fazia seu protesto ao mesmo tempo mudo e vermelho-berrante porque o programa da noite, apesar de executado por músicos da Filarmônica da China, era inteiramente ocidental. Passou o Rachmaninoff inteiro de olhos fechados, balançando a cabeça ao ritmo da música que saía de sua toranja. Aquele ar de desafio, da oriental bonita e mergulhada em seu protesto, pareceu sedutor demais para eu não convidá-la para jantar. Fiz o convite em inglês, na saída, e ela ficou me olhando como se eu tivesse desembarcado do teatro-nave-ovo. Tirou os fones e soltou um suspiro de enfado. Ficava ainda mais bonita com as orelhas vermelhas do sangue comprimido. Repeti a pergunta, agora em chinês, ela olhou para o alto, como se pensasse (ou avaliasse minha pronúncia), e disse que estava com fome.

Levei-a ao Alameda, um bom restaurante de um casal de brasileiras aqui em Pequim. Era campo neutro na briga entre a China e o Ocidente. Para minha surpresa, ela fez o pedido ao garçom sergipano num inglês impecável, com um carregadíssimo sotaque de Oxford. Perguntei onde ela tinha aprendido a falar como um lorde britânico. Em Oxford, respondeu. Mestrado em finanças. Perguntei se era excitante desafiar o partido. Nem tanto, ela disse, pelo menos não para a filha de um membro do comitê permanente do Politburo.

Pois é, André, não sei o que é mais arriscado, minhas noites de solteiro em Pequim ou meus jantares com a moça de estilete e salto agulha, filha da nomenklatura. Digo jantares porque nosso namoro não vai muito além disso. Já na segunda noite, ela declarou que é virgem e se guarda para o futuro marido. Não imaginava que isso ainda existisse, mas aqui na China é mais comum do que se pensa, ao menos longe dos caraoquês, clubs e casas de massagem. Claro que esse pudor medieval me excita, mas ainda tenho juízo suficiente para não usar da minha sedução para desviar a moça do caminho que traçou. Afinal o que ela mais tem são princípios, para tudo e para todos, vinte e três anos de beleza, frescor e princípios. Imploro a vocês que venham logo, a tempo de conhecer minha teimosa Bette Bao. Não vai demorar muito para que me canse do platonismo e da abstinência.

Saudade. Beijos,
Cássio

* * *

Hola, te comunicaste con Marina. En este momento no puedo contestar. Dejá tu mensaje después de la señal y me pondré en contacto. Gracias.
Bip
Hola, mamá. Soy yo. Espero que te encuentres bien. No comprendí tu mensaje. Era una voz muy lejana, que no producía sentido. Mi vida se volvió tan loca que no sé qué decirte. Siempre hablé de tu hambre de tragedia e intenté alejarme de

todo eso, acá en el punto más distante, más sano y salvo... Tú eras la loca, y hoy soy yo quien no se siente muy segura... Por supuesto, tus ensalmos no funcionaron, pero las náuseas ya no están. El comienzo del verano ayuda. Ayer llegó a los 22 grados. Lo puse a tomar un poco de sol en el jardín para calentar su pequeña pileta. Me gusta el reflejo de luz en mi vientre. Es como un pequeño planeta con su habitante solitario, misterioso. Hoy sentí por primera vez un movimiento, y tuve la impresión de que era una pierna o un brazo. Parecía un golpe rítmico, como si intentara comunicarse conmigo. Seguro que no era para preocuparme. A veces empiezo a llorar sin razón. Otras veces no paro de reírme como una loca. Ayer tuve ganas de llorar y reír al mismo tiempo. Empecé a hablar con él, y creo que me oye. Está siempre atento a todo lo que hago. El trabajo, la caminada, la calidad de lo que como, las lecturas, el humor de Hedvig o de mi jefe. También empecé a leer en voz alta. A él le gustan las rimas de Hernández, las aventuras de Fierro, pero no le encanta oír a Borges. Cuando salgas de ahí, vamos a hablar mucho. Hay que explicarte las cosas. Bueno, no me voy de vacaciones a Buenos Aires. El doctor no me prohibió viajar, pero Hedvig está un poco susceptible. Además el ajuar del bebé va a salir muy caro. Ya hablé con Adelia y Victoria. Ojalá que ustedes vengan pronto. Seré la Mamá Noel cargando nuestro regalo de fin de año en su gran saco mágico. Un beso.

* * *

Alô...
Fala, meu senador.
Oi, Nelson. Onde você tá?

Correndo o estado, né? Tem que suar muito pra sentar na cadeira de Vossa Excelência.

Suar nada. Até o pessoal da Delfim tá apaixonado. O "gênio da Baixada". Foi o Paulinho que fez o jingle? ♪ *"Roberto da Matta, Zeca Pagodinho/ Chapéu Paraguai, terno de linho..."* ♪ Chapéu-*panamá*.

Panamá, Paraguai... De manhã, Mãe Beata de Iemanjá em Queimados. De tarde, suflê de camembert na pérgula do Copa... Sigo meu mestre. Senador tem que ser pai de todo mundo... Pai e mãe... Tá indo bem, Nelson. Mas dá uma olhada no Norte. Macaé, Campos. Zé Honório tá montado nos royalties. Anda falando mal.

Já fui três vezes. Não sobra muito ali. No máximo, uma trégua.

Tô mais animado.

Foi o Haddames que te animou?

Ele foi bem. Não achou?

Meio frio, né? Imprevisível... Mas foi bem.

Ninguém esperava a história da algema.

Ele não tinha comentado contigo?

Picas. O cara tinha o bilhete premiado no bolso e nunca falou.

É coisa do Dedda? Ou será que ele inventou essa porra? O cara é escritor...

Escritor mas não é doido... Se tivesse inventado, o Marcos caía matando. Não ia gaguejar... Era coisa do tempo dele em Nova York, como diplomata. Quem ia imaginar...

Mas ele tem esse esqueleto do caraoquê.

Mas o Marcos é que bancava o santo, bodas de prata com a professorinha, missa no domingo. Algemado por uma puta num hotel de luxo em Nova York. Algema nunca vem sozinha. Tem sempre um chicotinho. Melhor impossível.

Ele vai dizer que fazia merda quando era jovem, mas que se converteu a tempo. Tipo Bush, Bin Laden, Darlene Glória...

Quando era jovem? Ele já era deputado conhecido, puta velha. Não é bobo. Sentiu o golpe e vai botar o galho dentro. Vai parar de falar do caraoquê pra não ouvir sobre a puta.

Dá pra focar na história da milícia.

É o nosso trunfo. O Marcos vai querer lavar a mão. Jogar tudo no SG. Não sei se o Teófilo banca sozinho. Se resolver cair atirando, o Marcos vai junto, e o Cássio pode ganhar.

Vocês têm mais material?

Duas testemunhas. Uma quente, uma fria.

Do acordo?

Do encontro do Teófilo com o Gordo Batman.

Traficante?

Um deles. O outro é um miliciano que quer trocar de lado.

Ex-PM.

E o dinheiro?

O Arsana vai ajudar.

Depois vem a conta...

Vai entrar como vice mesmo. Mas pelo menos é um empresário que investe.

Rouba mas investe.... O Haddames tá gostando de você.

O cara é um freezer. Não gosta de ninguém. Olha pra política como se fosse um antro. Como se a vida lá fora fosse diferente. Mas ser frio ajuda. O homem não se abala nem com porrada nem com boa notícia.

Ele precisa de você. E tá te usando bem. Se você não levar o estado, ele te põe na Casa Civil.

Porra, Nelson. Olha a uruca. Quero sentar no Guanabara e dormir no Laranjeiras. O Camarinha sozinho não é nada. Depende do PR forte. Preciso ficar junto do Cássio pra desmontar o Marcos de vez.

O cara é bom no desmonte. Mas tá longe do povão. Difícil gerar empatia.

A pesquisa depois do debate não tá ruim. A diferença caiu. Bate com a sondagem de ânimo do eleitor: margem mudança versus experiência continua 3 para 1.

Aí que o Marcos pode se fuder.

Mas falta fechar as duas pontas do Cássio. O Nobel: inteligência, prestígio, educação, cultura. E o passado: perseguição, vida de órfão, volta por cima, trabalho social...

O filme dos alunos até que ficou bom. Conseguiram arrancar um sorriso dele do lado da preta velha...

Ele quis mexer no texto. Cheio de frescura. Depois ficou puto quando viu o programa. Aquele quadro do Cristo no fundo. Do lado do rosto dele. Eu disse que aquilo era a casa da ex-aluna, não a casa dele. Queria o quê? Um Portinari na parede da preta velha? Ele disse que aquela porra era uma casa de estúdio, não a casa da ex-aluna. Eu disse que era de estúdio, sim, mas era pra ser a casa de estúdio da ex-aluna, não do Nobel de Literatura...

Difícil domar.

Mas logo depois ele me vem com aquela no templo do Misael. Chegou a citar a Bíblia.

Eu vi no jornal. Como é que você conseguiu?

Consegui nada. Ele falou de improviso e resolveu citar um versículo. Deve achar que é literatura.

Ele tá cobrando a ossada?

Vai esquecer. Mas a história por trás é muito boa. Vai fazer ele subir. O Cássio foi o segundo preso político mais jovem do Brasil. Prenderam no dia que ele fazia três anos, em abril de 70. O pessoal do DOI-CODI tava tocaiando pra ver se o pai dele aparecia ou ligava no aniversário. No fim da noite, nada do pai, resolveram entrar, pegaram um material subversivo, prenderam a mãe e levaram o Cássio junto pro interrogatório. Torturaram a mulher. Imagina: um garoto de três anos interrogado e fichado no DOI. Comeram o bolo do garoto. Cássio só perde pro filho do César Augusto Teles. Esse foi preso com dois anos.

Que maravilha isso…

Já escolhemos a revista. Primeira página com foto da época. A mãe olhando pro chão, seca. O moleque de três anos do lado dela, mão na mão, tentando consolar.

O Haddames tinha a foto?

Ele nem sabe. Ia acabar resistindo pra proteger a mãe. Ela morreu num asilo uns três, quatro anos depois. O material é nosso, mas o furo vai ser da revista. Se ele perguntar, digo que esses putos conseguem qualquer coisa.

Liberdade de imprensa. A fonte é sagrada.

Tem outra história, mas a gente não sabe se usa.

Mais uma? E ainda dizem que araponga brasileiro é uma merda.

Ele tem uma irmã. No caminho pro Araguaia, o Che Guevara carioca se engraçou com uma moça lá do Maranhão. O puto já tinha um filho largado no Rio e ainda foi engravidar outra. A gente não sabe se usa isso.

Ele sabe que tem uma irmã? *Ela* sabe?

Ninguém sabe direito. A amante tinha apoiado os guerrilheiros. Foi morta também. Quando o pessoal do Uchoa fez a pesquisa da ossada, um guia falou dessa menina. Foi sequestrada pelos militares e criada em São Luís por um casal que cuidava de um orfanato. A gente disse pro Cássio que ele tinha que fazer um check-up antes da campanha. Colheram sangue dele e dela. Na análise de DNA, dezoito dos vinte e um marcadores coincidiram. É alto pra cacete. Me mandaram uma foto dela. É o Cássio sem barba e sem dois dentes do lado direito.

Melhor não mexer nisso, Otto. O pai era médico, guerrilheiro, dá pra faturar mais se a gente vende o sujeito como um homem de ideias, que morreu por uma causa política. Não como um sacana trepando e largando filho pelo Brasil.

Dedda também acha isso. Essa história da irmã ia ser boa se a gente controlasse o Cássio. Imagina a cena do reencontro. Dois irmãos que só se conhecem um com cinquenta e oito anos, o outro com cinquenta e seis, chorando abraçados, o Cássio visitando uma casa pobre de São Luís e depois trazendo a irmã pra passear no Pão de Açúcar...

O cara é um bon vivant. Não ia dar pra arrancar um sorriso do lado da boca desdentada...

A gente vai segurar.

A figurinista me falou de uma gravação na Suécia. Pra que sair agora?

Também achei estranho, mas o Cássio tá insistindo. Disse que uma imagem dele no salão do Nobel ia cair bem. Eu falei que a gente tem imagens de arquivo. Ele disse que quer uma nova... Tem algum jabuti aí. Pra botar o cara em qualquer voo de três, quatro horas, pra Manaus, Belém, já é a maior negociação. E de repente ele quer um voo de catorze horas, com duas paradas, pra Estocolmo...

Tem treta. Ou um rabicho de saia... Vai sair cara essa brincadeira.

Pro Arsana é trocado. Topei, mas falei que ia levar dois ex-alunos pra filmar lá com ele... Sugeri levar os filhos. Os garotos não topam. O filho gay é difícil pra cacete, não quer gravar nada. Talvez seja melhor. A gente ia ganhar nos LGBT, mas perdia mais nas igrejas.

O Haddames tinha que arrumar uma mulher. Presidente sem primeira-dama é furada. Lembra do Itamar? Mas não qualquer trubufu, que acaba é tirando voto. Tem que ser alta, bonita, uns trinta e cinco anos no máximo. Com uma sueca do lado ele ganha dois ou três pontos de graça.

Já falei isso. Ele desconversa. O cara tem três ex. Como é que eu vou convencer o sujeito a se meter em mais uma?

Por que você não apresenta a Cristal e a Grazielle? O homem não vai resistir.

Puta não, Nelson. Vai que ele gosta, começa a sair e alguém descobre que ela faz programa... Todo mundo come as mesmas putas em Brasília — governo, oposição, Supremo, Senado... — Já viu puta com fidelidade partidária?
Tá com ciúme... E essa história do Jacobo, hein? Saiu tão puto com a fritada do presidente que tá elogiando o Haddames. Não dá pra trazer ele pra campanha? Tem prestígio.
O Cássio me falou dele. São rivais, mas com um inimigo comum...
A maior vingança do Haddames era botar o Jacobo de chanceler dele.
O homem gostava tanto da cadeira que é capaz de aceitar.
Não entendo esses dois. Se agridem trocando presentinho.

* * *

FOLHA DE S.PAULO

13/08/2026 — 16h06

BRASIL ACOLHE POPULAÇÃO AMEAÇADA DAS MALDIVAS

O oceano Índico é aqui. Numa decisão que surpreendeu os próprios partidos da base aliada do governo, o presidente Marcos Febuen anunciou hoje que o Brasil acolherá, no litoral norte do Amapá, parte da população das Maldivas, arquipélago situado no oceano Índico. As ilhas Maldivas encontram-se em estado avançado de submersão, pelo aumento do nível do mar decorrente da aceleração do aquecimento global. O governo das Maldivas tem feito apelos reiterados a seus parceiros internacionais para que abriguem os chamados "refugiados climáticos", sob crescente ameaça de inundação.

O presidente Marcos Febuen afirmou que a medida anunciada é benéfica para o Brasil e as Maldivas. "Precisamos mostrar generosidade nesta hora. O Oiapoque e Malé (capital das Maldivas) estão praticamente na mesma latitude do hemisfério Norte. Os maldívios ganham, mas o Brasil também se beneficia. O litoral norte do Amapá é muito pouco povoado, e os maldívios trarão seu trabalho, experiência e capitais no setor de resorts e turismo."

O arquipélago das Maldivas, composto de 1192 ilhas de coral, é particularmente vulnerável à elevação dos oceanos. Maldivas é o país mais baixo do mundo, com altitude média de um metro (1,50 m em 2012) e ponto natural mais alto de 1,90 metro (2,40 m em 2012). A convite do governo maldívio, o ex-jogador americano de basquetebol Michael Jordan visitou o arquipélago e lá afirmou que, com seu 1,98 metro de altura, era mais alto que o pico natural mais alto do país.

As autoridades maldívias têm se notabilizado pelos esforços de sensibilização da opinião pública mundial. O ex-presidente Mohamed Nasheed chegou a realizar uma reunião ministerial debaixo d'água, perto da ilha de Girifushi, com os ministros trajando roupas de mergulho e se comunicando por meio de quadros brancos e linguagem de sinais. "Meu país está no corredor da morte", dizia uma das placas mostradas por Nasheed.

O professor pernambucano e candidato a presidente, Amadeu Balerinn, criticou a decisão do governo brasileiro: "O presidente afogou tantas terras indígenas ampliando Belo Monte e Jirau, que agora quer se penitenciar salvando os inundados das Maldivas. Complexo de culpa se resolve no divã, não por decreto presidencial. Se é que não tem nisso dinheiro sujo de empresas e autoridades estrangeiras". O escritor e diplomata carioca Cássio Haddames, também candidato à Presidência, achou positivo que o Brasil acolhesse populações estrangeiras ameaçadas, mas questionou a escolha do lugar para abrigar os maldívios: "O Amapá foi uma péssima escolha: 72% do território do estado são reservas indígenas. O presidente está querendo gerar uma grande polêmica e assim desviar a atenção desse escândalo de corrupção e extermínio que foi o acordo que ele fez com as milícias no Rio".

O presidente da Funai, Carlos de Jeane, não escondeu suas críticas à decisão do presidente Febuen: "Não, não fui consultado, não. Isso me faz lembrar o projeto Jari. Povoamento forçado de terras indígenas. Na hora de criticar as reservas em regiões de fronteira, tem sempre um patriota falando dos riscos à segurança nacional. Agora querem dar terras a estrangeiros na ponta norte do Brasil. E se a população das Malvinas (sic) resolver montar um governo no Amapá e se separar do Brasil? Já não basta a RCM, em pleno Rio de Janeiro?".

O risco de que, entre os imigrantes maldívios, venham a se instalar no Brasil militantes do braço armado da Aliança pela Sobrevivência das Pequenas Ilhas do Índico e do Pacífico (ASPIIP) gerou preocupação em algumas capitais estrangeiras. Os Estados Unidos já dão como certo que o Sete de Janeiro, atentado radioativo ocorrido em Nova York em 2025, foi cometido pela ASPIIP, e não pelo Estado Islâmico, na sequência dos sequestros e mortes por afogamento de familiares de ex-presidentes, senadores e empresários norte-americanos do ramo petrolífero.

Em seus vídeos de "teatralização da morte das ilhas", a ASPIIP acusa os Estados Unidos de serem os maiores emissores de CO_2 da história e de sabotadores das negociações sobre mudança do clima. No caso do sequestro e afogamento de Carolyn Wilde, neta do ex-presidente norte-americano James Roy Wilde, membros da ASPIIP tatuaram nas costas da vítima a frase: "O clima mudou para você também".

O presidente do sindicato dos pescadores das Maldivas, o poeta e compositor Muamadd Er Dronnedd, elogiou a iniciativa do Brasil: "Não somos terroristas maldívios. Aliás, não somos mais nem maldívios, já que sem as Maldivas os maldívios não são nada. O que seria dos brasileiros sem o Brasil? Somos gratos pelo oferecimento do presidente Febuen, mas nossa identidade é um navio apodrecendo no fundo do mar".

9.

5 de setembro de 2026

Mentir tem um poder rejuvenescedor, mesmo quando a serviço de uma boa causa. Não sei se sou o melhor candidato, mas o Marcos é, folgadamente, o mais desprezível dos três, e já não sei o que me move, se minha vitória ou a derrota dele. Meus defeitos e vícios talvez sejam mais numerosos, mas, como disse meu consultor político, esse poeta do marketing, "geram menos externalidades". Ao contrário do que se imagina, quase sempre a voracidade causa mais danos que a indiferença.

Apesar do sucesso inicial, ele mostrou, com sua *hubris* macbethiana, que põe o dedo podre em tudo que faz. Queria ganhar o Nobel da Paz e acabou me dando o Nobel de Literatura. Queria fazer um acordo malandro com as milícias, para posar de pacificador, e as milícias se fortaleceram com o dinheiro e o extermínio dos dissidentes. Queria salvar as Maldivas, e acabou agravando a questão indígena e expondo as contribuições de campanha de resorts amigos.

Uma das imagens marcantes desta campanha — involuntária, inadvertida — é a foto dele, de costas, entre as cadeiras vazias do imenso auditório de Porto Alegre, prestando reverência a meia dúzia de intelectuais áulicos que se dispõem a apoiá-lo. O que causa repugnância são as miniaturas de estratagemas dos pequenos canalhas. Até na vileza é preciso certo *panache*, certa grandeza. Montaram uma equipe para colher depoimentos das minhas três ex-mulheres. Naturalmente, elas não me adoram a esta altura da vida, mas têm o bom senso feminino de saber que é melhor ser ex-mulher de presidente da República do que de candidato derrotado.

Carolina me contou a "entrevista". Disse que telefonava para saber quando eu iria à exposição organizada pelo André (para não coincidirmos no museu). No fundo, queria falar da conversa com o "entrevistador", um suposto jornalista de uma rádio que não existe. Perguntou sobre a história do caraoquê. Se era verdade. Respondi com um paradoxo iluminador: ninguém, em sã consciência, vai sóbrio a um caraoquê do outro lado do mundo. O que bebeu o que fumou o que cheirou o que cantou o que disse como disse com quem ficou quem comeu são perguntas irrelevantes porque não têm resposta. Na inconsciência só se pode reter a memória do inconsciente. Do sono, lembramos dos sonhos, não dos movimentos na cama (nem fora dela, no caso de um sonâmbulo). Nem mesmo um diplomata ressentido que vai buscar um colega desmaiado sabe alguma coisa, até porque, numa emergência, prostitutas e cafetões não chamam um funcionário de uma embaixada para recebê-lo de lingerie, com cocaína salpicada entre os peitos.

Disse a ela que, vinte anos depois, só conseguia me recordar da vez em que levei os meninos. Carolina soltou um gemido ligeiramente desafinado. Depois de um longo silêncio, que achei melhor não quebrar, perguntou-me como eu tive a coragem de levar *nossos* filhos, então dois adolescentes, a um puteiro. Respondi que levar os filhos para cantar num caraoquê era uma atividade edificante como comemoração de aniversário de um pobre divorciado do outro lado do planeta. Eu não deveria ter rido. Ela se fechou como uma planta carnívora. Limitei-me a dizer que o Vini cantou bem melhor que o André, o que era verdade. Ela me acusou, uma vez mais, de ser cruel com o André, de não querer aceitá-lo. Disse-lhe que fiz o que parecia melhor naquele momento: deixar que ele se confrontasse com sua sexualidade, para que, ao menos na cabeça dele, assumisse do que gostava ou não.

Carolina perguntou se mostrar ao filho o corpo nu da mãe dormindo também era uma forma pedagógica de confrontá-lo com sua sexualidade ou simplesmente uma ideia sórdida de uma mente pervertida. Respondi que era uma ideia sórdida de uma mente pervertida que merecia ser punida com correntes, cordas e chicotes. Achei melhor não dizer que, da segunda vez, um ou dois anos depois, foi o André quem tomou a iniciativa de me levar ao quarto para olhá-la.

Entre as ex-mulheres, as que mais merecem cuidado são, naturalmente, as que geraram nossos filhos, e nesse domínio Carolina reina absoluta em seu monopólio. Ela é, de certo modo, o que há de mais próximo para mim de um membro da família que não tenho. A lembrança de que houve um tempo em que transávamos me vem à mente hoje carregada de perplexidade, como se no passado eu tivesse quebrado o tabu do incesto com uma irmã distante. Tenho carinho por ela, mas já não consigo demonstrá-lo. A mordacidade tornou-se um hábito. Mais difícil do que mudar uma pessoa é mudar a forma como duas pessoas se relacionam.

Nunca a retratei diretamente em livro, o que não posso dizer de minhas outras ex-condôminas. Estas repetem o clichê de que as transformei em caricaturas. Às vezes me pergunto se Carolina interpreta sua ausência em meus livros como um gesto de consideração ou, ao contrário, de desprezo, e nutre secretamente o desejo de se transformar em personagem. As três nunca chegaram a estabelecer uma aliança ou o sindicato de minhas ex-mulheres, e talvez isso se deva a essas diferenças. Ou ao fato de que jamais dei muita importância a dinheiro. É um privilégio nunca ter tido muito nem pouco. As coisas boas da vida não são nem gratuitas nem muito caras. Em brigas por dinheiro, ceder é sempre um gesto libertador.

Foi uma surpresa receber o telefonema do Jacobo. Disse que vai me apoiar. Já nasceu querendo ser chanceler e, de fato, é nosso melhor e mais completo diplomata, o que não faz necessariamente um bom ministro. Deve ter sido um choque desejar tanto, preparar-se tanto, ser nomeado, conseguir coisas boas como o armistício na Guerra do Oceano e, por ironia das escolhas, ser demitido com apenas dois anos de poder. Caiu por suas virtudes, embora cometa, sim, em alguns momentos, erros graves de avaliação. É tolo imaginar que me tornei escritor porque o critério de desempate do primeiro lugar na nossa turma do Rio Branco foi a nota de português, em que os seus 9,9 pairaram, sobranceiros, bem acima dos meus 9,8.

Há nele uma inteligência rara, mas Jacobo nunca me entendeu muito bem. Achou que me punia ao não me promover a embaixador, algo que nunca mereci nem desejei. Achou que me humilhava ao me transformar em escritor oficial, mero laranja para o Nobel que ele daria ao Marcos e, por extensão, a si mesmo. O anúncio da Academia Sueca deve ter sido um golpe em seu ego e em seu Grande Plano Estratégico.

Não resisti e perguntei como andava a Stella. Eu podia ter sido magnânimo e não evocar a vingança vinte e tantos anos depois. Não notei nenhuma alteração em sua voz. Já superou a questão ou se preparou muito bem para a pergunta. Inimizades sem astúcia e *pathos* são meras carniçarias.

A campanha é cansativa, mas não deixa de ser um aprendizado — político, estético, antropológico. É um curso intensivo, superficial às vezes, sobre essa entidade um tanto abstrata que eu representava no exterior sob o nome genérico de Brasil. Ainda conheço melhor Buenos Aires e Nova York do que Salvador e São Paulo, embora a ideia de conhecer um lugar, uma exterioridade ao corpo, me pareça tão vaga e imodesta que não me sinto à vontade para dizer que conheço bem o Rio ou os quinze ou vinte apartamentos em que morei. Nunca pus os pés no Pantanal, na Serra da Capivara, na Ilha de Marajó, no interior do Nordeste, na Sala São Paulo, no museu de Inhotim. Visitei o Monte Pascoal em uma viagem de carro em 1985 e comprei lanças falsas de falsos pataxós. Fui a Manaus uma vez para acompanhar uma reunião entre os presidentes do Brasil e da Venezuela, mas não tive tempo de sair do hotel e olhar a floresta.

Como parte do périplo da campanha pelo Centro-Oeste, jantei ontem na casa do prefeito de Coxim, norte do Mato Grosso do Sul. Ele convidou secretários de governo, vereadores, minha equipe de campanha, e estava acompanhado da mulher e das duas filhas. Apesar da composição da mesa, o anfitrião não queria que eu falasse de política, mas de literatura, pois, segundo ele, eu já contava com seu apoio na região. Não deixou de ser uma conversa amistosa. Ele sabia quem era Balzac e havia lido dois romances de Machado, embora da fase dispensável. O secretário municipal de Educação, que tinha o nariz introvertido, ao estilo de um buldogue, resolveu discorrer sobre a morte da literatura brasileira contemporânea, o que me permitiu apreciar com calma o pacu recheado com farofa de couve.

A atmosfera de altas luzes e congraçamento só se dissipou quando o prefeito declarou que também escrevia e pediu à filha mais nova, uma sósia adolescente do pai, que lesse um poema que ele havia cometido. Com receio da minha reação, Otto tentou desencorajá-los da iniciativa, mas o soneto se materializou no celular prateado da filha, que o leu um tanto tropegamente. Torci por alguma ironia da vida, algum verso com graça ou humor, mas o soneto era indizivelmente ruim de cabo a rabo, à prova de qualquer simpatia ou conserto. O melhor verso era o mais neutro e, profeticamente, o mais autocrítico: "Não sei o que me move".

O prefeito me olhou, à espera do parecer. Comentei que eu reunia as qualidades de um político amador e de um poeta sofrível, ao passo que o prefeito tinha ao menos a vantagem de ser um político bem-sucedido, eleito duas vezes para governar Coxim. Ele soltou uma gargalhada patriarcal, que mal escondia o susto. Declarou sua esperança de que, além da poesia sofrível, tivéssemos algo mais em comum, o fato de sermos bons romancistas. Assenti com a cabeça, reconfortado pela impossibilidade de testar tal hipótese em plena mesa. Ele se levantou, abriu uma gaveta no armário atrás da cabeceira e entregou-me um exemplar de seu romance, *A cabeça do corvo*. Havia um corvo matinal e amigável na capa, que parecia olhar de lado para mim. Não me arrependi de meu silêncio.

Diz o Otto que o prefeito não deixará de me apoiar nas eleições, já que precisa do PDJS em sua campanha para o Senado, mas alertou que esse tipo de jantar se tornaria menos frequente se eu mantivesse inflexível o meu juízo literário. Lembrei que já vinha demonstrando flexibilidade suficiente em meu juízo político.

Momento pessoal e íntimo da campanha foi a filmagem no espaço onde funcionava a escolinha de alfabetização de adultos. Quatro décadas depois, ainda sinto o orgulho juvenil de ter dado aulas, por cinco ou seis anos, para empregadas e porteiros em cima de um centro comercial decadente, na Figueiredo Magalhães. Como se eu pudesse evocar esse pedaço do passado como prova de uma generosidade que não tenho. A escola funcionava entre ruínas de paredes que abrigariam lojas em um andar adicional nunca concluído. Paredes de alvenaria toscas, pela metade, com tijolos e cimento expostos, buracos e reentrâncias, materiais abandonados, lâmpadas pendentes de tocas no teto, ratazanas cobertas de pó de giz amarelo e rosa, o submundo de Copacabana infiltrando-se pelos braços de um labirinto abandonado. Nada mudou, até onde minha memória alcança. A poeira amarelada que vi deve ser a mesma que se depositou em 1992, último ano em que lá estive. Alguns se comovem diante das ruínas de palácios e templos, mas há os restos do que nem chegou a ficar de pé.

Tento me disciplinar para não me esquivar das câmeras. Nas raras vezes em que me distraio e a câmera me surpreende, minha primeira reação é procurar onde está a modelo. Sempre tive o instinto de afastar o corpo ou o rosto quando da aproximação de uma máquina que observa. A indiscrição do olhar mecânico me perturba, como se uma arma estivesse apontada em minha direção por um crime que não cometi. Não bastasse a autoconsciência derivada do transe do poder — o Nobel, a campanha —, passo a me observar de vários ângulos, preso num autopanóptico.

Outro dia, durante uma passeata no bairro Lagoinha, em Belo Horizonte, deparei-me com um homem sentado num banco. Ele não me disse nada. Nem eu tinha o que dizer. Observei-o por um tempo, enquanto um pastor batista da equipe da campanha fazia sua preleção moralizante. O homem no banco não parecia ter nada de especial. Não era forte nem fraco, nem bonito nem feio, nem rico nem pobre, nem velho nem jovem. Nada o distinguia. Mas aquela imagem dizia algo sobre mim, representava um sentido, a ideia do homem frágil. Talvez naquele silêncio primordial, o silêncio do antes e do depois, o homem apareça como é.

Não me refiro ao homem brasileiro, débil como os demais. A impressão que sempre tive era de que parecíamos demasiado leves, como se não houvesse sangue suficiente para encher veias, descolar ossos da pele, fincar os pés no chão. Uma leveza física e existencial. A campanha me confunde; há de tudo um pouco. Até indignação e gravidade. Já não sei se existe um *homo brasiliensis*. Ao contrário do que sugere o senso comum, a política (como o esporte ou o álcool) mais revela do que esconde. Desejos e potências. Fraquezas e limites. Nem Shakespeare me ensinaria tanto sobre as relações de poder. Pena que as tramas da campanha não tenham a mesma elegância, e os diálogos sejam sofríveis. Não há ficção pior que a dos dossiês contra candidatos. Passei os olhos em nossos clássicos: Dossiê Cayman (1998), Dossiê da Máfia das Sanguessugas (2006), Dossiê dos Cartões Corporativos (2008), e encontrei até uma peça de metaliteratura, o Dossiê do Escândalo do Dossiê (2006). Sabino, um dos dossier-writers mais requisitados, diz que as falcatruas sempre existem, mas é mais fácil forjar novas operações do que descobrir as existentes. Se era para criar vidas paralelas, transações de superfaturamento, casos de adultério, contas em paraísos fiscais, documentos reveladores, conversas gravadas, conviria mais cuidado com enredo e caracterização. Eis um nicho pouco explorado por nossos homens de letras.

Admito que superestimei a vilania e esperava mais encarniçamento e doença do que tenho encontrado. Mais cênica, a rivalidade entre políticos não chega a ser tão visceral quanto a rivalidade entre escritores. Nenhum ser é mais competitivo que um escritor. Nenhuma tarefa é mais absorvente e autorreferente do que passar meses ou anos a fio escrevendo-se, exteriorizando-se num filho concebido, gestado e parido na solidão. Mais do que uma disputa por feudos (como na política), a literatura é o confronto de universos completos e particulares que só cabem no ego do escritor.

Justamente por ter sido poeta, Shakespeare entendeu a política. Macbeth e Ricardo II devem ter nascido do mesmo molde do "Rival Poet" dos sonetos. A competição aberta ou velada com seus contemporâneos terá munido Shakespeare das angústias necessárias para conceber a ambição de Lady MacBeth, o ódio de Shylock, o ciúme de Otelo, a perfídia de Ricardo III, Cornwall, Edmund, Claudius, Cassius, Iago... Talvez mais do que nos livros de história ou na teoria política, é na literatura e no teatro, especialmente nos trágicos gregos e em Shakespeare, que a violência do poder aparece de forma mais iluminadora.

O que me irrita na campanha não são os ataques a meu caráter, que não faz má figura na comparação com o de meus adversários. São as críticas politicamente motivadas a meus livros. Ontem vi o Amir, convertido agora em porta-voz literário do Marcos, tachar-me de apparatchik das letras no horário eleitoral gratuito. Pelo jeito não sabe o significado da palavra nem desconfia que a literatura não interessa ao país. Citou uma frase do *Cinza* que ele considera menor. Não é lapidar, mas tampouco compromete. É fácil ridicularizar um autor ou livro pinçando cinco ou seis palavras. Borges dizia que soa grandiloquente e falso um Hamlet agonizante sussurrar "The rest is silence" como palavras finais. Talvez ele mesmo, Borges, seja o autor menos rico em frases reprováveis, mas, com sua aparente modéstia literária e a sutil capacidade de esconder-se atrás dos personagens, correu menos riscos que o inglês.

Não sei como interpretar o que aconteceu em minha breve visita a Estocolmo. O susto, a interrogação, as possibilidades. Fiquei feliz, mas não há como me manter sereno diante de tantos futuros possíveis.

No dia da chegada, avisei à equipe que descansaria um pouco. Tomei um banho, desci do quarto do hotel e saí por uma porta lateral. Não identifiquei jornalistas no saguão. Dei mais uma olhada na anotação do papelzinho dobrado em meu bolso: Åsögatan 195.

O táxi me deixou na frente da casa. Parecia um bairro de classe operária, rua estreita, prédios de janelas ínfimas, paredes encardidas de um lado, casebres pré-fabricados de madeira do outro. As casas tinham um andar só, e as tábuas de madeira da fachada, dispostas na vertical, davam ao conjunto, visto de longe, a aparência de uma fileira de containers de carga. Apoiavam-se numa base improvável de pedras, que acentuava o aspecto frágil e provisório do caixote sobreposto. Como as demais, a 195 da Åsögatan era uma casa vermelha, e até o vermelho era modesto.

Subi os três degraus de madeira que levavam à porta do que parecia ser um jardim lateral, a julgar pelas folhagens que avistei por cima do muro. Espiei pelos filetes de luz entre as tábuas e só vi o verde dos arbustos. Um escudo azul e branco de metal, pregado ao lado da janela, com o desenho de um castelo e a inscrição "Ab Stadsholmen", era o único sinal de algo peculiar, embora também pudesse ser visto nas fachadas das outras casas vermelhas. Até onde eu podia ler objetos e traços, nada indicava a presença de uma moradora argentina.

Toquei a campainha, que me pareceu muda. Virei-me por um momento e encarei o prédio triste do outro lado da rua. Um carro passou sem pressa. Pensei em sentar-me na pequena escada para iniciar minha vigília.

Alguém abriu a porta e, imediatamente, a encostou, afastando o corpo para o lado e inclinando a cabeça quase à altura da maçaneta. Pela fresta que restou, vi dois olhos cinza e arregalados acompanhando a linha lateral da porta. Uma ardência tomou minha nuca e se espalhou pelas costas, mas tive vontade de rir. Devo ter sorrido diante da imagem bonita, a faixa estreita entre a porta e o batente revelando apenas o olhar acuado, como num véu. Imaginei que ela se escondia porque estava nua, mas não compreendi por que eu deveria ser discriminado entre os visitantes recebidos daquela maneira.

Ficamos em silêncio. Mesmo com os olhos de Alicia tombados na vertical como duas gotas em queda, o olhar tinha a fixidez e o retardo do encontro em Paris. Volta e se veste, que eu toco a campainha de novo, eu disse. Ela não se moveu. Cruzei os braços e inclinei o pescoço, para me adequar à curiosa posição. Depois de um tempo, ela se empertigou devagar e reabriu a porta.

Alicia não estava nua. Usava um vestido de linho sem mangas entre o salmão e o rosa, de onde despontava uma barriga imensa e perfeitamente arredondada. A mão esquerda continuava a segurar a maçaneta e a direita apoiava-se sobre a esfera no centro do corpo, como se a protegesse. Senti uma vontade genuína de declarar minha surpresa e admiração pelo fato de que, além de crítica literária, ela também era atriz e conseguia encarnar de forma muito profissional sua personagem, com aquela bola de basquete ou trouxa de tecidos que simulava a gravidez, embora sua perfeita e pouco humana esfericidade pudesse lançar a dúvida da verossimilhança nos espectadores.

Não abri a boca, felizmente. Tive a impressão de que era recíproco o enorme desejo que eu sentia de abraçá-la e beijá-la, de tirar a bonita fantasia de grávida virginal e penetrá-la ali mesmo, entre os arbustos verdes que cercavam a imagem que tanto desejei rever. Não sei quantos segundos se passaram até que me desse conta de que Alicia não era uma atriz.

Pode ser meu?, perguntei.

Não pode *não* ser seu, ela disse e fechou a porta.

Tentei impedi-la, mas ela já tinha passado o trinco. Bati com o punho na madeira e gritei por cima do muro. Disse que não sairia dali enquanto não me deixasse entrar. Respondeu que eu era ridículo, que ali não era lugar de escândalos e perguntou o nome do hotel onde eu estava.

Ao deixar para trás a casa em Åsögatan, em busca de um táxi que me levasse de volta ao hotel, foram tantos os pensamentos —

sobre o acaso, o inconsciente, o futuro —, que mal me recordo de ter percorrido algumas ruelas antes de subir no ônibus que me levaria ao centro antigo. A menor das minhas preocupações era se a imagem de um candidato a presidente caminhando por Estocolmo com a testa coberta de sangue teria alguma importância numa campanha eleitoral.

* * *

Então. Não sabe da maior. Adivinha. Não, não é uma exclusiva. Caramba, chefe, só pensa nisso, hein? Jornalismo vai além. Que neura. Coisa melhor, sim, bem melhor. Não vai acreditar. Que ganhar Prêmio Esso, que nada. Não, não tô te chamando de velho. Você ainda bota gasolina em posto Esso? Eu sei que você ganhou. Mas foi no século passado, anos 80, Michael Jackson, *Show da Xuxa*, *Fatos & Fotos*... Um garoto querendo mudar a imprensa brasileira... Eles pensam outra coisa. Pra minha geração, sim. O prêmio Wiki também. O Assange Prix. E olha que eu curto um jornal-papel.

Já. Já tô escrevendo. Não tem como não estourar. Não, nada disso. Coisa séria. Eu descobri o rabicho dele. Sim, aqui em Estocolmo. Rabicho é modo de dizer... Dá a volta no quarteirão. Não, não veio fazer campanha. Só fachada. Veio ver o caso dele.

Como assim? Sabe nada. Essa é mi... Que que começou a circular? Um vídeo de um homem que acham que é o Haddames, cheio de sangue na cara? Blazer azul, chapéu, numa ruazinha de Estocolmo? Meio embaçada a imagem, ele passando do lado do? Putz. Não. É sim. Foda. A Kel é foda. É o Haddames sim, eu vi. Eu não devia... Esse vídeo é meu, chefe. É ele mesmo. Eu que fiz no celular. Só pode ser meu. Viralizou? Caramba. Não, não era pra isso. Só mandei pra Kel. Mal dava pra ver direito. Só... Não. Não é minha irmã. Minha amiga. Ela disse que. Uma quedinha pelo Haddames. Disse que não ia compartilhar. Não. Amiga foda, mas amiga. Ela jurou que. Tenho sim. Toda. É um caso mesmo. Ele tava querendo entrar na casa dela. Trancaram a porta. Ele gritava meio desesperado. Uma cabeçada. Inacreditável, né? Uma cabeçada forte bem no meio da porta. Raiva, desespero, sei lá. Vai entender. Caiu nada. Tombo nenhum. Eu vi tudo. Claro que sei. Cabeçada mesmo. Consegui falar com ela. Não tô, não. É sério. *Falei com ela.*

A ideia não era essa... Filmei com o celular quando ele veio. Pra ter uma prova. É. Uma prova. De que o cara tinha. Hoje todo mundo... Qualquer coisa. Até sobremesa. É. Parado. O pudim parado. Não, não. Eu *segui* o cara. Ia tirar uma foto. O celular tava no modo filmar. Não tava preocupada com isso. Esse vídeo vai acabar com o cara...

Como não? Um candidato a presidente nesse estado, numa rua de Estocolmo... Vai gostar nada. A garotada não decide. O quê? Ar melancólico? Fossa? Como é que pode ser romântico, chefe? O cara cheio de sangue na cara? Só homem pra achar isso. Gosto sim. Você sabe muito bem... Cristo? Coroa de espinhos? Tá de sacanagem. Deve ser a equipe dele, o Dedda. Usa o vídeo pra botar o homem no centro. Faz o homem de santo, sangue na testa.

Ingrid Bergman? Louraça tipo Ingrid Bergman como amante sueca? Que furada. Não. Não mesmo...

Mulher sim. Ih, esse boato tá mais furado ainda. Pô, o cara casa e separa três vezes... Tem que ser um gay muito macho, né?

Seguindo ele. É, sozinha. O Haddames saiu logo depois que chegou. O assessor de imprensa falou que ele ia descansar e o pessoal debandou. Eu tava no carro. Vi ele saindo por uma porta lateral do. Meio ridículo. Chapéu pra disfarçar. Dava pra ver que. Pegou um táxi perto da esquina e eu fui atrás. Foi prum bairro meio isolado, fora do centro velho. O táxi deixou ele numa ruazinha. Ele olhou em volta, subiu a escada de uma casa e tocou. Parecia que não conhecia... Alguém abriu, mas não deixou. Não, não dava. Parei o carro longe, pra não dar bandeira. Que puteiro o quê, chefe? Expulso de um...? E o cara ia se despencar pro outro lado do. Você acha que é melhor que no Brasil? Pensa num sueco. Agora pensa num brasileiro. Conhece nada, né? Sei...

Essa rua mesmo. Das casinhas vermelhas. Dá pra ver no vídeo. Eu tava na outra calçada. Tinha uns prédios.

Começou a bater sim. Gritava por cima, na ponta do pé. Não. Eu não conseguia ouvir, tava no carro. Não, não. Logo depois. Veio caminhando. Fingi que tava vendo o celular. Não, nem me viu. Nem olhava direito. Naquela fissura pra ver a mulher e não poder... Viaja meio mundo e, na hora agá, maior barraco. Ela pode ter provocado ele, sei lá. Pode ser. Golpe meio baixo. Mas tinha que ser uma calcinha grande...

Que gorda, que nada, chefe. Você acha que toda mulher ou é tarada, gay ou gorda? A mulher é linda. Não, não. Morena clara, altura de média pra baixa. Conversei com ela. Mas adivinha. Não sabe da maior. A mulher tá grávida. Sim senhor. GRÁ-VI-DA. Acho que sim. Só pode ser dele. Daí o barraco. E adivinha de onde ela é... Não vai acreditar. Chuta, chefe. Não. Aí não ia ter graça... Nem sueca nem brasileira. Senta aí. Ela é... AR-GEN-TI-NA. Isso mesmo. O candidato a presidente do Brasil, segundo lugar nas pesquisas, crescendo, coladinho no presidente sadomaso, tem uma amante argentina. Foi arrumar uma Evita...

Dá um musical mesmo. Não, isso foi depois. Achei melhor seguir o Haddames. Pra ver onde ele ia se meter. Ainda mais naquele estado. Ele andou um pouco, meio perdido, sem saber pra onde. Até que pegou um ônibus. Fui atrás. Ele saltou perto do. Não. Não vi direito. Ele tava de costas. Entrou pela lateral. Acho que não tinha ninguém.

 Decidi voltar pra ruazinha. Não, eu não ia dar bandeira. Fiquei esperando. Mesmo lugar, meio longe. Ela deve ter saído uma hora depois. Tava escurecendo. Mas eu vi a barriga. A mulher não era alta. Não parecia sueca. Corpo bonito. Tava com uma sacola pra. Não. A pé. Ela não andou muito. Entrou num mercadinho pra comprar comida. Aproveitei o momento certo e me. Fiz cara de quem tava meio perdida, com medo. Não, lógico que não. Eu disse que era turca. Por que não? Tá cheio de turca na Europa. O quê?

 Nem desconfiou. Perguntou como podia ajudar. Me levou pra tomar um café. Meu inglês porcaria ajudou. Inglês de turca. Dei a entender que meu marido batia em mim. My husband ó... Ficou uma arara. Disse que ia. Perguntei se o marido dela também era violento. Ela disse que não tinha esse problema. Eu disse que ela não tinha esse problema porque o marido dela era sueco. Ela não reagiu. Falei que a barriga dela era bonita. Nice, very nice. E que o filho ia ser lindo. Beautiful, very beautiful. Dei uma de vidente turca. Vai ter uma profissão maravilhosa, vai viajar o mundo, casar com uma atriz de cinema. Ela sorriu, meio alegre, meio. Perguntei se o pai tava feliz. Ela ficou olhando pro vazio. Dois olhos grandes, uma cor diferente, meio cinza. Cor de mar quando chove. Não? Nunca foi pra? Brega? Essa coisa de cor de mar é brega? Você tá com aquele paletó de ombreira, chefe?

 Muito bonita. Lembra aquela atriz francesa que fez o papel daquela escultora, mulher daquele escultor famoso francês. Aquele ator que sempre fazia. Não tinha *um* filme francês que o cara não tava. Não, esse não. Tá vendo? Durmo mal, trabalho que nem uma condenada, e a memória vai pro.

É. Ela deu uma desconversada quando falei disso. Começou a falar do trabalho. Que também era estrangeira. Aí que ela disse que é argentina. E que adora o que faz. A literatura, as pesquisas pra Academia Sueca.
Pois é. Trabalha pra eles. Me deu um estalo na hora. Ou então ele conheceu antes, e pode ter alguma treta ligada ao prêmio. Sim, já tá na matéria.
Eu disse que sofria tanto com meu marido que acabei me apaixonando por outra pessoa. Perguntei se ela já tinha sentido isso, se tinha outro amor. Nessa hora a coisa saiu do controle. Acho que aí ela desconfiou. Não. Não deu bandeira de cara. Ficou meio na. Disse que tava ficando tarde e ia voltar, que eu devia ligar pra polícia se meu marido. Quis me dar dinheiro pra eu voltar. Falei que não precisava.
É. Mas aí eu já não tinha nada a perder. Chutei o balde. Perguntei o que ela achava do Nobel do Brasil. Se ela gostava dos livros do brasileiro. Ela começou a me encarar com um olhar de. Parecia que ia virar bicho. Perguntou se eu era turca mesmo, se apanhava do marido. Não, eu não falei nada. Fiquei olhando pra ela. Ela não sabia o que fazer. Pedi desculpas. Perguntei se ela podia me ajudar numa matéria sobre o Haddames. Contei que era jornalista e trabalhava no maior jornal do Brasil e da América Latina. Eu sei, mas já foi, né? Eu disse que tava cobrindo a viagem dele. A campanha num momento. Podia virar presidente, blá-blá-blá... Pensei que ela fosse me bater. Me encarou mais um tempo. Saiu sem olhar, sem pagar a. Esqueceu até a sacola.
Mas era minha última chance. Deu pra sentir que ela ia.
Não ficou claro. Também pode ser. Pode ter mandado ele embora porque o filho não é dele. E ela não quer problema com o marido, se é que existe um. Mas tem coisa aí. O jeito dela. Não parecia feliz. Se eu tiver que chutar, é filho dele. Ele não ia ficar

em cima. Deve ter vindo pra. Apaixonado mesmo. Ninguém para uma campanha presidencial e vai pro outro lado do mundo se não tiver. Deu pra ver pela testa. Descobri sim. Chequei na Academia Sueca. Alicia. Alicia Gros Morán.

* * *

CÁSSIO
Era ambição demais para você resistir ao convite de um presidente mau-caráter.

JACOBO
A *miséria nos habitua a estranhos companheiros de cama.*

CÁSSIO
Você não se cansa de competir... E acaba perdendo, sempre. Pior que o idiota triunfante só o gênio azarado.
A *reputação é um conceito vazio e falacioso, que muitas vezes se adquire sem mérito e se perde sem razão.*

JACOBO
Tolice. Ter sorte dá trabalho. Errei e pago caro. Júlio César?

CÁSSIO
Otelo.

JACOBO
Você não é um mau escritor.

CÁSSIO
Você nem foi um ministro tão medíocre.

JACOBO
Afinal te dei o Nobel.

CÁSSIO
Para quem queria humilhar, consagrar foi um desastre.

JACOBO
Não te dei o Nobel agora. Dei no Rio Branco. A literatura é a vingança.

CÁSSIO
Entrei na carreira para escrever. Você é que andava atrás de poder e títulos. Que negociou um critério "neutro" de desempate.

JACOBO
A ficção sempre foi seu forte. Vou anunciar meu apoio a você.

CÁSSIO
Mostrar um pesar que não se sente é ofício que o falso pratica facilmente.

JACOBO
Macbeth.
Se podeis ler nas sementes do tempo e dizer qual grão irá crescer, qual murchar, então falai.

CÁSSIO
Sempre ele, Macbeth.
E a Stella, como anda?

JACOBO
Um homem só morre uma vez.

* * *

Dr. Benevides de Carvalho Meireles
Rua Tonelero, 261, 7º andar, Copacabana.
Paciente: André Damadeiro H.

Olhando de longe, pelas paredes do enorme tubo de vidro, o borboletário parecia um acelerador de partículas em câmera lenta. Pequenos pontos giravam com preguiça, desgovernados, até se chocarem com uma planta ou um corpo. Nem eram tantas pessoas lá dentro. Alguns casais, umas poucas crianças, dois ou três homens de jaleco branco. Uma menina tinha várias borboletas no rosto. Parecia estátua de bailarina, os olhos fechados, a cabeça levantada para o teto. Ele parecia calmo, com a capa vermelha de chuva. Atirava sem constrangimento. Nunca muito perto nem muito longe. Apoiava a espingarda no braço esquerdo, mirava com calma e atirava. Eu não ouvia som de arma. Só via a borboleta caindo, com um gemido agudo e um furo no meio.
    Ninguém notava?
    Ninguém se importava. Eu ficava chocado, mas também não fazia nada. Lembro dos pesquisadores de jaleco branco. Tinham uns óculos especiais, de mergulho. Faziam anotações em pranchetas antigas, de madeira. Quando acordei, nem anotei nada. A interpretação era óbvia demais. Ele atirando no bicho em metamorfose. A punição do ser que assume outra identidade.
    A relação de poder mais uma vez. A transgressão sem repressão.
    O que me assustava mais eram os casulos vazios.

A prova de que, mesmo com risco, dava para abandonar o disfarce. Você disse que ele também usava uma roupa vermelha quando vocês foram ver sua mãe dormindo. Sempre na quebra do tabu. Você não contou como foi a segunda vez no quarto dela.
Não lembro bem. Foi um pouco antes da separação.
Você vê relação com a separação?
Por que eu veria isso?
Você é que associou a segunda "visita" e a separação.
Associação de tempo, não de causa.
Se eles estavam se separando, seria estranho ele mostrar de novo o corpo dela como um prêmio.
Não lembro direito.
Foi nessa época que você decidiu usar só a inicial H como sobrenome?
Logo depois que ele foi morar na China.
Lembra disso como autocastração ou independência?
Mais como solidão. E alívio ao mesmo tempo.
De quê?
Do peso. Queria estar com ele, mas não me sentia à vontade.
Você cortou "addames". Lembra "Adam", "Adão" em inglês, a figura masculina. Ao mesmo tempo deixou o H maiúsculo. De homem com agá maiúsculo...
Nem eu sabia bem o que eu achava da masculinidade.
Adão comete o pecado e é banido pelo pai criador.
Eu não tinha lido a Bíblia.
Mas já gostava de arte. Muitos quadros têm cenas bíblicas. Foi nessa época que você mudou seu nome no cartório?
Risquei o sobrenome da carteira do colégio. Só mudei o registro quando entrei na faculdade.
Muito tempo depois... Para um curador de arte, o sobrenome do Nobel é um peso, mas também abre portas, não?
É um peso porque abre portas.

Você nunca reclamou de interferência no seu trabalho.

Não no mau sentido. Ele me levava a galerias, exposições, pagava minhas viagens. Não aceitava minha sexualidade, mas elogiava minha "sensibilidade estética". Chegou a me socorrer numa das primeiras exposições que ajudei a montar aqui no Rio. "Event Horizon", do Antony Gormley. Eram esculturas de nus espalhadas pela cidade. De longe lembravam pessoas solitárias, à beira do suicídio. Um "pai de família" chamou a polícia. Não tolerava um homem nu em plena Nossa Senhora de Copacabana, onde ele sempre passava com a filha. Cobriu a escultura com um lençol e armou um comício na rua. Fui lá ver. A escultura acabou presa por policiais da 12ª DP, aqui de Copacabana. Meu pai tinha contatos no Ministério da Cultura e num tribunal do Rio. Ajudou a libertar o nu sem pagamento de fiança.

Esculturas de homens nus e solitários, à beira do suicídio, no meio da multidão.

Talvez me identificasse em algum nível. Mas eu sentia orgulho. Não lembro como algo sofrido ou deprimente.

Você parecia bem magoado quando comentou agora que seu pai não foi à abertura da exposição.

Melhor assim. Ele ia ser o centro das atenções. E pelo jeito tinha que ir para Estocolmo.

A história da argentina... Você não gostou muito. A polêmica em torno da gravidez, a relação que ela tinha. Agora um irmão novo...

O que eu disse à imprensa é verdade. Não tenho nada contra nem a favor. A vida amorosa do meu pai é problema dele. Ele sempre gostou de uma grande confusão sentimental.

Por isso você se recusou a confirmar se o homem no vídeo era ele?

Não recusei nada.

Foi o que você disse aos jornais.

Eu disse? Não sei por quê.
Pelo mal-estar.
Que mal-estar?

* * *

vt-180" — Propaganda eleitoral do pdjs
Entrevista com Cássio Haddames na Academia Sueca, Estocolmo
Roteiro

CENA 1: 50"
Vídeo:
Salão da Academia Sueca. Candidato caminhando ao lado do entrevistador, em direção à câmera. Calça de terno cinza médio, camisa branca dobrada nos punhos, gravata azul-celeste. Entrevistador vestido como estudante universitário, camiseta PACTO COM MILÍCIA É COISA DE BANDIDO.
Áudio:
ESTUDANTE: "Cássio, qual foi a sensação de estar nesta sala falando para o mundo inteiro sobre sua obra e sobre o prêmio Nobel de Literatura, o primeiro dado a um brasileiro?".
C.H.: "De alegria e orgulho. O prêmio é, de certa maneira, um indício de que algumas pessoas se emocionaram com meus livros. E um reconhecimento de que a literatura brasileira precisa ser lida cada vez mais".
ESTUDANTE: "Você recebeu um prêmio milionário pelo Nobel. Por que não descansar? Por que se envolver com a política?".
C.H.: "Nunca pensei em me candidatar. Mas alguns brasileiros que admiro me convenceram de que eu poderia ajudar na construção de um Brasil melhor. Com mais justiça, mais educação,

mais cultura. A política às vezes parece algo pequeno. Mas a decisão de transformá-la em algo maior depende de cada um de nós".

GRAVADO

CENA 2: 30"
Vídeo:
Reprodução da capa da revista *Veja* de 19/08/2026. Fotografia em preto e branco da mãe do candidato ao lado dele quando criança. Ambiente escuro, paredes encardidas. Ela sentada num banco de madeira encostado na parede, a cabeça voltada para o chão.
Áudio:
Música lenta e triste ("Gymnopédie", n. 1, de Erik Satie).
Locutor em off, voz masculina, grave: "Maria José Barroso Pereira foi uma das vítimas da ditadura militar no Brasil. Ela era a mãe de Cássio Haddames. Médica obstetra, Maria José nunca se envolveu com política. Mesmo assim, em 1973, ela foi presa com seu filho Cássio, então com três anos, e interrogada nas dependências do DOI-CODI. Maria José morreu quatro anos depois num manicômio".

GRAVADO

CENA 3: 100"
Vídeo:
Volta a imagem da Academia Sueca. Candidato e entrevistador sentados um de frente para o outro. Entrevistador com semblante de consternação. Olhos fixos no candidato. Close no candidato. Contrição no rosto. Possível uso de loção lacrimogênea.
Áudio:
ESTUDANTE: "Cássio, você foi um dos prisioneiros políticos mais jovens do Brasil. Só tinha três anos quando foi levado para o DOI-CODI e fichado com sua mãe. Você consegue se lembrar? Ou melhor, você consegue se esquecer?".

C.H.: "Difícil esquecer uma situação traumática como essa, e justamente no dia do meu aniversário. Minha mãe tinha comprado um bolo pequeno e um forte apache. Não fizemos festa porque meu pai podia telefonar. Já era noite quando alguns homens entraram. Fomos levados para um lugar sombrio, que muito mais tarde eu vim a saber que era o DOI na Barão de Mesquita".

ESTUDANTE: "Sua mãe sofreu muito?".

C.H.: "Ela não sabia onde meu pai estava. Foi perseguida e torturada".

ESTUDANTE: "Ela morreu alguns anos depois, num manicômio. Foi um golpe duro, não?".

C.H.: (*põe a mão nos olhos*)

ESTUDANTE: "Você sente saudade dela?".

C.H.: "O que aconteceu revela a monstruosidade da ditadura. A tortura é inadmissível. Contra uma mãe alheia ao conflito político é a própria barbárie".

ESTUDANTE: "Você chegou a conhecer seu pai?".

C.H.: "Só por fotografia".

ESTUDANTE: "Sente mágoa?".

C.H.: "Ele morreu lutando por uma causa que achava justa. Chegou a salvar muita gente como médico".

ESTUDANTE: "Como foi crescer sem pai?".

C.H.: "Quando fui morar com meus avós, já tinha aprendido com minha mãe o que importava: pensar e agir com independência, ser solidário com os que precisam, não se esconder atrás de desculpas, amar a família e o país. É o que me move hoje. É o que me dá a confiança de que eu posso ser útil ao Brasil".

A GRAVAR. *O candidato resiste. O senador vai falar c/ ele.*

* * *

Alô...
Fala, Otto.
Oi, Nelson. Coincidência... Ia ligar.
Já de volta?
Aqui no apê da Delfim. Tá aqui no Rio?
Baixada. Reforçando as bases...
Nem precisa. Já tá sentado na minha cadeira.
O jogo só acaba quando termina... E lá? Que confusão, hein?
Nem me fala.
Ainda bem que você foi.
Pois é, nem devia largar aqui, mas...
Que ironia. O Haddames ia te levantar no Rio. Mas é você que segura a barra dele. Ainda bem que não devolveu o apê da 114.
Não joguei a toalha, Nelson. Mas ele sobe sem puxar, descolado do partido. Marcos transfere mais pro merdinha. Cássio vai ter que...
Ele depende de você. Vai te levar se ganhar.
Não vou sair do Rio até a eleição.
Entre mortos e feridos, o saldo da Suécia é até bom...
Desconfiei que tinha alguma merda lá. Toda aquela insistência, sair uma semana, gravar na Academia do Nobel...
Quando vi o vídeo, achei que a coisa tinha ido pro buraco. Armadilha dos arapongas do Marcos...
Também. Fui tirar satisfação com o Cássio. Duas da manhã no hotel. Ele abriu a porta de toalha. Uma garrafa de vinho na mão. Como é que ele força a equipe toda a sair do Brasil? Por causa de uma buceta. E ainda é flagrado daquela maneira. Me mandou à merda, mas ouviu.
Também não é qualquer buceta, né, Otto? Pelamor de Deus... Ela e o mulherão sueco... Você viu a foto das duas de biquíni na lancha, perto da tal ilha de Faroé, protestando contra a caça de baleia?

Os garotos da internet fizeram mágica. A via-crúcis do homem apaixonado. O sangue na testa. Ainda briguei com o Dedda por causa dessa história da coroa de espinhos de Cristo... O homem tem os números todos. É ali na rede que tá decidindo.

Mas o pessoal do Marcos também saiu espalhando. Acharam que iam queimar o Haddames. Só depois do prejuízo começaram a falar que o vídeo era montagem.

Ninguém sabe bem quem fez o vídeo.

E a jornalista que deu a matéria?

Sumiu. Última vez que viram foi em Estocolmo. Você acha que ela...

A mulher tinha feito uns trabalhinhos pro Marcos na eleição passada. O boato agora é que ela filmou e postou com identidade falsa, como se fosse uma amiga... Essa história que uma amiga vazou não convence. O editor não nega nem confirma.

Escrota. Eu já tava achando que era a sueca, com dor de corno.

O Marcos é foda. Deve ter espionado o Haddames, e-mail, telefone... Ficou sabendo antes da gente e montou o esquema com a jornalista. O Haddames se safou porque a argentina é fancha. Engravidar mulher casada é tiro no pé até pra político brasileiro. Já uma lésbica... O pastor Aleluia veio dizer que o "Cássio redentor" tirou a mulher do caminho do diabo. Os bíblias adoraram.

Ele quase não voltou com a equipe. Queria rever a mulher antes de sair de lá... Você podia fazer a próxima. Terça ele vai pro Norte.

Ele só ouve você, Otto. Sorte que tem o cu virado pra lua. Nunca vi. O governo tenta emplacar o Nobel pro Marcos, o Haddames fatura. Marcos entra favorito na campanha, estoura o acordo com as milícias. E o Haddames ainda aperta os culhões do homem com uma algema de puta em Nova York. Essa confusão na Suécia podia ser a pá de cal...

Pra ser PR tem que ter estrela. Só não dá pra abusar.

A fuga dessa Alicia virou uma novela. Onde anda "Evita Haddames"? Viu a nova dos garotos? "Me Evita que Eu Gosto"... Gênios. Só brasileiro pra votar em candidato que ele mesmo sacaneia. Lembra do Federal mais votado em 2010? Um milhão e meio... *Pior que tá não fica, vote Tiririca.* O Marlon, do Vox, me disse que o Cássio pode passar o Marcos em São Paulo. Isso anula Minas. Pra manter o Cássio na rede, a gente vai ter que alimentar essa história da argentina por um tempo.

Já extrapolou a cobertura política. Tem enquete na *Contigo*. A beleza da Hedvig ou a inteligência do Cássio? A *Playboy* ia fazer uma oferta pras duas...

Vai ter vida curta. A gente precisa trabalhar com a história da mãe também.

Como é que você arrancou a entrevista?

Botei contra a parede. Disse que ele enganou a equipe toda. Foi pra Estocolmo, não contou o motivo, fez todo mundo se descabelar. Agora grava. Grava um bom programa e fala da tua mãe. Ele resistiu, mas acabou cedendo.

Foda aquele encontro no manicômio. Ela achando que o braço era o torturador que tinha entrado no corpo dela... Camisa de força pra não arrancar o...

Você não viu tudo. A gente teve que cortar. Nada disso tava no roteiro. Ele falou na hora, ali, a seco.

Até o Lázaro chorou do lado dele.

Nem precisou de maquiagem.

Ele não desconfia da origem da foto e da matéria?

Deve saber. Não é bobo. Mas também sabe que o jogo é esse. Numa campanha assim não dá pra desperdiçar uma história dessas.

E a irmã? Você vai soprar pra imprensa?

A pesquisa deu meio a meio. Pode ajudar. Pode cagar. Não vale o risco.

Ele continua sem saber?

Saber pra quê? Ia despirocar de vez.

E a confusão com o Balerinn?

Se ele copiou, não importa. O discurso foi bonito. Ele caiu fora e endossou o Cássio. "Ainda não atravessamos o alto teto de vidro, mas já são vinte milhões de rachaduras. E a luz está entrando por todas as frestas, cada vez mais brilhante, enchendo o futuro de esperança..."

Se o teto é de vidro, pra que fazer rachadura pra luz entrar?

Sei lá. Melhor nem falar muito. O Dedda também tá copiando direto o que ele fazia lá, da época do Obama.

Vi as propagandas novas. Pelo jeito tá entrando um dinheiro sério...

Vai sobrar pros presentinhos. Arsana tá investindo.

Tá bem com ele, hein, quem diria...

Não apoiei na Executiva? Cássio não gostava e teve que engolir. O Arsana me deve essa.

Esse é cobra criada...

Cobra criada, mas sabe quem criou. Se o Cássio ganhar e fizer merda...

* * *

Hed,

Lamento muito tudo isso. Não tenho a menor ideia de como eles acharam as fotos. Se você quiser, processamos a revista.

Ele me tortura com uma enxurrada de mensagens e apelos. Obcecado como é, só vai parar quando me dobrar. Estou muito confusa na verdade.

Pedi uma licença, e a Fundação me deu seis meses. Vou para Buenos Aires. Lá o bebê terá uma família grande, minha mãe, Adelia, Victoria. E talvez ele não me encontre.

Não quero que você largue as coisas lindas que construiu aqui. Foi um sonho bom pensar em equidade e equilíbrio, mãe genética + mãe gestacional, homoparentalidade, maternidade dupla, casamento igualitário e outras fantasias, mas não há mais como sonhar.

Acho que você sabe o que vai encontrar nestas folhas. Será a primeira a ler. É uma forma de mostrar como você é importante para mim.

Te amo,
Alicia

* * *

Caras amigas brasileiras, caros amigos brasileiros,

Em menos de quarenta e oito horas, o Brasil escolherá o seu futuro. Depois de quatro anos de um governo que deu as costas ao povo brasileiro para atender aos interesses de poucos, o Brasil decidirá, finalmente, se quer continuar onde está ou trilhar um novo caminho. Um caminho de esperança e de TRANSFORMAÇÃO.

Em menos de quarenta e oito horas, o Brasil dirá se continua a favorecer a concentração de renda, o desemprego, a especulação financeira, a volta à condição de país mais desigual do mundo. Ou se quer ampliar as oportunidades de trabalho e premiar os esforços dos brasileiros de TODAS as classes e regiões. Do gari à médica, do operário ao empreendedor, da dona de casa ao estudante.

Em menos de quarenta e oito horas, o Brasil dirá se continua a ser um país onde a educação é uma prioridade retórica e um retumbante fracasso prático. Ou se quer fazer da educação o centro de uma revolução, a única que pode MUDAR a cara do país.

Em menos de quarenta e oito horas, o Brasil dirá se continua a ser uma terra de ninguém, o país mais violento do mundo, onde proliferam as mais diversas formas de separação e separatismos, da República do Comando ao Movimento Neo-32. Um país onde a guerra civil existe mas não é declarada, onde o governo se alia a milícias para alimentar uma imensa tragédia diária. Ou se quer seguir um novo caminho em direção à inclusão social e à PAZ nas cidades e no campo.

Comecei esta campanha aqui mesmo. Nesta cidade onde nasci e onde aprendi a amar este país. Chovia na Cinelândia. Debaixo da nuvem de desesperança que tomava conta do país, parecia irrealista acreditar. O MOVIMENTO BRASIL DE CORPO E ALMA não era mais que um embrião.

Já naquele primeiro dia, eu vi o BRILHO no rosto de cada um. Foi esse ENTUSIASMO nos olhos da brasileira e do brasileiro que me fez seguir adiante. Percorremos este país de ponta a ponta e aqui estamos de volta, perto de realizar um SONHO.

Não nos enganemos, amigas e amigos. O Brasil está DOENTE. Sofremos hoje um enorme déficit de honestidade e de grandeza. HONESTIDADE para dizer o que é preciso ser dito. GRANDEZA para fazer o que é preciso ser feito.

Não passei minha vida fazendo política em Brasília. Não estou interessado em atacar ninguém. Sei que é assim que se joga na velha política. Mas a velha política não me interessa. Estou interessado em atacar os PROBLEMAS do país.

Marcos Febuen está com medo das algemas. Com medo das urnas. Com medo de perder o emprego de presidente da República. Eu estou preocupado com o SEU emprego, meu caro

eleitor. O governo de Marcos Febuen está destruindo os seus DI-
REITOS, a sua DIGNIDADE, o seu FUTURO. É hora de dizer BASTA.
  Cara amiga brasileira, caro amigo brasileiro,
  É fácil combater e derrotar uma pessoa. É dificílimo combater e derrotar um movimento.
  O MOVIMENTO BRASIL DE CORPO E ALMA já não depende de uma liderança, da vontade de um grupo ou de um único partido. É o projeto de todos aqueles que querem TRANSFORMAR o Brasil.
  Neste próximo domingo, o Brasil será VOCÊ. Não é hora de ter medo. Não é hora de duvidar. É hora de ter esperança, AMOR ao país.
  VOCÊ, eleitora, VOCÊ, eleitor, poderá dizer se quer continuar com o Brasil que temos hoje ou começar uma grande MUDANÇA.
  Nada é mais poderoso do que um povo dizendo unido: É HORA DE MUDAR. Chegou a hora de fazer valer a SUA vontade. De tornar realidade aquilo que VOCÊ deseja e sonha para o Brasil.
  Chegou a hora de um novo BRASIL.
  Que DEUS abençoe vocês.
  Muito obrigado.

10.

2 de novembro de 2026

Recebi ontem cinquenta e seis milhões, setecentos e quarenta e oito mil, duzentos e quarenta e três votos, incluído o meu, e fui eleito presidente da República Federativa do Brasil. Cerca de dois milhões a mais que o atual presidente, meu adversário no segundo turno.

Terei de governar por quatro anos cerca de duzentos e vinte milhões de brasileiros. Meninos de rua, lavradores sem terra, generais de quatro estrelas, líderes do tráfico, banqueiros, motoboys, socialites, fraudadores do INSS, cirurgiões plásticos, latifundiários, escravos de carvoaria, pais de santo, personal trainers, donos de bingos, presidiários amotinados, empresários cartelizados, cafetões, quatrocentões, padres pedófilos, milicianos separatistas, empreiteiros, agentes funerários, imigrantes maldívios, ex-presidentes, testemunhas de jeová, vigilantes do peso, comentaristas esportivos, hegelianos de direita, trotskistas arrependidos, doentes sem leito, roqueiros de Brasília, adventistas do sétimo dia, hackers, traficantes de órgãos, parlamentares cassados, diretores de telenovelas, pensionistas da Guerra do Paraguai, colaboradores da CIA, torturadores, exorcistas, monarquistas, lobistas, brizolistas, flamenguistas, paulistas, contrabandistas, ufologistas, advogados tributaristas, surfistas de trem, rainhas de bateria de escola de samba, cartolas, motoristas de táxi, plantonistas de hospitais públicos, donos de cartórios, consultores, falsificadores de remédios, atores globais, cartomantes, telemarqueteiros, kickboxers, grileiros, astrólogos, carnavalescos, bicheiros, estelionatários, matadores de aluguel, alcoólatras anônimos, Fausto Silva, Roberto Carlos, Xuxa, Michel Teló, Rubens Barrichello, michês, camelôs, chacretes, poetas de bar, diplomatas-escritores. O Municipal lotado de Maracanãs lotados. O Maracanã lotado de Municipais lotados.

Embora eu seja, nas palavras de um pequeno roedor, o virtuose da arrogância, não me falta autocrítica para saber que nem o mais brilhante dos indivíduos está à altura do desafio de governar um país com o tamanho e a complexidade do Brasil. É uma ironia que, depois de séculos e mais séculos de experimentos com tiranias, monarquias, repúblicas, o poder de tomar decisões que influenciam o destino de populações inteiras continue concentrado, mesmo com os contrapesos e as divisões de atribuições, nas mãos de uma única pessoa. Um indivíduo sujeito a mau humor, estresse, lapsos de memória, ressentimentos, preconceitos, surtos depressivos, déficit de atenção ou, alternativamente, acessos de euforia, cesarismo, prepotência. Milhares ou milhões de pessoas são afetadas por decisões tomadas a cada dia pela autoridade máxima de um país, e se esta noite Sua Excelência é acometido de insônia, prisão de ventre ou de um irrefreável ataque de impotência, amanhã toda uma legião de súditos sofrerá as consequências. Eu renunciaria ao direito de concorrer à reeleição em troca da aprovação de uma emenda constitucional que estabelecesse um regime colegiado — um conselho de cinco ou nove presidentes eleitos que toma decisões por maioria simples, ou mesmo um triunvirato ao estilo regência trina —, não fosse o fato de que gostamos mesmo é de um bom regime personalista, autocrático, na eterna dependência da figura paterna.

A campanha foi um curioso exercício de autoconhecimento e me ajudou a confirmar suspeitas antigas. Nunca fui um grande diplomata. Provavelmente não serei um grande político. E só o tempo dirá se serei visto como um grande escritor. Minha única certeza é que sou um grande competidor. Meu talento maior é competir para ganhar. Prêmios, concursos, provas, eleições, eis o habitat em que me sinto seguro e capaz. Não é tanto uma questão de gostar de briga, mas de saber quando, onde e como brigar.

Foram muitos os presidentes-escritores. No Brasil tivemos vários, já que a Presidência é um salvo-conduto para tudo, inclusive as letras. Já escritores-presidentes, como eu, são raros. Só me recordo de Sarmiento e de Havel. Os demais foram aspirantes a presidentes, candidatos ou não, mas sempre frustrados: Malraux, Neruda, Mailer, Vidal, Semprún, Vargas Llosa.

Fui eleito, em larga medida, por ter sido o primeiro brasileiro a ganhar o Nobel de Literatura, mas nunca escrevi uma linha *sobre* o Brasil. Literatura nunca é sobre um país. Literatura nunca deveria ser sobre algo. Como diz um amigo, não se deve ler um romance ou poema em que se aprendem coisas.

O que esperam de mim? Com os pruridos de quem escreve, não imaginei que viesse a tolerar um speech-writer. A campanha me acostumou à ideia. Um dos rapazes da equipe de redação tem bom texto, mas é dado a delírios de grandeza. Às vezes não sei se escreve para Churchill no momento em que Londres é atacada, para Júlio César, Martin Luther King ou, nos casos mais graves, para si mesmo. Ouço tambores ao ler certas frases. O outro rapaz é fracote. Foi o autor involuntário do slogan "Com Cássio é fácil", que, embora seja menos expressivo que "You'll get more with Gore" (do Vidal, não do Al) ou menos imponente que "El Gran Cambio" de Vargas Llosa, se mostrou mais eficaz que ambos. Ontem à noite, na cerimônia de anúncio da vitória, ignorei os conselhos do Otto e do marqueteiro e me limitei a dizer o que passava pela cabeça. A sequência lenta no teleprompter me entedia, como se eu assistisse a um filme ruim e mal legendado. Avisei que não subordinaria o interesse do país a poderes estrangeiros ou nacionais, faria o que estivesse a meu alcance para torná-lo um pouco mais justo e culto e não aceitaria negócios escusos ("falcatruas e maracutaias", mais eufônico e lúdico, tem soado bem com meu timbre de voz). Fui sincero, o que não significa que tenha sido realista.

Todos acreditam em tudo no transe da vitória. A primeira reação foi positiva, ou assim indicam as enquetes. Receberei a cada seis horas (exceto entre as dez da noite e oito da manhã) meus índices de popularidade e, todas as tardes, pesquisas de opinião sobre temas de interesse do governo. Não sabia que as variações de humor e a confiança no presidente eram medidas minuto a minuto, como a audiência de um programa de tevê. Parece que os índices matutinos são mais generosos que os vespertinos.

Não tenho nenhuma pretensão de catequizar os brasileiros, de sequestrá-los da mediocridade consumista, do filistinismo, da intoxicação audiovisual, desse grande reality em que se transformou a realidade mais aparente no Brasil e em tantos outros países. Se quisesse fazer algo a respeito, em vez de me candidatar escreveria livros de autoajuda nacional. Quando não é a guerra, é o consumo que faz o presidente. E se há algo que abomino é a guerra e seus advogados.

Voltar a Brasília traz lembranças neutras, pálidas. É um pouco como o retrato da cidade: vive-se na superfície, sem o sublime ou o trágico. As praias novas no lago Paranoá, com faixas largas de areia branca importada das dunas maranhenses a peso de ouro, quebraram um pouco a monotonia abstrata, a sensação de que a cidade é uma planta que não saiu do papel. Embora bem piores hoje, o trânsito e o clima ainda não entraram em colapso como no Rio, mas pouco adianta a livre circulação, a temperatura amena, se não há muito aonde ir. Um lugar sem passado, sem conversas de rua nem brigas de bar, sem sombras, sem paralelepípedos nem arranha-céus, sem becos nem vilas, onde a atração mais excitante continua a ser a herança anterior à construção: o céu do planalto, bem mais teatral e pictórico que o do Rio ou o da maioria dos lugares onde vivi. Vejo-o de todos os pontos, quase sempre límpido, como se lavasse os olhos. Esta manhã mesmo, enquanto corria no parque da cidade, pude esquadrinhá-lo quase inteiro, de todos os ângulos, apesar do boné e dos óculos escuros que me disfarçavam, mas não me impediram de ser flagrado por tantos corredores perplexos e fora de forma. Lembrei-me do poeta: "Pequenos pontos brancos movem-se no ar, galinhas em pânico".

    Uma das mensagens inesperadas entre tantas que recebi foi a da chinesa que namorei há exatos vinte anos. Ela me escreveu com uma mistura de inglês e ideogramas, e me diverti decifrando alguns deles. Achei prudente não pedir ao extrovertido cônsul chinês no Rio que traduzisse o resto. Como esperado, a rebelde de ontem, neta de um herói menor da Grande Marcha e filha de um ex-integrante do Comitê Permanente, fez-se nomenclatura, na boa tradição dos princelings. O envelope tinha o timbre do Congresso Nacional do Povo. Curioso que ela ignorou meu Nobel e foi efusiva agora, com minha eleição para presidente. Os chineses, e as chinesas em particular, exercem com rigor o pragmatismo.

    De Alicia nada recebi. Não tenho notícias desde minha ida a Estocolmo. Mando e-mails cada vez mais exaltados, mas todos retornam com a mesma mensagem fria e automática. Suponho que meu filho ou filha esteja por nascer, se é que já não se espreguiça em algum canto do planeta. Arraes Gaumois garante que ela não está na cidade. Disse que a procurou muitas vezes em casa e na Academia e chegou a conversar com Hedvig, que nada quis informar sobre o paradeiro dela. Pela tristeza da sueca, ele acha que Alicia saiu do país e voltou para a Argentina. Assim que assumir a Presidência, darei aos demais embaixadores no exterior uma pequena tarefa. Nada é de graça, no entanto. Ao telefone, Arraes fez questão de lembrar que esqueci o livro dele pela segunda vez, e eu mesmo já não sei se foi um duplo ato falho ou um reincidente ato pensado.

Uma tarde em Paris, um encontro desejado e turbulento, uma mulher sem o hábito da contracepção (por razões óbvias de que eu mal suspeitava), um provável constrangimento de pedir a um homem que se aliviasse no vazio, um amor do tamanho de meus cinquenta e nove anos. O resultado é uma criança que, apesar da casualidade, da altura da vida, prefiro ter por perto a ter de esquecer.

Eu até poderia fantasiar e dizer que vivo a dor oposta à de Casmurro. Todos se compadecem de Bentinho e ignoram seu amigo e oponente. Deve ser difícil viver com um filho que não se sabe se é seu. Nem por isso é fácil viver sem o filho que se sabe que é seu. Se Escobar era o pai e sabia, sua angústia não devia ser menor. Só se fala em Capitu e Bento Santiago, mas e a dor de Ezequiel Escobar, de Cássio Haddames?

Bellow também teve uma filha depois de receber o Nobel, mas já contava oitenta e quatro anos. Reproduzir-se com essa idade é um ato de grande coragem, e de uma covardia ainda maior. Afinal o pai abandonará o filho em poucos anos, necessariamente. Para a criança, parece que é preferível perder o pai cedo a deixar de nascer, e se eu tivesse tido o privilégio da escolha ainda em minha condição de zigoto, teria balbuciado algo nessa linha, suponho. Ainda assim, nada é óbvio quando se trata de perdas e ausências. Como eu, Rosie Bellow perdeu o pai antes de completar cinco anos, e duvido que tenha dele uma lembrança direta e nítida, descontaminada da iconografia pública do escritor.

De vez em quando ouço a voz de Alicia quebrar-se na timidez, na rispidez da timidez. Sinto um começo de arrepio, um ligeiro desfalecimento interno. Vem a imagem dela na cama do Hotel des Carmes, os olhos cor de cimento, de uma luz absurda, que me cura da amnésia visual. Lembro da maneira um tanto infantil e ainda assim indecifrável como ela virava o lado esquerdo do rosto para longe do meu campo de visão, enquanto eu lia o manuscrito. Uma linha do queixo, uma gota descendo pela face, a pequena amostra de pele tão jovem, que eu desejava tanto e só pude tocar uma vez. Talvez a idade me faça comover-me com os sinais do incipiente, o começo de cada coisa.

Casei-me três vezes — uma carioca nascida acidentalmente na cidade do Porto, uma santista descendente de Bonifácio, outra carioca que ninguém acredita ser carioca, muito menos ela. Não imaginei que fosse me apaixonar por uma estrangeira. Não costuma haver cumplicidade, referências comuns, humor, códigos compatíveis. Morei em Buenos Aires ao longo de três belos anos e nunca passou pela minha cabeça viver com uma argentina, por mais bonitas e inteligentes que fossem. Nem que isso viesse a acontecer justamente quando eu já não estava lá. Argentinas e brasileiras nasceram em hemisférios diferentes.

Sendo eu um ficcionista, faltou-me criatividade para imaginar que a paixão da minha vida madura viria a ser uma mulher de preferências homossexuais. Não me recordo de ter pensado nessa possibilidade em relações anteriores, o que provavelmente diz mais sobre mim do que sobre as mulheres com quem convivi.

O desejo mistura-se agora, e nem por isso se abranda, com a incerteza das regras do jogo. Como se a relação com uma mulher que prefere a companhia de outra mulher exigisse uma adaptação do comportamento masculino, um discurso reformulado, uma nova técnica corporal. A experiência dos anos deixa de valer, e há que atravessar uma segunda adolescência, com suas incertezas e tropeços. Ou talvez ignorar as diferenças, para não matar o que resta de naturalidade. Em Paris, nada estranhei, e parte do meu assombro naquela tarde deveu-se à correspondência entre o meu desejo e o de Alicia.

André deve ter ficado surpreso com a história, e espero que tenha a coragem de me falar das ironias da vida. Desde que me separei de Carolina, só consegui me aproximar dele na distância, quando não tínhamos contato direto e eu podia, enfim, comunicar-me com mais desembaraço, por meio de cartas ou telefonemas. Não sei quando começou o desconforto físico, mas a partir de certo momento o abraço não era mais possível. Mal o vi desde o encontro frio no Natal passado, quando ele fez questão de não levar o parceiro. Sei que se chateou com minha ausência no vernissage e o imbróglio em Estocolmo, e agora mandou um e-mail um tanto seco, um tanto formal, de cumprimentos pela eleição. Alguém me disse que ele tem vivido de dois em dois dias.

Ontem à noite, depois da festa da vitória e antes de me deitar, a campainha do meu quarto do hotel tocou. Abri a porta e deparei-me com duas mulheres de minissaia e bota, blusas transparentes com bordados de renda e uma maquiagem que lhes deve ter custado a tarde inteira. Uma das saias era de tule preto e parecia um porco-espinho que desenvolvera duas magníficas coxas. Tudo era muito cuidado para que parecessem modelos profissionais a caminho de uma festa do *grand monde* brasiliense numa casa do Lago Sul, não estivessem elas à porta de um quarto de hotel com sorrisos profissionais e garrafas de Dom Pérignon em pequenos baldes de gelo pendurados no antebraço como bolsinhas de alça. Veio-me a imagem de Otto dizendo com ar sério, na festa da vitória, sem o ligeiro tremor facial de praxe, que me mandaria lembrancinhas de parabéns. Perguntei se queriam tomar um pouco de champanhe. Otto deve achar que nutro fantasias triangulares com Alicia e Hedvig. Cristal e Grazielle (assim disseram se chamar), além de muito atraentes, formavam o par morena mignon e loura alta, com os descontos da tintura de cabelo e dos centímetros de salto. Nessas situações de encontros fortuitos (ou nem tão fortuitos), minhas fantasias são outras. Prefiro levar a brincadeira a sério e dobrar a irrealidade do irreal. Improvisei na hora um pequeno teatro, uma genuína fantasia sexual. Prostitutas tendem a ser atrizes esforçadas mas ruins, especialmente na simulação do prazer, com texto pobre, montanhas de clichês e encenação hiperbólica. A solução nesses casos é aceitar a condição delas de atrizes e dar-lhes papéis melhores, com textos de qualidade.

Enquanto tentavam abrir o champanhe, comecei a redigir no bloquinho de cabeceira um sketch de diálogos curtos, de inspiração russa e oitocentista. Cristal, a morena mignon, ganhou o papel da jovem e inconstante Natasha Rostova, objeto dos amores dos príncipes Boris Drubetskói e Andrei Bolkónski e do conde Pierre Bezúkhov. Grazielle, a loura alta, foi agraciada com o papel da misteriosa e sedutora Helena Serebriákova, objeto dos amores do professor Alexandre Serebriákov, do tio Vânia e do dr. Mikhail Astrov. Com natural modéstia, atribuí-me o papel do cândido e devoto Alióchka Karamázov, objeto dos amores do Pai, do Filho e do Espírito Santo. A cena campestre se passava na casa austera e pia do cândido e devoto Alióchka.

Pedi que decorassem as falas, enquanto eu me encarregava das garrafas de Dom Pérignon. Resolveram ensaiar, na minha frente mesmo, seus diálogos curtos, de início conflitivos, logo conspiratórios (contra a candidez e a devoção de Alióchka), e constatei que o fracasso da performance não era inexorável. Na verdade, o desempenho surpreendente de ambas, que me forçou a extrair o máximo de minhas próprias habilidades teatrais como o cândido e devoto Alióchka, talvez tenha se beneficiado do fato de que Cristal e Grazielle não pareciam nem remotamente conscientes de estarem encenando um texto inédito e não representado do prêmio Nobel de Literatura. Ante o descaso, decidi que conversaria com meus editores sobre a possibilidade de publicarem, junto com meus "ROMANCES COMPLETOS" e "CRÍTICA COMPLETA", um tomo com minhas "FANTASIAS COMPLETAS".

Tenho um passado cada vez mais extenso e tênue. Talvez a vida não seja mais do que isso, um elástico que se estica aos poucos e, apesar dos desejos de retorno, segue alongando-se e afinando-se até arrebentar. As lembranças são muitas e conversam entre si, há mais conexões possíveis, mas os sinais são cada vez mais distantes, inaudíveis, e incidem de forma preguiçosa sobre o presente. Não é agradável administrar um passado mais extenso que o futuro que se tem pela frente. O que carrego hoje de vital e concreto, e parece varrer todo um passado de lições — casamentos, filhos, crises, desilusões —, é uma paixão adolescente na maturidade e o desejo de reconstruir algo que não reconheço.

O primeiro país que um presidente brasileiro deve visitar é a Argentina, se possível antes mesmo de tomar posse. Foi assim com Fernando Henrique, com Lula, com Dilma, com Febuen. Não mudarei a saudável tradição.

* * *

BRASEMB BUENOS AIRES
TELEGRAMA

Caráter: Secreto
Prioridade: Urgentíssimo
Distribuição: G/SG
Classificação: APES
Categoria: MG

De Brasemb Buenos Aires para Exteriores em 13/11/2026.

Índice: Pessoal. Presidente eleito.
Alicia Gros Morán e filho.
Informações. Paradeiro.

Resumo: Alicia Gros Morán estaria em Buenos Aires ou arredores. Há registro de internação na maternidade Santa Hildegarda de Bingen entre os dias 8 e 9 de novembro. Seu filho teria nascido no dia 8, em parto natural, com 3,45 kg e 52 cm. Relata conversa com enfermeira e obstetra.

Em cumprimento às instruções da circtel 97 523, informo que a embaixada logrou identificar registro de internação da srta. Alicia Gros Morán no Instituto de Maternidad Santa Hildegarda de Bingen, localizado na municipalidade de Vicente Lopez, arredores de Buenos Aires, entre os dias 8 e 9 de novembro.
2. Conforme os dados da maternidade, obtidos após gestão discreta junto à Secretaria de Saúde da província, a srta. Morán teria dado à luz um menino de 3,45 kg de peso e 52 cm de comprimento em parto natural concluído na tarde do dia 8. A srta. Morán e o recém-nascido teriam deixado o hospital na tarde do dia 9.

3. A maternidade não estava autorizada a revelar o nome do bebê nem o endereço informado pela srta. Morán. Colaboradora minha que esteve no hospital logrou, no entanto, conversar com uma enfermeira que atendeu a srta. Morán, bem como com o obstetra responsável pelo parto.

4. Segundo a enfermeira, a srta. Alicia esteve acompanhada de sua mãe durante o parto e ao longo do dia 9 de novembro. A enfermeira julga não lembrar o nome que as duas usavam para referir-se ao recém-nascido, mas teve a impressão de escutar um nome composto, onde figuraria a letra jota. A identificação dos bebês no berçário da Maternidad Santa Hildegarda de Bingen é feita por uma combinação de números e letras, com referência ao quarto onde se encontra a mãe. O filho da srta. Alicia era conhecido como "el hermoso 18k".

5. De acordo com a enfermeira, o recém-nascido parecia saudável e logrou extrair colostro de sua genitora lactante já na noite do dia 8. Também a mãe parecia de bom humor e bom estado de saúde.

6. A única correspondência enviada para o quarto foi um arranjo de flores acompanhado de cartão. A enfermeira confidenciou, com certo grau de ironia, que a senhora mãe da srta. Alicia lhe deu, na partida do hospital, uma gorjeta não em espécie, mas na forma de um boneco artesanal, que teria sido recusado pela srta. Alicia como presente para seu filho. A enfermeira julgou que a razão da recusa teria sido a fisionomia do boneco, um tanto sombria mesmo para ela, enfermeira, quanto mais para um bebê, ou a natureza do material empregado em sua confecção, que lhe pareceu pouco adequado como objeto a ser tocado e mordido por um recém-nascido.

7. O obstetra da srta. Alicia, com quem minha colaboradora também se avistou, pareceu-lhe mais reservado do que a enfermeira. Informou que, conforme sua orientação, e com a aprova-

ção da srta. Alicia, a parturiente foi submetida a anestesia peridural para reduzir as dores e ainda assim se desempenhou com aplicação e disciplina durante o parto natural. Também conforme a orientação do obstetra e o consentimento da paciente, a srta. Alicia foi submetida a episiotomia, não sendo necessário o retorno ao hospital para a retirada dos pontos. O médico preferiu não informar se a srta. Alicia consultou-se com ele antes do dia 8 e se voltaria a consultá-lo dali em diante.

8. Sobre o bebê, o obstetra informou apenas que o menino nasceu em ótimo estado físico, tendo atingido a marca 9/9 no teste de Apgar (frequência cardíaca, respiração, tônus muscular, reflexos e cor da pele).

9. Assim que tomei conhecimento de que a srta. Alicia esteve na Argentina pelo menos nos dias 8 e 9 de novembro, realizei gestões diretas junto à Presidência e ao San Martín para que auxiliassem a embaixada a localizar a cidadã argentina. A Dirección Nacional de Migraciones (DNI), do ministerio del Interior y Transporte, já teria sido instruída a informar a embaixada caso a srta. Alicia deixe o país. Também a Secretaria de Inteligencia (SI), vinculada à Presidência, comprometeu-se a buscar informações sobre a srta. Alicia e seus familiares. Noto em todos os meus interlocutores no governo argentino um interesse genuíno em ajudar o senhor presidente eleito do Brasil a identificar o paradeiro de seu filho e da srta. Alicia. Estão todos empenhados em que a visita do presidente eleito no próximo dia 2 de dezembro seja eivada de pleno êxito.

JORGE MATEUS, embaixador

JML

* * *

Haddames, Cássio (Brasil). Nació en Rio de Janeiro, en 1967, y murió en 2028, a los 61 años. No conoció a su padre y perdió a su madre a los 6 años: "Creo que me incliné hacia la literatura por el deseo de reconstruir. La literatura suele ser la construcción de seres vislumbrados a partir de la nada". Niño un poco retraído y solitario, fue lector. A los 9 escribió un largo poema épico de ciencia ficción: *Júpiter, meus pés e outras coisas frias*, del que conocemos sólo el canto XXI, publicado en el periódico clandestino del "Liceu Franco-Brasileiro" de Rio de Janeiro. Trabajó como profesor de alfabetización de adultos y como asistente de dirección de cine en la película luso-brasileña *Duas mensagens do pavilhão dos tranquilos*. Estudió ciencias sociales en la Universidad Federal de Rio de Janeiro y por poco tiempo fue docente universitario. Participó del grupo literario centrado en la revista *P.O.S.T H.O.R.N*, dedicada a textos de vanguardia sin identificación de autoría, pero conflictos internos lo alejaron del grupo. En 1992 se inició en la carrera diplomática; desde entonces vivió largos periodos en Brasilia y en el exterior (Washington, Buenos Aires, Beijing, Nueva York).

Novelista, seguramente es uno de los más sólidos escritores de corte psicológico-existencialista aparecidos en las últimas décadas en su país, aunque el existencialismo no sea una corriente importante en las letras brasileñas. Pocos críticos vieron en su obra una voz de genuina novedad, pero muchos reconocieron la calidad de su prosa límpida y clásica. Sus novelas intelectualizadas parecen a primera vista frías, distantes, en algunas ocasiones juegos cerebrales de simetrías en torno a la cuestión de la incertidumbre y de la indeterminación. Una fluida técnica de diálogos, la gravedad psicológica y el uso de material filosófico o simbólico son sus características más salientes.

Empezó a escribir novelas después de protagonizar un accidente automovilístico que le costó la vida a un niño de la calle en Rio de Janeiro. Sólo escribió tres novelas, y de ellas las dos primeras, introspectivas, con algo del peculiar humor escéptico de Machado de Assis, son las más apreciadas por la crítica. *Horizonte* tiene alguna influencia del existencialismo francés y norteamericano (alguna vez se lo llamó "el Walker Percy brasileño"). *Cinza* es una morosa reflexión, una vertiginosa espiral especulativa que mezcla referencias de la literatura, de la política de su país, y elementos autobiográficos, confirmados en el volumen de sus diarios publicado póstumamente. Su tercera y última novela, *A carnívora*, de tema existencial y corte cómico, señala un escalón algo más bajo en su obra.

A partir de *Cinza*, sus novelas comenzaron a traducirse y difundirse en el exterior (Francia, Alemania, Inglaterra, España). En 2025 recibió el Premio Nobel, cuyo importe habría dedicado a la compra de un supuesto manuscrito de una novela inédita de Machado de Assis, en posesión de un biznieto de Estefania Martins Rodrigues, amiga de infancia y mejor amiga de Carolina Xavier Novais, la mujer de Machado.

Después del Nobel, publicó *Isso não é um manuscrito*. Aunque llamada apenas "ficción" por el autor, es una obra de ensayo teórico-exegética sobre su propia obra, un texto de la obsesión, siempre igual a sí mismo y a la vez siempre sorprendente, minimalista y miliunanochesco. Este último libro "ficcional", a los que no terminan de convenirle las clasificaciones genéricas de novela o cuento, es como una travesía de la conciencia por la escritura, lenta, a veces estática, despreocupada de todo efecto de relato.

En 2026, Haddames fue elegido presidente de Brasil, pero dos años después murió en un supuesto accidente aéreo, hasta hoy rodeado de controversia. Tras su muerte, publicaron un volumen de sus *Paródias de poemas*, otro con sus *Fantasias sexuales*, ordenados póstumamente por la heredera literaria del autor, Alicia Gros Morán. En 2030 apareció la obra *Diário comentado 1*, un primer tomo de su diario íntimo, comentado por su hijo, André Damadeiro H., y publicado junto con las cartas que Haddames le había enviado.

Aunque admirado por la joven generación, no ha formado escuela ni ha tenido siquiera imitadores por la extrema individualidad de su obra y de su vida.

In: César Aira, *Diccionario de Autores Latinoamericanos*, 3. ed. Buenos Aires: Emecé, 2032, pp. 294-5.

11.

Residência da embaixada do Brasil em Buenos Aires
Quarta-feira, 2 de dezembro de 2026

Jornalista — Boa tarde, presidente. O senhor pode dizer o que aconteceu na saída da Casa Rosada? Ninguém entendeu a confusão...

Presidente eleito — Encontraram um condor morto no banco de trás do carro dos seguranças, o carro 1 do comboio. A saída demorou porque eles queriam se certificar de que não havia bomba dentro do condor.

Jornalista — Já se sabe quem colocou o condor dentro do carro?

Presidente eleito — Se fosse um animal sem significado político, até se poderia pensar num voo extraviado.

Jornalista — Como o senhor interpreta isso? Um ataque contra o Brasil?

Presidente eleito — O tema é óbvio, mas o enfoque não me parece claro. Se foram os defensores do passado, o simbolismo do condor morto é dúbio. Talvez nem seja um condor.

Jornalista — Não poderia ser um recado específico para o senhor? O senhor defendeu mesmo a revisão da Lei de Anistia por conta do que aconteceu com sua família?

Presidente eleito — Minha opinião sobre o assunto não vem ao caso. Essa é uma matéria para o Congresso e o Supremo.

Jornalista — Presidente, conta um pouquinho como foi a conversa com o presidente Erdosain.

Presidente eleito — Muito boa. Ambos estamos convencidos de que é o momento de relançar as relações entre o Brasil e a Argentina depois de quatro anos de diálogo de surdos.

Jornalista — A Argentina vai voltar atrás na decisão de remodelar a base naval de Puerto Belgrano com o apoio da Rússia, para que se torne a maior base naval do continente?

Presidente eleito — A Argentina é um país soberano. Como presidente, vou me empenhar em mostrar que o Brasil fará tudo para apoiar o pleito argentino de recuperação das ilhas Malvinas. O fato de que o atual governo brasileiro não deu apoio político a nossos vizinhos na escaramuça com a fragata inglesa levou a Argentina a buscar novos parceiros.

Jornalista — Mas se o Brasil desse razão à Argentina não iria aumentar o risco de uma nova guerra?

Presidente eleito — Isso é mera especulação de quem não quer que o Brasil e a Argentina tenham boas relações. O Brasil sempre teve e terá um papel moderador e de defesa da paz.

Jornalista — Mas como é que o governo brasileiro podia apoiar um país que fez campanha agressiva e votou contra a entrada do Brasil como Membro Permanente do Conselho de Segurança?

Presidente eleito — O Brasil manifestou à Argentina seu descontentamento. Não era razão para abandoná-los na questão das Malvinas. Uma coisa é uma candidatura dentro de uma organização internacional, outra a integridade territorial de um país sul-americano.

Jornalista — O que o senhor achou das declarações do presidente da Comissão de Energia Atômica da Argentina?

Presidente eleito — A Casa Rosada declarou que os comentários foram feitos a título pessoal e não refletem a posição do governo argentino.

Jornalista — Mas se a Argentina retomar o programa nuclear militar, como o Brasil vai reagir?

Presidente eleito — Não há hipótese de corrida armamentista entre os dois países. Já se foi o tempo em que Brasil e Argentina davam tiros no pé.

Jornalista — O senhor ainda não assumiu a Presidência, mas a oposição já está dizendo que o senhor mostra boa vontade com a Argentina porque precisa do apoio do governo para achar Alicia Gros Morán, que teria voltado para Buenos Aires.

Presidente eleito — A oposição tem a liberdade de dizer o que bem entender. Quem quiser saber das minhas posições sobre as relações Brasil-Argentina pode fazer uma pesquisa nos arquivos do Itamaraty.

Jornalista — Então é verdade que o governo brasileiro pediu ao governo argentino ajuda para localizar Alicia? Inclusive ao serviço de inteligência?

Presidente eleito — Prefiro não comentar esse tema.

Jornalista — O senhor não teme ser acusado de usar as relações entre os dois países para atender seu interesse pessoal de localizar uma mulher?

Presidente eleito — Qualquer cidadão brasileiro tem o direito de pedir ajuda ao Itamaraty para localizar um filho seu que se encontra em outro país. Não me parece correto que um presidente seja privado desse direito.

Jornalista — Uma fonte anônima disse que o governo argentino já teria localizado Alicia, ou melhor, o seu filho, e que o senhor iria tentar encontrar os dois hoje à noite. É verdade?

Presidente eleito — Não quero comentar esse assunto.

Jornalista — O senhor não pode negar que essa questão se tornou importante para as relações entre Brasil e Argentina e para a política brasileira, afinal está em jogo a escolha da futura primeira-dama do Brasil. O senhor pretende fazer de Alicia a primeira-dama de duzentos e vinte milhões de brasileiros?

Presidente eleito — Não nego a importância do tema, mas é preciso entender que há pessoas que não querem se transformar em espetáculo público.

Jornalista — Mas ela vai ser a primeira-dama?

Presidente eleito — Não depende de mim.

Jornalista — E se dependesse?

Presidente eleito — Ela seria minha mulher.

Jornalista — Mas então o senhor vai mesmo tentar encontrar a Alicia?

Presidente eleito — Minha visita à Argentina tem como propósito relançar as relações entre os dois países.

Jornalista — Como é ter um filho argentino aos cinquenta e nove anos?

Presidente eleito — Eu gostaria de saber.

Jornalista — O senhor não quer aproveitar esta entrevista e mandar um recado para Alicia? Ela pode estar vendo...

Presidente eleito — Ainda existe o programa *Namoro na TV*?

* * *

Nova York, 28 de julho de 2013

André,

Não tenho a menor ideia de onde você se encontra. Mandarei esta carta para Brasília, na esperança de que não se perca. Carolina disse que você estaria entre Gateshead, Liverpool e Londres (ou melhor, entre Angel of the North, Another Place e Quantum Cloud, segundo a pesquisa que fiz das extravagâncias de Gormley). O anjo me pareceu equivocado, excessivo, mas a nuvem quântica impressiona. Você dirá, com razão, que avaliar esculturas no plano bidimensional de uma fotografia não faz muito sentido, mas não pode negar que foi assim que conheci e ajudei a libertar seu amigo de bronze. Parece que ele dividia uma cela de dezesseis metros quadrados com oito presos na delegacia e, até onde fui informado, era o mais comportado de todos.

Lelystad, Paris, Lisboa, Nápoles, Oslo, Berlim, Kassel, Antuérpia, Anchorage, Niigata, Osaka, Cingapura, Guanzhou... Nada mau como circuito para um mochileiro aéreo. Eu tinha vontade de ler seu caderno de viagens ao redor do mundo das esculturas de seu guru inglês. Algum inimigo teria dito que essa movimentação toda é mais geografia do que arte, mas confio na sua sensibilidade e consigo entender por que você se emocionou tanto com as obras dele na China. Só não entendo por que você decidiu voltar quando eu não estava mais lá. A China foi um desencontro para três gerações de Haddames. Deveria preencher sentidos, mas congelou distâncias: um médico em busca da revolução maoista, um diplomata em fuga de seus desastres pessoais e automobilísticos, um aspirante a crítico de arte em crise de identidade.

Por falar em artistas, eu e Marcela decidimos nos separar. Sei que você começava a aprender a conviver com ela, mesmo desgostando cada vez mais dos quadros. Queria que eu admitisse que eram ruins, mas a verdade é que cheguei a gostar de algumas pinturas, ainda que nessas ocasiões especiais eu tonificasse minhas reações de entusiasmo. A razão do divórcio é aquela que você já conhece. Ou deveria conhecer. Eu a amava, a ponto de aceitar uma vida a dois em Nova York, o que não é algo trivial, mas não o suficiente para ampliar o legado da minha miséria, já devidamente transmitido a você e ao Marcus Vinicius. Acho até que Marcela resistiu por muito tempo, afinal nunca escondi meus propósitos, ou falta de propósitos. Nem ela, suponho. Uma vez, no Village Vanguard, embalada pelo piano e por uma garrafa de Veuve Clicquot, ela não se conteve e ouvi desprender-se de sua garganta, numa voz um tanto desmanchada: "a noite é uma criança". Você pode imaginar o efeito sobre meu ânimo noturno, não tanto pela qualidade da expressão, mas por sua motivação inconsciente. Até pensei em fazer uma vasectomia, para não dar chance ao acaso nem deixar dúvidas sobre minhas convicções, mas me pareceu medida de pouca humildade diante do futuro. Nunca se sabe como um homem irá enfrentar a crise da meia-idade. Pode até querer ter filhos.

Não deve ter sido uma decisão fácil. Voltar para Santos, para o conforto do panteão dos Andrada. Talvez por isso ela tenha resistido um pouco, mesmo com uma idade que já aconselhava procurar um progenitor em potencial. Meu analista aqui, um freudiano de origem alemã que me cobra a bagatela de trezentos e cinquenta dólares por sessão, dizia que só o apelo de Nova York sobre a alma feminina poderia abalar um sólido projeto de maternidade. Era um bom analista, mas se convencia rápido demais das minhas interpretações. Ou eram interpretações de meus analistas anteriores? Uma pessoa que nunca viu o pai e perdeu a mãe aos sete anos sempre é um prato cheio para análise, mas começo a me cansar. Já conheço as respostas, ao menos as minhas. O que interessa é que a Marcela abandonou a vista do Central Park, o MoMA, as galerias, até a Bloomingdale's, para buscar o amor no Brasil. Bonito isso.

Você disse que o livro iria causar a separação, mas não teve efeito sobre uma decisão já tomada. Talvez ela cultive certo orgulho oculto por trás das reclamações sobre apropriação e deformação de traços, cenas e diálogos.

Misérias à parte, o romance quase teve mais resenhas e críticas positivas do que leitores. Como Borges, eu gostaria de cumprimentar pessoalmente cada leitor de minha estreia. Devem ter sido mais que os trinta e três do argentino, o que dá uma boa medida da relação entre literatura e justiça. Recebo as boas críticas que a editora envia, recebo os relatórios de vendas, e me pergunto se sempre foi assim ou se houve um momento em que a literatura se tornou o que é hoje, uma atividade clandestina. Já comecei o segundo romance, e minha perseverança talvez derive desse sentimento apaziguador de saber que nunca tirarei daí dinheiro ou reconhecimento.

Não posso me queixar da vida em Nova York, embora ache Pequim mais autenticamente divertida. O trabalho na ONU mais me revolta do que entedia. Difícil manter distância com este estômago pouco aparelhado para arbitrariedades em escala imperial. A organização é uma charmosa cortesã de sessenta e oito anos que obedece caninamente aos cafetões que lhe ditam a vida e habitam o corpo.

Tento alegrar-me da ONU para fora, e outro dia me aconteceu algo comovente. Eu fazia minha corrida no Central Park, já no lado oeste, após a curva longa no Harlem, quando vi um velho distraído se aproximar da pista bem na frente de uma dessas charretes de cavalo emplumado, que vinha em trote médio. Como num filme B, acelerei o passo e, movido pela trilha sonora em meu fone de ouvido, empurrei o velho na direção da grama. Tentei me equilibrar, mas caí com ele. Possivelmente o impacto foi mais intenso do que teria sido o choque com o cavalo, mas o velho parecia tão agradecido quanto surpreso. Levantou-se devagar, sem danos aparentes, apesar de um leve mancar da perna esquerda. Era magro e alto, mais de um metro e oitenta e cinco, com barba e cabelo branco em revolta, além de um sobretudo largo e aberto, típico dos mendigos do parque. Apontou para o meu fone de ouvido. Tirei-o da cabeça e ele disse com certo tremor na voz que eu tinha acabado de salvar sua vida. Respondi que, no máximo, tinha lhe poupado um braço ou uma perna. Ele não me olhava diretamente, nem quando desviava os olhos do joelho dolorido. Com voz baixa, conspiratória, disse que não tinha meios e que a única forma de retribuir meu gesto seria confidenciar-me seu nome. Ponderei que não era necessária tamanha cortesia. Ele abaixou um pouco a cabeça, fez uma curiosa careta de medo e sussurrou em meu ouvido: "I'm Thomas. Thomas Pynchon".

Olhei-o em sua branquidão gigante — os tufos laterais de sua cabeleira descaíam em direção à minha testa como a copa de um salgueiro-chorão — e, com medo de que a ficção me aprisionasse, mostrei meu relógio e informei que deveria partir, pois se não completasse a corrida em menos de cinquenta e cinco minutos acabaria por envenenar o resto do meu sábado. Ele concordou com a cabeça e, enquanto eu voltava para a pista, pôs-se a caminhar para a saída do parque com seu ligeiro cambaleio.

Eu corria rápido e, com esta memória visual de cego, tentava converter em imagem a breve descrição mental que fiz de meu companheiro de queda. O maxilar superior projetado sob a penugem farta que mal escondia o quadrado amarelo formado pelos dois incisivos centrais, os olhos claros e acuados como um casal de peixes em zigue-zague, as mechas brancas que se descolavam das faces e do crânio, o sobretudo que pendia sobre o corpo como um roupão de piscina. Apesar da hipótese improbabilíssima, veio a ponta de dúvida, se eu estava equivocado em meu juízo. Não havia como me certificar de que não se tratava de Thomas Pynchon, afinal ele vivia em Nova York, era alto, aparecia dentuço nas fotos de juventude e devia estar perto dos oitenta. Por um breve momento temi que eu tivesse cometido uma ingratidão por menosprezar aquilo que Pynchon mais prezava e de que havia abdicado em meu favor — o anonimato. Eu já estava na altura da rua 86, quando dei a volta e corri na direção da saída que ele teria usado. Olhei em todas as ruas próximas, perguntei a algumas pessoas que caminhavam. Nenhum sinal do homem. Voltei para casa e comecei a ler a nota autobiográfica que Pynchon escreveu como introdução aos contos de "Slow Learner". Minha atenção foi atraída por um trecho em que ele contava como viu pela primeira vez o homem que tinha servido de modelo para seu personagem Pig Bodine, que aparece em V. e *O arco-íris da gravidade*. Pynchon o havia transformado em personagem mesmo sem nunca tê-lo visto, por ter se impressionado com as histórias que ouviu. No dia em que o avistou, soube que era ele sem que ninguém o dissesse, como se os caminhos dos dois — autor e personagem — se cruzassem daquela maneira, na forma de uma aparição. De minha parte, mal posso dizer se o homem que cruzou meu caminho no Central Park e se disse Thomas Pynchon é um mendigo ilustrado que se inspira em seu modelo e sósia Thomas Pynchon ou o escritor Thomas Pynchon, que ocasionalmente se assemelha a um mendigo ilustrado do Central Park e que, por um breve momento de fraqueza diante da generosidade de um anônimo, decidiu oferecer-lhe sua tão guardada identidade.

    Carolina contou que você decidiu morar no Rio e dividir um apartamento com um colega de liceu que também estudará na PUC. Disse que vocês são muito próximos, e não se opôs a que você saísse de casa e de Brasília. Você prefere não ouvir minha opinião, e o fato de que eu não apoie determinadas decisões suas não significa que sejam ruins. Nem que sejam boas. Não sei exatamente o que significa coabitar com um amigo. Imagino que seja o mesmo que o acompanha nesta viagem à Inglaterra. Não permiti que você viesse a Nova York com ele porque não teria como acomodá-lo em outro quarto. Não era razão para você deixar de vir. Se fosse uma namorada, vocês dormiriam juntos na cama de casal do quarto de hóspedes.

O Vini virá no Natal, com a namorada angolana, que na bidimensionalidade das fotos parece uma magnífica princesa iorubá.

Saudade dos dois.

Cássio

* * *

CONFIDENTIAL — NOT FOR PUBLICATION
For translation
Audio only — No image

<u>BRAZIL's President-elect Cássio Haddames</u>
and Argentinian Alicia Gros Morán
Vicente López, Buenos Aires province, Argentina
December 2, 2026, around 9:30pm

Cássio Haddames — CH
Alicia Gros Morán — AGM

CONVERSATION TRANSCRIPT (CONT'D) — pg. 3

CH — ... não sabia da história do boneco. Como podia imaginar... Não pedi que envolvessem o serviço secreto argentino.

AGM — Tenía una costura mal hecha en el trasero. El chip GPS era como la próstata del muñeco.

CH — Pelo jeito queriam que você soubesse. O condor também era sórdido. Mal empalhado.

AGM — Mejor no meterse con esos tipos. Están ahí desde antes de Videla.

CH — É difícil resistir à tua teimosia. Quatro meses sem resposta. Parece uma provocação.

AGM — Tu obsesión no tiene límites, Cássio. Me tendiste una trampa en París y salí de allí embarazada. Después venís con tu ejército de periodistas y jodés mi vida en Estocolmo. Ahora vienen los espías. No parás nunca con tus deseos de obsesionado.

CH — Na minha idade a obsessão é uma virtude.

AGM — A la mía es una enfermedad.

CH — É ali que ele fica?

AGM — Ahora duerme. Voy a amamantarlo pronto. Se despierta como si nunca hubiera comido en su vida.

CH — Vai ser um banquete. Sua blusa está molhada.

AGM — Ayer intentó decirme cosas. Era algo muy importante, seguro. No me podía imaginar un regalo más hermoso. Me sonríe cuando me pongo un vestido negro.

CH — Não parece que você saiu de uma gravidez.

AGM — Él me ayuda a mantener la forma.

CH — Eu tinha uma sugestão de nome.

AGM — Ya está, Cássio. No ibas en contra de Jorge Luis...

CH — Imaginava algo mais original. Vai sofrer com as expectativas da mãe. Precisa do pai por perto.

AGM — Suena bien en portugués, ¿no?

CH — Melhor em espanhol. Não temos um Jorge Luis como vocês.

AGM — ¿Qué nombre pensaste? Son siempre los mismos.

CH — Cícero.

AGM — ¿Cicerón? El amigo del conspirador Casio?

CH — Também. O prosador.

AGM — Soy yo quien tiene expectativas... Se llama Jorge Luis Gros Morán. Sin Haddames, sin Lagerlöf. Yo sé que tenía que hablar contigo. Pero todo fue un trauma. Hedvig sufrió mucho. Tuve que esconderme en mi propio país. ¿Has visto el artículo en *Playboy*?

CH — Colei a foto no banheiro.
AGM — En serio, Cássio. Yo tenía una vida muy calma y feliz.
CH — Eu também, Alicia. Não tem volta.
AGM — Mi vida yo la controlo. Nada es inevitable.
CH — Não é só a sua vida, Alicia.
AGM — Él será muy querido. Y estará orgulloso de su padre.
CH — Ele precisa mais do que orgulho. Quero que vocês venham morar comigo.
AGM — ¿En el Palacio del Alvorada? Me estás bromeando, ¿no?
CH — Não preciso morar no Palácio.
AGM — Yo no podría vivir contigo, Cássio. No nos conocemos bien. Es la primera vez que hablamos con tranquilidad. Y no quiero dejar a Hedvig. Los hombres no me bastan.
CH — Nem as mulheres. Você se apaixonou por mim em Paris.
AGM — La pasión no es todo. No quiero cambiar mi vida.
CH — Um bebê sul-americano no inverno sueco. Nosso filho. Nem um boêmio aguenta a noite às três da tarde.
AGM — No insistas, Cássio. Políticamente sería un desastre. Vivir con una lesbiana asumida. Brasil es más conservador de lo que creés. Tengo mi carrera. Voy a volver a Estocolmo en enero para la Fundación.
CH — Ele precisa do pai por perto.
AGM — Sabrá muy bien quién es su padre. Y tendrá dos madres.
CH — Ninguém sobrevive a duas mães.
AGM — Ha sido mucho más común de lo que imaginas. Madre y esclava. Madre y niñera. Madre y abuela. Madre y madrasta… Los hombres que tuvieron dos madres fueron los más grandes: Freud, Da Vinci, Michelangelo, Édipo…
CH — Todos neuróticos. É o que você quer para ele?
AGM — No hay brillo sin neurosis.
CH — Não há neurose sem desgosto.

AGM — Conocés bien, ¿no? ¿Tenías cinco o seis años cuando tu abuela remplazó a tu madre? Lo que te molesta es mi relación con Hedvig. Tenés que resolver tus problemas con la homosexualidad. André no se lo merece.

CH — Não tem nada a ver com homossexualidade.

AGM — Quizás no en mi caso. Pero sí en el caso de André. Tenés um hijo genio pero no lo aceptás como es. Querés proteger a tu hijo nuevo que ni siquiera conocés, pero ignorás al hijo que está a tu lado hace mucho.

CH — Se você vier, pode me ajudar.

AGM — Nadie puede ayudarte. El problema es tuyo.

CH — Amo você, Alicia.

AGM — Esto no cambia nada, Cássio.

CH — Nunca desejei tanto uma pessoa.

AGM — Deseás porque no aceptás "no" como respuesta.

CH — Se o desejo fosse só meu, eu já teria desistido.

AGM — ¿Por qué creés que te quiero?

CH — Porque você foge.

AGM — Hay muchas razones para alejarme de vos.

CH — O que você quer? Que eu renuncie?

AGM — Lo podrás visitar siempre y cuando te guste. Puedo mandarlo de vacaciones a Brasil. Le va a gustar el Palacio. Va a ser su Disney. ¿Hay tortugas y cigüeñas?

CH — É você que eu quero, Alicia.

AGM — Mi vida no espera, Cássio. Tengo a Hedvig, la Fundación, mi trabajo. Es ahora o no más. No puedo. Ahora no puedo.

CH —

AGM — No, Cássio, por favor. No lo hagás.

CH —

AGM — Por favor… Por… ¿Oíste hablar en resguardo?

***

Dr. Benevides de Carvalho Meireles
Rua Tonelero, 261, 7º andar, Copacabana.
Paciente: André Damadeiro H.

Não acho que tenha sido por mágoa. Eu não precisava ligar no mesmo dia. Milhares de pessoas devem ter tentado falar com ele. Já devia estar de saco cheio. Reclamou por implicância. Receber telefonemas de milhares de pessoas não significa receber o telefonema que importa. Você não conhece o meu pai. Ele não gosta de gente. E isso inclui quem está muito perto. Nunca entendi essa candidatura. Ele diz que é contra a instituição da empregada doméstica, por ser uma forma de exploração medieval, mas nem consegue conversar com a mulher que faz a faxina. A mesma coisa na questão gay. Diz que é a favor, mas na prática discrimina. Ele tem sempre as melhores ideias, mas não sente nada do que pensa.

Ter poder é uma forma de estabelecer distância. Mas seu pai me interessa mais pela maneira como você age com ele ou fala sobre ele. Você queria puni-lo ao mandar um e-mail seco no dia seguinte.

Não foi muito diferente do que ele faria. Ele endureceu com o tempo, depois do acidente. Foi para longe, para a China. Como se fosse um assassino. Ficou frio, mais autocentrado ainda. A decisão de escrever foi um desastre para quem estava em volta. E o atropelamento, uma desculpa. Ia acontecer mais cedo ou mais tarde. Uma vez fui com ele a um shopping aqui no Rio. Ele morava em Nova York e veio de férias. A gente entrou e foi direto para a livraria. Ele tinha lançado o primeiro romance seis meses antes. Viu o livro na prateleira e pegou para ler numa poltrona.

Fui olhar outras coisas e fiquei observando. Eu só via a cabeça dele balançando. Não ria, não sorria. Só balançava a cabeça, com uma careta. O corpo estava contraído, como se ele recebesse uma péssima notícia. Tirou um lápis do bolso e começou a editar o livro. Nunca imaginei que ele andasse com um lápis. Riscava frases inteiras, reescrevia as páginas, substituía palavras. Lia rápido e escrevia mais rápido ainda. Uma vendedora veio dizer que ele não podia riscar o livro. Meu pai disse que ela não precisava se preocupar. Ele compraria todos os exemplares para que ninguém lesse aquilo. Eu tive que olhar a livraria inteira e ainda voltei para casa sozinho. Jantei sozinho. Não via meu pai fazia quase um ano. Deve ter ficado lá até fecharem as portas. Talvez tenha feito aquilo com cada exemplar. A cada leitura novas mudanças, um texto cada vez mais enxuto, até desaparecer. Se alguém quiser entender aquela cabeça, vai ter que olhar os livros. Os que ele leu também. Está tudo anotado nas margens, nas páginas em branco do fim, no rodapé, entre os capítulos. Ele não escreve em nenhum outro lugar. Ele *preenche* as páginas dos livros. A biblioteca dele é uma biblioteca dentro de uma biblioteca. É a própria cabeça onde ele pensa e sente. Pensamentos soltos, ideias para contos (e ele nunca escreve contos), umas brincadeiras com poemas, comentários sobre frases. Escreve as entradas de um diário no verso das capas e das orelhas. Dá para saber da vida dele quando ele lia cada livro, seu estado de espírito, as mulheres, a relação com as cidades. Uma vez peguei um livro no apartamento dele na Gávea. O *Museu de tudo*, do João Cabral. Eu queria ler os poemas sobre pintores. Ele nunca emprestava nada. Fui para casa com o livro escondido na mochila. Comecei a ler naquela noite, e foi difícil saber o que eu lia, se o João Cabral ou Cássio Haddames. Ele comentava uns versos, parodiava outros. Sempre via uma conotação sexual. Só ele para achar João Cabral meio erótico. Fazia uns poeminhas do lado, bem simétricos, reescrevia tudo, como se

aquilo fosse uma tradução do sério para o cômico. Lembro também de uns versos meio tristonhos. Não era paródia, era um Drummond perdido no João Cabral: "O filho que não fiz/ hoje seria homem./ Ele corre na brisa,/ sem carne, sem nome".
Te magoou isso?
O que me espantou foi que, dois ou três dias depois, quando peguei de novo o livro na minha cabeceira, já não era o mesmo livro. Ou melhor, *era* o mesmo livro, a mesma edição, mas um exemplar diferente, limpo, novinho. Não sei se ele entrou lá em casa ou pediu para alguém ir lá trocar. Minha mãe só comentou que, com meu pai, as surpresas maiores nunca eram as melhores. E, até onde ela sabia, ele não tinha a chave do apartamento. O fato é que era um livro novo, e ele nunca falou disso comigo. Como se nada tivesse acontecido.
Você também não disse que tinha levado o livro.
Eu queria saber até onde ele podia chegar. Se ia ou não mencionar uma situação que explicitava suas esquisitices.
No e-mail para ele, o que você quis dizer com "passei a viver de dois em dois dias"?
Posso ficar mais de trinta horas acordado. E acabo dormindo direto o outro dia. No sábado tive um sonho que me angustiou tanto que fiquei com insônia a semana inteira. A gente roubava o museu de Roterdã, um roubo que ficou famoso na época. Éramos quatro, lembro do Vini, de um senhor muito elegante, mas com uma máscara de meia preta e uma cartola sobre a máscara, e de uma mulher bonita, jovem, que a gente chamava de Mademoiselle Dubois. Chegamos num furgão estranho, sem teto. Mademoiselle Dubois tinha dormido dentro de um vaso antigo do museu e ia desativar o sistema de segurança. Ela deu o sinal pela janela, e entramos pela saída de emergência. Os quadros ficavam num salão com o pé-direito muito alto, e o chão estava coberto por umas placas enormes de gelo seco. Era para cada um pegar um quadro

só, já que não dava tempo de deixar no furgão e voltar. Eu via aquelas obras maravilhosas por trás da fumaça fina e identificava os pintores de longe. Escolhi um Matisse grande, o retrato de uma mulher de azul com um livro. Eu sentia um misto de alegria e pânico. Enfiei o quadro num saco de lona e levei no colo, como se equilibrasse cristais. Quando cheguei perto da saída, vi que Mademoiselle Dubois brigava com o Vini. Dizia que era um absurdo ele roubar aquele autorretrato do Meijer de Haan. "Isso vai acabar com a nossa reputação! Isso vai acabar com a nossa reputação!" Dentro do furgão sem teto, eu admirava o Matisse na luz do sol e pensava no desastre que seria se começasse a chover. O senhor de cartola dirigia o furgão com sua máscara de meia, muito elegante. Passava a marcha como se regesse uma orquestra. Chegamos a um prédio numa ruazinha de Roterdã, uma área de prostituição. Subimos. Parecia o apartamento do meu pai, na Gávea. Dubois foi lá para dentro, para o quarto dele. Ficamos na sala. A gente só ouvia passos de escada, uma subida longa e lenta. De repente, começou a sair uma fumaça pela fresta debaixo da porta. Alguma coisa queimando com cheiro forte. O senhor de cartola se levantou e resolveu entrar no quarto, e vimos meu pai e Mademoiselle Dubois queimando os quadros roubados numa lareira ao lado da cama. Meu pai dizia: "Ela tem razão. Isso vai acabar com a reputação de vocês. A polícia não perdoa ladrões de galinha". Tive um acesso de terror. Olhava os quadros já quebrados, queimando como lenha. Vi um Gauguin, um Monet... Vini chorava diante do Meijer de Haan tomado pelo fogo. Mademoiselle Dubois sorria com aquele jeito bem-que-eu-avisei. O senhor de cartola nem se preocupava. Dizia que precisava comprar o vinho para o almoço. Quando eu saía do quarto, vi com os olhos embaçados que o quadro do Matisse estava pendurado em cima da cabeceira da cama. Simetricamente pendurado, como se sempre tivesse estado ali. Nesse momento alguém enfiou uma máscara de meia preta na minha cabeça, e eu não via mais nada. Os buracos dos olhos ficavam para trás, eu não conseguia mover a máscara. Acordei assustado, com falta de ar.

Seu pai salvou sua escolha.

E não poupou o Vini. Ele, o favorito, o mais viril. O Meijer de Haan não era grande coisa mesmo... E de novo meu pai fechado com uma mulher, o som da subida da escada, a fogueira ao lado da cama...

O homem de máscara lembrava seu pai?

O andar principalmente. Mas não dava para ver o rosto.

Parece um duplo dele, não? Dirige o carro, você e seu irmão no banco de trás, como nos velhos tempos. Abre a porta do quarto dele, não se comove, diz que é hora do vinho e da comida. Quem me intriga é a Mademoiselle Dubois.

Aparece numa pintura do Alfred Stevens. Vi o quadro num livro há muito tempo. No sonho é a figura feminina sempre ao lado do meu pai. Os dois sócios. Ela reverente. Ele tolerante, em troca de favores sexuais. Os dois contra o resto, contra o Vini, contra mim indiretamente. Pode ser minha primeira madrasta. Era artista plástica, um pouco histérica.

Nenhum dos dois está contra você. Eles salvam o objeto do seu desejo. Você disse que sua madrasta era uma pintora medíocre. Distante da figura que zela pela qualidade... Você se afasta de uma interpretação mais simples.

O nome Damadeiro?

A tradução é quase literal. *Bois*, madeira, Madeiro... Só inverte os gêneros. Da, *du*...

Ela não tem muito a ver com minha mãe. É cúmplice demais do meu pai, joga contra o filho, é arrogante.

Também não tem nada a ver com o Vinicius, que não sabe nada de arte e assumiu plenamente o lado Haddames, ao contrário de você.

Está querendo dizer que Mademoiselle Dubois, c'est moi...
Outro duplo.
Não faz sentido.
Foi você que tirou o Haddames do nome para ser só Damadeiro. Dubois entende de arte, compete com o Vinicius, quer o apoio do seu pai. A inversão de gêneros não parece casual. Dubois está preocupada com a perda de reputação.
Não por um tabu sexual ou troca de gênero. Ela fala de reputação em arte, por causa do roubo amador.
"Reputação" não tem a mesma origem de "puta", mas tem "puta" no meio. Dubois entrega a seu pai o produto do ato ilícito, a renda ao protetor. Você disse que dormiu uma vez dentro de um museu, fascinado por um quadro.
No banheiro do Alte Meister, não dentro de um vaso antigo do museu.
Escondido na cabine de um *vaso* sanitário, para os seguranças não te acharem.
Dubois tem um confronto intelectual com o Vini e uma associação meio intelectual, meio sexual com meu pai.
Tudo no sonho remete a transgressão. Roubo, reputação perdida, queima, apartamento na zona, visão proibida, máscara sem olhos.
Aonde você quer chegar?
Você me dirá.
Não sei se é um caminho certo ou útil.
É um direito seu. Isso tem um significado.
Não concordo.
É outro direito. E outro significado.

12.

2 de janeiro de 2027

Não adiantava torcer para que chovesse. A perspectiva de enjaular-me num papamóvel era ainda menos atraente do que acenar de pé dentro do Rolls-Royce conversível, que só os deslumbrados acham que foi doado a Getúlio pela rainha Elizabeth. Tentei abreviar essa parte do ritual, mas alegaram que toda a cerimônia era regida pela tradição e pelo decreto de março de 1972. Como se um decreto de 1972 pudesse ser coisa boa. De qualquer modo, o passeio no Rolls-Royce era de um presidente eleito a caminho da posse, ainda sem poderes *de jure* para modificar o cerimonial da Presidência, sob o controle de meu desafeto e até então presidente Febuen. Só não me convenceram de que o percurso do automóvel em zigue-zague, como o de um bêbado de casaca, também era exigência da lei. Um coleguinha na Presidência, achando que me alegrava, chegou a dizer que o "serpentear automobilístico" era crucial, porque a popularidade de um presidente recém-eleito é medida pelo tempo que o Rolls-Royce leva da catedral ao Congresso. Lembrei ao frajola que a menor e melhor distância entre dois pontos é uma reta e ameacei nomeá-lo embaixador em Pyongyang se o motorista fizesse qualquer graça ao volante. A mim bastava que o Rolls-Royce não enguiçasse no meio do caminho, como aconteceu na concorrida posse de Lula. Parece que me levou a sério.

Naturalmente Alicia não quis vir ao Brasil para sentar-se a meu lado. Tive de me fazer acompanhar pelo Sandru Arsana, meu vice-presidente e nobre empresário da mineração e do petróleo. Em sua presença, sempre sou acometido de delírios paranoides. Devem ser as bonitas abotoaduras.

Tinha algo de caricatural o pelotão de oito seguranças que ladeavam o carro, quatro à esquerda, quatro à direita, duas mulheres inclusive, com seus óculos escuros e expressões vigilantes em direção à multidão. Correr de terno escuro e sapato sobre o asfalto ensolarado das duas da tarde no verão de Brasília parece um bom teste de lealdade e resistência, especialmente se um cavalo encardido dos Dragões da Independência resolve atacar uma das calotas do Rolls-Royce. Quase me veio a imagem de Kennedy em seu Lincoln Continental conversível, a pintura azul-madrugada manchada de vermelho e cinza.

Acenei principalmente para as crianças, perfiladas ao longo do percurso de poucas árvores e sombras. É provável que a irresponsabilidade tenha sido do partido, não dos pais, que muitas nem devem ter. Talvez tenham se divertido com os cavalos e o calhambeque, bem mais atraentes que o decano das celebridades e subcelebridades do país.

Minha atenção foi atraída por alguns rostos, mas sobretudo por cartazes e faixas. A mais lúcida dizia que "Um povo que vota nas coxas toma na bunda". A bunda e as coxas mal desenhadas perdiam-se no mar de bandeiras azuis e amarelas do PDJS, perto de uma versão alvinegra da antiga faixa que me recebeu na volta de Estocolmo, "O Nobel é nosso". Vi outra sobre a extinção de rinocerontes fora de cativeiro, que até onde sei nunca povoaram o Brasil para além do perímetro do zoológico da Quinta da Boa Vista. E me entristeci com os cartazes xenófobos, alguns com um arremedo de suástica integralista, Σ, como se a xenofobia não fosse ela mesma a importação indevida: "Haiti, sai daqui!". "Fora maldívios, fora ganenses."

Muitas faixas eram sobre a polêmica já gasta a respeito do uso de células-tronco para salvar o bebê com linfoma de Hodgkin. O personagem do bebê na novela, quero dizer. As grandes controvérsias giram sempre em torno da ficção, a começar pelo sagrado. Talvez por isso a militância religiosa pareça cada vez mais militante e cada vez mais estranhamente religiosa. Encontrei meu nome um punhado de vezes, mas a imensa maioria das mensagens recorria a esferas mais altas: "Só em Jesus há salvação", "Ser sábio é temer a Deus", "Há um Deus e um senhor Jesus", "Não há condenação para os que estão em Jesus Cristo", "Arrependa-se, o Reino de Deus está próximo". As igrejas montaram um teatro de guerra na Esplanada porque, durante a campanha, só mencionei a palavra "Deus" e não a palavra "Jesus" (eu achava que eram termos intercambiáveis, dado o engenho da trindade), e, mais grave, porque não citei Deus nem Jesus em nenhum pronunciamento desde a eleição. Faço um esforço para esconder meu desprezo pela crença em divindades, mas perco de vez a fé no homem quando os céus baixam à terra na forma de cabos eleitorais. Decidi fazer uma concessão para manter a cruzada longe do Palácio do Planalto. Ao concluir meu discurso no Parlatório, de frente para a multidão espalhada pela praça dos Três Poderes, sugeri, com a voz tendendo ao adocicado, que todos voltassem a seus lares com Deus, e resisti à tentação de acrescentar que cada um escolhe a companhia que lhe apetecer.

Eu mesmo não escolhi a minha. Li o discurso ao lado de Arsana e da mulher dele, que acabou sendo uma peça importante na campanha, não exatamente por seus dotes políticos. Na posse, Ana Iohana fez questão de usar um vestido que deixava à mostra um pequeno crucifixo de diamantes que descia de uma correntinha-forca pelas costas e pendia entre a terceira e a quinta vértebra lombar. Ou era a marca de um alvo? Mal deve ter completado a idade regulamentar para beber um copo de vinho sem que seu protetor, uma década mais velho do que eu, vá preso. Não posso falar muito, pois, em preferências etárias, logo migrarei do fascínio do 1/2 para a tentação do 1/3. Ainda dizem que a crise de envelhecimento no homem é menos traumática. Entre um momento ou outro de enlevo ou prazer, há a melancolia do abismo — abismo da morte, abismo da diferença.

Antes do discurso no Planalto, tive de fazer o juramento no Congresso e assinar o livro de posse. Meu punho deixou uma pequena mancha de umidade na forma de um pac-man. Sempre me distraio com algumas imagens ao cantar o hino nacional — margens que ouvem, céus que riem, um país que se deita em berço —, mas não há disparate quando se trata, assumidamente, de um sonho intenso.

No corredor humano que ligava o salão verde da Câmara à rampa do Congresso, fui cumprimentado por cento e cinquenta a duzentos parlamentares. Tiveram de abreviar o réveillon para passar o primeiro dia do ano em Brasília. Houve um momento em que nenhuma parte do meu corpo podia se mover, e me veio a imagem de outro sonho antigo, de um mergulho submarino em apneia em que eu recebia o abraço coletivo de uma sorridente família de polvos. Não sei que desavisado pontificou que o aperto de mão e o abraço de um senador são mais sóbrios que os de um deputado federal.

Na saída do Congresso, ao som de uma salva de vinte e um tiros de canhão, passei em revista o batalhão da guarda presidencial e as tropas das três forças, e assumi, também simbolicamente, a condição de comandante supremo das Forças Armadas. Os militares pareciam corretos em sua grande especialidade, a simetria. Era difícil detectar algum sentimento nos rostos. Não têm ideia de como meu passado incidirá sobre o governo, e com aquela mudez de esfinge, se pudessem empunhar algum cartaz, exibiriam algo como "Não me diga que está tudo bem". Na saudação à bandeira, limitei-me a um cumprimento com a cabeça. Não costumo beijar grandes tecidos sintéticos. Quando muito, os menores, de formato triangular.

A caminho do Planalto, já quase na subida da rampa, tive a impressão de ver o rosto de Alicia nas manchas do mármore da coluna tricorne, que lembra um bico de pato. Atrás havia um grupo de militantes que cantavam. "Ó Abre Alas" embalou minha subida e acabou me mandando de volta ao salão improvisado de um antigo baile ao ar livre.

Quanto tempo durarão os sorrisos?

Como Figueiredo diante de Sarney, ou Sarney diante de Collor, Febuen não quis me passar a faixa presidencial. Recebi-a no Parlatório, de meu colega de Rio Branco e novo chefe do cerimonial da Presidência, Afonso Forneiro. Achei melhor não mandar investigar se os vinte e um diamantes incrustados no broche lateral da faixa, representando os então vinte estados da União e o Distrito Federal, são originais ou foram substituídos por pedras menos nobres.

À noite, antes de juntar-me ao coquetel no Itamaraty, recebi algumas autoridades estrangeiras. O senador Clooney veio com o séquito mais extenso, e foi difícil distinguir entre assessores, seguranças e groupies. Se tivesse vencido as primárias, representaria um considerável avanço político (e teatral) em relação a

Reagan e Schwarzenegger. Como ele me disse no breve encontro na sala Rui Barbosa: "I can't be president. I fucked too many chicks and did too many drugs".

Otto fingiu surpresa e gratidão com o convite para a Casa Civil. Não chegou ao segundo turno no Rio, mas nos bastidores não vi operador mais eficiente, e minha campanha teria sido outra, e também o resultado, sem as costuras que fez. É um personagem opaco demais, e descobri que seu tique sutil da pálpebra se torna mais ostensivo quando ele entreouve alguma palavra chula ou uma expressão de gosto duvidoso. Há ali um desvio insondável, que nunca será enunciado, nem mesmo por uma voz interna. Começo a gostar dele, talvez pelo estoicismo, a reclusão por método e disciplina. Sua mulher conheceu-o na escola e parece sua irmã.

Na Casa Civil, como primeiro-ministro de fato, onde o jogo da influência e do dinheiro acontece em grande escala, onde não há escrivaninha que não sofra o assédio diário e violento, preciso de um profissional como ele. O que menos importa é ser corrupto ou não, afinal, no centro da máquina, sempre haverá a investida empresarial e o desvio burocrata, e o importante não é sua existência, nem mesmo a magnitude, mas sua administração. Não é aí que se perde, e sim nas estruturas e nos sistemas, perfeitamente legais e naturalizados, como o rentismo no Brasil, inigualável no planeta. Há indignação pública quando um político faz um desvio ou recebe uma propina de um milhão, mas nenhum levantar de sobrancelha pelo fato de que o Estado transfere para os bancos e fundos privados setecentos e cinquenta bilhões ao ano a título de amortizações e juros do mais puro realismo mágico, o que equivale a duas mil operações de corrupção de um milhão a cada dia durante um ano inteiro. Ou seja, como se a nossa plateia de dois mil espectadores do Municipal praticasse simultaneamente e todo santo dia, ao longo de um ano, dois mil atos de corrupção de um milhão (2 mil × 1 milhão na segunda-feira, 2 mil × 1 milhão na terça, 2 mil × 1 milhão na quarta...), habilidade que nem mesmo o treinamento intensivo de toda a classe política para a bandidagem, nem a torcida entusiasmada da população em favor da institucionalização e universalização de todo tipo de trambique e cambalacho lograriam desenvolver. O udenismo e as cruzadas morais são ressentidos na origem e contraproducentes nos resultados. Toleramos menos a corrupção do que a incompetência porque não temos como satisfazer, por autocensura ou falta de oportunidade, nosso desejo íntimo (e inconsciente no mais das vezes) de corrupção. O maior risco de um país é a paralisia. Tudo que um governo não pode fazer é desmoralizar a honestidade ao pretender ser mais honesto que eficiente. O Rolls-Royce foi doado a Getúlio por empresários nacionais, que por conveniência preferiram dar o crédito à rainha.

Assim como Amir, que indiquei para a presidência da Fundação Biblioteca Nacional, Jacobo se surpreendeu com o convite para voltar a ser chanceler. Ambos são competentes, e nomeá-los me faz parecer magnânimo, mas talvez o que tenha me movido foi o prazer de vê-los sucumbir a uma ambição maior que seus princípios. Logo Amir escreverá um artigo reconsiderando aspectos da minha obra, o que aumentará minha repugnância. Tenho a impressão de que ele nunca envelhece, na aparência e na vilania: como um Dorian Gray nativo, é uma fotografia de si mesmo, tirada a uma altura em que tudo era intermediário: o grisalho, o esboço das rugas, o sorriso em formação e nunca pleno, nunca exatamente um sorriso. A peruca natural, deve apará-la com lupa a cada manhã, milimetricamente, para que jamais destoe de si mesma. Ele é sempre um sósia perfeito do passado.

Talvez com Jacobo meu gesto tenha sido menos de vingança que de culpa. Já não sei a origem, quem se ressentiu e se vingou primeiro, e o caso que tive com Stella talvez tenha sido, sim, o começo, afinal um ato de vingança, por definição, não pode ser preventivo. A verdade é que sempre acho atraentes as mulheres dos homens que me exasperam.

* * *

3 de janeiro de 2027

Aqui no Alvorada não terei tempo de ler. Com a exceção deste, deixei os livros no Rio para os fins de semana em que puder voltar à cidade. Drummond e Bandeira ajudaram a montar a biblioteca do palácio, que me faz companhia. Talvez eu encomende uma atualização, já que nenhum livro, nem mesmo os meus, foram acrescentados ao acervo original, do fim dos anos 1950. Em um palácio tão vasto, com seus salões comunicáveis em sete mil metros quadrados de área construída, e tão exposto, onde uma ema veio me encarar ontem e roçamos narizes, separados apenas por uma parede de vidro de quatro metros de altura, exilo-me na biblioteca para escrever, entre os lambris de jacarandá-da-baía, a tapeçaria Di Cavalcanti, os livros em capa dura, os mapas envidraçados de capitanias gerais, único refúgio em que tudo parece perfeitamente amortecido e isolado.

A solidão, sempre agradável, torna-se teatral e burlesca quando se mora num Xanadu da arte e da vida animal, com emas, garças, flamingos, mergulhões, Brecherets, Portinaris, Dis, Djaniras, Volpis, araras, galinhas-d'angola, patos selvagens, pavões brancos, dragões da independência, um cinema particular, uma adega de duas mil garrafas, um pé-direito de nove metros no mezanino, uma piscina olímpica, uma capela folheada a ouro, tudo devidamente mantido por apenas cento e quarenta e dois empregados.

Folheei muitos livros e, afora dedicatórias e autógrafos, só consegui encontrar uma única intervenção humana. No volume verde de *O Amanuense Belmiro*, o seguinte trecho estava sublinhado a caneta:

"Deem-me um jato de éter perdido no espaço e construirei um reino. Mas a boneca holandesa foi arrastada por um príncipe russo, que a livrou dos braços de um marinheiro."

Em vão procurei sinais que me ajudassem a identificar o presidente sublinhador. Era uma primeira edição, 1937, e parecia pouco manuseada, com o desgaste natural do tempo. Juscelino, primeiro habitante, deve ter conhecido Cyro dos Anjos no Gabinete Civil, ou ainda em Minas, o que não garante a leitura, muito ao contrário. Quanto mais próximo do autor, menos leitor será.

Mais enigmático foi o bilhete que encontrei no meio de *Minha formação*. Era um pequeno guardanapo muito vincado, como se alguém tivesse se dado o trabalho de dobrá-lo de forma minuciosa para que somente o destinatário na mesa lesse seu conteúdo: "Os cavalos estão celados". Não sei se era um trocadilho ou um erro sem segundas intenções. Talvez o destinatário tenha sido um presidente-militar, e o bilhete uma referência à prisão de guerrilheiros ou à repressão de dissidentes internos, como o grupo de Frota. Ou era uma mensagem simples de um empregado menos letrado a nosso presidente-cavaleiro, à espera da montaria. Um antigo jardineiro do palácio me garantiu que nunca houve uma estrebaria e que Figueiredo não chegou a morar aqui. Preferia a Granja do Torto, mais adequada aos cavalos.

Nem por isso deve ter montado por lá um centro de lazer completo para seus amigos equinos, com ar-condicionado, piscina e serviços médicos, como seu colega Niyazov veio a fazer no Turcomenistão. Eu mesmo não pretendo igualar a criatividade do turcomeno e rebatizar o mês de janeiro com meu nome e abril com o de minha mãe, nem proibir balé, ópera, cabelo comprido (para homens), barba (para ambos os sexos), o uso de cosméticos por apresentadores de tevê, sincronização labial (dublagem, playback) e dentes de ouro. Neste último caso, a decisão até pareceria sensata não fosse seu caráter retroativo. Para homenageá-lo bastaria erguer no centro do jardim do palácio uma estátua semelhante à dele, com um sutil mecanismo de rotação que permitisse a meu rosto dourado estar sempre voltado para o sol.

Por falar em estilo pessoal e ações de governo, telefonou-me o colega mexicano para promover sua campanha pela devolução de Texas, Novo México e Arizona. Não é mais do que um truque de dividendos eleitorais incertos. Falou dos mais de três mil anos de civilização mexicana avançada, da alma asteca e maia, do refúgio de eleição de Trótski e Buñuel, e da humilhação diante de um país que, por mais poderoso que seja, não tem história, ou no máximo uma historieta de duzentos e poucos anos inaugurada por fundadores desdentados e transformada em mito por uma grande máquina de significados. Não sei se expressava um genuíno sentimento antiamericano ou se, por vias tortas, dava uma estocada no Brasil e em nossa singeleza pré-colombiana. Eu nem deveria ter interrompido a reunião sobre a República do Jacarezinho, mas a pausa me poupou de ouvir as barbaridades do especialista em enclaves empresariais trazido por Otto. Veio falar da experiência das grandes corporações asiáticas no Golfo da Guiné, e me pareceu ainda mais absurda a conversa. Querem substituir o separatismo miliciano por bantustões administrados por empresas.

Não sei se é o começo do governo que estimula a criatividade. Amir veio me vender uma "operação de salvamento e resgate" da literatura brasileira. Sempre há salvadores para o que não precisa ou merece ser salvo, principalmente quando se atribui a uma entidade — à burocracia, por exemplo — o poder de alterar um espírito de época. Trouxe-me um projeto que chamou, sem constrangimento aparente, de "Bolsa Escritor-Leitor". O diagnóstico até me pareceu óbvio: faltam leitores no Brasil, especialmente da literatura pátria, e os que leem hoje são muitas vezes escritores ou aspirantes a escritores. Para Amir, e aqui sobressaem suas virtudes de ficcionista e padroeiro da classe, os próprios escritores estão deixando de ler e precisam de "incentivos diretos" para comprar livros dos colegas. E se falta quem leia, não falta quem queira escrever e ganhar bolsa.

O fundamento matemático é de uma astúcia irresistível. Cada bolsista Escritor-Leitor receberia um salário mínimo mensal e teria a obrigação de comprar/ler pelo menos cinco livros dos colegas por mês. Com mil bolsistas escritores/aspirantes a escritores, garante-se a compra/leitura de sessenta mil exemplares por ano (1000 × 5 × 12 = 60 000). Como a obrigatoriedade seria apenas de comprar/ler e não de escrever livros (para isso haveria um programa mais polpudo, o "Bolsa Escritor-Ativo"), calcula-se que apenas trinta por cento dos mil agraciados viriam a produzir obras (trezentos bolsistas). Dado que, em média, um autor publica um livro a cada três anos, pode-se antever que os trezentos Escritores-Leitores-Efetivamente-Escritores produzirão cerca de trezentos livros em três anos, ou seja, cem livros por ano. Dividindo-se o total de sessenta mil exemplares a serem comprados/lidos pelo número de títulos publicados pelos bolsistas (cem livros), cada livro venderia em média seiscentos exemplares por ano (60 000: 100 = 600). Com isso, é possível esgotar a tiragem de três mil exemplares de um livro nacional ao longo dos exatos cinco anos em que costuma vigorar um contrato de direitos autorais entre escritor e editora (600 × 5 = 3000).

Diz Amir, com uma franqueza tocante, que o programa tornaria a literatura brasileira tão autossustentável (*sic*) quanto uma floresta de eucaliptos replantados. Largaríamos o vício, como adultos reabilitados, de depender da demanda — reconhecidamente volátil e tendencialmente decadente — dos volúveis Leitores-não-Escritores. Em outras palavras, não precisamos formar leitores. Basta contratá-los.

Talvez seja o efeito da fauna e da flora doméstica, mas não tenho conseguido me livrar da sensação de sonho intenso que me assaltou desde a posse no salão verde no Congresso. Uma camareira do palácio, encarregada da ala privada, disse que precisava conversar comigo. Entrou na minha suíte, apresentou-se como Fidélia e se declarou "fã doentia" do que escrevo. Disse que tinha lido meus livros várias vezes e que era obcecada por um trecho do primeiro romance. Mostrava os olhos úmidos e a face oleosa, e usava o uniforme azul-claro, impecavelmente claro, das camareiras. Nem lhe caía tão mal, embora parecesse emprestado de uma colega um ou dois números abaixo do seu. Procurei não demonstrar surpresa com o fato de que ela não se encaixava perfeitamente no que eu imaginava ser o perfil de meus leitores. Estávamos de pé ao lado do sofá e tentei sorrir, um sorriso a meio caminho entre o agradecimento pelas leituras e o constrangimento pela obsessão gerada.

Fidélia perguntou se eu podia me virar de costas. Acatei o pedido sem querer adivinhar o propósito: despir-se, oferecer um presente, apunhalar-me. Na verdade, enquanto esperava, eu tentava olhar através do corredor que leva a meu banheiro bem ao fundo, na esperança de captar algum reflexo no Blindex do box. O que me vinha, no entanto, era a curiosa impressão de que a ema sociável esticaria o pescoço e apareceria no vão da porta, para zombar de minha condição. Quando Fidélia deu o sinal, voltei-me, e ela estava perto da cama, de costas para mim, com a parte de cima do vestido abaixada e os braços à frente, cobrindo os seios. Àquela distância, a ampla tatuagem era um quadrado de conteúdo incerto. Aproximei-me e notei que era um texto tatuado entre a base da nuca e o centro das costas, na forma de uma página de caderno. Parecia bem alinhado, com a letra cursiva legível, mas um tanto barroca para meu gosto. Ao final da primeira linha, um nó se formou em minha garganta. Era o trecho que marcou a moça, impresso agora na pele ligeiramente amarelada de bílis da camareira Fidélia. Achei melhor não comentar que o tatuador tinha se esquecido de acentuar a palavra "mármore" e que o elástico do sutiã dela tinha deixado uma faixa de tom rosado sobre a terceira linha, como um marcador de texto.

Olhando a página com sua encadernação pouco atraente, com adiposidades, asperezas e tom enfermiço, concluí que não me sentiria bem transando com meu próprio livro, ainda mais em se tratando do menos sexy dos romances que escrevi. Peguei o lençol ao pé da cama, desdobrei-o e comecei a cobrir as costas de Fidélia, enrolando seu corpo em várias voltas, com folga suficiente para não oprimir os braços. Uma vez coberto, girei o casulo branco e submisso para que ficasse de frente para mim e abracei-o da forma mais afetuosa e menos sensual possível. O máximo de afeto e o mínimo de erotismo. Não tinha ideia de como lidar com uma pessoa que carregava no corpo, para o resto da vida, um pedaço da minha obra. Agradeci a homenagem e perguntei se ela gostaria de continuar a trabalhar no palácio ou se acharia melhor ser transferida para outra residência oficial, como a Granja do Torto ou o Palácio do Jaburu.

Provavelmente eu teria sido mais magnânimo se, em lugar de Fidélia e seu fervor literário, eu tivesse me confrontado com o fervor religioso de Ana Iohana e o pedido mais prosaico de que abençoasse seu crucifixo lombar.

***

Somewhere, sometime

Cássio,

 Comece uma rebelião contra Darius (rei da Pérsia). Essa era a mensagem que Histiaeus tinha que mandar secretamente para seu genro Aristagoras em Miletus. As estradas eram vigiadas, e os mensageiros nada confiáveis. Pensou muito. Sobre a decisão em si, sobre a maneira de transmiti-la. Mandou chamar seu melhor escravo. Pediu que sentasse. Que se virasse de costas para ele. Pegou uma lâmina, raspou seu cabelo e tatuou uma mensagem no crânio. Deixou o escravo trancado alguns dias. Quando viu que o cabelo tinha crescido, mandou o escravo para Miletus com uma única instrução verbal para Aristagoras: raspe minha cabeça. No final da história, como em todas as histórias, Histiaeus morreu. Mas Miletus rebelou-se contra Darius.
 De tão improvável, uma carta simples é o escalpo que resta. E-mails, mensagens de celular caem automaticamente no meu monitor e dos colegas da tradução. Chamadas, conversas, recebo o áudio as we speak. A imaginação é o último reduto da privacidade.
 Acompanhei (bocejos) seu antecessor. Watch list, chefes de Estado de países de importância/ameaça média. Você não é tão querido. As críticas, Condor, Guantánamo, JSOC, o passado da família. A escolha de uma ministra da Defesa russófila/BRICSófila não causou a melhor impressão. Daí o upgrade. Priority watch list, monitoramento 24/7 (localização, ação, comunicação). Dependendo do que disser ou fizer, o custo é alto.
 Os filtros para áudios não são automáticos. Mas cada operador de interceptação, analista de tráfego ou tradutor passou a ter

menos poder para descartar ("not pertinent") ou ajustar arquivos. Não gostaram da edição que fiz de suas conversas.

Tudo que você fala, ouve, sussurra, pensa em voz alta, sonha em voz alta, canta, cantarola, assobia, resmunga etc. é avaliado. Só papel escapa. Não de outras agências. Ter uma camareira tatuada como o escravo de Histiaeus é sempre um risco. Langley subestimou o nível de exigência do presidente brasileiro. Estão muito aquém do padrão russo de *honey-trap spies*. Nem sei se é feia; a voz não seduz.

Você se pergunta por que resolvi escrever. Debite à conta pessoal. Temos de conhecer o alvo "intimately", inclusive nos momentos mais reservados. Nem tão reservados, é verdade.

Não peça para rastrearem bugs nos dois palácios. Só atingiria a concorrência. E poderiam desconfiar. Hoje tudo é móvel, como o alvo.

A trituradora da biblioteca não basta. Queime. Cinzeiro e fósforo, até a última cinza. Sempre se descobre o remetente. Nabokov, que você diz admirar, já sabia. É um texto sobre Gogol. A tradução é minha, afinal todos temos prazeres íntimos:

"Ele se encontrava na pior situação para um escritor: perdera o dom de imaginar fatos e acreditava que os fatos podiam existir por si mesmos. O problema é que não existem fatos nus em estado de natureza: a marca branca deixada por um relógio de pulso ou um pedaço de esparadrapo amarfanhado num calcanhar ferido não podem ser eliminados pelo mais fanático nudista. Uma sequência de números revela a identidade de seu criador de modo tão transparente quanto dóceis criptogramas entregaram seus tesouros a Poe. O curriculum vitae mais simples alardeará aos quatro ventos o estilo peculiar do autor. Duvido que você possa dar o número de seu telefone sem entregar algo de si."

Someone

***

From: cassio.haddames@itamaraty.gov.br
To: alicia.grosmoran@nobelprize.org
Cc:
Subject: fantasia
Sent: Wednesday, February 24, 2027 11:42 pm

É quase meia-noite, ou assim me parece. Grazielle e Cristal visitaram-me pela terceira vez. Encenamos uma nova historieta, desta vez na capelinha forrada a ouro. Não sei por que minhas fantasias sempre rondam o religioso, mas foi Grazielle quem insistiu, queria muito fazer o papel de sacerdotisa e improvisar uma preleção. Parece que se excita com objetos sacros. Resolvi usar versos de Bandeira e personagens do boom latino-americano.

Não sei até quando durará. Estar distante de você e sob as alturas do palácio só aumenta a sensação de incongruência. Vivo coberto de camadas de irrealidade, e essa noite nem as paredes eram verossímeis. Camadas e sobrecamadas de aparências, mãos e demãos de ficção. O sexo por encomenda. A fantasia para torná-lo tolerável, lúdico. A fantasia dentro da fantasia: a sacerdotisa que condena o criador de fantasias no ato de fabulação. E no novelo de fantasias dentro de fantasias, eu pensava em você, fantasiava que ali estava você, o cabelo de Cristal era o seu, as costas de Cristal Remedios la bela, la mujer más hermosa del mundo, eram as suas, a voz de Grazielle era a sua, o cheiro da sacerdotisa Tia Julia entre as pernas era o seu. Até onde a representação do desejo pode ir, até onde apazigua ou desestrutura? Não sei em que nível de irrealidade eu não a possuo, em que graus e estados de consciência e inconsciência eu não a amo, pois nada parece escapar a um sentimento sem antecedentes.

A lembrança pode ser mais cruel que o fato recordado porque já não é só a memória do momento original, mas também a dor de cada retorno. Como se o tempo só acumulasse, sem amenizar. Uma vez mais sua voz se quebrou na timidez, na rispidez da timidez, e eu a ouvia como um batimento nos pontos mais recônditos do corpo, como um mecanismo de morte, um explosivo em progressão que não se consegue extrair sem sacrificar o que resta de vivo e saudável. As velas estavam apagadas, mas a capela captava toda a luminosidade externa. Tive vontade de chorar, os olhos mergulhados na poeira de luz que envolvia as folhas de ouro nas paredes: Quem ama inventa as penas em que vive:/ E, em lugar de acalmar as penas, antes/ Busca novo pesar com que as avive.// Pois sabei que é por isso que assim ando:/ Que é dos loucos somente e dos amantes/ Na maior alegria transar chorando.

* * *

GOVERNO FEDERAL
MINISTÉRIO DA CULTURA
FUNDAÇÃO BIBLIOTECA NACIONAL — FBN

Edital 02/2027 — Programa Bolsa Escritor(a)-Leitor(a)
Categoria FICÇÃO LONGA PARA ADULTOS

ANEXO 3 — LISTA DE LEITURAS

1. O (A) Bolsista Escritor(a)-Leitor(a) deverá escolher um total de 60 (sessenta) livros da lista apresentada abaixo, a serem comprados e lidos ao longo de 1 (um) ano — 15 (quinze) livros por trimestre — a começar da data de recebimento da 1ª (primeira) das 12 (doze) parcelas mensais pagas pela Fundação Biblioteca Nacional.

2. Em sua lista de 60 (sessenta) livros, para cada 3 (três) NOVELAS (N) escolhidas, o (a) Bolsista Escritor(a)-Leitor(a) terá de selecionar pelo menos 2 (dois) ROMANCES LONGOS (RL) ou, alternativamente, pelo menos 1 (um) ROMANCE EXTRALONGO (RXL).

2.1 Para fins exclusivos deste Anexo, NOVELA (N) refere-se a narrativa em prosa de natureza ficcional de 50 a 100 páginas; ROMANCE (R), a narrativa em prosa de natureza ficcional de 101 a 400 páginas; ROMANCE LONGO (RL), a narrativa em prosa de natureza ficcional de 401 a 700 páginas; e ROMANCE EXTRALONGO (RXL), a narrativa em prosa de natureza ficcional com mais de 700 páginas.

2.1.1 A Fundação Biblioteca Nacional reserva-se o direito de estimar e atribuir o número de páginas em casos de livros que tenham formato, dimensões e/ou diagramação ESPECIAIS.

2.1.1.1 Será considerado "ESPECIAL" o formato, dimensão ou diagramação de livro que implique uma página de texto com menos de 1000 (um mil) ou mais de 2000 (dois mil) CARACTERES.

2.1.1.1.1 Na definição do termo "CARACTERE" acima, incluem-se, ademais dos símbolos gráficos (letras, numerais, sinais de pontuação), os espaços entre os símbolos gráficos.

2.1.1.1.1.1 No caso específico do uso de "emoticons" ou de outras formas de comunicação paralinguística, a contagem dos caracteres será feita pelo total de símbolos gráficos utilizados (por exemplo, o "emoticon" :-) implicará a contagem de 3 (três) caracteres).

3. Caso o (a) Bolsista Escritor(a)-Leitor(a) seja ele(a) mesmo(a) um(a) dos(as) autores(as) listados(as) abaixo, em hipótese alguma poderá selecionar o livro de sua autoria, pois o ato de escrever subsume — *a maiori, ad minus* — o ato de leitura do próprio livro.

4. O (A) Bolsista Escritor(a)-Leitor(a) deverá prestar contas, ao término de cada um dos 4 (quatro) trimestres, da COMPRA, mediante recibo de estabelecimento de venda de livros novos, e da LEITURA EFETIVA dos 15 livros do trimestre.

4.1 No caso da leitura, a comprovação poderá ser feita por: 1) publicação de resenha sobre o livro em meio eletrônico ou impresso de no mínimo 3500 (três mil e quinhentos) caracteres (conforme a definição de "CARACTERE" utilizada no item 2.1.1.1.1 acima); 2) gravação, sem remuneração adicional, de vídeo-resenha sobre o livro no acervo eletrônico da Fundação Biblioteca Nacional, com duração mínima de 5 (cinco) minutos; ou 3) preenchimento de QUESTIONÁRIO de perguntas sobre o livro, elaborado pela Fundação Biblioteca Nacional.

4.1.1 O questionário somente será aceito como comprovante de leitura se o (a) Bolsista Escritor(a)-Leitor(a) atingir a NOTA MÍNIMA de 5 (cinco) num total de 10 (dez) pontos, conforme gabarito de resposta elaborado pela Fundação Biblioteca Nacional.

4.1.1.1 As notas do questionário atribuídas pela Fundação Biblioteca Nacional são finais e irrevogáveis.

5. Eventual impedimento de natureza oftalmológica, traumatológica ou psicoemocional ao efetivo cumprimento da obrigação de leituras prevista neste Programa deverá ser devidamente comprovado mediante a apresentação de ATESTADO MÉDICO.

6. Caso o Bolsista Escritor(a)-Leitor(a) queira candidatar-se a receber uma bolsa ADICIONAL no âmbito de outro programa da Fundação Biblioteca Nacional, como a bolsa do Programa Escritor(a)-Ativo(a), deverá apresentar à Comissão Técnica de Habilitação REQUERIMENTO ESPECIAL em que procure demonstrar sua capacidade de cumprir de forma efetiva e simultânea as obrigações relativas às 2 (duas) bolsas, como, por exemplo, conforme o caso aventado acima, lograr desempenhar simultaneamente (embora não necessariamente concomitantemente) atividades de leitura e escrita.

7. Em HIPÓTESE ALGUMA, o (a) Bolsista Escritor(a)-Leitor(a) poderá acumular o recebimento de 3 (três) ou mais bolsas no âmbito de programas da Fundação Biblioteca Nacional.

AUTOR	LIVRO	AUTOR	LIVRO
Ademir Assunção (SP)	No cais da última utopia (2025) (N)	Leila Míccolis (RJ)	O personagem é teu (2024) (N)
Adriana Falcão (RJ)	Desquerência (2026) (R)	Lélia Almeida (RS)	Balsanova (2024) (R)
Adriana Lisboa (RJ)	Pequenas marcas no chão (2026) (R)	Leonardo Brasiliense (RS)	O olho bom (2025) (N)
Adriana Lunardi (SC)	Caverna azul (2024) (R)	Letícia Malard (MG)	Viena (2024) (R)
Adrienne Myrtes (PE)	O diabo tocava flauta doce (2025) (R)	Letícia Wierzchowski (RS)	Um bicho cruel e faminto (2026) (RL)
Alberto Amir (RJ)	Fiz que não ouvi (2024) (RL)	Liliane Prata (MG)	Baby, won't you make up your mind (2025) (R)
Alberto Martins (SP)	Maresia (2025) (N)	Lívia Garcia-Roza (RJ)	Meu pai me chamava de Tiradentes (2024) (N)
Alberto Mussa (RJ)	A casa das trocas (2026) (R)	Lívia Sganzerla Jappe (RS)	Theodoro (2026) (N)
Alberto Reis (MG)	Por terras e por mares (2025) (RL)	Lourenço Cazarré (RS)	O leitor é uma besta (2026) (R)
Aldyr Schlee (RS)	Sombra presa à ponte (2026) (R)	Lourenço Mutarelli (SP)	Fala, bola murcha (2026) (R)

Alessandro Garcia (RS)	Preso à Facit (2025) (R)	Lúcia Bettencourt (RJ)	O poeta das pontes (2025) (N)
Alexandre dal Farra (SP)	Barba, unhas esmaltadas (2026) (R)	Luciana Hidalgo (RJ)	Pegada displicente, ponte improvisada (2026) (R)
Alexandre M. Rodrigues	Mais fundo, mais forte, mais rápido (2025) (N)	Lucrecia Zappi (SP)	Um idioma distante (2024) (R)
Alexandre Vidal Porto (CE)	Brooklyn Ferry (2026) (R)	Luís Alberto Brandão (MG)	Chuviscos no rosto (2025) (R)
Alex Castro (PA)	Fedelhacente (2026) (R)	Luís Capucho (ES)	Cabeça de porco (2026) (RL)
Alex Sens Fuziy (SC)	I Dovregubbens hall (2025) (N)	Luís Dill (RS)	Não te mete na Rua do Folguedo (2025) (R)
Aline Valek (MG)	Mais café (2026) (R)	Luís Fernando Veríssimo (RG)	Homem, mulher, essas coisas (2024) (R)
Altair Martins (RS)	Um medo de Adorno (2026) (R)	Luis Henrique Pellanda (PR)	Teu silêncio como consentimento (2025) (N)
Antonio Dutra (RJ)	O que estou fazendo em Chicago? (2024) (R)	Luís Giffoni (MG)	A Terra em quarto crescente (2026) (R)
Álvaro Cardoso Gomes (SP)	Quatroio (2025) (R)	Luis Krausz (SP)	Uma tragédia escrita em alemão (2024) (R)
Amilcar Bettega Barbosa (RS)	A cidade escondida (2024) (R)	Luisa Geisler (RS)	Weltanschauung (2025) (R)
Ana Luísa Escorel (RJ)	A praia era outra (2026) (R)	Luiz Alfredo Garcia-Roza (RJ)	Espinosa e as duas artes (2026) (R)
Ana Maria Gonçalves (RJ)	Agontimé (2025) (RXL)	Luiz Antonio de Assis Brasil (RS)	A postura curva dos velhos (2025) (RL)
Ana Maria Machado (RJ)	Cinelândia (2025) (R)	Luiz Bras (MS)	A última ilha de clorofila (2026) (R)
Ana Mariano (RS)	Mil vezes Ignácio (2026) (R)	Luiz Claudio Cardoso (RJ)	Avanços e recuos (2026) (R)
Ana Miranda (CE)	Onde os demônios aliciavam (2026) (R)	Luiz Biajoni (SP)	Entre o anal e o vaginal (2024) (R)
Ana Paula Maia (RJ)	A cabeça de Gepeto (2024) (R)	Luiz Ruffato (MG)	Há sempre uma festa em algum lugar (2026) (N)
André Amado (RJ)	Dona Iolanda (2025) (R)	Luiz Vilela (MG)	Morrer com a barba feita (2024) (N)
André Caramuru (MG)	A mulher que eu perdi (2026) (R)	Luiza Lobo (RJ)	Nascimento, decadência e morte (2026) (RL)
André Carvalho (MG)	Joãozinho da Cooperativa (2025) (R)	Luize Valente (RJ)	Marranos (2025) (RL)
André de Leones (GO)	Vermelho-sangue para todos (2026) (R)	Lula Falcão (AL)	Pentecostália (2026) (R)
André Oliveira Zambaldi (MG)	Morfeu desperta (2025) (R)	Lya Luft (RS)	Para ir bem longe daqui (2025) (R)
André Sant'Anna (MG)	Gordinho filho-da-puta (2025) (RL)	Lygia Bojunga (RS)	Pavão (2024) (R)

André Viana (RJ)	Síndrome de Cristo (2026) (N)	Manoel Herzog (SP)	Pouco importa a ausência de cores (2025) (R)	
Andrea del Fuego (SP)	Um círculo em torno do poço (2024) (R)	Marçal Aquino (SP)	O amor é sexualmente transmissível (2025) (R)	
Andrea Nunes (PB)	O gesto de Nobu Kentaro (2026) (R)	Marcelino Freire (PE)	Enquanto Zumbi trabalha (2024) (N)	
Ângela Dutra de Menezes (RJ)	Minúsculos animaizinhos (2025) (RL)	Marcelo Backes (RS)	Ínfima mímica (2026) (R)	
Anita Deak (MG)	Mate-me o quanto antes (2024) (R)	Marcelo Cid (SP)	A Biblioteca de Livros Furtados (2025) (N)	
Antonio Fernando Borges (RJ)	A eternidade provisória (2025) (R)	Marcelo Dantas (RJ)	Nossa Liverpool (2026) (R)	
Antonio Geraldo F. Ferreira (SP)	Dizer tranquilamente (2026) (RXL)	Marcelo Ferroni (SP)	Havana (2026) (R)	
Antonio Prata (SP)	Sócrates, Maradona e Paolo Rossi (2025) (N)	Marcelo Maluf (SP)	Transportar memórias (2025) (R)	
Antônio Salvador (RN)	Pelo buraco do orabutã (2024) (R)	Marcelo Mirisola (SP)	O nó (2026) (N)	
Antônio Sérgio Valente (RS)	Gavião e suas periguetes (2025) (R)	Marcelo Moutinho (RJ)	Velhos gordos travestidos (2025) (N)	
Antonio Torres (BA)	Meu pai não me socorrerá jamais (2025) (R)	Marcelo Rubens Paiva (SP)	Carequinha, carequinha (2026) (R)	
Antonio Xerxenesky (RS)	Frágil como Ivan Ilitch (2024) (R)	Márcia Barbieri (SP)	Rio verde (2025) (R)	
Arnaldo Bloch (RJ)	Vulcões cremosos (2025) (R)	Márcia Denser (SP)	O charlatão cósmico (2025) (R)	
Arthur Dapieve (RJ)	Abismo que cavaste com teus pés (2026) (R)	Márcia Tiburi (RS)	O carnaval precede a morte (2026) (R)	
Arthur Martins Cecim (PA)	A baía das coisas (2025) (RL)	Marcílio França Castro (MG)	O presente não degenera (2025) (R)	
Artur Oscar Lopes (RJ)	O quarto do meu vô (2024) (N)	Márcio Barbosa (SP)	Sete ondas (2026) (N)	
Beatriz Bracher (SP)	Vento fraco sobre grãos de areia (2025) (N)	Márcio Ribeiro Leite (BA)	Mortos fazem greve de fome (2025) (R)	
Benedito Ramos (AL)	Rapariga é que você não vai ser (2026) (R)	Márcio Souza (AM)	O último aventureiro da planície (2026) (R)	
Bernadette Lyra (ES)	Desorelhados e outros aventureiros (2025) (R)	Marco Aurélio Cremasco (PR)	Paiol de espelhos (2025) (R)	
Bernardo Ajzenberg (SP)	No tio algo especial (2026) (R)	Marco Guimarães (RJ)	Paisagem londrina (2024) (R)	
Bernardo Brayner (PE)	Silêncio de postes queimados (2025) (R)	Marco Lacerda (MG)	Um amanhã que não chega nunca (2024) (N)	
Bernardo Carvalho (RJ)	Isto é para quando você vier (2025) (R)	Marco Lucchesi (RJ)	Sade, Agostinho e Graziela (2025) (R)	

Bernardo Kucinski (SP)	O conjunto das químicas (2026) (R)	Marcos Bagno (MG)	Contra a correnteza (2026) (N)
Beto Cupertino (GO)	O irresponsável desertor de filas (2025) (N)	Marcos Peres (PR)	A salvação do mundo (2026) (RL)
Betty Milan (SP)	Cada filho é um (2025) (R)	Marcus Vinicius de Freitas (MG)	Entranhas (2024) (R)
Bolívar Torres (RS)	Paralisado contra a parede (2024) (R)	Margarida Patriota (RJ)	Clarinda (2025) (R)
Brisa Paim Duarte (BA)	Palavras-borboletas (2026) (R)	Maria Adelaide Amaral (SP)	Esse farol não existe (2025) (R)
Bruno Azevedo (MA)	Deus, dai-me culhão (2025) (N)	Maria Alzira Brum Lemos (SP)	Mentir é feio e é pecado (2025) (R)
Cadão Volpato (SP)	Santos flutuantes (2026) (R)	Maria Carolina Maia (SP)	Duca (2026) (N)
Caetano Galindo (PR)	Vi enterrar-se (2026) (R)	Maria Cecília G. dos Reis (SP)	A única interioridade do indivíduo (2024) (R)
Caio Yurgel (RS)	De todos os momentos o momento (2025) (R)	Maria Clara Drummond (RJ)	O homem da sua vida (2026) (R)
Carlos de Brito e Mello (MG)	Bobos carecidos de corte (2026) (RL)	Maria Clara Mattos (RJ)	Hoje eu levei um tiro (2026) (R)
Carlos Eduardo Novaes (RJ)	O Pão de Açúcar começou a derreter (2024) (N)	Maria Esther Maciel (MG)	Os dons do erro (2025) (R)
Carlos Henrique Schroeder (SC)	É o que se tem, é o que se faz (R) (2026)	Maria José de Queiroz (MG)	O eterno feminino (2024) (R)
Carlos Herculano Lopes (MG)	O vosso pai (RL) (2024)	Maria José Silveira (GO)	O mundo microscópico das crianças (2025) (N)
Carlos Nascimento Silva (MG)	No acinzentado do peito (2026) (RL)	Maria Silvia Camargo (SP)	Sai desta, Ana (2025) (R)
Carlos Nejar (RS)	A regra do sabre (2024) (R)	Maria Valéria Rezende (SP)	A chuva, o frio, o sol, a fome (2024) (R)
Carlos Sussekind (RJ)	O Diário da Varandola-Gabinete (2025) (R)	Maria Zilda Santos Freitas (MG)	Outros insetos (2025) (R)
Carola Saavedra (RJ)	Restos de boleros (2026) (R)	Mariana Portella (RJ)	Soren (2026) (N)
Carol Bensimon (RS)	Houses of the Holy (2025) (R)	Marilene Felinto (PE)	Aulas de solidão (2026) (R)
Cássio Haddames (RJ)	Isso não é um manuscrito (2026) (N)	Marina Colasanti (RJ)	A escravidão da coerência (2024) (R)
Cecília Giannetti (RJ)	Meu museu (2025) (R)	Mário Araújo (PR)	A arte da sublimação (2026) (R)
Celeste Antunes (SP)	A culpa é da minha infância (2025) (N)	Mário Prata (MG)	James Lins conta tudo (2024) (R)

Cezar Tridapalli (PR)	Um pé na perversidade (2026) (R)	Mário Sabino (SP)	Gaa-Gaa (2025) (R)
Charles Kiefer (RS)	Imagens invertidas (2024) (R)	Marta Barcellos (RJ)	Isso não é um trote (2024) (N)
Chico Buarque (RJ)	Suvenir volátil (2026) (R)	Martha Medeiros (RS)	Dentro de um abraço (2026) (R)
Chico Lopes (SP)	O rosa-arroxeado das partes cruas (2025) (R)	Maurício de Almeida (SP)	Silêncio de ecos (2025) (N)
Chico Mattoso (SP)	A morte da mãe (2025) (R)	Mauro Nunes (GO)	Limpeza urbana (2024) (R)
Cícero Sandroni (SP)	Carraspana de gim (2024) (R)	Mauro Santa Cecília (RJ)	Beber um rio (2026) (R)
Cíntia Lacroix (RS)	No alto da escadaria (2025) (R)	Menalton Braff (RS)	Deixei o bar quase chorando (2024) (R)
Cíntia Moscovich (RS)	Estranhamente normais (2026) (R)	Micheliny Verunschk (PE)	Santos suicidas (2025) (N)
Clair de Mattos (RJ)	Moça fina não voa (2024) (N)	Michel Laub (RS)	A enciclopédia do paraíso (2025) (R)
Clara Averbuck (RS)	Muitos ovos nua de salto na noite (2026) (R)	Miguel Jorge (MS)	As espalhadas sombras das almas (2024) (RL)
Claudia Lage (RJ)	Desacertos (2025) (R)	Miguel Sanches Neto (PR)	Contratempos (2025) (R)
Claudia Tajes (RS)	Então você acorda (2026) (R)	Milton Coutinho (RJ)	O ladrão e o aprendiz (2026) (N)
Cleci Silveira (RS)	Formas fantásticas, negras (2024) (N)	Milton Hatoum (AM)	O relógio deitado (2026) (R)
Conceição Evaristo (MG)	A inominada (2025) (R)	Mino Carta (SP)	Sorriso de boca fechada (2026) (R)
Contardo Caligaris (SP)	Imigrantes tropicalistas (2026) (R)	Modesto Carone (SP)	Antimônio (2024) (R)
Cristhiano Aguiar (PB)	Vida-agora (2025) (R)	Murilo Carvalho (MG)	Terra sem males (2026) (RL)
Cristovão Tezza (SC)	Um homem distraído (2026) (R)	Myriam Campello (RJ)	Notícias do vendaval (2025) (R)
Dalton Trevisan (PR)	Teu olho esquerdo (2024) (N)	Narjara Medeiros (RO)	Labirinto de paredes invisíveis (2026) (N)
Daniela Abade (SP)	Óculos de sol (2025) (R)	Natália Nami (RJ)	Grinalda (2025) (R)
Daniela Langer (RS)	Mosca (2026) (R)	Natércia Pontes (CE)	Os anões ao redor da mesa (2026) (R)
Daniela Lima (RJ)	Não existe pureza (2026) (N)	Nathan Sousa (PI)	Aceno (2025) (N)
Daniel Galera (SP)	Terrorismo poético (2026) (R)	Nei Lopes (RJ)	Salustiano (2024) (R)
Daniel Munduruku (PA)	O único tempo é o presente (2024) (N)	Nélida Piñón (RJ)	A parte menor de sua vida (2024) (R)

Daniel Pellizzari (AM)	Punhetas que fazem o cara chorar (2025) (R)	Nelson Motta (SP)	Apartamentos JK (2025) (R)
Davi Arrigucci Jr. (SP)	Mantiqueira (2024) (R)	Nilo Barroso Neto (MG)	Teodora (2026) (R)
Débora Ferraz (PE)	Gatos bentos (2026) (R)	Nilton Resende (AL)	A ceia e a fresta (2025) (N)
Deborah K. Goldemberg (SP)	Sou metal puro (2025) (RL)	Noemi Jaffe (SP)	Arícia de Páros (2026) (R)
Décio Tadeu Orlandi (GO)	Pietro Dilazzari (2024) (N)	Nuno Ramos (SP)	Elogio ao bode (2024) (R)
Denise Emmer (RJ)	Precipício (2025) (R)	Olivia Maia (SP)	São Paulo, Brasil (2025) (R)
Deonísio da Silva (SC)	Quatro ou cinco homens (2014) (R)	Olsen Júnior (SC)	Manual de sobrevivência (2024) (R)
Diana de Hollanda (RJ)	O país dos namorados que se perdem (2026) (N)	Oscar Nakasato (PR)	Atrás da janela de vidro (2026) (RL)
Diego Moraes (AM)	Como mastigar um bicho invisível (2026) (R)	Paloma Bessey (SE)	Mulher de buraco come o próprio rabo (2026) (R)
Diogo Mainardi (SP)	Poesia é mais fácil do que parece (2025) (R)	Paloma Vidal (RJ)	No chão azul do supermercado (2025) (N)
Dionísio Jacob (SP)	Memorando 001073 (2025) (R)	Patricia Melo (SP)	Sou feio e moro longe (2025) (R)
Diter Stein (RJ)	Bolhas de diversos formatos (2026) (R)	Paula Bajer Fernandes (SP)	Partir ou ficar? (2026) (R)
Domício Proença Filho (RJ)	Criaturas da mesma pessoa (2025) (R)	Paula Fábrio (SP)	O tempo que nos resta (2024) (R)
Domingos Pellegrini (PR)	Uma estrada sem começo nem fim (2025) (R)	Paula Parisot (RJ)	Mais de trinta guarda--chuvas (2025) (R)
Edgard Telles Ribeiro (RJ)	A sombra em minha mesa (2026) (R)	Paulo Roberto Pires (RJ)	Uma pequena antologia de desastres (2026) (R)
Edir Meirelles (GO)	Eu sou Martinho da Vila (2024) (R)	Paulo Rodrigues (SP)	O escuro de certas gretas (2024) (R)
Edival Lourenço (GO)	Crimes de quebra-cabaço (2025) (RL)	Paulo Coelho (RJ)	A verdadeira experiência da liberdade (2025) (R)
Edla Van Steen (SC)	A melhor hora do dia (2025) (N)	Paulo Lins (RJ)	Era infeliz e não sabia (2026) (R)
Edmar Monteiro Filho (SP)	Cento e trinta anos (2024) (R)	Paulo Scott (RS)	Nesse transe especulativo (2025) (R)
Edney Silvestre (RJ)	Morta. Nua. Quase nua (2026) (R)	Per Johns (RJ)	Faccio Nulla (2024) (R)
Eduardo Alves da Costa (RJ)	Ex abrupto (2024) (N)	Rachel Jardim (MG)	O trem, grande devorador (2024) (R)
Eduardo Baszczyn (SP)	Esse reflexo amador (2026) (R)	Raduan Nassar (SP)	A cal e as pedras da nossa catedral (2024) (N)

249

Edward Pimenta (SP)	Devo ter sido um garoto mau (2025) (N)	Rafael Bán Jacobsen (RS)	Estrelas de seis pontas (2025) (R)
Edyr Augusto (PA)	A princesinha da casa (2024) (R)	Rafael Gallo (SP)	Um monumento apenas (2026) (N)
Eliana Cardoso (MG)	Suamãe (2026) (R)	Rafael G. Abras Oliveira (MG)	O concurso literário (2024) (R)
Eliane Brum (RS)	Realidade demais para a realidade (2026) (RL)	Rafael Guimaraens (RS)	Esquina democrática (2025) (R)
Elias Antunes (GO)	Painel de guerra e fúria (2026) (R)	Raimundo Carrero (PE)	Palavras são águias (2024) (N)
Elias Fajardo (MG)	Gafieira Elite (2025) (R)	Raimundo Caruso (SC)	Hotel das princesas (2025) (RL)
Emilio Fraia (SP)	Piccadilly Circus (2026) (R)	Raphael Montes (RJ)	Boca seca cor de palha (2026) (RL)
Eric Novello (RJ)	Pendurados pelos pulsos (2025) (R)	Regina Rheda (SP)	Incipiente rochedo (2025) (R)
Eromar Bomfim (BA)	Matias Tavares de Aragão (2026) (R)	Reinaldo Moraes (SP)	Caralhaquatring (2026) (RXL)
Estevão Azevedo (RN)	O oco da boca (2024) (R)	Reinaldo Santos Neves (ES)	A comédia do Y (2024) (R)
Eugenia Zerbini (SP)	Ema (2025) (N)	Renata Corrêa (RJ)	De trás da muretinha da piscina (2024) (N)
Evando Nascimento (BA)	Embriões vagando no útero (2024) (R)	Reni Adriano (MG)	Tão tudo nulo e fundo (2026) (R)
Evandro Affonso Ferreira (MG)	Monólogos à beira de túmulos (2025) (N)	Ricardo Lísias (SP)	Um governo insuperável (2026) (R)
Fábio Mazzarella (RJ)	Filomena (2026) (R)	Rinaldo de Fernandes (MA)	Cachorro meu come em prato (2024) (N)
Felipe Fortuna (RJ)	O sol nos olhos (2024) (R)	Roberto de Sousa Causo (SP)	Colete contra estilhaços (2025) (RL)
Felipe Pena (RJ)	Arrogância metálica (2025) (R)	Roberto Menezes (PE)	Fora dentro, tudo é fora (2026) (R)
Fernanda Torres (RJ)	Duas diabas frígidas (2026) (R)	Roberto Pompeu de Toledo (SP)	O elefante de duas trombas (2024) (R)
Fernando Bonassi (SP)	Homem nu de cabeça baixa (2025) (R)	Roberto Schaan Ferreira (RS)	Puma (2025) (RL)
Fernando Gabeira (MG)	Tchau Brasil (2025) (R)	Rodrigo Barbosa (MG)	Na contramão do samba (2026) (R)
Fernando Molica (RJ)	Maré Zero na escuta (2026) (RL)	Rodrigo Garcia Lopes (PR)	Bem-vindo ao fim do mundo (2025) (R)
Fernando Monteiro (PE)	A morte da morte após a morte (2025) (R)	Rodrigo Lacerda (RJ)	Flagrantes de um país arrasado (2026) (R)
Fernando Paiva (RJ)	O clube dos mentirosos (2026) (N)	Rodrigo Machado Freire (RJ)	Carne de alguma coisa (2024) (R)
Fernando Reis (RJ)	O chinês de Königsberg (2024) (R)	Rodrigo Naves (SP)	Teorias do cão (2026) (N)

Ferréz (SP)	Estou intacto (2025) (R)	Rodrigo Rosp (RS)	Menos do que tantos idiotas (2024) (N)
Flávio Aguiar (RJ)	Lamber aqueles olhos adorados (2025) (RL)	Rogério Pereira (SC)	Prefiro a guerra (2025) (R)
Flávio Braga (SP)	Naquilo (2026) (R)	Ronaldo Bressane (SP)	Divisão dos Não Lineares (2026) (R)
Flavio Cafiero (RJ)	Baleia tem cabeça, sim (2025) (N)	Ronaldo Correia de Brito (CE)	Uma velha na garupa (2025) (R)
Flávio Carneiro (GO)	Nunca leia todos os contos desse livro (2024) (R)	Ronaldo Costa Fernandes (MA)	O mundo só tem um porto (2026) (RL)
Flávio Izhaki (RJ)	Morto na Kombi (2026) (R)	Ronaldo Monte (AL)	Toda uma série de atos sem sentido (2026) (R)
Flávio Moreira da Costa (RS)	Romançário pós-antigo (2026) (R)	Ronaldo Wrobel (RJ)	Agora eu me chamo Adriano (2025) (N)
Flávio Sanso (RJ)	Os fins não justificam os meios (2026) (RL)	Roniwalter Jatobá (MG)	Caminhos escorregadios (2024)
Flávio Tavares (RS)	A imundice açucarada do seu ventre (2024) (R)	Rubem Fonseca (MG)	Foutre ton encrier (2024) (R)
Francisco Azevedo (RJ)	Família é prato difícil de preparar (2026) (RL)	Rubem Mauro Machado (AL)	O homem humilhado (2025) (N)
Francisco Dantas (SE)	Este quadrado de pedras (2026) (RL)	Rubens Figueiredo (RJ)	Não ver, não entender e até não sentir (2026) (R)
Francisco Maciel (RJ)	Daqui, de lugar nenhum (2025) (R)	Rui Xavier (SP)	O rosto humano em tudo (2026) (N)
Franklin Carvalho (BA)	A morte roçou a minha nuca (2024) (R)	Rui Werneck de Capistrano (PR)	Erde! (2024) (R)
Frei Betto (MG)	Emaranhado de paralelas (2026) (R)	Ruy Castro (MG)	Nem os surdos (2025) (R)
Gabriela Gazzinelli (MG)	Composição do ninho (2025) (R)	Samir Machado de Machado (RS)	O demônio, é claro (2025) (N)
Georges Lamaziére (RJ)	O tempo apunhalado (2024) (R)	Santiago Nazarian (SP)	Fiz pensando em você (2025) (R)
Geovani Martins (RJ)	Eu nunca cherei (2025) (N)	Sérgio Corrêa de Siqueira (MG)	Massacre (2024) (RL)
Godofredo de Oliveira Neto (SC)	O aparecimento dos clones (2025) (R)	Sérgio Danese (SP)	A história anônima das ruas (2026) (R)
Gregorio Duvivier (RJ)	O martim-pescador obeso (2026) (N)	Sérgio Faraco (RS)	O camaleão (2025) (N)
Guille Thomazi (SC)	O espaço entre os ossos (2025) (R)	Sérgio Guimarães (SP)	MPLA (2024) (R)
Guiomar de Grammont (MG)	O sumo Bem de Aristóteles (2026) (RL)	Sergio Leo (RJ)	Minha testa de deputado (2025) (R)

Gustavo Bernardo Krause (RJ)	Esse véu tão sutil (2025) (N)	Sérgio Mudado (MG)	Fox-blue, jazz band, fox-trot (2025) (R)	
Gustavo Fechus Monteiro (MG)	Óleo sobre tela (2024) (R)	Sergio Rodrigues (MG)	Play, pause, rew, play (2026) (R)	
Helena Terra (RS)	Teu requinte de pássaro (2025) (N)	Sérgio Sant'Anna (RJ)	O encontro de dois inconscientes (2026) (R)	
Heloísa Seixas (RJ)	Duas palavras (2026) (R)	Sérgio Tavares (RJ)	Esse casulo de simetria (2026) (N)	
Henrique Schneider (RS)	E este tremor nas mãos (2025) (R)	Sheyla Smanioto (SP)	Nunca vou esquecer o rosto dela (2025) (R)	
Hilton Marques (PE)	Suwami (2024) (R)	Sidney Rocha (CE)	O menino no alto da escadaria (2026) (RL)	
Iacyr Anderson Freitas (MG)	Tão detido e compassado (2024) (N)	Silviano Santiago (MG)	Contra a estatura do mar (2024) (R)	
Ieda Magri (SC)	Um nada caindo (2024) (R)	Simone Campos (RJ)	O bar sempre vai te acolher (2026) (R)	
Ignácio de Loyola Brandão (SP)	O carteiro das cinco (2024) (N)	Sinval Medina (RS)	Cranhaquintim (2025) (RL)	
Inácio Araújo (SP)	Não encontramos nada (2025) (R)	Socorro Acioli (CE)	Gêmeos paradoxos (2025) (R)	
Islande Braga (MG)	O inesperado aparecimento do sol (2026) (R)	Susana Fuentes (RJ)	Raios lá de cima (2026) (R)	
Ivana Arruda Leite (SP)	Só pegar a bolsa e sair (2026) (R)	Suzana Montoro (SP)	O dia iugoslavo (2025) (RL)	
Ivan Ângelo (MG)	Na cidade com a Marilda (2024) (N)	Tabajara Ruas (RS)	Poeira avermelhada (2026) (RL)	
Ivone Castilho Benedetti (SP)	De olhos fechados (2026) (R)	Tailor Diniz (RS)	Tonhão Catita (2025) (N)	
Jaci Palma (RS)	Iatrogenia (2025) (N)	Tamara Sender (RJ)	Um personagem nem aí (2025) (R)	
Jacques Fux (MG)	O dibouk (2026) (R)	Tania Faillace (RS)	Bicho é bicho (2024) (RXL)	
Jaime Prado Gouvêa (MG)	Que noite fodida, sô (2024) (R)	Tarcisio Pereira (PB)	Maria de todos (2025) (R)	
Javier Arancibia Contreras (BA)	O olho azul do morto (2026) (R)	Tatiana Salem Levy (RJ)	Se o tempo fosse remédio (2024) (R)	
JD Lucas (RJ)	Cinza e rarefeito (2025) (N)	Teixeira Coelho (SP)	Leve vida normal (2025) (R)	
Jeferson Tenório (RJ)	Mania de beijar paredes (2024) (R)	Tércia Montenegro (CE)	Monumento íntimo (2026) (R)	
Jerônimo Teixeira (RS)	A brutalidade do sol (2025) (R)	Tiago de Melo Andrade (SP)	Barão Estrada (2025) (N)	
Jeter Neves (MG)	Uns bobalegres (2024) (N)	Tiago Novaes (SP)	Churrasco grego (2026) (R)	

João Almino (RN)	Fantasia para Plano Piloto (2026) (R)	Tony Bellotto (SP)	W19 (2025) (R)	
João Anzanello Carrascoza (SP)	O demorado da infância (2025) (N)	Urariano Mota (PE)	Filadelfo (2025) (R)	
João Gilberto R. da Cunha (MG)	Teodomiro Classet (2024) (R)	Vanessa Aquino (DF)	O blues toca onde me dói (2024) (N)	
João Inácio Padilha (RJ)	Goya foi um anjo canino (2025) (R)	Vanessa Bárbara (SP)	Avenida Zumkeller (2026) (R)	
João Paulo Cuenca (RJ)	Suja como o bebê (2026) (R)	Vanessa Ferrari (SP)	Uma mulher não deve vacilar (2024) (R)	
João Paulo Vereza (RJ)	Feito eclipse (2025) (N)	Vanessa Maranha (SP)	Criança de três pernas (2026) (R)	
João Silvério Trevisan (SP)	Do alto do Edifício Itália (2025) (R)	Vário do Andaraí (RJ)	Enredo noir (2025) (N)	
Joaquim Rubens Fontes (RJ)	Desaparecida (2024) (N)	Vera do Val (SP)	Canoar de vila em vila (2024) (R)	
Joca Reiners Terron (MT)	Cleópatra (2026) (R)	Vera Helena Rossi (SP)	Síndrome de sobrevivência (2026) (R)	
Jorgeana Braga (MA)	Circo de palhaços mortos (2025) (N)	Vera Lins (RJ)	Tão aéreo e desmanchável (2025) (N)	
Jorge Hausen (RS)	Mão grossa de calo (2024) (RL)	Veronica Stigger (RS)	Freak Franco (2026) (R)	
Jorge Karl de Sá Earp (RJ)	Tadeusz (2025) (R)	Vilma Arêas (RJ)	Se ele abrir os braços (2025) (N)	
Jorge Luiz Calife (RJ)	Nas profundezas de uma joia cristalina (2025) (R)	Vinicius Jatobá (RJ)	A noite acumulada (2026) (R)	
Jorge Viveiros de Castro (RJ)	Um falso eu (2024) (N)	Vinicius Portella Castro (DF)	Existindo pra caralho (2026) (RXL)	
Jô Soares (RJ)	A gorda é a última freguesa (2025) (R)	Vítor Ramil (RS)	As faces possíveis de M'boitatá (2025) (R)	
José Castello (RJ)	Um sangue que não se pode ver (2026) (R)	Vladimir Kotilevsky (MG)	Savassi (2026) (R)	
José Clemente Pozenato (RS)	Mulher igual às outras (2024) (RL)	Waldemar José Solha (SP)	Viúva-negra (2024) (R)	
José Luiz Passos (PE)	O morador do parque sem aves (2026) (R)	Walmor Santos (SC)	Quelíceras (2024) (R)	
José Nêumanne Pinto (PB)	A voz do morto (2025) (R)	Walter Galvani (RS)	Padre Godofredo (2024) (N)	
José Rezende Jr. (MG)	Eu não sabia que ela sabia rir (2025) (N)	Walther Moreira Santos (PE)	O branco/azul da paisagem (2025) (R)	
José Roberto Torero (SP)	As aventuras do virtuoso (2026) (R)	Wellington de Melo (PE)	O vento quase arranha a pele (2025) (R)	
Julián Fuks (SP)	O assédio dos sentidos (2026) (R)	Wesley Peres (GO)	Corpúsculos brancos (2025) (R)	
Juliana Frank (SP)	Craquelê (2025) (R)	Whisner Fraga (MG)	No álcool um pai (2024) (N)	

Karleno Bocarro (CE)	*Bocas* (2026) (RL)	Xico Sá (CE)	*Quem não reage, rasteja* (2026) (R)
Laura Erber (RJ)	*Chapéu dentro de barco à deriva* (20026) (R)	Zuenir Ventura (MG)	*Florida* (2024) (N)
Leandro Sarmatz (SP)	*Química do desapontamento* (2025) (RL)	Zulmira Ribeiro Tavares (SP)	*O avaliador falsificador* (2026) (N)

***

Alô.

Alou... Eu queria falar com o pica-grossa da República.

Quem tá falando?

Quero falar com o homem mais poderoso da República Federativa do Brasil.

Quem fala? É você, Nelson?

Seu humilde servidor, senhor ministro-chefe.

Porra, Nelson, tá de sacanagem? Que número é esse?

Celular novo. Sete-gê e o caralho-a-quatro. Acabo de receber. Senado tem dessas coisas. Essa porra lê até pensamento. E nem fica vermelho.

Bons tempos.

Cadeira boa essa aqui, hein? O dobro do meu cafofo na Câmara. Vista da Esplanada... Vou deixar tua foto das Paineiras. Botei uma da Beija-Flor na Sapucaí. Meu povo me emoldurando. Já posso mandar os arquivos?

Vai manter a Arlete e a Clessi?

E eu tenho cara de quem bota secretária gostosa no olho da rua?

E a Clessi?

A dona senhorinha até que faz bem o serviço. Nem sempre basta, né, Otto? Mais do que competência, o Senado precisa é de excelência... Tenho que acomodar a filha de um apoio importante. Lembra do dr. Lambreta, do parque gráfico? O homem dos santinhos? A menina vai fazer pesquisa... Lá do Rio mesmo. Sinto falta disso aí.

Sente nada. Manda mais que o presidente. Tá todo mundo comendo na tua mão.

Isso aqui não é fácil. É crise atrás de crise.

Você gosta, Otto. O tamanho do perrengue é o tamanho do poder. Quanto maior a pica, maior o buraco.

Não tem que ser assim. O homem complica por besteira. Os milicos ainda?

Isso não vai curar. Quatro anos dessa merda. A não ser que ele tire ela.

Não vai, né? Mulher. Negra. Fancha. Nordestina. Pró-BRICS... Uma bala de bazuca no cu deles.

Ele sabe que não pode tocar na Lei de Anistia. Resolveu dar o troco. Todo mundo batendo continência pra ela.

Mas o homem delega, né?

Delegar a merda que já saiu do rabo é mole.

A impressão é que ele caga pra quase tudo, mas tem umas três ou quatro vontades...

Pior é essa história dos professores. Megacontratação e reajuste atrelado a aumento de prefeito e governador.

As prefeituras na Baixada tão em polvorosa. Ninguém acredita nos repasses.

E com a porra da escola em tempo integral, adivinha quem ele quer botar pra dar aula complementar?

A *Folha* falou nos milicos. Outra vingança.

Picas. A garotada de universidade pública. Um ano no interior pra poder tirar o diploma. S-E-O. Serviço Educacional Obrigatório. No lugar do alistamento militar. Sem desculpa pra cair fora.

Caralho... Vai ter greve de fome em Higienópolis. Essa garotada não sabe dar aula.

Vai ter que fazer uma cadeira obrigatória pra aprender a dar um curso no ensino básico: esportes, teatro, circo, música, informática, arte marcial, consciência corporal, dança, língua estrangeira, pintura, saúde, poesia, educação ambiental, educação sexual, cinema, capoeira, hip-hop...

Cacíldis. O garoto se forma em direito na SanFran ou mecatrônica no Fundão e vai ensinar cambalhota pra curumim... Só porque alfabetizou umas empregadinhas em Copa, o puto acha que pode mandar a garotada pro Acre?

Ele diz, quem não quiser, tudo bem. Pode estudar na PUC ou em outra privada. Se passar na pública, paga dando aula.

Ritinha se forma ano que vem na Uerj...

Ninguém vai tocar na Ritinha. Se for o caso, bota ela pra dar uma ou duas aulas de balé numa escola municipal da Gávea ou do Jardim Botânico.

Tem uma no Leblon mesmo, perto de casa. Pros moleques da Cruzada. Tá invicta esse ano. A última bala perdida foi antes do Natal.

O cara tá levando muito a sério o slogan do partido.

Educação para o Amanhã... Assim a gente vai virar a Argentina. Todo mundo educado pra caralho, fala bem, mas só sabe reclamar. Aquela porra não funciona. E a história da irmã? Como ficou?

Não ficou. Agora já não presta. Melhor deixar quieto.

A mulher não tá pedindo nada?

Ela *acha* que é irmã dele, mas o exame tá com a gente. Nenhum dos dois sabe. Ela diz que tem base espírita. Vai se tranquilizar. Revelar essa porra agora ia dar uma tremenda dor de cabeça. É tudo que eu não preciso. O homem já anda com umas manias...

Menos de três meses.

Tem gente que mal senta ali e já pira de cara. Não sei se é a pressão, o Alvorada. Jânio, Costa e Silva...

Itamar...

Agora ninguém pode falar direito perto dele. Quando é assunto importante, ele manda calar a boca e toma a decisão passando bilhetinho. Depois queima o bilhete.

Paranoia braba.

Outro dia deu uma tremenda confusão no Planalto, na visita do chanceler chinês. Ele veio fazer uma gestão secreta sobre o bloqueio de Taiwan. O cara mal entrou, o Cássio mandou ele parar de falar. Pra escrever no papel. Falou isso em chinês mesmo, apontando prum bloquinho. O chinês pegou um cartão e escreveu. O Cássio achou que ainda sabia ler os pauzinhos. Ficou olhando a porra daqueles ideogramas com cara de Miss Goiás. Não entendeu picas. Teve que pedir pro intérprete traduzir num outro papelzinho o que tava no papelzinho do chanceler. O pessoal não entendia nada. O Jacobo quase teve um chilique.

Pensei que ele tinha medo da escuta dos milicos.

Tão em cima, espumando. Mas militar tá cagando pra guerra em Taiwan. Militar caga pra guerra. Ainda mais do outro lado do mundo.

Caga *pra* e se caga *com*... Milico gosta mesmo é de política. Um subversivo, uma anistia, um golpezinho... O Haddames não falou por que tá fazendo isso?

Deve ser medo de espionagem séria.

Mas e as meninas? Como é que ele tá fazendo? Tá comendo de boca fechada?

Isso ele não segura. É o ponto fraco. Elas sempre me avisam. Tenho todas as fitas. E o vídeo de uma.

Ainda com aquelas histórias?

Sempre.

Ele tem esse ar sério, mas o cara é um sacana. Inventa história pra tudo. Deve escrever *As mil e uma noites* só pra bater uma punheta.

Elas dão corda. Entraram no jogo.

Treinou bem, hein, Otto? Outro dia saí com a Cristal. Ela disse que nunca deu pro presidente. Falou que nunca viu o cara...

Segredo só vale quando bem administrado.

Quando é que você vai me mostrar?

Não vou.

Porra, Otto. Se amigo não é pressas coisas...

Nem sei se vou precisar torcer o culhão dele um dia. Talvez nunca precise. Só eu tenho. Só você sabe.

Foda, hein, senhor ministro-chefe? Assim vai morar no Alvorada antes que eu esquente a cadeira aqui.

Destino — anônimo eterno.

Que porra é essa?

Não sei quem falou, mas é bonito.

Tá andando muito com o presidente-escritor, hein? Daqui a pouco vai declamar poema, fazer discurso citando Castro Alves...

O Cássio não tem estômago pra encarar de novo, daqui a quatro anos. Vamos ver se o homem tem coração.

Arsana já tá se coçando.

Coçar é de graça.

* * *

Pequim, 21 de abril de 2008

André, filho querido,

O tempo custa a passar aqui na China, e já não tenho ideia de como sairei. Se sairei. Não canso de pensar no personagem de um livro que me impressionou muito, e é difícil dizer em que medida isso significa pensar em mim mesmo. O autor é um chinês autoexilado em Paris que, por tudo o que viveu, deve ter um punho fechado no lugar do coração: o diagnóstico de um câncer terminal, a viagem pelo interior em busca de um sentido, o desmentido do diagnóstico, o exílio, a notícia do Nobel de Literatura. Uma vida que torna verossímil a fantasia infantil de que o sujeito é o centro do mundo, e tudo o mais finge viver para distrair essa existência única.

O personagem perambula pelo interior da China, vê de tudo um pouco, a vida e a morte tão perto, em busca de algo, homens e histórias que se entrecruzam, para no final descobrir que não é mais do que um "conhecedor de beleza". A melancolia não está em receber o diagnóstico equivocado e sobreviver ao anúncio da morte. Mas em ganhar uma segunda vida — fresca, aberta, incondicionada — e continuar a carregar o vazio, que estará na primeira ou na última vida.

No fundo o *homo artisticus*, ou o homem em geral, não é muito mais que isso — um apreciador. Mesmo um criador genial mais consome do que gera beleza, e uma parcela considerável do que aprecia nem é criação deliberada de outros homens. O artista-entomologista passa oito anos examinando num microscópio as infinitas variações da genitália das borboletas. As imagens mais belas para o homem pouco têm de intervenção humana e, quando têm, são tentativas de reproduzir ou recombinar o que já lhe pareceu belo de antemão. A beleza de um homem ou de uma mulher é um capricho do carbono, não um indício de talento dos pais.

Você dirá que a melancolia do personagem me contaminou. Eu direi que sua partida súbita me entristeceu. Não sou tão cruel como você pensa. Era uma noite para nos divertirmos, os meus quarenta e um anos sob formas diferentes e suaves (nem todas, reconheço) de embriaguez.

Não se é severo com o que causa indiferença. Já nem escrevo para o Marcus Vinicius. Ele não guarda minhas cartas. Não sei se as lê. Um escritor — de cartas, de certidões, de bulas, de livros — seria tolo se discriminasse seu único leitor. A solidão é o que tenho hoje de mais perfeito e acabado. Já não vejo a Ailing. Sei que você gostava dela, não tanto pela beleza agressiva, mas pela convicção da castidade. Quando não deriva de uma patologia, a virgindade tem sua nobreza, ainda mais nos dias de hoje, em que pode ser, ironicamente, a afirmação de um desejo de autossuficiência. Para quem, como ela, acredita na definição fisiológica, a declaração de independência será completa se, além do resguardo, também o desvirginamento for um ato solitário. Acho tudo isso muito tocante, contanto que eu mesmo não tenha que ser uma vítima colateral dessas opções. E isso não tem relação alguma com o que aconteceu conosco no caraoquê.

Uma cena bastou para encerrar esse ano e pouco de uma relação mais sublimada que sublime. É preciso sangue-frio para namorar alguém que considere normal o parceiro satisfazer seus desejos sexuais da maneira e na companhia que bem entender, sem nenhum limite (de gênero, de modalidade, de número) a não ser o de seu próprio corpo invicto.

Jantávamos no Kagen, aquele japonês das chapas imaculadas de aço, que mais sugere um strip poker que um teppanyaki. Ailing estava do meu lado direito, noventa graus, e o teppanyaki-man, com seu quimono branco e foulard vermelho, amestrava a vistosa fogueira à nossa frente e distribuía quadrados de peixes e círculos de legumes pelo espelho efervescente da bancada, como se montasse um mosaico. Ailing usava uma blusa branca de seda sobre um sutiã branco de seda. Estava bonita e irritada, e eu já nem me interrogava sobre a relação entre fúria e beleza. Os movimentos em torno do corpo eram estudados, como sempre. A exceção era um pequeno gesto que parecia quebrar aquele estoicismo de soldado da Grande Marcha: volta e meia a mão esquerda coçava de leve, sobre a blusa, uma região entre o pescoço e o seio direito.

Na zona de comichão, sob a transparência da seda, via-se um pequeno sinal, o preto sobre a pele, um pouco maior que a cauda ovalada de uma formiga. Ailing não resistia, e a mão esquerda voltava ao local com uma frequência e uma ansiedade cada vez maiores. Como o ouvinte que sente na medula a nota musical que destoa, percebi o momento exato em que a unha do indicador encontrou a resistência na pele. O sangue irrompeu sob o branco da seda e espalhou-se rápido, concêntrico, formando uma pequena moeda vermelho-Espanha. Por mais que eu fingisse indiferença, ela percebeu algo em meu olhar. Abaixou a cabeça e viu, com uma careta de horror, o borrão de quem acaba de levar um tiro discreto. Olhei para a frente, para o teppanyaki-man, como se eu não soubesse a origem do sangramento e quisesse tirar satisfação com o culpado, mas o homenzinho baixava os olhos e enfiava o facão no bolso do quimono. Ailing levantou-se de forma brusca, pegou a bolsa e saiu. Eu não sabia se ela partia de vez ou se ia ao banheiro. O homem-teppanyaki, mais chinês que japonês, olhou-me com toda a compaixão do mundo, como se quisesse pedir desculpas por tudo o que as chinesas fizeram, e fariam ainda, contra mim e contra ele. Voltei a comer, indiferente à cumplicidade.

Eu sentia um grande alívio em saber que tudo terminava ali, no exato momento em que a mancha se formava. Era o desvirginar possível, ainda assim intolerável, o sangue aos olhos do outro. Eu ainda comia meu agulhão-negro quando Ailing sentou-se a meu lado. Não notei nenhum vestígio vermelho em sua blusa. Apenas um branco-acinzentado, o círculo molhado da seda sobre algo que me impedia de ver sua pele. Já não havia transparência.

É um exagero dizer que a solidão é perfeita se um cachorro se aninha a dois palmos de seus pés. Pois é, o homem insensível aos animais, que nunca permitiu que você tivesse sequer um hamster ou um acará, que nunca admitiu a presença ou a aproximação de outros seres vivos num raio de dez metros do apartamento, a não ser os lactobacilos dos bons iogurtes, vive agora (há duas horas, para ser exato) na companhia de um west highland white terrier. Naturalmente não poderia ser um cachorro qualquer. Encontrei-o aqui perto de casa, na praça do Workers Stadium, enquanto lia o jornal. Enquanto *ele* lia o jornal. Era o *Guangming Ribao* ("Enlightenment Daily"), se decifrei corretamente, e o terrier estava debruçado sobre o caderno de economia, a julgar pela foto de quase meia página de um estaleiro naval povoado de operários de capacete. O cachorro lia a matéria e mordiscava o gargalo de uma pequena garrafa plástica. Parecia bem cuidado, o que para mim significava não feder. Tinha um pelo branco antártico e usava uma coleira de couro marrom. Seu dono, se ainda havia, não estava por perto. Agachei-me e ele continuou a leitura, sem se virar.

 Enquanto escrevo, está aqui a meu lado, na biblioteca, sobre um exemplar do *Le Monde* que comprei na Aliança Francesa do térreo. Não subi com o "Enlightenment Daily" sujo de terra, mas meu amigo não se importa. Parece ler com desenvoltura também em francês, e é equânime ao distribuir sua atenção entre textos e fotos. Dei-lhe uma garrafinha vazia de Evian (o vidro da Perrier não me pareceu adequado), e quando ele não quer mordiscá-la usa-a como lente para dar um colorido ao texto. Olho a criatura e imagino que um cachorro leitor talvez seja uma boa companhia, afinal a autoabsorção poupa-o de praticar o assédio, o latido e a subserviência canina. Ele só não é autônomo no momento de virar a página. Nessas horas eu o ajudo, e ele parece grato.

 Não cheguei a roubar o cachorro, como você afirmará. Esperei mais de dez minutos. Ou assim me pareceu, tendo em conta as peculiaridades do tempo chinês. Era suficiente para decretar o abandono ou extravio do cão. Ele, aliás, não opôs resistência quando lhe ofereci algodão-doce e comecei a puxá-lo pela coleira. Parece que há no couro marrom algo escrito em *pinyin*, talvez um endereço, mas as letras são minúsculas, e eu, do alto dos meus quarenta e um anos recém-completados, resisto aos óculos para perto. Havia largura de sobra na coleira, e se o dono estivesse verdadeiramente interessado em divulgar seu endereço, teria sido mais magnânimo na caligrafia.

Posso até invocar a proteção dos bichos. Recordo-me com nitidez da imagem que vi num povoado pobre perto de Yangshuo, na vizinhança do rio Li.

Tinha sido estranha a descida de Guilin pelo rio, a topografia karst sobre as águas imóveis, morros como camelos atolados. A fauna era triste e banal: búfalos mascavam a grama; cormorões mergulhavam nas redes e abocanhavam os peixes com a garganta amarrada, para entregá-los ao dono em sua jangada de bambu; um ou outro patinho encardido boiava na água plácida, com uma aura de fertilizantes que sopravam das plantações de vagem.

Atracamos em Yangshuo. Depois de caminhar um pouco, pedi a um condutor de riquixá que me levasse a um vilarejo nas imediações da cidade, o mais pobre e inacessível ao estrangeiro.

Você vai conhecer a China real, ele disse. Perguntei se a casa dele ficava na China real. Minha casa fica longe e não faz parte de nada, é só a minha casa. Seu sorriso não me convencia, e eu soube que ele não daria ao forasteiro o prazer de satisfazer uma curiosidade se isso significasse ferir seu orgulho. Deixou-me num povoado próximo chamado Fuli.

Caminhei pelas ruas vazias e empoeiradas. Dois ou três franguinhos, cobertos de uma terra descolorida, vieram ciscar sem voz. A pobreza era a mesma da cidade antiga — exteriorizada, pictográfica, mergulhada numa névoa cinza —, mas havia ali algo mais pessoal e cotidiano que independia do olhar externo. Os casebres eram geminados, dois andares de alvenaria nas laterais e tábuas nas fachadas, cadeiras e bancos tortos de madeira escura ainda mais negros na sombra interior, uma elegância sóbria, só quebrada por uma ou outra faixa com mensagens douradas sobre um fundo vermelho (trabalhe como formiga, viva como borboleta), ou por fotografias e desenhos antigos, um Mao dos anos 1940 com o uniforme verde-oliva, um deus gordo com bigode em pinça.

Eu não via moradores. Caminhei mais um pouco e avistei, num raro quintal lateral, um grupo de velhos em torno de uma mesa. De longe, pareciam abanar-se mutuamente. As cartas vermelhas em suas mãos tinham o formato de marcadores de livros compridos e arredondados nas bordas e, quando alinhadas, formavam o desenho de um leque de tai chi. Na pequena mesa redonda, duas senhorinhas enfrentavam um rival masculino, mas atrás dele, de pé, com as mãos nas costas, outro parecia ao mesmo tempo apoiar e criticar o cúmplice, nem um pouco resignado na derrota. Eu partia, quando avistei uma vendinha ao longe. Notei algumas roupas na entrada, penduradas em cabides, e um casal ocupado, cozinhando algo no que parecia ser uma bacia velha de lavadeira, de metal amassado, sobre um amontoado de pedras na calçada.

Ao me aproximar, percebi o erro. As roupas dos cabides gotejavam no piso de cimento, e os outros objetos à mostra tampouco eram mercadorias à venda, e sim o mobiliário simples da casa. Meu trajeto não deixava dúvida sobre meu interesse, e procurei cumprimentar o casal como quem não precisa de nada. Foi nesse momento que a imagem me apareceu nítida. Por trás da fumaça que subia, o homem reposicionava com um garfo, na bacia fervente, uma dezena de focinhos. O nariz discreto e a boca projetada, de dentes afiados, não tinham nenhum parentesco com traços suínos. O corte era preciso, dando às peças o formato de uma máscara de respiração animal: nada de olhos ou crânios, apenas o conjunto alongado dos maxilares e cavidades nasais, com as bocas semiabertas, pacíficas. Não perguntei a origem da iguaria. Era conhecida nas imediações de Guilin. Você dirá que a foto não é inequívoca, como se alguma fosse. Só decidi tirá-la quando me distanciava, para não estimular a *hubris* do casal, a ira do cão do Hades. Nem sempre me enfio onde não devo, e Ailing é testemunha. Raramente o que se vê por aqui é o que se espera ou mesmo o que se imagina ver. Não faltam camadas de desorientação, e talvez seja ingênuo supor que há um núcleo ou uma superfície por trás dos sentidos que se combinam e anulam. Nesses anos na China, é difícil não pensar (como o artista-entomologista) na realidade como a menos realista das ficções, uma sucessão de níveis, sobreposições, fundos falsos. A neblina que envolveu minha chegada há quase dois anos assume formas diversas, serpenteia à minha frente, às vezes espessa, às vezes rarefeita, mas está sempre presente, como se eu caminhasse acompanhado de uma atmosfera particular, nunca translúcida no que vejo e no que penso.

Espero que você volte logo, André.

Beijo do seu pai,

Cássio

13.

Dr. Benevides de Carvalho Meireles
Rua Tonelero, 261, 7º andar, Copacabana.
Paciente: André Damadeiro H.

Não foi exatamente isso que ele quis dizer com as "vantagens da isonomia". Ele disse que não adianta ser muito saudável em quase todos os órgãos e ter a fraqueza concentrada num só. É um desperdício de saúde. Para que ter um coração perfeito, que aguentaria cento e vinte anos, se o fígado entra em pane antes dos cinquenta? Uma parte sabotando a outra. Melhor ter uma saúde mediana em todos os órgãos, que envelhecem no mesmo ritmo, do que esconder uma pequena bomba entre órgãos ultrassaudáveis. É uma visão meio mecânica do corpo, como se cada parte fosse independente do resto, mas quando você está numa cama de hospital as sutilezas desaparecem. Ele ia entrar na sala de cirurgia. Só falava da humilhação. A chegada. O novo banho, o sabão de iodo, já tinha tomado um em casa. A bata, um pano fino na frente, outro atrás, um cordão que vinha de cada lado e era amarrado como uma camisolinha de grávida. O pior era não poder usar cueca, a bata ficava solta, humilhantemente solta, ele dizia. Como ia enfrentar a enfermeira, bonita até, um ar europeu e desafiador? Melhor ficar logo nu. Tinha ainda que botar a touca e as pantufas cirúrgicas, cercado de lençóis e grades, como um velho de asilo sem ter chegado aos cinquenta... Até morrer num acidente era melhor. Atropelado por um caminhão de lixo. De ré com o triturador girando. Ou em casa, vencido pela doença mais tola e insignificante. Nunca mais voltaria a um hospital... Foi nesse momento que começou a parte prática da chantagem. A enfermeira tinha ido checar se já podia levar meu pai. Ele me olhou com uma cara de desespero e disse que eu tinha que prometer uma coisa. Se não, ele ia embora. Fiquei olhando para ele com vontade de dizer como aquilo era ridículo. Não precisava ter medo de uma operação mais ou menos simples. Todo mundo opera. Hoje em dia a humilhação é *não* ser operado, não mexer numa coisa ou outra. Não falei nada. Ia achar que eu gozava com a cara dele no momento da fraqueza. Foi aí que ele levantou o braço, apertou meu ombro e disse que eu tinha que prometer que não ia deixar. Tinha que prometer que não ia deixar ele viver se um dia ele tivesse uma doença terminal. Eu precisava dar um veneno para ele enquanto ele dormia. Começou a falar que todo homem é covarde, e a covardia do doente terminal é a ilusão da sobrevivência. Ele não era diferente. Se um dia ouvisse um diagnóstico desses, ia fraquejar, acreditar em cura. Ervas orientais, garras e dentes de animais em extinção, rezas, pais de santo, operações espíritas. Além da vida, ia perder a dignidade. O engano na hora do desengano, ele disse. Falei que aquilo era um dramalhão de última categoria. Se a doença fosse terminal, um assassino seria redundante. Disse que ele só precisava morrer uma vez, e ele não achou muita graça. Aquele medo idiota do corte. Perguntei se ele achava justo me transformar num homicida. Matar o próprio pai. A enfermeira entrou anunciando que era "hora do espetáculo". Ele já foi mandando cancelar tudo. Ia embora, não ia entregar a vesícula assim de mão beijada. Era uma merda, já não funcionava, só espalhava problema, mas era sua. De mais ninguém. Tinha que conviver com seus limites e suas dores. Ele falava de um jeito estranho, sério demais, sem nenhum traço de inteligência ou autoironia, e a mulher achou que era brincadeira. Disse que ninguém se interessaria por *aquela* vesícula. Já ia empurrar a maca, mas ele se levantou, deu a volta na cama e abriu o armário de roupa. A enfermeira quis dar uma de diretora, apontou o dedo na direção da porta e disse que a equipe estava esperando. Perguntou se ele sabia o tamanho da fila de espera para marcar uma operação com o dr. Pietra. Meu pai disse que quem pagava em cash não enfrentava fila e que ela podia enfiar a fila inteira, o dr. Pietra e o instrumental cirúrgico no cu. Olhou para mim com a calça na mão e disse que só voltaria para a maca se eu prometesse fazer o que ele pediu. A enfermeira perguntou o que estava acontecendo, e ele disse que ela só tinha que se preocupar em trazer a porra dos remédios na hora certa, de preferência *na ordem certa*. Ficou me olhando. Eu não acreditava, nunca vi meu pai naquele estado. Tudo tão fora de proporção. Eu disse que não via nenhum problema em prometer o que ele queria. Ele podia voltar para a cama. Mas ele continuou me encarando, parado. Falou que não acreditava. E que aquilo era uma conversa entre dois homens com alguma dignidade, não se podia levar a coisa de maneira leviana. Eu não podia fingir que prometia uma coisa. Ele disse que respeitava minhas escolhas, mas não a minha covardia. O que me faltava era a virilidade de assumir as opções, mesmo a de ser gay. É preciso ter culhão para ser gay, ele repetia. Mandei *ele* tomar no cu. Covarde era ele, que surtava por causa de uma cirurgia. Eu disse que ser gay não era uma "opção", mas que as minhas "opções" eram problema meu, e a maneira como eu assumia ou não tais opções também era uma opção só minha. Eu só estava cedendo à loucura de um homem no limite, que não aguentava entrar numa sala de cirurgia para ser operado. Ele disse que não gostava. Não gostava de tomar no cu. Perguntei se já tinha experimentado, para ser assim tão categórico. Ele disse que nunca precisou levar um soco na cara para saber que é uma merda. Foi a primeira vez que seu pai falou de maneira direta sobre sua homossexualidade? Interessante ele falar da dificuldade de assumir, já que ele mesmo era uma barreira para isso.

Foi a primeira vez que o assunto apareceu abertamente. Um choque na hora, mas depois me senti aliviado. Nunca vi meu pai naquele estado. Quando bebia, ficava leve, quase uma criança, não ficava medroso ou irritado. Daquele jeito, completamente fora de si, nunca. Tanto que ele não comentou mais o assunto. Voltou a ser um tabu.

Tinha acontecido alguma coisa entre vocês?

Ele tinha acabado de se mudar de Nova York, de volta para o Rio. Entrou num limbo na carreira diplomática. O Rio fica fora do circuito. Disse que era para escrever, ia lançar o segundo romance. Mas não se adaptou bem. Começou a viver meio isolado. Só trabalho e casa, sem sair, sem visitas. Dizia que o problema do diplomata era o excesso. Excesso de endereços, de rostos, idiomas. Um *landlord* a cada três anos, um médico novo, um dentista novo, um psicanalista novo, um mendigo de esquina novo, um vizinho chato novo, um barbeiro, uma faxineira, um porteiro, um chaveiro, um borracheiro, um cambista, uma carteira de motorista, um dicionário bilíngue, uma conta-corrente sem fundos, tudo espalhado pelo mundo e ligado a ele por vínculos frágeis, sem lastro. Uma vida que já nasce terminal. Perguntou se eu sabia em quantos apartamentos ele já tinha morado, em quantos banheiros tinha amanhecido com a cara de ressaca colada no espelho.

Como se *eu* não tivesse vivido em vários lugares por causa *dele*. Disse que precisava de certa "economia de sentimentos". Da austeridade da reclusão. Começou a se interessar por histórias de mortes e de corpos. Uma coisa bem mórbida. Tive que prometer que ia cremar o corpo dele se ele tivesse algo grave. Ele disse que não bastava se livrar de um corpo fodido; era preciso ter certeza que estava cem por cento morto. Nada de sangue coagulando, nenhuma célula viva, nenhum amontoado de bactérias se apoderando do corpo e se fazendo de Cássio Haddames. Estava apavorado com a ideia de transição. O lugar indefinido, nem vida nem morte. Passou a contar umas histórias estranhas. O pedido de Chopin para arrancarem o coração e não correr risco de ser enterrado vivo. O coração nadando no conhaque dentro de uma urna de cristal de uma igreja em Varsóvia. O corpo longe, em Paris. O nazista louco protegendo o cristal no bombardeio da Polônia. A enfermeira já não aguentava. Se pudesse, amarraria meu pai. Foi chamar o médico. Quando saiu, meu pai disse que seria operado, sim, lógico, mas eu só precisava dizer que ia matar e cremar ele. Sem risco de sobrevivência. Sem risco de ter os olhos, a boca, as orelhas, as mãos, o pau, tudo comido pelos vermes.

Ele só chamou você, não o seu irmão?

Nenhum de nós. Um colega dele, do escritório do Itamaraty, me ligou para dizer que ele não tinha aparecido nos últimos dias. Liguei e também não consegui falar. Resolvi ir ao apartamento dele na Gávea. Ele mal teve força para abrir a porta. Saímos direto para o hospital, ele muito a contragosto. Talvez isso explique por que fui eu o alvo do sadismo dele.

Não destoa muito da relação de vocês.

Nunca tinha chegado a esse ponto. De "dizer verdades".

Mas há um padrão de admiração e repulsa. Mais uma vez, a ironia das semelhanças e diferenças. Você muito parecido intelectualmente com ele para que ele aceite a diferença de temperamento e sexualidade. O espelho intelectual, enquanto o Vinicius é o espelho da persona mais viril. Não é com seu irmão que ele conversa sobre literatura e arte. E entre isso e o macho-exibicionismo ele sabe o que é mais importante.

Às vezes. O preconceito rasteiro não combina com essa suposta valorização da inteligência.

Talvez seja uma forma de resistência diferente da que você imagina. Você acha que eu identifico em você uma perversão, o desejo de quebra do tabu absoluto. Não é tão simples.

Você disse uma vez que a imagem que eu tinha dele como um obcecado por sexo tinha alguma coisa de projeção.

Seu pai tem um papel nisso, e talvez seja mais complicado do que parece. A cumplicidade adolescente com seu irmão, a censura a você, nada disso soa muito natural num homem culto como ele. Agora você fala do medo que ele tinha da ambiguidade, de ficar a meio caminho.

Meu avô desapareceu quando ele era criança. Um guerrilheiro morto, sem corpo, sem rastro. Meu pai nem tem prova de que ele morreu. Talvez explique o pavor desse lugar indefinido entre vida e morte.

Você disse que ele foi para a China, o ponto mais distante do planeta, para exorcizar o garoto que ele tinha atropelado. Chegou a escrever um livro. Alguém estava com ele quando isso aconteceu? Você sabe se ele realmente atropelou alguém?

Eu morava em Brasília, o acidente foi no Rio. Ele parecia perturbado com a história. Disse que não conseguia esquecer a imagem do corpo voando sobre o carro. Devia ter outras razões para ir para a China. Foi lá que meu avô recebeu o treinamento de guerrilha.

Aonde você quer chegar com essa história do seu avô?

Ele foi embora e deixou uma louca de internar e um órfão ressentido.

Quão louca?

O suficiente. Ela morreu num asilo, quando meu pai tinha seis ou sete anos.

Uma possibilidade é dizer que a condenação a você, ao filho "fraco e ambíguo", é, na verdade, a condenação ao pai dele, ao pai fraco e ambíguo que abandonou o filho. O homem sem rosto deixa a criança à mercê da mãe louca. Vai para a China, para o Araguaia, some. Já que seu pai não pode condenar o pai ausente, condena o filho que está aqui, ambos fracos, ambíguos na visão dele. E, já que não pode punir o filho com a morte, mata o garoto literariamente.

Acho que o atropelamento foi mais literal que literário.

São especulações. Não tenho como analisar seu pai. Mas a imagem como alguém que discrimina por mera reprodução do preconceito conservador não esclarece muito. Você chegou a encontrar a Alicia?

Ela mandou uma mensagem. Foi carinhosa. Queria que eu conhecesse "mi hermanito". Também falou que a gente tinha muito que conversar. Disse que sabia bem o que era ser discriminada. Essa história é uma ironia, sim, mas não mais do que isso.

Se ele fosse tão conservador, ia insistir em casar com uma lésbica?

Foi uma surpresa até para ele. Não vejo como projeção ou coisa do gênero. Homens como meu pai têm mais preconceito com a afetação do comportamento do que com a orientação sexual propriamente. Alicia é muito feminina. Pelo menos nas fotos.

Se fosse assim, ele não precisaria rejeitar você. Seu comportamento não parece afetado nem feminino.

Devo ter aprendido a me disciplinar na frente de um analista. Não mais do que na frente de seu pai.

***

São Luís do Maranhão, 8 de novembro de 2027

Excelentíssimo Senhor Presidente da República Federativa do Brasil

    Quando eu tinha quatro anos, comecei a sentir uma dor forte na perna esquerda. Era como ter a perna presa no espinheiro de Cristo. Tinha febre alta, não conseguia dormir nem acordar. Era muita dor para uma perna só. Me levaram na cidade. O médico recebeu de camiseta e mandou engessar. Um mês no gesso, coisa de açougueiro que não lia livro. Passou uma semana. A febre não cedia. Eu sempre desmaiando de dor. Duas semanas. Aí veio um homem bonito na minha casa. Com barba grossa e olho transparente, cabelo comprido e escuro. Mandou minha mãe sair. Queria conversar sozinho. Disse que eu tinha um bicho ruim no osso da perna. Comia por dentro, que nem pau podre. Disse que tinha uma coisa muito importante para me perguntar. E a decisão era minha, de mais ninguém. Perguntou o que eu preferia: tentar limpar o osso, com risco muito grande de morrer, ou cortar a perna. O homem tinha uma lágrima no olho de lá. Perguntei se era ele que limpava. Ele disse que limpava na sala branca do hospital. Mas era muito risco de não voltar. Mesmo na mão dele. Olhei para dentro de mim. A dor era o demônio, mas eu não conseguia me ver sem a perna. Disse então para limpar. Se era para voltar para casa, tinha que ser inteira.

    Quando eu tinha trinta e oito anos, a dor voltou. A dor, a febre alta, aquilo agora tinha nome, osteomielite. Mas era o mesmo bicho ruim. Meu ex-marido dizia que era neurose. Mas se

Deus não me deu filho, deu intuição de mãe. Sabia que era o espinho na carne. Era Ele me testando por dentro, nossa provação conjunta. O primeiro antibiótico não resolveu. O segundo também não. Nem o terceiro. Não tem antibiótico contra o pequeno exército do diabo. Mas são adversidades que elevam, bênçãos oferecidas pelo Pai, pois no momento difícil nos voltamos para o bem e para a senda do progresso. O cirurgião disse que ia dar o melhor dele. Perder perna não está nos planos de ninguém. Tirei seis pinos e a platina. Mas soltou um pedaço do osso. Voltei pior do que entrei. Nem a morfina adiantava. A dor tinha tomado conta, se espalhando com o bicho. Meu espírito começou a subir. Eu olhava para fora, cada vez mais alto, e comecei a ver meu corpo de cima. Flutuava sem sentir que flutuava. Já não tinha a sensação de sempre, que a gente nem nota, que não é dor, não é prazer, é essa consciência de ter peso, uma matéria que respira e se recosta, a casca física do pensamento e dos sentidos. Eu sentia que não sentia. Eu era duas ao mesmo tempo. A que já não via nada, vista por todos, e a que via tudo sem ser vista. Eu era sobretudo dois olhos, uma atenção pairando no ar. Olhava o quarto, o corredor, a rua, o movimento em volta do meu corpo, meus próprios olhos fechados, escondidos na pálpebra. Como olhar no espelho e pegar o rosto virado, sem vida. Eu sabia que estava morrendo, e tudo era calmo, sem sofrimento nem revolta. Entendia tudo o que o médico pensava. O que cada pessoa no quarto pensava. Cada detalhe da vida. Tudo dentro de mim. Não era questão de julgar nem nada. Era só compreensão. O branco é branco porque é branco. Me afastei para deixar eles tentarem. Já não enjoava com o sangue no lençol. Já não tinha aquela dor terrível. Mesmo quando socavam meu peito.

Eu já não tinha anos, nem muito nem pouco. Passeava pelas idades. Tudo junto. Vi a menina de quatro anos conversando com o homem bonito. A barba grossa, o cabelo comprido e escuro. Ele perguntando se eu queria correr risco ou tirar a perna. Não era Cristo. Nem era um médico qualquer. Naquele momento eu soube muito claramente. Era meu pai. Mas ele não dizia que era meu pai. Nunca foi, nunca ia ser. Só naquele momento. Vi a angústia dele. A vida toda, tudo que ele tinha feito. O branco era branco porque era branco. Vi outros momentos. A mãezinha do orfanato brigando e perdendo a briga com o rio. A sensação estranha e boa da fagulha na cabeça, feito revelação, que acabava sempre na imagem sem gosto nem cheiro da bala quadrada de fruta vermelha, que parecia perguntar se eu estava louca. Era o filme completo, e cada detalhe. Até o momento da cama do hospital. A minha história dando a volta e chegando no ponto de partida. Ver e rever como a mesma coisa. O passado e o presente. A aflição em torno da cama. As pessoas querendo salvar. Não sei quanto tempo passou. Acordei muito depois. A perna ainda estava ali. Viva e dentro de uma gaiola.

Quando eu tinha cinquenta e seis anos, bateram na minha porta aqui em São Luís. Foi ano passado. Eu já não usava gaiola nem fixador. Nem bota robocop. A dor já tinha ido embora há muitos anos. Eu tinha voltado a andar com a graça de Cristo. Deus, A CURA, a única fisioterapia. Eram dois enfermeiros de jaleco branco. Queriam meu sangue. Falaram que eu podia ser irmã de uma pessoa importante. Mas não voltaram para dizer se o sangue era o certo. Não precisava. Eu já sabia. Desde o dia que voltei no tempo e revi o homem bonito. O cabelo longo, escuro, a barba grossa. Não era Cristo. Não era um médico qualquer. Era o dr. Hermes, meu pai. Eu era filha do dr. Hermes, Antônio de Almeida Haddames. Meu pai. Seu pai.

Sei que ninguém lhe chamará de irmão. É um pouco tarde para isso. Tarde para quem viveu sozinho que nem você, que nem eu. Se não ganho um irmão, talvez faça um amigo. Mas lá no fundo, lá nas coisas do sangue e do espírito, você é meu semelhante, meu irmão. E eu nunca ia escrever nem me declarar. Não precisava. Mas a tevê e os jornais fazem esse drama todo, e disso e de doença e de cura eu entendo um pouco. Nem pense em desanimar. Use a melhor roupa. Calce o melhor sapato. Aproveite o ar bom e o minuto que passa. A doença não há de ser nada. Orei por orientação e o espírito testifica. O misericordioso tocou seu coração, para que cumpra o convênio em favor de todos nós. Fique NA PAZ.

       Maria

* * *

From: alicia.grosmoran@nobelprize.org
To: cassio.haddames@itamaraty.gov.br
Cc:
Subject: Jacarê que duerme vira bolsa
Sent: Sunday, November 28, 2027, 7:18pm

Cássio,
 Jorge Luis vai bem, muy bien. Hoje falou sua primeira palavra em português: JACARÊ. Ele pensa que vai encontrar jacarês de todo tipo e tamanho em teu palácio. Deverias comprar um (ou pedir logo uma família a teu ministro de Medio Ambiente). Tens muitas emas para alimentarlo.
 Nos fins de semana falo português com ele, para que entenda que lazer e prazer estão associados a Brasil. JL será um trilíngue de línguas improváveis: sueco do Norte (dialecto Gotland) falado pela Hedvig, porteño e mi estilo muy particular de portuñol.
 Notas aqui que já estou a treinar. Traduzir os textos de Lobo Antunes até que ajudou. Quando ele veio receber o premio, co-

mentou que tu havias votado nele. Eu disse que só votavas em ti mesmo. Apresentei-lhe JL, que debutava no Salão como um gentleman, mas ele estava mais interessado no outro JL, e a versão semioficial de que não ganhou o Nobel pelo premio que Pinochet lhe deu no dia em que mataram Letelier em Washington. Desconversei. Não é só de ti que guardo segredos. Apesar do ambiente seductor, nosso JL prefere as actividades físicas. O domingo passado pulou da janela e caiu no jardim. Teve um pouco de febre mas quando lhe pus um velho termômetro à boca, se lo mordió con fuerza. Será trilingue e triatleta. Ele até recorda-se de ti. Gosta de olhar a foto no *Figaro* on--line. Um dia lerá a matéria e perguntará quem fazia barulho, ele ou nós. Os jornais franceses não falavam da vida privada de Mitterrand. Fazem intriga agora por despeito, só porque o presidente brasileiro estava mais interessado na amante argentina que no frango de Bresse do Palacio Élysée.

Paris provou que não é possível viver a teu lado. Tu negas, mas o segurança sabia o que estava a passar no hotel e não precisava checar nada. Imagino que não façam isso quando encenas tuas pequenas fantasias a Boccaccio. Começo a ter ciúmes de Graciela e Cristal, essas divas do teatro íntimo brasileiro. Não vejo a hora de conhecerlas. Podíamos encenar juntas algo do Lobo e da Loba, e eu faria o papel de Orlando. Aí *tu* terás ciúmes.

Eu bem poderia publicar um análisis sobre a importancia das fantasias sexuais no desenvolvimento da imaginação de um ficcionista. Serás mi estudio de caso.

Manda lembranças a Fidelia. Tudo aquilo é parte da tua imaginação solta e indisciplinada. Tatuagem nas costas, obra em carne viva, cartas conspiratórias. Há que disciplinarte. Não gostas de mucamas e inventas segredos e complots para livrar--te de todas. Não devias andar a ler conspiradores como Pynchon e Delillo.

Não sei se apenas deixo JL em Brasilia e vou a Buenos Aires fingir que ajudo minha mãe a sair de mais um autolabirinto. Ou se atendo teu apelo e passo o Natal a conhecer teu presépio de emas e manjedouras doradas.

Alicia

* * *

12 de janeiro de 2028

Eu retornava de viagem, nem sei se era presidente, nem sei se voltava para um apartamento ou um palácio. Reencontrava Alicia e o bebê. Pareciam bem, e revê-los me deixava contente, tranquilo. Eu largava as malas, tirava o paletó, a gravata, e começava a brincar com o menino. Ele estava alegre, agitava as pernas com vontade, como se fosse rotina brincarmos juntos. Mais do que afeto, havia intimidade. No meio da brincadeira, fui pegar o boneco que ele me passava e, por um instante, senti um incômodo na testa, como se um líquido gelado escorresse por dentro, em direção aos olhos. Algo começou a me angustiar. Primeiro, uma dúvida difusa, um olhar crítico daquela cena. Era perfeita quando vista de relance, mas o olhar em si era imperfeito, nada confiável. Passei a sentir uma pressão no peito, um começo de obstrução na garganta. Era evidente que algo tinha acontecido, algo triste, mas eu não conseguia identificar ou aceitar. Eu olhava ao redor, olhava para ele, e não sabia dizer a mim mesmo o que era aquele desastre. Olhava o desastre em si, a ausência, o vazio, e não entendia o significado. O menino era o centro do problema, o lugar da ausência, da assimetria, mas parecia indiferente a seus efeitos. Agitava os braços e as pernas, sorria, balbuciava seus arremedos de palavras, perfeitamente compreensíveis. Comunicava-se bem comigo, e nessa troca de fragmentos falava de tudo, menos do que interessava. Eu mal conseguia respirar. Olhava, desviava os olhos, voltava a olhar, já não fingia que brincava. Era uma mistura de perplexidade e impotência. Não conseguia pensar direito ou me expressar. A frase saiu da boca como uma lufada no rosto de Alicia: por que diabos não avisou? por que tratou aquilo como uma coisa banal, irreversível? como tinha acontecido, uma porta, um cachorro, uma máquina, como aquilo podia acontecer a um bebê de um ano? onde estava a outra parte, e por que não foi possível restaurar? e a dor, e a capacidade de segurar e mover objetos?

Sinto falta das sessões com Afonso. Não sei se algum presidente de país relevante chegou a fazer análise no exercício do cargo, contou sonhos, conversas, segredos de Estado. O presidente não tem inconsciente. O cargo não cabe na humildade do divã. Talvez num filme menor um psicanalista (ou padre para todos os efeitos) ousasse quebrar o sigilo e denunciar os crimes contra a nação. E os serviços secretos contratariam psicanalistas para analisar o áudio das sessões do espionado, não contentes com a singeleza do consciente.

No meu caso, descobririam mais pecadilhos do que crimes propriamente. A ironia é que minha indiferença ao dinheiro — ou meu preconceito estético ante sua acumulação — faz de mim um réu em potencial. Para um país obcecado pelo enriquecimento, onde um dos principais temas da política, da ética, do direito, da imprensa, do debate público em geral é a ideia de ascensão e queda do homem, da perdição em meio ao grande espetáculo da cobiça e da corrupção, meu desprezo por esse crime, seu exercício ou condenação, seus praticantes ou combatentes, é ao cabo o mais grave dos crimes. Mal consigo esconder o enfado quando exercito minha indignação.

Para me envolver melhor com o assunto, sentir suas vibrações, suas dimensões épicas, achei por bem iniciar-me na criminalidade. Roubei a primeira edição do *Claro enigma* que me espiava de uma prateleira exatamente à altura dos olhos sempre que me refugiava à noite na biblioteca do Alvorada. O próprio Drummond deve ter trazido, ou deu-o a Bandeira, seu cobibliotecário. Seria falsa modéstia se ele deixasse de fora um dos dois ou três maiores livros de poesia já escritos no Brasil. Talvez desconfiasse que já não faria nada igual. Talvez não precisasse mais.

Levei-o para meu apartamento no Rio. Reli alguns poemas e coloquei o bonito volume de encadernação verde numa prateleira alta, como se tivesse encontrado o esconderijo seguro para o butim e consumado o crime. Logo notei que estava ao lado de um livro de poesia catalã, uma coletânea de poemas traduzidos para o espanhol da qual eu não guardava lembrança. Nem de ter lido nem de ter comprado. Abri o livro. Lá encontrei uma dedicatória. Era dirigida a Carolina e um tanto longa e adocicada para ser de minha autoria. Tentei decifrar a assinatura. Uma caligrafia nervosa que queria aparentar-se casual, não estudada. Com certo esforço reconheci a última palavra — Jacobo. Sim, Jacobo, meu colega de turma, meu desafeto, meu chanceler. "Intuo que você vai gostar." Uma dedicatória de outubro de 1999, quando eu ainda era casado com Carolina. Um ou dois anos depois do caso que tive com Stella. "Um poema me fez pensar em você." Fechei o livro. Recoloquei-o ao lado de seu vizinho nobre. Achei melhor não acreditar na hipótese de que Jacobo tenha imaginado que conseguiria conquistá-la daquela maneira. Tentar comer alguém dando de presente um livro de poesia com uma dedicatória melíflua... Primitivo demais como vingança, *unsexy* demais como sedução. Um livro de poesia catalã. Ou árabe, inglesa, hebraica, gaúcha, javanesa. Quem respeita antologias? Jacobo tem mais gosto e imaginação que isso, e Carolina esperaria mais de um potencial amante.

Acabei trazendo-o de volta, o Drummond.

Um erro de primeiro casamento é doar os livros duplicatas no processo de fusão das bibliotecas pessoais, em vez de guardá-los numa mala ou depósito. Um erro de segundo casamento é sugerir não doar os livros duplicatas porque nunca se sabe, e guardá-los numa mala ou depósito. Um erro de terceiro casamento é ainda ter a crença na fusão de bibliotecas. Alicia deveria ser meu quarto casamento. Não tenho desejo maior. Seria de certa maneira, e paradoxalmente, meu quarto e único, pela ilusão de que, se fosse o primeiro, seria o último. Quando esteve aqui, no Natal, trouxe alguns livros seus, e eu, como um amante amador ou criminoso reincidente, escondi todos, para depois misturá-los à minha biblioteca no Rio. Lá foram devidamente incorporados a diversas estantes, em cômodos e prateleiras antípodas, alguns nas fileiras de trás, alguns deitados, outros fincados de maneira tão apertada entre dois livros que é impossível retirá-los.

Contam-se nos dedos da mão os personagens verdadeiramente interessantes que conhecemos com o avançar dos anos. Nos dedos da outra, as mulheres cuja beleza, de tão singular, de tão imperfeitamente perfeita, não esquecemos. Se alguém sofre a improvável contingência de encontrar uma pessoa que se encaixe nas duas categorias, talvez não tenha outra saída senão transformar a obsessão numa razão de ser.

Na esperança de entorpecer-me à distância, sigo os rituais, suas coreografias excessivas, seu cansaço de gestos e palavras. É preciso ingenuidade para achar que o cargo tem charme. Nem sei se são tantos os que, como se diz, pisariam no pescoço da mãe para chegar aqui. Pensam que o personagem pode muito, quando na verdade não é mais que um administrador de conflitos. Não faz o jogo, mas, se algo der errado, a culpa é sua. Só não pode deixar o medo do fracasso ou a certeza do sucesso subir à cabeça. Corre o risco da ilusão do controle (ou do descontrole).

Para além do carisma e da oratória, bom presidente é o que sabe escolher a dúzia e meia de pessoas que tocam um governo. Os nove ou dez ministros que contam, os cinco ou seis dirigentes dos principais bancos e empresas estatais, os líderes do governo na Câmara e no Senado. Não mais, não menos. O nome do cargo deveria ser diretor de elenco.

Ontem mesmo me traí e acabei estressado. Otto agora diz que não há condições de aprovar a lei de contratação de professores nem a de piso e reajuste salarial. Antes era uma coisa ou outra. Agora fala da resistência de Uchoa e Olegário. Do impacto nas contas. Do preço no Congresso. Mal decifro suas intenções. Até meu constipado ministro da Fazenda engoliu a duplicação do Fundef. O neossenador Nelson, com seu eterno sorriso portátil, trouxe uma comissão de parlamentares aliados para declamar que metade das prefeituras irá à falência se tiverem que cumprir a meta de cinquenta por cento de matrículas de tempo integral em até três anos. Dizem que já é um malabarismo manter os medíocres catorze por cento, congelados desde 2018. Não há condições materiais, repetem em coro. Quem precisa de oposição? O *homo sapiens* já vende pacote de turismo na Lua, recria por manipulação genética (e alfabetiza) um homem de neandertal, faz transplantes de face e de crânio, implantes de vaginas e de pênis duplos para que a dupla penetração (e o orgasmo duplo) seja um direito de todas e de todos (até dos monogâmicos), altera o regime de chuvas em desertos, divisa o escuro enigma — o centro de um buraco negro. O *homo brasiliensis* extrai petróleo a sete mil metros de profundidade em alto-mar, modifica sementes agrícolas para transformar o árido cerrado em celeiro do mundo, exporta cirurgiões plásticos e aviões. Só não consegue dar uma escola decente a quem precisa. Não há condições materiais. Como se fosse uma impossibilidade técnica, não uma manifestação rudimentar do conflito de classes. Zizek diz não entender a profunda disjunção contemporânea entre o individual e o coletivo, a vertiginosa ampliação das possibilidades individuais, o contínuo estrangulamento das possibilidades coletivas — falência dos sistemas universais de saúde, educação, previdência etc. O céu é o limite para o turista lunar de rosto inédito e pênis duplo, justamente porque não é preciso garantir o mínimo para todos. Tivesse eu estamina e estômago para Quixote. Doze meses na cadeira só confirmam que há duas cumbucas no Brasil onde não se mete a mão: o rentismo financeiro e o abismo educacional. Numa, arbitra-se o conflito no alto, que legitima a drenagem de recursos do governo e da produção para os verdadeiros reis do país; na outra, arbitra-se o conflito entre o topo e a base, que congela a divisão. O primeiro (e último) governo que ousou mexer na cumbuca de cima pagou um preço exorbitante (e não levou). Se eu insistir na ideia de mexer na cumbuca de baixo, ainda mais funda, minha cabeça rolará mais cedo do que eu imaginava. Ao menos me poupará de decisões execráveis, como o apoio federal à remoção das palafitas em dezoito "praias" no perímetro da Baía de Guanabara. Camarinha é o novo Lacerda, mas compactuar com a repressão à nova fronteira das favelas não combinou bem com minha autoimagem de presidente progressista resistindo às hienas. Na condição de sucessor remoto de um admirável presidente-suicida-por-necessidade e de um risível presidente-suicida-por-distração, quem sabe se o enfado do cargo e o tesão por uma mulher a dez mil quilômetros não me transformam num presidente-suicida-por-eleição.

14.

20 de janeiro de 2028

Depois da passagem por Washington, resolvi descansar antes da cirurgia e mandei Jacobo chefiar a delegação à conferência sobre a nova sede da ONU. A prefeitura de Nova York decidiu manter o sistema de ruas numeradas. Desistiram dos nomes de países, um chamariz fracassado para evitar a transferência para Genebra. A Brazil Street ficaria na atual 171, no Bronx, entre Botswana e Brunei Darussalam. O Itamaraty incluiu o tema nos meus pontos para a reunião com K.O.W. Queriam que eu defendesse a aplicação invertida da ordem alfabética, no sentido sul-norte, para cairmos na rua 24, Gramercy, Flatiron, Chelsea, com direito à ostentação do Eleven Madison, ao milk-shake do Shake Shack, às exposições da Gagosian. Muita fé na diplomacia. Nenhum presidente, nem o norte-americano, tem influência sobre o que acontece em Manhattan. A Casa Branca foi voto vencido na decisão de reconstrução do Central Park, árvore por árvore, gramado por gramado, no lugar de sempre.

Até me comovi ao revisitar as duas cidades onde morei. Mesmo desfigurada, mesmo despovoada em Midtown, Nova York continua mais humana que Washington. O que causa estranheza é o aparente descolamento entre imagem e som. Huizinga dizia que a cidade moderna não conhece o contraste entre silêncio e ruído. Não se pode ouvir o som puro do grito de alguém que chama à distância. Pois ao voltar do encontro com empresários no Carlyle, pedi ao motorista que se despistasse da comitiva e seguisse até a rua 46, onde eu costumava caminhar pela manhã antecedido de uma sombra que apontava para a frente e me dava uma curiosa sensação de equilíbrio. Paramos na esquina deserta da 46 com a Terceira Avenida. Pedi que desligasse o motor. Mandei o ajudante de ordens desligar o celular e calar-se. Abri a janela à minha direita. O que chocava não era o vazio de carros e pedestres, um domingo eterno na solidão dos prédios ilesos, como um "mobiliário do ar". Era o silêncio absoluto em lugar do queixume permanente. Num flash voltaram imagens, a mulher de pé ao lado do sinal, o topete alto e espiralado como a Babel do velho holandês, a mão na cintura, a lata de refrigerante a meio caminho da boca, o rosto irrecuperável (como sempre), o Cadillac abc, antigo-branco-conversível, o estofamento cor de sangue, a placa BIG D atrás, o homem que caminhava compenetrado, como se fosse aprender algo com o próprio caminhar. O silêncio doentio restabelecia as "melancolias insubornáveis", e eu ouvia uma voz de fundo, mais fresca, menos remota, a voz pura de Alicia me chamando à distância, dos jardins do palácio, bruscamente interrompida pela sirene dos motociclistas batedores, que cercavam o carro como se o presidente brasileiro tivesse sido vítima de outro tipo de sequestro, urgente, sem passado.

A imprensa não gostou do passeio. O presidente expôs o motorista e o ajudante de ordens a níveis de radioatividade acima do tolerável. Um colunista disse que entrei naquela parte de Midtown porque não tinha nada a perder, com a cirurgia de extração da vesícula tumorosa já programada para o dia seguinte, no Mount Sinai Hospital. Como se a extração de um tumor "fechasse" o corpo. Também me acusaram de impatriota por ter escolhido um hospital americano. Querem fazer política com meu abdômen. Se Tancredo ressuscitasse, mandariam de volta ao Hospital de Base. Meu erro foi ter desistido de extrair a vesícula há quinze anos, a caminho da sala de cirurgia. Não sei o que me demoveu, o nome macunaímico do cirurgião ou seu comentário mais do que casual, mais do que singelo, sobre a paciência e o senso de humor da enfermeira que me escoltava. O fato é que essa víscera menos nobre, que me acompanhou esses anos todos, foi sepultada na lixeira de um laboratório em Kansas City, um bom número de anos à minha frente, espero, se é que não teve tempo de espalhar suas virtudes.

A descoberta da doença mal alterou a relação com meu corpo. Não senti e não sinto nada diferente, e continuo a experimentá-lo como um objeto externo qualquer, sempre de maneira precária, pelo olhar, pela audição, pelo olfato, pelo tato, sentidos nunca interiores, nunca autorreferentes. O corpo está aqui, preso a esta ideia de Cássio Haddames, mas não o vejo por dentro, não o ouço por dentro, não o cheiro por dentro, não o tateio por dentro. E o gosto de minha saliva parece não ser mais do que isso — o gosto de minha saliva. A sensibilidade interna continua episódica, esporádica — o cansaço, a dor, o prazer — e seus ritmos, até onde percebo, não foram afetados pelo aparecimento ou desaparecimento do tumor.

Ainda corro de vez em quando (perseguido por dois seguranças na trilha do palácio), ainda nado de vez em quando (por que não me perseguem na água?), mas devo ter sido reprovado nas aulas de consciência corporal. Se tivesse de dizer onde se localiza o que parece ser o centro da minha identidade, o lastro físico onde a frase "Aqui estou eu, Cássio Haddames" não parece tão equívoca e deslocada, eu apostaria numa região na altura dos olhos, talvez uma máscara imaginária, epidérmica mas também interna, que se irradia do centro da testa mas não vai muito longe, nem mesmo quando fecho os olhos. Certamente nunca perto do vazio deixado pela vesícula, cuja ausência não me faz menos Cássio Haddames, suponho. Quantas cirurgias e transplantes eu precisaria fazer para deixar de ser Cássio Haddames?

A morte deverá vir desse mecanismo insondável, tão perto e tão pouco aberto ao que quero saber, uma caixa-preta de onde os sentidos não extraem nem antecipam nada. Posso antever e até evitar a morte que vem do exterior — o táxi desgovernado, a mão trêmula com o revólver, a onda que se agiganta. Só não tenho como conhecer o que se trama no interior, neste exato momento, bem aqui, a poucos centímetros destes olhos que não veem e destes ouvidos que não ouvem. O começo de tumor que nasce do erro, a retenção que se acumula em coágulo, a artéria que se rompe — os maiores dramas humanos se desenrolam num palco íntimo e secreto, sem autor nem plateia.

Thais Dhill, minha Rosa negra Luxemburgo, minha ministra militante, também achava que eu tinha sido sequestrado e levado à força até a 46. Telefonou-me para saber dos ferimentos e não quis acreditar que eu não escondia nada. Foi um erro ter lhe falado da CARTA. A última coisa que um paranoico deve fazer é compartilhar uma preocupação com um sujeito com um grau superior de paranoia. Há que estar sempre na vanguarda, sem deixar que o ultrapassem. As conspirações de Thais são muito bem documentadas, quase sempre na forma de listas. Antes colecionava assassinatos por "acidentes" aéreos, que incluíam, na América Latina, o panamenho Torrijos e o equatoriano Roldós, mortos em sequência e de maneira suspeita logo que a turma de Reagan assumiu. O gosto pelo atentado aéreo da era Reagan teria dado lugar à técnica menos explosiva do "assassinato por câncer" a partir da era Bush-Cheney, de efeitos menos imediatos: as vias nasais de Evo Morales em 2009, o linfoma de Dilma em 2009, o linfoma non-Hodgkin de Fernando Lugo em 2010, a pélvis de Chávez em 2011, a laringe de Lula em 2011, a tiroide de Cristina K. em 2011... Agora o pulmão de Rulfo, defensor da devolução do Texas, Novo México e Arizona. Todos críticos de Washington. Retruquei-lhe que as coisas são assim mesmo e que o câncer tem todo um perfil reacionário. Como eu estava num quarto do hospital, observando da janela os jardins mortos do Central Park, disse-lhe que meu interesse maior era o elixir da longa vida que a CIA dava aos presidentes brasileiros de direita.

Thais não estava no melhor do seu humor e insistiu que minhas ideias e minha vesícula me enquadravam perfeitamente na lista negra. Para uma mulher-símbolo das causas afrodescendente, feminista, LGBT e distributivista, a expressão não me pareceu politicamente correta, mas Thais já não me ouvia, apenas repetia que era uma leviandade operar-me na casa do inimigo, os sais de tálio no sapato de Fidel, o comprimido-veneno nos remédios cardíacos de Jango, o gás mostarda no corpo de Eduardo Frei pai, o manual de assassinato político, que ela traduziu, a impossibilidade de rastrear fontes de câncer, "assassinato secreto não é assassinato"... Com dois dedos pousei o celular encriptado na mesinha de cabeceira, de boca para baixo, um tanto enternecido e exausto do doce fervor. Como se ainda fosse o caso de combater o bom combate, provar a existência de uma política que já é pública, assumida. Em tempos de assassinatos por amostra, sem cuidados de individuação ou sigilo, com toda a fotogenia de drones e explosivos, como acomodar a delicadeza de uma infiltração de nanocápsulas de radioatividade ou o esmero da inoculação de minuciosas doenças de laboratório por meio de insetos-robôs? A sutileza tornou-se um luxo.

Peguei o telefone e disse que era ela quem deveria se cuidar. Sobretudo pelo que representa para seus subordinados. Talvez me sinta culpado por ter forçado sua nomeação, dobrando resistências. A maneira como foi mencionada na CARTA preocupa, mas os fantasmas internos me assustam mais que os externos. Nem precisamos importar a vilania.

Thais tem a ilusão de que Otto a respeita, e volta suas baterias contra Arsana, meu vice. Deve achar que também ele, como principal beneficiário de minha queda, poderia conspirar. Arsana sempre me pareceu um enigma. Pior que um político com ambições empresariais, somente um empresário com ambições políticas. Nunca questiona, nunca apresenta argumentos contrários na minha frente. Mas a verdade é que, em minhas viagens ao exterior, tem atuado de maneira correta como presidente, fiel a minhas decisões, mesmo em confronto com Otto, como na defesa da reforma da educação. Otto é que anda cada vez mais estranho. Parece mastigar as palavras enquanto fala. Como um aprendiz de feiticeiro, alimento a rivalidade. Enquanto os dois brigarem para me suceder, terei sossego. Se e quando acertarem a divisão do espólio, será o começo do fim.

Na volta, parcialmente recuperado, tentei comunicar-me com meu anjo da guarda. Quem disse que não acredito em deuses e no além-mundo, se uma entidade superior entra secretamente em minha casa, ouve minhas conversas, lê meus pensamentos e ainda tem o poder de vida e morte sobre minha existência? Nem por isso chego a conversar com o além, em voz alta, até pelo risco de atingir a parede e o destinatário errados, e assim comprometer minha fada. A maneira que encontrei de fazer-lhe uma proposta foi enfiar Aristágoras e Histiaeus numa conversa com Otto: por que Aristágoras não se transforma em agente duplo e denuncia a maneira como Histiaeus trama contra Dario e a Pérsia? O tema da conversa era a militarização do aquífero, e Otto pensou que eu tivesse enlouquecido.

Embora A CARTA mostre os dilemas morais de minha admiradora, tenho pouca esperança de que queira reaver suas origens e se tornar uma heroína nacional. Até onde sei, seria o primeiro caso de agente estrangeiro que se entrega a Brasília para revelar como somos espionados. O autoescárnio brasileiro não comporta o herói.

Refiro-me a ela de maneira amena, quase romântica, mas no fundo nem sei se é uma fada. Sininho pode ser Peter Pan, ou mesmo o Capitão Gancho. Não há como descartar que a comunicação tenha sido forjada por uma agência, empresa ou grupo interessado em me alienar de vez de Washington ou, ao contrário, em me converter a suas políticas por medo ou desespero. Eu começaria a dar algum crédito à ideia de "serviço de inteligência" e a teses conspiratórias se descobrisse que a NSA ou a CIA forjaram uma carta de uma suposta dissidente da NSA, com direito a citação de Heródoto e Nabokov, em que é revelada a maneira como sou espionado e considerado cada vez mais um inimigo. O que Thais não entende é que, nesse tema, importa menos uma verdade secreta do que uma suspeita íntima. Tão grave quanto a possibilidade demoníaca de que um governo elimine secretamente os líderes de outros países, é a crença (fundada ou não) de um presidente de que tal prática existe e de que ele poderá ser a próxima vítima. Nesse caso, a astúcia literária, ou o poder de fabulação e ficção, se torna a mais poderosa arma política, para além do senso comum de que a política é ficção.

Apesar dos estímulos externos, sinto-me enredado não numa teia de segredos, redes de espionagem, riscos de morte. E, sim, numa trama mais complexa, mais íntima e imaginosa, que é a relação com as mulheres que me cercam e que me parecem cada vez mais construções distantes, idealizadas de meus desejos ou delírios de perseguição. Amo uma mulher que mora na Suécia e prefere outras mulheres. Confidencio-me com uma ministra que me enternece pelo que representa, mas que se sente traída por minha ironia e por minha masculinidade, já que o humor deixou de ser uma opção com um passado de estupro por pai e irmão. Completo sessenta anos e recebo uma carta de uma mulher que me aparece com a novidade, talvez psicografada, de que é minha irmã, e a quem não sei como responder, pois me falta vocabulário para dialogar com frases como "Deus, a única fisioterapia" ou "o misericordioso tocou seu coração", e me assalta a dúvida sobre se devo ler relatos de experiências fora do corpo e projeções da consciência como jornalismo investigativo ou como metáforas de algo. Recebo outra carta, ainda mais enigmática, de uma suposta admiradora que nem sei se é um ser humano ou um prédio de concreto e vidro espelhado na Virgínia ou em Maryland e com quem só posso me comunicar soltando frases do nada e para o nada, para desnorteio de interlocutores que me acham cada vez mais senil.

Uma lésbica que é a mulher mais bonita e charmosa que conheci; uma segunda lésbica militante e adorável; uma irmã que paira incorpórea a três metros de altura como uma cruz projetada no teto; uma segunda mulher holograma que me persegue eletronicamente o dia inteiro e se excita ao ouvir meus bocejos diurnos; duas putas-atrizes-não-necessariamente--putas-atrizes — eis o inventário das minhas misérias, das minhas impossibilidades na relação com o sexo ou gênero "oposto". Será a ausência da vesícula? De um tumor pensante? O efeito de uma nanocápsula de radioatividade? A abstinência sexual de um presidente, interrompida mediante uma módica contribuição? A intoxicação de tantos anos de literatura com suas camadas e camadas de irrealidade? A hipnose carnavalesca de um palácio de emas e pavões reais? Ou o mero efeito tóxico da política e sua medíocre ficção diária?

Hoje me vi colocando alpiste num enorme T de ferro, um poleiro improvisado que emerge de um canto no jardim do Alvorada. E os passarinhos vieram. Deve significar algo o fato de que alguém comece a alimentar passarinhos. Algo no tempo ou no espaço veio a acontecer, e não será necessariamente ruim.

Tenho a sensação um tanto paradoxal de que meu futuro se encurta vertiginosamente ao mesmo tempo que se multiplicam seus caminhos possíveis. Sei cada vez menos o que me reservam os anos à frente e o que virá depois, em minha ausência. Meus sonhos de grandeza sempre me pareceram artifícios de momento, que me poupavam de olhar o abismo. Já me comoveram mais. Machado morreu em 1908. Guimarães nasceu em 1908. Guimarães morreu em 1967. Cássio Haddames nasceu em 1967. Não devo ter muitos anos pela frente. Não sei se nascerá um novo Dalai Lama quando eu morrer.

O que não cabe, uma vez mais, é a ilusão do controle. E já não falo da preocupação com a sobrevivência de uma obra, que pode servir de entorpecente para confrontar o abismo. Falo da posteridade de um perfil, do escritor, do presidente, de uma figura pública qualquer. Hoje entendo mal o esforço de autores que admiro — Philip Roth, Coetzee — de produzir chaves de interpretação de suas vidas, toda a energia envolvida em desenhar a imagem futura e administrar as "duas grandes calamidades" do fim — a morte e a biografia. Nem a vida administrada nem a morte espetacular, tocante ou martirizada melhoram a obra ou garantem a leitura. No máximo criam um interesse circunstancial. Em alguns casos nem a circunstância é afetada. A caminho das aulas para alfabetizar o lúmpen de Copacabana, eu costumava andar pela Tonelero e às vezes me ocorria olhar para cima e imaginar de que janelas, bem próximas uma da outra, dois poetas marginais da mesma geração se jogaram para morrer naquela mesma calçada, poetas de um paralelismo exato em suas quedas, de um desprezo perfeitamente simétrico pela permanência, mas cujas obras seguiram direções radicalmente opostas.

Saber da irrelevância do biográfico não significa estar imune a seu apelo, e me pergunto se coagi André, num dia remoto e sombrio, a prometer que me mataria não tanto pelo medo da dor e do estado terminal, e sim pelo pavor de desfigurar-me no desespero. O que é este diário senão um sintoma da tentação do controle? Deveria ser simples admitir que, se algo sobrevive, não são os horrores ou o tédio de uma vida, mas a obra frágil que ela engendra:

> Not marble, nor the gilded monuments
> Of princes, shall outlive this powerful rhyme;
> But you shall shine more bright in these contents
> Than unswept stone besmear'd with sluttish time.

Devia estar pensando em si mesmo, um homem cuja vida se tornou uma quimera, um não lugar, e cujas palavras só deverão se desalinhar e decompor no dia em que o planeta for engolido pelo sol. Mas na verdade nem as palavras do mais brilhante escritor, Shakespeare, Cervantes, Goethe, devem ser superestimadas. Como alguém já disse, ou deveria ter dito, o gênio artístico, filosófico, literário é a gota de água que se eleva subitamente na crista de uma onda e anuncia do alto, ao oceano visto ao redor, que dará conta daquela vastidão.

* * *

From: lucius.apuleius@gmail.com
To: gaius.petronius@gmail.com
Cc:
Subject: RE: a encomenda
Sent: Wednesday, April 12, 2028, 17:00pm

Acabei de ler ontem. Processando ainda. Pelo jeito fui vítima colateral de minha proposta, afinal a autoficção alheia se torna uma autoarmadilha quando publicada como sua. Claro que irão desconfiar, perguntar a mim e a você. E ter a chave de casa não prova o dono. Sei que você tem outras preocupações, as pressões que sofre, falam até de renúncia, mas eu deveria ter imaginado que você me enfiaria num labirinto. Precisava mencionar o pacto no livro? Fez o combinado, é verdade, embora da maneira mais pérfida e velhaca. Até nisso seu ego é ciclópico.
    Depositarei o dinheiro. É o que lhe devo. Depois verei o que fazer.

From: gaius.petronius@gmail.com
To: lucius.apuleius@gmail.com
Cc:
Subject: a encomenda
Sent: Sunday, April 9, 2028, 11:13pm

    Eis finalmente o antídoto. Desemburre e ganhe o dom do mistério, com a pequena contrapartida de entregar o asno de ouro.
    Cansei da terceira pessoa. Você poderá reivindicar a primazia de ter ficcionalizado a autoficção, como o primeiro pintor a simular o autorretrato alheio. É forte o apelo conceitual.
    Tampouco seria sensato mexer uma coisa ou outra. "Immature poets imitate; mature poets steal. Bad poets deface what they take."

No fundo nem foi penosa a condição de escritor-fantasma. Só não é tão divertida quanto a de um defunto-autor. Como brinde, envio também um pequeno inventário — chaves de nomes, datas, expressões — para o caso de alguém levantar suspeitas.
De minha parte, não ouvirão um pio.

* * *

Pequim, 9 de dezembro de 2008

André, filho querido,

Nunca suspeitei que uma imagem tão cerebral como a de "um vento soprando armado de areia" pudesse ter, do outro lado do mundo, uma materialização tão perfeita. Correr a meia maratona da cidade, de Tiananmen à região norte, para além do quarto anel, aspirando meia tonelada de fuligem numa atmosfera corpórea, tátil, não parece ter sido a maneira adequada de me preparar para as tempestades de areia que chegarão em fevereiro. Há algo de apocalíptico na visão de um véu mostarda que se arma sobre a cidade e coa a luz e sustenta as nuvens, para depois se sedimentar, como um uniforme de pedra, sobre cada objeto. As cores mudam, e as nuvens brancas passam a flutuar sobre uma sopa flicts, um caldeirão fervendo frio sobre o norte do país. A tempestade de areia não é mais do que isso, um vento armado, porque não é vento nem tempestade, apenas uma presença insidiosa, paralisante, como se o fantasma de um deserto — Gobi — se apoderasse de uma cidade inteira. Quando o espectro se eleva, lá pelas ventanias de abril, chega outra chuva seca, a do pólen branco dos álamos, que lembra pequenas penas ou espumas e vaga pela cidade como uma neve horizontal que resiste a tombar para não morrer no chão. Os chineses bem que tentam — inseminam e bombardeiam nuvens, realizam operações de mudança de sexo nos álamos fêmeas, criam neve artificial nas montanhas. Perseveram, embora saibam que não há como deter o inexorável.

Talvez seja isso que me atraia ao ler um pouco da poesia chinesa clássica, a ideia da embriaguez diante do trágico. Sairei da China sem ter vencido a batalha ingrata dos ideogramas; apenas uns poucos cederam a meus esforços. Imagino o quanto perco ao ler traduções: a ideia casada ao imagético; a música dos tons; o jogo das regras antigas de métrica e rima. O que apreendo é a brevidade, a poesia-epifania, numa língua que, por ser imagem e verbo, já é de si poética. Como disse Will Durant, a poesia chinesa é sugestão e concentração, e revela, por meio da imagem desenhada, algo mais profundo e invisível, uma graça por trás da simplicidade. Nada de metáforas, comparações, alusões, apenas a coisa em si e uma sugestão de implicações.

Aqui consideram Tu Fu o maior de todos, e vi o quanto o celebram ao visitar sua casa de palha do século VIII, em Chengdu. Transbordava de estudantes e turistas chineses. Gosto mesmo de seu amigo Li Po, menos canônico, mais dissoluto, com seu evangelho do vinho, a lendária companhia de dois servos, um com a garrafa providencial, outro com a pá para enterrá-lo onde caísse morto: "Para lavar e enxaguar nossas almas de suas tristezas ancestrais, escoamos uma centena de jarras de vinho". Olho o poema que me fascina e vejo apenas ideias e imagens cercadas de traços que me seduzem, mas continuam a me dizer não:

月下独酌

花间一壶酒独酌无相亲
举杯邀明月对影成三人
月既不解饮影徒随我身
暂伴月将影行乐须及春
我歌月徘徊我舞影零乱
醒时同交欢醉后各分散
永结无情游相期邈云汉

 Você vê o vinho, vê a lua? Vê a sombra do poeta, os três — poeta, sombra e lua — em torno da garrafa? Vê as flores, a dança a dois com a sombra, a Via Láctea, destino de todos? Ou vê apenas um homem sozinho, bebendo ao luar?
 O mundo sempre me pareceu melhor intermediado pela palavra, e aqui cheguei a um limite que já não atravesso. Acho que é hora de partir desta terra tão estrangeira.
 Beijos do seu pai,
 Cássio

15.

FOLHA DE S.PAULO

30/09/2028 —11h18

MORRE O PRESIDENTE CÁSSIO HADDAMES
Localizados os destroços do helicóptero presidencial

O comando da Marinha informou que hoje de manhã foram localizados destroços do helicóptero VH-36 Caracal, de uso da Presidência da República, que na noite de ontem transportava o presidente Cássio Haddames, 61. O helicóptero presidencial desapareceu cerca de 25 minutos depois de levantar voo da plataforma de petróleo Conselheiro Dutra (P-76) em direção à Base Aérea de Salvador, na Bahia.

O Grupo de Transportes Especiais (GTE) do comando da Aeronáutica, responsável pelos deslocamentos aéreos do presidente da República, descartou a possibilidade de haver sobreviventes. Segundo o Centro de Comunicação Social da Aeronáutica, os demais ocupantes da aeronave eram o piloto coronel Paulo Vaz Rodrigues Matos, 47, e o copiloto, capitão Damião Lobo Neves, 39. Os destroços do helicóptero estavam espalhados pelo mar numa área de mais de dois quilômetros de diâmetro, nas proximidades da ilha Guarita, no arquipélago de Abrolhos, a cerca de 72 quilômetros da costa baiana. Pelo tamanho reduzido dos fragmentos, especula-se que o helicóptero tenha explodido antes mesmo de chocar-se com o mar.

A plataforma Conselheiro Dutra (P-76) está localizada a 113 quilômetros da costa da Bahia, na altura da cidade de Caravelas. O helicóptero presidencial partiu da plataforma às 19h39 da noite de ontem, e, segundo a Aeronáutica, por volta das 20h05 o piloto teria relatado à base de Salvador uma situação de emergência não especificada. A aeronave presidencial de reserva, outro helicóptero VH-36 Caracal, seguia com os demais membros da comitiva a uma distância estimada de oito milhas do helicóptero do presidente Haddames. O último contato por rádio entre as duas aeronaves ocorreu minutos antes do alerta de emergência à Base Aérea de Salvador, e ainda não havia sido indicado nenhum problema técnico. Às 20h17, dois helicópteros de busca da Marinha partiram da base naval de Aratu com destino à área do desaparecimento, mas não encontraram sinais da aeronave presidencial. De acordo com a Marinha, chovia na região e a visibilidade era baixa.

Até o momento os corpos não foram localizados. Segundo uma fonte da Marinha, que pediu anonimato, além de partes soltas da aeronave, teria sido recolhida uma maleta muito danificada, de propriedade do presidente, que estava presa à barra lateral de uma das portas do helicóptero. Entre os pertences encontrados na maleta estariam documentos de trabalho, um par de óculos de leitura estilhaçados, comprimidos de controle de pressão arterial, um relógio de pulso e um livro. Segundo a mesma fonte, os ponteiros do relógio quebrado marcavam 8h07, dois minutos depois do alerta de emergência emitido pelo piloto. Também teria sido encontrado entre os destroços um protetor de ouvidos para voos de helicóptero com a inscrição "Presidente da República" e marcas de sangue.

CERIMÔNIA

Na tarde de ontem, horas antes da tragédia, o presidente Haddames inaugurou a plataforma Conselheiro Dutra, em cerimônia com a presença dos ministros da Educação e de Minas e Energia, de autoridades estaduais e do zagueiro baiano Wallace Reis da Silva, principal garoto-propaganda do programa "Educação para Valer". Segundo os jornalistas e demais convidados, o presidente estava falante e de bom humor. Trajando macacão e capacete amarelos, além de óculos de proteção para operários, o presidente deu início à exploração do pré-sal nordestino apertando o botão para a retirada da primeira amostra de petróleo, que foi depositada num pequeno barril de acrílico. Sorridente, cheirou o óleo e besuntou as mãos.

Em reação às críticas de ambientalistas à exploração de petróleo em região próxima ao parque nacional de Abrolhos, o presidente Haddames disse, com as mãos negras de óleo e os braços estendidos em direção às autoridades presentes, que "o único objeto a ser poluído pelo petróleo nordestino" seria o terno inglês do ministro de Minas e Energia, Borba dos Santos. O presidente também posou para uma foto de grupo com os 96 trabalhadores embarcados na plataforma. Com 345 metros de comprimento, a plataforma Conselheiro Dutra corresponde ao tamanho de três campos de futebol.

Em seu discurso na cerimônia, Haddames homenageou o escritor Monteiro Lobato afirmando que "só quem quer congelar a desigualdade acha que a ignorância é gratuita e a educação, cara. Caro é o atraso, perpetuado pela educação de baixa qualidade". Disse também que, "embora a educação seja no fundo a descoberta progressiva de nossa própria ignorância, é justamente a jornada em busca do conhecimento que nos enriquece como homens e engrandece como cidadãos". Destacou a importância do pré-sal nordestino para o financiamento do que chamou de "a maior revolução intelecto-educacional do Brasil", que levaria à "segunda proclamação da República, desta vez completa e definitiva".

A tramitação no Congresso dos projetos de lei PL-754 e PL-755/2028 na área de educação vinha custando ao presidente Haddames considerável desgaste junto à base aliada. O líder do MPBC, partido da coligação governista, senador Damasceno, afirmou na semana passada que a ameaça do presidente de submeter as propostas a plebiscito representava um desrespeito à independência dos poderes e um "alarmante sintoma do bonifacismo presidencial".

REAÇÕES

Consternado, o ministro-chefe da Casa Civil, Otto Rodrigues, afirmou que recebeu a notícia do acidente "como se uma motosserra tivesse atravessado" seu peito. Declarou que perdia "não apenas um grande amigo, mas a liderança indispensável para mudar a cara do país". Comentou ainda que, desde os tempos da campanha eleitoral, o presidente, "muito profeticamente", recusava-se a voar de helicóptero. Abriu uma exceção agora por seu "profundo sentido de dever patriótico", pois era o único meio de transporte aéreo para chegar à plataforma. Segundo uma fonte do cerimonial da Presidência, o presidente Haddames exigiu que seu helicóptero voasse com o menor número possível de pessoas, para reduzir o peso da aeronave.

Os comandos da Aeronáutica e da Marinha anunciaram que mobilizarão "todos os recursos necessários" para localizar os corpos e a caixa-preta do helicóptero. A Aeronáutica também informou que já deu início a um processo de investigação "exaustiva" sobre as causas do acidente.

De óculos escuros e sem conseguir esconder as lágrimas, a ministra da Defesa, Thais Dhill, disse que o Brasil acabava de sofrer uma "verdadeira tragédia, tão diabólica quanto maquiavélica". Indagado sobre os termos usados pela ministra, um assessor afirmou que ela não descarta nenhuma hipótese sobre a queda do helicóptero. Especula-se que a ministra Dhill tenha comentado, em recente reunião do Estado-Maior Conjunto das Forças Armadas, que temia pela vida do presidente. A assessoria de imprensa do ministério da Defesa não confirmou a informação.

O vice-presidente Sandru Arsana preferiu não se manifestar sobre o acidente. Sua assessoria declarou que ele se encontrava em estado de choque, fechado no Palácio do Jaburu, e que não se pronunciará sobre o assunto enquanto ainda houver "um fio de esperança" de que um milagre tenha poupado a vida do presidente. Ainda segundo a assessoria, o vice-presidente recebeu um telefonema de uma senhora dizendo-se irmã do presidente Haddames que lhe encheu o coração de alento ao afirmar que sentia que seu irmão continuava vivo e forte. Indagados sobre a possível existência de uma irmã do presidente, assessores tanto do vice-presidente quanto do ministro-chefe da Casa Civil disseram não ter como confirmar a veracidade do telefonema nem o alegado parentesco.

Uma cerimônia extraoficial de posse, não requerida pelas normas de substituição da Presidência, poderá ocorrer amanhã à tarde, no Congresso Nacional. O presidente Sandru Arsana deverá fazer um pronunciamento em cadeia nacional de rádio e tevê no início da noite de hoje. De acordo com a Constituição federal, ele deverá completar o mandato do presidente Haddames até 1º de janeiro de 2031, quando tomará posse seu sucessor, a ser eleito em outubro de 2030. Desde o início da madrugada de ontem, uma multidão se concentra na praça dos Três Poderes, em frente ao Palácio do Planalto, à espera de notícias. Na manhã de hoje foi instalado um telão para que a população acompanhe as buscas dos corpos e informações sobre a tragédia. Populares também fazem vigília, rezam e entoam cantos em homenagem ao presidente Haddames na praça de entrada do Palácio da Alvorada. Concentrados na frente dos dois palácios, populares exibem faixas com dizeres como: "O SONHO NÃO ACABOU", "O NOBEL É NOSSO, O PETRÓLEO É NOSSO, A EDUCAÇÃO É NOSSA", "A ESPERANÇA VENCERÁ A IGNORÂNCIA".

* * *

BRASEMB ESTOCOLMO
TELEGRAMA

Caráter: Secreto
Prioridade: Urgentíssimo
Distribuição: G/SG/DE I/DP
Classificação: APES-BRAS-SUEC
Categoria: MG

De Brasemb Estocolmo para Exteriores em 9/10/2028.

Índice: Pessoal. Desaparecimento de
Alicia Gros Morán e Jorge
Luis Gros Morán, filho do
ex-PR Cássio Haddames.

Resumo: companheira de Alicia Gros Morán procura a embaixada para pedir auxílio na busca de Alicia e de Jorge Luis Gros Morán, filho do ex-PR Cássio Haddames, que estariam desaparecidos desde 6/10. Polícia sueca não teria indícios do paradeiro. Fiz gestão junto ao Utrikesdepartementet.

Tive de interromper intempestivamente, na manhã de hoje, a preparação e os trâmites de minha mudança para a embaixada em Paris, cuja indicação uma vez mais agradeço a Vossa Excelência e ao tristemente falecido sr. presidente da República, a fim de atender ao que me foi transmitido por minha secretária como uma "visita emergencial e inescusável" da companheira de Alicia Grós Morán, sra. Hedvig Lagerlöf. Recebi-a na residência, em meio a caixas e pacotes, despido até de gravata no momento em que a acolhi.

2. Demonstrando apreensão no rosto e desempenhando-se num inglês sem o sutil acento local, a sra. Lagerlöf informou-me inicialmente que, na última sexta-feira (6/10), no começo da noite, ao retornar de seu trabalho como professora assistente de literatura comparada da Universidade de Södertörn, não encontrou em seu lar Alicia Gros Morán nem o filho desta, Jorge Luis Gros Morán. Logo tentou estabelecer contato telefônico com sua companheira, mas naquele momento iniciava-se uma busca de paradeiro que ela mesma se incumbiria de empreender e que atravessaria todo o longo fim de semana sem a mais remota sombra de êxito.

3. A sra. Lagerlöf comentou que, já no sábado (7/10) pela manhã, chegou a entrar em contato com a polícia de Estocolmo para relatar o desaparecimento e buscar auxílio institucional. Teria se

iniciado então a busca por hospitais, cemitérios e instituições de assistência social da cidade, sem a obtenção de nenhuma informação relevante. A caminho da embaixada, hoje pela manhã, Hedvig Lagerlöf voltou a visitar a delegacia em Kungsholmsgatan, onde teria sido informada de que as buscas prosseguiam, mas que ainda não havia nenhum indício da localização de Alicia e Jorge Luis. Embora não tenha dito com todas as letras, mas com sinais suficientes para um bom conhecedor da realidade local, a sra. Lagerlöf deu a entender que o fato de o desaparecimento ter ocorrido no fim de semana e envolver apenas cidadãos estrangeiros poderá ter afetado o ânimo investigativo das autoridades.

4. Ainda segundo Hedvig Lagerlöf, Alicia e Jorge Luis Gros Morán despareceram sem que carregassem consigo qualquer objeto usado em deslocamentos mais longos. Em buscas realizadas em sua própria casa, a sra. Lagerlöf não deu falta de pertence mais significativo e pessoal de Alicia ou Jorge Luis. Tanto as malas e os cadernos da mãe como as roupas e os brinquedos do menino, que completará dois anos no próximo mês de novembro, permanecem intocados. A sra. Hedvig Lagerlöf teme que Alicia e seu filho tenham sido vítimas de algum incidente de natureza criminal.

5. Com toda a delicadeza e discrição que a circunstância exigia, indaguei a sra. Lagerlöf sobre o estado atual do relacionamento com sua companheira. Embora tenha relutado em desfiar maiores detalhes, Lagerlöf respondeu que a relação não se encontrava em seu "apogeu". Pareceu-me particularmente hesitante e ambígua ao referir-se ao pequeno Jorge Luis, que, como já informei pelo tel. 546, é frequentador da escolinha local Jensen Förskola e a quem já tive a agradável ocasião de entregar pessoalmente, na presença da sra. Gros Morán, encomendas que o falecido sr. presidente da República fizera enviar pela mala diplomática e incumbira-me de repassar a seu jovem destinatário.

6. Tomei a liberdade de comentar com a sra. Lagerlöf que, no encontro que tive na semana passada com sua companheira, a sra. Gros Morán pareceu-me tão abatida e desprovida de ânimo que, tragédia à parte, devia estar vivendo um momento complexo. Como relatei pelo tel. 975, discutimos, na ocasião, a possibilidade de sua ida e a de seu filho ao Brasil para o funeral de corpo ausente do ex-presidente Cássio Haddames, e a sra. Alicia, muito contrita, declarou que declinaria o convite porque a tristeza já era suficientemente grande à distância.

7. Assegurei à sra. Lagerlöf que o governo brasileiro envidaria todos os esforços para ajudar a identificar o paradeiro da sra. Alicia e do filho do ex-presidente da República, e coloquei a embaixada à disposição para novos contatos e visitas. Dei-lhe inclusive o número do telefone celular privado do ministro-conselheiro Medeiro Vaz. Despedi-me da sra. Lagerlöf e, ato contínuo, entrei em contato telefônico com o chefe do cerimonial da chancelaria sueca, a quem comuniquei o fato e urgi o máximo envolvimento das autoridades na busca de Jorge Luis e de sua mãe. Recordei ao embaixador Moberg que a tragédia que envolveu o ex-presidente Cássio Haddames já tem sido particularmente dolorosa para a nação brasileira, e que a divulgação de um incidente envolvendo agora o filho direto do falecido chefe de Estado e de governo teria uma repercussão deveras traumática para os brasileiros. Instei o governo sueco a desdobrar-se na localização dos dois cidadãos argentinos.

8. Aguardarei eventuais instruções de Vossa Excelência sobre o caso. Pretendo, s.m.j., manter minha programação de partida, prevista para a manhã desta quinta-feira, 12/10. Tendo em conta já haver programado para a semana próxima uma inspeção da residência oficial do Brasil na capital francesa, creio não parecer conveniente estender minha permanência em Estocolmo, mesmo porque estou bem certo de que o ministro-conselheiro Medeiro Vaz, que assumirá a encarregatura de negócios, está

plenamente capacitado a diligenciar os trabalhos necessários de auxílio às autoridades locais no processo de investigação e buscas que a situação requer.

ARRAES GAUMOIS, embaixador

AG

* * *

Alô...
Fala, Otto.
Oi, Nelson.
Onde você tá?
Sumido, hein? Planalto. Quer dar uma passada?
Não posso. Correndo. Confirmou?
Em princípio, sim. Até quando não sei. O Arsana pode querer limpar.
Sem você, ele não era vice.
Isso é razão pra rifar. Ninguém gosta de ser lembrado das dívidas.
Não é bobo. Você tem um pedaço da base. E ele já tá com a cadeira.
Ninguém tem pedaço de nada. O cargo faz a corte.
Mas sem a corte não tem cargo... Que merda essa história.
Pesadelo. Eu tava no Porcão com o Pastor quando ligaram. Achei que era trote.
Sorte que você não foi.
Nem tava viajando muito.
É verdade que ele não queria ninguém?

Só os pilotos. Ida e volta. Chegou a escolher os dois.

Tudo isso era cagaço? Ele não tinha voado de helicóptero em Angra, no réveillon?

Entrou por uma porta e saiu pela outra. A gente arrumou uma escuna de última hora.

E essa que a Aeronáutica vazou, da rebimboca-da-parafuseta-da-pá-do-rotor?

Os franceses chiaram. Ninguém sabe nada. Se soubessem, essas porras não caíam.

Pior hora pra morrer. Tava na tua mão já. Fodeu com todo mundo.

Pros projetos dele até foi bom.

Cagão. Vamo ter que aprovar, né?

Votar contra agora é suicídio.

O homem tava encolhendo rápido. Basta uma morte louca pra fazer um santo.

O Arsana comprou a reforma. Vai surfar na popularidade do corpo.

Nem do corpo... Deve ter engordado uns baiacus.

Baiacu dá em rio, Nelson. Acharam um pedaço da camisa com sangue. Parece que o DNA é dele mesmo. Arsana vai anunciar.

Um milhão e duzentos mil até agora só pra ver a foto no caixão. Viu o *Jornal Nacional* ontem? Uma cega do Recife disse que tocou a foto dele e agora tá enxergando pra caralho. Arsana vai mandar o caixão pra treze cidades, mais que a Copa. Vantagem de não ter cadáver fedendo. Getúlio pelo menos tava lá, deitadinho, com a cara no vidro.

Desistiram de trazer a vesícula do Kansas.

Foi o filho que vetou a maluquice, né? Imagina. Dia de Finados, e ele indo no São João Batista visitar um tumor.

Subiu nas tamancas.

Prum viado até que ele tá bem ativo, hein?

Assumiu tudo. O irmão nem aparece. As ex tão desfilando pra ver quem tem o Ray-Ban mais bonito.

Pra reverter só usando as fitas, Otto.

As fitas eram pra pressionar o cara, não pra divulgar. Iam chegar em mim pelas meninas. Tá querendo me derrubar junto? Ele tava pensando em renunciar mesmo?

Picas. Nunca falou isso. Sei lá. Não dava pra saber o que tava na cabeça dele. Bobo ele não era. Depois do Jânio, renúncia no Brasil virou piada.

E o Arsana, cuzão virado pra lua...

Tem que agradecer pro resto da vida o santo das tempestades e das grandes merdas aéreas. Tenho zero munição contra ele. Era tudo contra o Cássio. Arsana foi esperto. Só foi casar velho. Fez de tudo antes e ainda arrumou a gostosa. Dá pra dispensar a putaria e segurar a onda em casa. E a menina tá limpa. CV zerado. Vou ter que olhar as empresas.

Ele vai forçar a emenda da reeleição?

É possível. Essa porra vai e volta toda hora.

Aí não tem pra ninguém. A Thais caiu batendo feio e não colou nada.

O Arsana não ia ser maluco. Iam em cima dele se pinta alguma coisa de sabotagem. A Thais pirou de vez. Atira pra tudo que é lado. Primeiro era o Arsana com os milicos. Agora os americanos.

E essa carta que ela fala, da espiã da NSA? Existe essa porra?

Só na cabeça dela. Se o Cássio recebeu, não arquivou nem repassou. Nem pediu varredura no Planalto ou no Alvorada.

Se ele tivesse a carta, não ia dar pra Abin. Os caras ajudaram a matar o pai dele. A Thais diz que ele falou pra ela. Não mostrou, mas falou.

Ela diz o que ela quer. Comigo ele não falou nada.

Não tinha uma carta na pasta que acharam? Isso explica essa noia de não falar alto por causa da escuta. Os americanos ta-

vam putos. Ele já gostava de um chinês. Ainda veio com essa de programa espacial dos russos.
 Ninguém quer comprar a tese de atentado. Não interessa pra ninguém. Até o filho viado tá calmo nisso. Não pediu nada. Complicação mesmo é a outra história.
 A conversa do piloto com a mãe?
 Isso tá explicado. Ela diz que ele teve uma premonição. Coisa de mãe, né? No desespero, acaba viajando na maionese.
 Qual é a merda então?
 Alicia.
 A argentina gostosa? Ela nem quis vir, porra. Que é que essa escrota tá querendo? Recusou até a pensão pro garoto. Desapareceu. Ela e o filho. A outra fancha pediu ajuda na embaixada em Estocolmo.
 Como assim?
 Sumiu sem avisar, sem levar nada. Nem calcinha, passaporte, nem...
 Deve ter fugido pra Argentina. Foi assim da outra vez.
 Não tem registro. Nem de saída da Suécia nem de chegada na Argentina. Pode ter morrido lá mesmo. Ou enlouqueceu. Ou virou bicho-grilo, foi pro mato. Ninguém sabe. Tem seis dias hoje.
 Torra de arquivo?
 O embaixador já vai se mandar.
 Que merda, hein? Essa porra vai vazar já, já. E o Arsana? Diz o quê? O garoto é brasileiro, né?
 Brazuca-argentino.
 Meio estranho, hein? Será que ele tinha dado a tal da carta pra ela? Ela passou o último Natal aqui, né? Meio escondida...
 Veio com o garoto. O Cássio surtou. Te falei, lembra? Queria um filhote de jacaré no lago de trás. Chamei o Barros, do Ibama, pra dar um esporro nele. Se encontraram outras vezes. Paris, Madri, Nova York...

Ela e o filho bicha eram as pessoas mais próximas dele, né?

Ninguém era próximo do cara. Os filhos nunca ficaram no Alvorada. Só se viam no Rio, no apê dele.

Tem coisa aí, Otto. Vocês não vão segurar essa por muito tempo.

Jacobo tá vendo. Foi pra Estocolmo.

Jacobo é bom pra descascar. Mas isso vai bater no Arsana.

Tomara. E você?

Bem. O de sempre aqui. Corrido paca.

Parece que tá muito bem mesmo, hein? Circulou o boato que você tava se mexendo pra tomar o meu lugar.

Tá brincando... Você não acreditou, né, Otto?

Viu a notinha sobre o "pedófilo consciencioso"?

Tremenda escrotice. Só um grandessíssimo filho da puta pra fazer um troço desse.

É... Só um filho da puta mesmo.

* * *

Nova York, 13 de outubro de 2016

André,

Um homem sai cedo de carro para deixar o filho na creche, antes de seguir para o trabalho. No fim do expediente, vai buscar o filho. Quando chega à creche, descobre que o filho não está lá. Pergunta quem o pegou. Ninguém o pegou. O menino não veio hoje, dizem na secretaria. O homem não entende. Deixou o filho lá. Ele mesmo esteve lá, como na véspera. Começa a brigar com o pessoal da creche. Foi ele mesmo que deixou o filho. Ele tem certeza que saiu com o filho de casa. Sua mulher teve de ir à cidade da mãe dela para cuidar da mãe. Sempre levava a criança, mas esta semana foi ajudar a mãe doente. O pai ficou encarregado então. Respira aflito e revê o dia. O momento em que acordou o filho. O momento em que disse a ele que não iam deixá-lo entrar de pijama, que ele tinha que trocar de roupa. O momento em que desceram para a garagem, o pedido de colo ainda no elevador. Pensa em vasculhar a creche. Pensa em chamar a polícia. Resolve voltar para casa, para se certificar de que o filho não está lá. Tenta correr em meio ao trânsito, que nunca esteve pior. Chega em casa, o apartamento silencioso e vazio. Vasculha o quarto do filho. Cada cômodo. Debaixo das camas. No box. Pensa em todos os espaços, em todas as possibilidades. Olha aflito as janelas, que estão bem fechadas, teve esse cuidado. Desce novamente para a garagem e, no elevador, de frente para o espelho, o desespero mais completo e perfeito toma conta de cada pedaço do seu rosto. Ele tenta abrir a porta, mas o elevador ainda está em movimento. Ele esmurra a porta quando o elevador para. Sai correndo em direção ao carro, tropeça, abre a porta de trás desesperado. Põe a cabeça para dentro e vê. Meio deitado, meio sentado na cadeirinha, lá está o filho. Destrava o cinto e levanta o garoto com os braços. Parece dormir como um anjo. Um anjo ao mesmo tempo roxo e pálido. Balança o filho, tenta extrair alguma reação ou som, mas o filho já não respira, não deve respirar há muitas horas. Aperta a bochecha dele, sacode os braços, o peito, as mãos, arranca o sapato do menino, massageia os pés nus. Não se percebe nenhum resquício de vida em parte alguma de seu corpo pequeno e frio. Terá dormido assim o dia inteiro, a caminho do trabalho do pai, no estacionamento a céu aberto, ao sol do meio-dia, na tarde longa, no caminho de volta, na visita à creche, no retorno para casa. Assim ele espera. Que o filho tenha dormido o dia inteiro. Que não tenha chorado de insolação e de dor. Que não tenha se debatido e gritado na asfixia. O homem encara o filho morto em seu colo. Sua obra, o filho, sua outra obra, a morte do filho. Grudado ao corpo morto, o coração do homem é uma granada em blindagem, que quer implodir contra o próprio núcleo. É um alívio sentir a dor crescer tão líquida e certa, a dor lacerante do infarto, a morte como única forma de apagar a consciência e a memória.

Luto aqui com o novo romance, e a verdade é que me sinto impotente por não poder gerar os sentimentos que notícias como essa me causam. Saber que isso realmente aconteceu — conhecer os detalhes, a verossimilhança do real, a proximidade de nosso próprio cotidiano — desperta as emoções mais complexas e sombrias. Um sentimento físico, de tão perturbador. Ainda me recordo de quando levava seu irmão e você à escola. O Lycée Rochambeau, primeiro em Forest Road, depois na Bradley. O Lycée Jean Mermoz, na Calle Ramsay. É mais difícil seguir direto para o trabalho se atrás há uma dupla barulhenta que reclama do jazz ou do noticiário e quer impor a música, a estação de rádio.

Experimento algo parecido ao ouvir relatos de acidentes aéreos — a dúvida inicial entre os passageiros, a progressiva consciência da tragédia, a claustrofobia épica, a impotência e os gritos diante da morte inescapável em grande escala. Quantos morrem antes mesmo do impacto? Uma coisa é ter um revólver apontado para a cabeça. A sensação de que ainda se tem algum poder — físico ou mesmo retórico. A dimensão ainda humana. Outra é estar dentro de um aparato monumental e contraintuitivo, desgovernado, em que, por maior que seja a força do indivíduo, sua saúde e inteligência, nada pode fazer contra um destino de dimensões sobre-humanas. Você era pequeno, mas deve se recordar da amostra que tivemos, o turbo-hélice no liquidificador do furacão, os vômitos em sequência, o homem desacordado, um voo mais longo que a volta ao mundo, em seus cinquenta e cinco minutos de Buenos Aires a Punta del Este. Pressinto que estarei lá também, de alguma maneira, nesse lugar indizível, pior que a morte, o lugar do terror absoluto — a imagem do bebê roxo no carro, a imagem da montanha muda que se aproxima em alta velocidade. Não contar com o apelo do vivido, o lastro de morbidez ou a empatia que vem da consciência de que alguém realmente viveu aquele fato, e ao mesmo tempo buscar estender o limite do humano, suas possibilidades e impossibilidades — eis a fronteira, e a graça, da ficção.

Provavelmente não me tornarei o escritor que pretendia, mas parece que já posso reivindicar esse título, que nem parece tão arbitrário quando um de seus livros está em vias de ser pirateado num país distante. Minha tradutora na Espanha comentou que um moscovita fazia consultas sobre expressões e frases de meu primeiro romance num foro virtual de línguas. Aparentemente não era mais que um leitor interessado, com dúvidas de português. Yeltsin@ era seu avatar e ele perguntava se "passar em brancas nuvens" era uma forma de entorpecimento ou de loucura. As explicações dos foristas não me convenceram. Um deles, cansado da sabatina, recomendou a Yeltsin@ aproveitar o livro sem querer esgotar o significado de toda e qualquer expressão. O moscovita disse que precisava entender o sentido de TUDO (maiúsculas dele) porque essa era, afinal, a obrigação de um TRADUTOR.

À agradável surpresa de antever o livro na língua de Púchkin, seguiu-se a reflexão: eu não tinha vendido os direitos a nenhum país russófono. Decidi intervir. Não pela pirataria, que nem me comoveu, mas pelo crime mais grave da tradução sofrível. Disfarcei-me com um avatar incontestável (CaetanoGalindo@) e comecei a pontificar. Expliquei o sentido da expressão, traduzi frases inteiras para o inglês, já que meu domínio do russo era ainda mais precário que seu domínio do português. Ele acolheu bem as sugestões e parecia agradecido. Perguntei-lhe se não tinha dúvidas sobre as gírias do penúltimo e do último capítulo. Meu amigo moscovita disse que isso não era problema, pois ele não tinha gostado do final e havia preparado uma VERSÃO ALTERNATIVA. O livro precisava de um fecho MINIMAMENTE ATRAENTE, disse Yeltsin@. Levantei e fui completar meu copo de uísque. Olhei o parque, o retângulo negro como um monólito abatido entre os prédios do West Side. Bebi um gole longo, dois. Pensei no dilema *remorse/regret*, a tradução imperfeita para remorso do feito/arrependimento do não feito. Há disparates que é preciso cometer mesmo quando o arrependimento é certo. No terceiro gole, voltei a sentar. Disse a Yeltsin@ que ele era meu herói. "Meus alunos" sempre tiveram dificuldade de acesso a bons livros. Piratas como ele prestavam um serviço de utilidade pública. Tinham que fazer mais e melhor. Só não deviam mudar os últimos capítulos. O leitor que chegasse até lá dificilmente deixaria de ler o final. E se ficasse decepcionado, pouco importava.

Yeltsin@ disse que não era pirata PORRA NENHUMA. Ele era um TRADUTOR ARTISTA, um recriador de obras (THE FIXER), sua grande arte. Pouco se importava com a universalização do acesso aos livros e menos ainda com a ideia burguesa de autoria, e pensava em inventar um autor para o livro, half Brazilian, half Russian, quem sabe um coletivo de autores. O diplomata-escritor-burguês precisava é ficar muito grato, não só porque ele TINHA ESCOLHIDO o livro dele, mas também CRIADO um final bem melhor que o SHITTY ENDING vomitado às pressas.

Mandei-o à merda (eu, Caetano Galindo). Em português, inglês e russo (acho). E fui dormir.

No dia seguinte, na ressaca do diálogo virtual-surreal da véspera, levantei-me inclinado a chafurdar mais em identidades falsas, autorias apropriadas ou retocadas, traduções-adaptações, plágios-piratarias, finais alternativos. Resolvi visitar o Salon de Fleurus.

O Salon não é um bordel em Manhattan. É um apartamento subterrâneo no SoHo, na Spring Street, que simula e de certa maneira "interpreta" o antigo salão de Gertrude Stein em Paris, na Rue de Fleurus, então frequentado por Hemingway, Pound, Joyce, Fitzgerald e companhia. É uma cópia reflexiva, um museu-simulacro coberto de reproduções de obras de outros amigos ou afilhados de Stein, como Picasso, Matisse, Cézanne. Nem é usado para tertúlias e saraus e não se pode visitá-lo sem uma boa dose de sorte. Sua existência circula como um segredo de maçons distraídos, não se sabe quem o administra, se há algum morador. Eu tinha telefonado em dezembro, e um homem com sotaque do Leste europeu disse que o Salon estaria fechado ao longo do inverno para "fazer um tour pelo mundo". Não o dono, mas o salão mesmo, como uma instalação que percorre continentes.

Telefonei de novo, e dessa vez não atenderam. Resolvi tentar a sorte.

No caminho, na esquina da Lexington com a 43 (ou 44), testemunhei um atropelamento. Não exatamente de uma pessoa ou de um animal, mas de um espectro. Um táxi atravessou o halo de fumaça em forma de manequim que uma senhorinha deixava para trás, com seu cigarro indiferente à carcaça amarela e veloz que também pareceu estraçalhar algumas flores do vestido de viscose. Se eu tivesse alguma familiaridade com a anatomia cristã ou espírita, diria que um ectoplasma centenário deu entrada na emergência do Mount Sinai sem maiores esperanças, embora sua dona seguisse tranquila pela calçada da 43. Difícil não lembrar da pirueta no ar, do corpo esquálido em forma de estrela no cinemascope do para-brisa numa esquina antiga de Botafogo.

Cheguei ao prédio e toquei o interfone. Minha única chance era encontrar o autodenominado "porteiro" do prédio sem porteiro. Uma voz no aparelho, o mesmo sotaque eslavo, gutural:

Nada de fotografia. Exposição é para museus. Aqui é outra história.

Desci os degraus escuros. Na frente de uma porta, e perfeitamente paralela à linha da soleira, vi ao chão, sobre um tapete claro, o desenho de uma chave. Abaixei-me e notei que não era um desenho. A chave de ferro, antiga, parecia maior que o buraco da fechadura. Ao tentar encaixá-la, sem sucesso, acabei girando a maçaneta e abrindo a porta.

Entrei devagar e não sei o que me assaltou primeiro, o cheiro de naftalina ou a canção "Lili Marlene", que tocava ao fundo, na voz de uma Edith Piaf pós-Gertrude Stein. Um átrio oval dava acesso a dois salões de mobília antiga, forrados de quadros e fotografias. As cortinas e os tapetes pesados isolavam ainda mais o ambiente subterrâneo, e ali dentro, à luz de velas e abajures, ao som de canções de guerra dos anos 1930, seria tolo dizer que eu estava em *mundus novus* numa manhã ensolarada de sábado. O visitante parecia ter sido capturado num fotograma antigo.

Algumas pinturas mimetizavam, sempre de forma amadora, quadros individuais do acervo de Gertrude e Leo Stein, conjuntos de quadros ou paredes inteiras que reproduziam quadros ou conjuntos de quadros, numa *mise-en-abîme* em que a autorreferência ao infinito sugava o espectador para uma encruzilhada entre arte, história e ficção. Difícil saber se aquela produção de cópias imperfeitas e transgressoras derivava de uma capacidade de simular (ou de assumir) imperfeições técnicas.

Ouvi o som de passos amortecidos, irregulares. Um homem vinha do átrio. Estava de terno preto e gravata preta, e andava orgulhoso de seu andar estranho, adernando.

Parou na minha frente com um gesto cortês da mão calosa. Tinha o rosto pálido de sono. Não notei vestígios de tinta nos dedos; apenas uma gota gorda e branca de creme na lateral esquerda de seu nariz, talvez o protetor solar, tão útil naquela obscuridade. Com um sotaque centro-europeu, tentou me convencer de que não tinha relação alguma com o apartamento (I'm the doorman) e que apenas aparecia ali para ajudar os visitantes. Explicou que gostava de "intercambiar" histórias, conceito que me pareceu benigno. Ele contaria algumas sobre o Salon, eu contaria outras sobre o que quisesse. Enquanto falava, coçava o queixo com a borda larga de um cartão de crédito (ou de quarto de hotel), como se escanhoasse o rosto perfeitamente imberbe.

Falou-me de Gertrude e seus amigos, sobre jovens artistas, a separação sem volta dos irmãos Stein, ele o verdadeiro olhar fino para a arte. Contou-me como Gertrude elegia afilhados e decorava paredes. Não era um monólogo e tampouco um diálogo. Raramente voltava-se para mim, e as frases soavam distantes, tardias, como se estivéssemos perdidos numa ligação interurbana.

Por cortesia perguntei-lhe sobre as brigas entre Gertrude e Joyce, o machismo da borboleta social na organização do salão, a relação complexa com o pupilo Hemingway. Pintou-me uma Gertrude inofensiva, oficial. Só então indaguei quem era o dono do Salon, o pintor anônimo, o curador, possivelmente uma única pessoa, ele mesmo talvez. Escanhoou o rosto mais uma vez. Grand Villa Argentina, Dubrovinik — Croácia, era o que aparecia no cartão. Não sorriu, como não o fizera desde que nos vimos. Disse que não havia pintor nem curador. Retruquei que aquela era a história mais interessante, mais do que as manias de Stein.

Olhamos juntos, olhares paralelos, o retrato que Picasso fizera de Gertrude e que o pintor anônimo havia repintado não sem uma dose de humor involuntário.

Disse-me que não responderia, porque a pergunta estava errada. Não havia curador nem artista porque aquilo não era um acervo de obras de arte. Era uma reflexão sobre uma história. Se alguém quisesse imaginar aquilo como arte, o.k. Mas não era *arte*. Era *sobre arte*.

Como se eu tivesse esgotado meu tempo ou abusado de sua hospitalidade, indicou, sem nenhum traço de impaciência, a direção da porta.

Não sei se foram as luzes baixas, cabaretianas, a voz de Piaf ao fundo ou o cheiro de bolor, mas o fato é que minha ida ao Salon atuou como um estranho afrodisíaco. Apaixonei-me não por uma, mas por duas mulheres nos seis quilômetros e meio que me separavam de casa. A primeira avistei da janela do táxi. Estava de pé ao lado do sinal da 46 com a Terceira, quase em frente à Missão. O topete era alto e espiralado e me fez lembrar a Babel de Bruegel, que tombava para trás como a torre de Pisa toda vez que ela levava a lata de refrigerante à boca. O que mais me comoveu foi a mão na cintura, a maneira sensual como o outro braço voltava-se para a própria linha do corpo e apoiava a mão na curva pronunciada e virgem, pré-gravidez.

Já no hall de elevadores, a trinta e dois andares de casa, tive um surto paramnésico típico de minha amnésia fisionômica: a morena que entrou depois de mim *era* uma atriz italiana que eu tinha visto décadas antes, cujo nome ou filme me escapavam, mas cuja presença icônica permanecia, uma ideia de beleza e perfeição, descontextualizada de qualquer história ou trama. Cumprimentei-a no elevador com um movimento de cabeça, e ela, esfregando os braços de olhos fechados, sexy em cada pequeno gesto, disse que era bom estar ali, aquecida, depois da mudança do tempo e do frio súbito na rua. Por um momento, diante daquela sensualidade, imaginei que ela era uma dublê de atriz e *honey-trap spy*, eu e meu desejo de ser seduzido por uma agente secreta russa ou italiana. Respondi que adoraria aquecê-la, I wish I could warm you up, e pelo reflexo da porta espelhada ela reagiu com um sorriso ao mesmo tempo suave e provocativo, que vinha de uma genuína *joie de vivre*, mais que de um desejo de sedução. O garoto a nosso lado submergia na música pendurada ao ouvido.

Quando saiu e ficamos a sós, reconectados pelas duas metades restauradas do espelho, ela de costas, à minha frente, o cabelo negro e comprido a dois palmos de meu nariz, encarei-a novamente no reflexo e só pude dizer o que me pareceu a mais rasa obviedade, da forma mais *nonchalante* possível: que meu juízo de que ela era uma mulher absurdamente bonita independia, em sua isenção e objetividade, da paixão instantânea que senti ao revê-la depois de tanto tempo. Ela desviou o olhar no reflexo. Seu rosto se contraiu e já não havia nenhum resquício de prazer ou cumplicidade, como se eu tivesse dirigido a ela uma injúria cifrada, uma crítica em forma de enigma. O espelho se abriu, ela desceu.

Abri a porta de casa com uma dor aguda na glande. Achei que era resultado da ereção súbita, mas ao ajeitar a calça notei que a dor vinha da resistência de algo no bolso. Enfiei a mão e senti um objeto metálico. Era a chave de ferro que eu tinha encontrado na porta do Salon. Pareceu ainda mais antiga à luz que vinha das janelas. Não me abriu porta nem resolveu enigma algum, e agora se antepunha à minha expansão.

Mais tarde o porteiro dominicano tocou a campainha. Sempre aparecia com o sorriso maroto quando queria informar que eu tinha violado alguma "norma condominial". Possivelmente a vizinha italiana teria feito uma queixa ou comentário. Achei melhor não perguntar. Imprimi e lhe entreguei uma foto do palácio da Quinta da Boa Vista, junto com a chave antiga e inútil. Expliquei que tinha sido a chave dos aposentos privados onde nasceu e viveu o contido Pedro II, o imperador mais longevo das Américas. Pareceu muito grato e acabou por não me transmitir queixa alguma.

Você se lembrará dele. Era aquele que amava a Tradição (relógios de algibeira, missas em latim, genealogias e dinastias) e chamava a Marcela de Imperatriz Teresa Cristina, achando que lhe fazia um elogio. Nunca disse a ele que d. Pedro quase desmaiou quando viu a siciliana — gorda, coxa e baixa —, revoltado com a propaganda enganosa da pintura de uma bela cobiçável que lhe haviam mandado para que se casasse por procuração. Estoico como era, resistiu a seu lado até morrer (ela morrer).

No meu caso, a condição de divorciado reincidente tem proporcionado uma vida mais divertida que meu idílio com a imperatriz santista. Mas não fui o único beneficiário. A exemplo de sua antecessora, Marcela realizou, logo que aportou no Brasil, o sonho grande do matrimônio com um reprodutor. Se você não sabia, é porque não foi convidado para as celebrações do consórcio. Não chega a surpreender, dado seu enorme entusiasmo pelos talentos da artista.

Já aqui, o quarto continua à sua espera. A cama agora é de solteiro. Você haverá de compreender as idiossincrasias de um anfitrião. E kings and queens estão pela hora da morte em Nova York.

Um abraço do seu pai,
Cássio

* * *

Era uma vez um homem que queria escrever. Não exatamente boletim de ocorrência. Ordem de despejo. Bilhete suicida. Queria escrever livros. Hexaedros de folhas de papel sobrepostas e atadas de um lado, abertas nos demais, portáteis e à prova de choques, séculos de resistência e utilidade. Com começo, meio e fim. Capa, lombada, contracapa, título.

Era uma vez um homem que queria escrever livros porque gostava de ler livros. Abria-os com as duas mãos, mantendo-os na posição vertical, as linhas de leitura paralelas ao horizonte. Era fiel ao sentido das linhas, da esquerda para a direita, à sequência das linhas, de cima para baixo. À sucessão das páginas, à ordem crescente, da primeira à última. Não se desconcentrava ao passar de uma linha à outra, de uma página à seguinte. Algo o conduzia adiante, inexoravelmente, e o mal-estar de chegar ao fim perdia-se no prazer antecipado de abrir um novo.

Era uma vez um homem que queria escrever livros porque sabia que as contradições do ato eram as suas. Nenhum ato era mais solitário. Nenhum mais desejoso de comunicação.

Era uma vez um homem que queria escrever livros como se já não estivesse aqui. O mais desterrado e independente dos autores. Livre de toda consideração imediata, a conta, o crítico, o amigo, a família, a autoimagem, o aceitável. Escrever como se a morte tivesse ficado para trás. Escrever postumamente em vida.

Era uma vez um homem que queria escrever livros porque queria continuar a mover-se quando já não houvesse movimento. Da livraria ou biblioteca para casa — de pé no ônibus, no banco do carro, caminhando enfiado na bolsa ou debaixo do braço. A mesinha da sala desconhecida, a cama desfeita, o vapor da banheira. O parque em sombra ou a vista aérea do oceano, após a leitura imperfeita dos detectores. A areia alojada no fosso das páginas. O sono aberto, sobre os peitos, ou de pé mesmo, fechado entre pares. Um dia outro endereço, a espera de um novo movimento.

Era uma vez um homem que queria escrever porque queria falar àquele que não existia. Esperaria o curso dos anos e, no ponto distante, desceria ao mundo incomum e se infiltraria como um vírus nervoso na cabeça do nobre desconhecido, o homem do futuro. Experimentaria novos sentimentos e estados mentais e mataria um pouco da inveja de seu hospedeiro, que terá tido acesso aos autores que ele mesmo conheceu e aos demais que ele nunca poderia ter conhecido, por lhe sucederem. Daria a esse homem, em contrapartida, a possibilidade de voltar no tempo e de viver o momento mesmo em que ele escreve estas palavras, nesta ordem particular.

Era uma vez um homem que não queria morrer.

16.

Dr. Benevides de Carvalho Meireles
Rua Tonelero, 261, 7º andar, Copacabana.
Paciente: André Damadeiro H.

    Não deixa de ser uma ironia que você tivesse medo de ser cobrado da obrigação de matá-lo. Eu ficava pensando até onde pode ir a chantagem emocional de um pai. O sadismo para torturar. Forçar o filho a conviver com a ideia de acabar com a vida de alguém tão próximo. Como se fosse um dever moral, uma prova de amor, quando na verdade é a humilhação de conviver com a extorsão. É o que existe de mais sórdido, esse sentimento mesquinho da autopiedade. No fim das contas, nem foi tão diferente, essa é a ironia. Também foi uma maneira de assumir a responsabilidade pela vida do outro, arbitrar entre vida e morte. Também foi uma construção da morte. Um tipo de morte pelo menos.
    Uma coisa é eliminar uma vida, por mais terminal que seja. Outra é eliminar a aparência de uma vida para criar outra no lugar. Por que você acha que ele fez isso?

Continuo sem entender. Ele não me entende também. A diferença é que ficou mais fácil assumir a ignorância. Por comodismo, por cansaço. A minha. A dele. Melhor nem forçar mais. Mas é possível que a explicação seja simples.

Alicia?

Ele fez coisas que eu nunca imaginei. Mesmo por uma mulher. É muito difícil tirar meu pai da bolha. Com o tempo ele foi criando esse mundo paralelo, cada vez mais autossuficiente. Principalmente depois da separação. Da primeira separação. Como se tivesse que se proteger. Para não voltar aos traumas, o Cássio órfão...

Mas ele se candidatou a presidente. Fez campanha. Foi presidente por quase dois anos. Falava em cadeia nacional. Inaugurava ponte, escola.

Mas não quebrou a casca, não encarnou o papel. Ele me disse que não aguentava o teatro. E o ritual ajuda a criar a nova persona. O ritual *é* a nova persona. Todo o aparato imperial, a crença na missão, nos seus poderes. Sem uma dose de onipotência, a coisa não anda. E ele não fez a passagem da megalomania literária para a megalomania política. Continuou vivendo os jogos cerebrais dele. Ela é que desestabilizou um pouco as coisas.

Chegou a ver os dois juntos?

Uma vez. As fotos não dão uma ideia. Ela impressiona. Não é só a beleza. O corpo muito feminino, os traços. É mais o jeito, o tipo de personalidade. Uma inteligência meio cruel, meio esquiva no olhar. Olhos muito bonitos, envergonhados da beleza. Como se fosse um carisma para dentro. Eu queria entender o abismo ali. E a coisa com a sueca, a coisa com meu pai. Com isso eu consigo ter um pouco de empatia. Dava para ver na cara dele. Sair do casulo e arriscar. Meio desprendido do resto. Batia até um certo ciúme. Alguém conseguia quebrar a couraça. E ele parecia mais solto, mais humano.

Você foi o escolhido, junto com ela. Nem seu irmão entrou. E você se achava rejeitado.

Não sei se meu pai tinha opção. Vini tem família, outros compromissos. E se foi uma escolha, não foi um prêmio. Tem algo de castigo também. Foi um peso essa história.

Pelo que você diz, ele nem contou ao Vinicius. Se havia uma projeção, o herdeiro era você. Uma identificação menos superficial, de sensibilidade e inteligência.

Nem isso ele reconhecia direito.

Só se você continuar a interpretar as cartas, o apelo nos momentos difíceis, o pacto, tudo isso como punição.

Ele não queria que eu visse de maneira diferente. Impossível não me sentir culpado do lado dele.

Também era assim como presidente, como escritor...

Uma coisa me surpreendeu. Ele me deu os diários. Para mim e Alicia. Quer que a gente faça uma revisão e publique.

Diário é modo de dizer. É o caos. É a biblioteca dele, com as anotações nas bordas dos livros. Em quase todos os livros. Tudo espalhado. De certa maneira era a coisa mais importante para ele. A biblioteca dentro da biblioteca.

Como entregar a identidade dele para você.

Para Alicia também.

Você já olhou?

Uma parte. Tem muita coisa em livros de poesia, com mais espaço. Mas também em enciclopédias, romances, até em dicionários. É difícil saber o que é entrada de diário ou outros textos. Paródia de poesia, micropeças de teatro, um pouco de crítica. Achei até um conto sobre um guerrilheiro. Devia ser a imagem que ele tinha do meu avô. No diário mesmo, ele não fala da questão sexual. Da minha questão. Fala das transas dele. Dos casos, das mulheres. Dos livros dele. Das viagens dele. Como sempre.

Não menciona você?

Pouco. Tem uma passagem em que ele realmente parece um pai. Ele morava em Pequim. Era aniversário dele, o primeiro depois da ida ao caraoquê, no aniversário anterior. Ele escreveu sobre a tristeza daquele dia. A distância de mim e do Vini, o rompimento com a namorada virgem, o aniversário na companhia do cachorro perdido. Meu pai não suportava cachorro, e lá estava ele, passando o aniversário com um cachorro abandonado e órfão como ele. Falava de cada detalhe da miséria do cachorro. O jeito, a maneira de sentar em cima do jornal, de roer a garrafa, a personalidade discreta. Como se falasse das próprias misérias. No meio disso, aparece uma frase solta: a coisa mais triste desse dia triste foi não ter recebido telefonema nem mensagem do André. A coisa mais triste desse dia triste. Nenhum sinal meu no aniversário dele. A frase meio perdida no diário, como o cachorro.

Por que você não telefonou?

Nunca mais consegui. Depois do que aconteceu lá. Difícil não associar o aniversário dele com a minha humilhação no caraoquê. A transa com a menina. Ele e o Vini cantando. Os dois "comedores" em pé, abraçados, as veias saltadas no pescoço. As meninas rindo, se fingindo de bêbadas. Eu, o estranho no grupo, o adolescente bêbado e deprê querendo mas não fazendo parte. Os peitos da menina caindo na minha direção como as orelhas de um setter. A cama girando, eu triturado num liquidificador velho e gigante. *Adventure, adventure.* O olhar do meu pai na volta, a distância daquele olhar. Como se fosse me renegar.

Você tinha dado a entender que aquele dia foi importante. Como um teste. Pensar em homens para se manter excitado como prova do que sentia.

O fato de ter sido um teste não significa que não foi um trauma. Como qualquer ritual de iniciação. Ele não devia ter feito aquilo. Tentei achar nos diários. Pode estar nos livros com Alicia. Ou ele evitou escrever. Ou não lembrava, de tanto que bebeu. O que me soa mais curioso quando leio os diários é ouvir minha voz interior recitando meu pai. Nunca gostei da minha voz de leitura. Da voz interna. Você vai dizer que não existe voz interna. A gente lê sem voz, se não é em voz alta. Mas eu sinto uma, um timbre interior. E quase sempre me soa mal. Como se sabotasse os textos. Os livros sempre me parecem melhores quando alguém lê. Mas não no caso dos diários dele. Gosto de ouvir minha voz interna lendo meu pai.

Você não costumava se sentir bem no lugar dele.

Nesse caso sim.

Como ele mesmo quis. Ao dar os diários para você. Ao preparar tudo. E pelo que você conta, tudo foi muito pensado e preparado. O desaparecimento, o segredo com você e Alicia, os livros. Curioso você não ter mencionado antes.

Eu tinha dúvida sobre as obrigações legais de um psicanalista.

Eu só poderia falar se fosse intimado. Ou se alguém corresse risco grave de vida. A obrigação primária é com o paciente. Mas é um segredo estranho de guardar. Envolve o país inteiro.

Se não fosse estranho não seria segredo.

Não parece muito sustentável. O que aconteceu com os pilotos?

Ganharam o suficiente para nunca mais voltar.

Quem pagou?

Uma mixaria quando está em jogo a Presidência, não?

E o seu irmão menor?

Agora tem um nome brasileiro. Falso.

Eles estão no Brasil então?

Não por muito tempo, acho. É uma informação relevante para a terapia?

Um analista também sente curiosidade.

Mas é pago em dinheiro. Muito bem pago.

O que você percebe como efeito dessa história na sua vida?

Você parece mais seguro de si. Talvez por ter invertido a relação de dependência.
Com você?
Com seu pai.
Não sei. Não sei se, ao colocar um novo peso nas costas, acabei tirando outro maior. Não quer dizer que vá mudar muita coisa. Queria escrever um pouco sobre isso. Seria divertido publicar alguma coisa dele com meu nome. Ele não estaria aqui para se defender, não é mesmo?

* * *

27 de dezembro de 2028

Ler o próprio obituário é uma experiência mais rejuvenescedora do que mórbida. Como Twain e Coleridge, Hemingway teve esse curioso privilégio. Toda manhã, depois do café, folheava uma coleção de obituários seus, com uma taça de champanhe na mão, para melhor apreciar a notícia do acidente aéreo que quase o matou em 1954. Não é muito diferente de assistir na tevê, em cobertura nacional, ao movimento lento de um caixão estilo papamóvel que abriga uma foto sua entre cetins acolchoados, seguido de uma longa procissão de fiéis que não se conformam com sua morte.

Dos brasileiros comuns eu nem esperava tanto choro, o que me parece uma façanha de comunicação e psicodrama, já que meu governo não despertava grandes paixões. De alguns personagens de meu círculo mais próximo, alguma contrição talvez conviesse durante o velório no Palácio das Laranjeiras. Quem me comoveu, uma vez mais, foi Thais. Parecia tão desconsolada que passei a acreditar nas intrigas de que só conseguia ficar de pé graças a um coquetel de remédios. Mandar-lhe uma mensagem para avisar que, desta vez, está enganada seria tentador se não fosse temerário. Otto também me pareceu genuinamente abatido, embora seu pesar venha mais da perda política do que da perda pessoal. Ou talvez tenha aprendido a gostar de mim. Eu mesmo começava a apreciar a melancolia de suas ambições, quase resignação, como se tudo conspirasse para que ele nunca chegasse ao primeiro plano. Cristal e Grazielle estavam muito sobriamente vestidas, mas nem por isso imunes aos olhares familiares de alguns presentes. Vê-las de preto, do pescoço ao tornozelo, mudas na tela da tevê, foi adequado como despedida. A cena sugeria uma pequena fantasia ao redor do túmulo, para três personagens, mas essa nem teria como sair do papel, como de resto a grande maioria das peças já escritas.

Devaneios distintos me assombraram ao avistar minhas três ex-mulheres juntas, com uma distância muita curta entre um escarpim e outro. Obra do cerimonial, não da natureza. Nunca foram tão fotografadas e pareciam ter se preparado com gosto para a ocasião. Não imaginava que um número considerável de mulheres pudesse armar-se de tamanho arsenal de lenços, óculos escuros e rímel à prova d'água por minha causa. Teria sido mais divertido testemunhar in loco, do ângulo do caixão se possível. Carolina, como sempre, era a mais contida e consternada. Excluída a mãe que tive por breve tempo, e que não possuía equilíbrio suficiente nem para salvar a si, foi o ser que mais me amou, o que lhe rendeu mais frustrações que alegrias.

André e Marcus Vinicius pareciam bem na qualidade de representantes oficiais do falecido. André cuidou de quase tudo e teve a vantagem de ser uma das duas únicas pessoas na cerimônia que sabiam, para usar a expressão atribuída a Twain, que os relatos do meu falecimento têm sido *fortemente exagerados*. Fez boas escolhas quando lhe deleguei decisões. Perguntou-me como responder à consulta da Casa Civil sobre o lugar de preferência da família para enterro do caixão. Disse-lhe o que Bob Hope, já moribundo, balbuciou à mulher quando ela lhe fez a mesma pergunta: *Surprise me*.

Com sua fotogenia do drama, com sua reificação da imagem e do símbolo, com seu esvaziamento da palavra, a televisão é perfeita para santificar o político e aviltar o escritor. Drummond foi involuntária e sistematicamente assassinado na tela da tevê e, em muitas ocasiões, atuou como cúmplice. Nos diversos telejornais, reportagens, coberturas ao vivo e mesas-redondas sobre minha morte, citaram em abundância frases de romances meus, que sempre soavam canhestras quando estampadas sobre um rosto em close-up sorridente (seria eu mesmo?) ou ao som de um pianinho romântico e insignificante. Não há obra que resista a tal homenagem.

Poder olhar tudo isso, o espetáculo em que desempenho o papel do grande ausente, me faz entender melhor o interesse de minha suposta irmã Maria por passeios incorpóreos. Ser voyeur do luto de si, observá-lo de cima, dos lados, nas entrelinhas, por entre coroas de flores e guirlandas, proporciona a curiosa sensação de que a morte tem algo de ambíguo e até de negociável, e haveria margem para aplacar seu apetite, regatear métodos e prazos.

Alguém já disse que, quando lemos sobre nós mesmos em tempos verbais do passado, a mente concentra-se de maneira muito particular. No meu caso, o pretérito imperfeito tem me deixado desperto. Consumia pelo menos uma garrafa e meia de Bourgogne por dia. He tried to keep his private life private, but rumors would say that he sometimes called prostitutes to spend the night in the Alvorada Palace. Il mangeait comme un grand requin blanc et s'endormait de même.

Como eu previa, latinos como *Le Figaro* e *El País* foram mais magnânimos que anglo-saxões como *The Economist* ou *The Washington Post*. Pensei que os ingleses fossem voltar a criticar minha "visão estatizante da economia, da educação, da cultura e da produção de psicotrópicos". Resolveram atacar-me em outra frente, o volume da obra, "hardly enough for a serious Nobel prize". Se tamanho fosse documento, Alicia preferiria os homens. E Juan Rulfo e outros escritores parcimoniosos não se tornariam clássicos. É verdade que, para os padrões de outro premiado, Sartre por exemplo, que escreveu em média vinte páginas por dia ao longo de seus setenta e quatro anos, minha obra publicada "em vida" corresponderia a um mês e meio de trabalho, ou a um período de férias prolongadas. Mas ao menos tive a modéstia de não recusar o prêmio. E me pareceria deselegante a um defunto escrever cartas recriminatórias a uma revista.

Tudo isso parece menor hoje, depois de todo o desgaste da preparação da história, da execução em meio a tantos contratempos. Não foi exatamente uma morte, mas ironicamente renasci um ou dois anos mais velho.

O corte no braço parece cicatrizar bem agora, o que me dispensa de chamar um médico. Não é tarefa das mais fáceis nas atuais circunstâncias e coordenadas. Na hora de produzir sangue, senti-me um Robinson Crusoé em Abrolhos, mas o entusiasmo do personagem e o estrago na carne foram maiores que o necessário. Os pilotos estavam muito concentrados em tarefas de destruição para atuarem como agentes reparadores de minha imprudência. Já teriam feito muito se não tivessem provocado o pequeno incidente com a lancha, mas seria pedir demais que fossem ases também do automobilismo e da motonáutica.

André alega que zombei de tudo e de todos ao enfiar um exemplar de Brás Cubas na maleta destroçada, junto com meus óculos e outros pertences. Sim, agi por capricho, antecipando o gozo de escrever minhas memórias póstumas (com direito ao prazer renovado de comentar o próprio enterro ou reproduzir um epitáfio). Numa sociedade com crescente déficit de atenção e decrescente QI literário, tais sutilezas autoincriminatórias passam ao largo. O que me chateou foi pisar no livro e arremessá-lo contra as pedras, antes de restituí-lo à maleta. Pedi desculpas ao bruxo e dei três batidinhas no caule de um arbusto, sentindo-me ligeiramente ridículo pela violência, quase um menino em crise de Édipo.

Quem pode desconfiar de tudo é Arraes Gaumois, que recebeu um telefonema meu, dias antes do acidente, pedindo-lhe que ajudasse, de maneira discreta, numa possível fuga de Alicia. Não me perguntou o que aquilo significava e foi eficiente no apoio à última operação dos pilotos, que puderam partir enfim, juntos como dois pombinhos, para o exílio dourado. Como Guimarães Rosa, Gaumois honrou a tradição na carreira de auxiliar causas e fugas nobres, mas faria qualquer negócio, dada a enorme gratidão (e a surpresa ainda maior) de ter sido designado embaixador em Paris. Só no momento da ligação deve ter compreendido, ao rever os fatos, a razão de tamanha generosidade.

Além de André, o outro conviva do velório que sabia que não havia o que chorar era Arsana. Foi o patrocinador de minha causa, não exatamente por filantropia. Tive certo cuidado na escolha do momento e na maneira de abordá-lo. De início negou-se a pensar na proposta, fingindo espanto e uma resistência fundamental à ideia. Durou dois dias. Um dia e meio, na verdade. Suas ambições eram conhecidas, mas eu imaginava que fosse resistir por mais tempo, alguns meses talvez, não tanto pelos gastos envolvidos, irrisórios ante a fortuna e a fome, e sim pelo risco de um desmascaramento que lhe custará a biografia e a liberdade. No final, tinha pressa e certo receio de que eu reconsiderasse.

Como parte do acordo, exigi que assumisse a reforma educacional, que ganharia um sopro com a notícia da tragédia. Não só aceitou como disse que a bandeira era sua. Desde sempre. Sabíamos que era um jogo de cena necessário a ambos os lados.

Surpreende-me que ainda não tenha abandonado a causa, nomeada agora Reforma Cássio Haddames, e continue a avaliá-la como fonte de ganhos.

Foi um mergulho no escuro em todos os sentidos. Uma grande aposta no que ainda me move. Não tinha ideia de como Alicia reagiria. E até hoje não sei se a interpreto corretamente. Ela nunca soube dos planos, e deve ter sido um choque receber uma mensagem do além. Eu contava com o impacto do gesto, o imprevisto como declaração de amor:

> Morri por você. Deposto, destituído, enterrado, posso realizar meu desejo.

O fato de Alicia aceitar passar um tempo com o menino nesta casa talvez seja apenas um sinal, não mais que isso, um bom sinal, pois nunca sei o que é apreensível e duradouro em suas decisões.

Tem dormido a uma distância de seis metros desta mesa, no quarto ao lado. Frequento-o com parcimônia, mas com uma felicidade que se expande a cada visita. Cada um em seu espaço, com janelões para a floresta, pé-direito altíssimo, do tamanho de um jatobá pós-adolescência, como os que nos cercam numa meia-lua perfeita. A casa é bonita, moderna, autossuficiente; uma pequena recompensa por todos os serviços prestados a um grande romancista inédito e a um presidente-empresário. André já veio conhecê-las, Alicia e a casa, e administra sem esforço o dinheiro do Nobel, que rende muito, afinal esses presidentes brasileiros nada fazem contra nosso rentismo estrutural. Boa parte da mídia continua a reproduzir como fato a brincadeira que fiz uma vez de que teria usado o dinheiro do prêmio para comprar um manuscrito

inédito de Machado. Como se fosse bom ator, André não se cansa de responder que até agora não encontrou nada parecido entre meus papéis. É o guardião do apartamento na Gávea, de metade de minha biblioteca e de tudo o que pode ser encontrado lá.
Alicia também tem acesso a meus livros e manuscritos. Consegui que trouxessem a outra metade, e não posso negar que foi uma maneira de estimular sua permanência. Pela quantidade de mensagens trocadas, parece entrosar-se bem com André na organização e transcrição dos textos.
À noite, quando Jorge Luis adormece, o melhor do dia começa. Lemos os poemas dela, que são bons em sua maioria, parodiamos outros, encenamos pequenas fantasias em versos. Seu conhecimento e memória de poesia nórdica e hispano-americana tem sido útil e sua atuação como atriz me surpreende a cada montagem. Eu é que me desconcentro de meus papéis quando a vejo encarnar os dela. Acabo improvisando, mais com gestos do que com palavras. Tudo acompanhado de minha culinária pós-minimalista, pantagruélica na verdade, e dos vinhos da adega especial que exigi de Arsana. Se isso não é o prazer que tanto desejei, não sei o que mais seria. A realização desse amor da maturidade, que me provoca risos sem drogas, tesões sem remédios, foi a melhor surpresa que ganhei em vida, ou sobrevida, para ser mais preciso.
Alicia diz que sente falta de meu cabelo e de minha barba, abandonados pelo caminho, nalguma lixeira do litoral. Brinca que, se já não é a maior apreciadora do gênero masculino, despreza muito especialmente carecas imberbes. Suspeito que há aí uma rejeição quase militante ao aspecto fálico que a fisionomia assume, e a minha não destoa nesse particular. Ela deve saber que, mais cedo ou mais tarde, descobrirão o que aconteceu, mas insiste em que ninguém aparecerá num refúgio tão recôndito, e meu zelo em não deixar os pelos crescerem em paz só serviria para tornar-me mais repulsivo e prejudicar exclusivamente a ela,

única espectadora e infeliz usuária de meu corpo. Desconfio que esta foi a maneira que encontrou de dizer que tem gostado de minha companhia. A mim bastariam um ou dois anos de convívio, o suficiente para esgotar o ciclo normal de uma paixão forte, embora esta seja a mais forte que vivi. Nem sei se terei mais que isso de anonimato ou mesmo de vida, se o tumor na vesícula tiver deixado alguma herança pelo corpo. Embora um pouco escoriado pela cirurgia, por esses quase dois anos de Presidência e pela aventura de abandoná-la, sinto-me bem, e morrerei satisfeito se me sobrar saúde para exaurir esta paixão crepuscular. Já nem me preocupo tanto com doenças. O câncer deixa de ser um problema quando se está morto. Como João Cabral, aprendo a conviver com o

    câncer que leva outro mais dentro
    o câncer do câncer, o tempo.

O que não cessa é a vontade de escrever, e não somente este diário. Mais que o defunto-autor (meu nobre antecessor), exerço agora o ofício de autor-defunto. Isso traz enormes vantagens. A menor delas é poder avaliar o juízo que a posteridade faz de sua obra. Dizem que um escritor vale algo se sobrevive a si mesmo. Verei se também no sentido figurado a hipótese se aplica a meu caso. Acompanhar a crítica quando seu corpo já está frio é privilégio ainda mais especial que ler o próprio obituário. Não conheço autor que tenha tido a oportunidade, mas acho possível que eu não seja o único ilusionista. Pavese realmente se matou num quarto de hotel, reproduzindo a última cena de *Tra donne sole*? Saint-Exupéry morreu mesmo depois de sobrevoar o Mediterrâneo e desaparecer sem nenhum rastro?

    Se eu tivesse de escolher meus antecessores de escapismo, elegeria por compaixão e justiça Emily Brönte e Álvares de Azevedo. Ela morreu aos trinta, ele aos vinte, ambos de tuberculose. Ela a tempo de ver *O morro dos ventos uivantes* ser mal recebido por público e crítica. Ele não teve tempo de ser publicado em vida. Se não usaram de meu artifício para melhor observar de fora, com o benefício dos anos, acham até hoje que são ilustres e medíocres desconhecidos.

Os que eram movidos pela inveja e pelos instintos mais violentos parecem atenuar um pouco o tom diante do cadáver. Há algo aí de uma misericórdia tardia pelos que já não gozam. Em contrapartida, os que agiam por melindre, cheios de dedos ante o autor vivo, nunca críticos, nunca honestamente elogiosos, por anteciparem um favor ou prevenirem uma retaliação, rasgam a fantasia e ganham uma liberdade de crítica e uma agressividade admiráveis. Tenho tido boas surpresas de um lado e de outro.

A maior vantagem da autoria póstuma é, no entanto, a perda de todo e qualquer escrúpulo. Poderia escrever novos textos com o benefício do conhecimento futuro, publicá-los como se fossem antigos e pousar de visionário. Qual o sentido da integridade de um morto? Não há compromisso nem com a falta de integridade. Abandono-a num momento para restaurá-la noutro, e posso mesmo publicar pós-postumamente, já morto pela segunda e última vez, memórias que relatem como tudo não passou de um jogo, o jogo do amor, o jogo do poder, o jogo do morto, o jogo do visionário, o jogo da autoria e da desautoria, enfim o jogo da ficção em seu sentido mais amplo.

Em oposição ao bardo, Drummond diz que não se morre uma só vez, nem de vez. Prová-lo talvez tenha sido a maneira que encontrei de lidar com a batalha infame, que já se sabe perdida desde o começo. Para Santayana, o fato de nascermos não é bom augúrio em termos de imortalidade. E a paixão e a arte talvez sejam os antídotos contra a consciência do irrevogável.

Ter criado um personagem quixotesco, que concebe as mais

extraordinárias maneiras de contornar a morte, até convencê-la de abrir mão de suas prerrogativas, não deveria dar razão aos críticos que afirmam, um tanto singelamente, que Cássio Haddames foi um escritor obcecado pela imortalidade. Tomaram as peripécias do personagem como sinais de um medo juvenil do autor, como se o próprio personagem não tivesse plena consciência de que a única imortalidade é a da morte (e a sua, naturalmente). Miraram errado e quase acertaram o alvo por inépcia.

Seria tolo desejar algo que, em vez de afirmá-la, significaria a própria negação da vida, afinal seu sentido vem justamente de sua finitude. O que me inquieta mais, e nisto ao menos André e Alicia acertam, é a morte cotidiana e insidiosa, ainda em vida, a progressiva falência do corpo ou, mais grave, o lento processo de desconstrução do novelo da memória. A cada fio do passado que se desprende, uma pequena face ou feição da identidade esmaece, e no conjunto ela se torna mais tênue, mais translúcida.

Não se cansam de dizer que minha obra é autobiográfica, como se uma obra baseada numa vida, que desvelasse uma identidade, fosse possível, legível ou tolerável. Ainda acham que o próprio autor tem uma ideia razoável do que é autobiográfico? E nem me refiro aqui às armadilhas do inconsciente ou ao conceito de indivíduo. Detenho-me no comezinho. Aquilo que aconteceu numa esquina antiga de Botafogo foi realmente um atropelamento? E esses diários à margem dos livros, da vida, foram escritos entre lambris de jacarandá-da-baía, tapeçarias Di Cavalcanti, livros em capa dura, mapas envidraçados de capitanias gerais, no único refúgio em que tudo parecia perfeitamente isolado e amortecido ao longo desses dois últimos anos? Será que enfrentei crises em Pequim e Nova York, que cheguei mesmo a conhecer essas cidades, se o termo faz algum sentido para um estrangeiro ou mesmo para um habitante que nunca pôs os pés em outro lugar? Sinto-me cada vez mais como o viajante que se recusa ao registro como testemunho, a fim de fruir o momento apenas com olhos e imaginação, consciente de que, mais cedo ou mais tarde, já não saberá os lugares que visitou, os países, as cidades, até duvidar da própria viagem, da ideia mesmo de que foi possível deslocar-se de si no tempo e no espaço.

Talvez tudo não tenha passado de um esforço de criação do maior número possível de imagens, cenas, enredos e meadas, a fim de baralhar narrativas e proteger-me da grande história, da imagem original, que nenhum garoto de três anos está preparado para ver ou mesmo processar ao longo de uma vida. Não sei se, como sugeriu Emerson, eu precisava que a vida se convertesse, em seus mais diferentes aspectos, numa citação, com toda a distância e o conforto que isso proporciona. Talvez fosse a maneira de aliviar a queimadura que, de outro modo, só faria arder mais com o passar do tempo.

A dúvida tem se tornado uma amiga cada vez mais frequente, e nem sei se devo cultivar ou rejeitar esta amizade. Desafia certa imagem que se tem de si, de algum controle do percurso e da identidade. Ao mesmo tempo, ajuda a preparar o fim, pois debilita os cordões frágeis do eu e o sentido de autopreservação. Nem é tão mau em se tratando de um homem que acha que viveu de e para a ficção. Talvez até me ajude a escrever mais e melhor. Os três maiores romances brasileiros giram em torno dela: a dúvida entre vida e morte, entre fidelidade e traição, entre desejo e repulsa.

Uma vez em Pequim, enquanto eu dirigia na parte norte do terceiro ou quarto anel, na direção oeste, o trânsito desacelerou de forma abrupta. O fluxo das três pistas se afunilava em duas à frente. Alguma coisa tinha acontecido no lado direito, provavelmente uma batida ou um carro enguiçado. Eu estava na pista do meio, mas não conseguia identificar bem o problema. O ritmo era lento e, mesmo quando comecei a me aproximar do ponto estrangulado da estrada, não avistei veículo algum à direita. Via apenas o caminho livre, sem cones, triângulos, alertas, uma pista misteriosamente ociosa. De repente, enquanto ainda observava à direita, vejo ao chão, estendido numa linha perfeitamente paralela ao fluxo de carros e perpendicular à borda do viaduto que pairava sobre o anel e projetava-lhe uma sombra, o corpo de um homem deitado como se dormisse. Não havia marca de sangue aparente; apenas o corpo centralizado na pista à direita e alinhado ao fluxo dos carros, o rosto voltado para o céu azul, tão raro na cidade, os olhos fechados, os pés na direção do caminho em frente, apontando para o horizonte. Mais um se jogara de um viaduto e permanecia inerte, sem que ninguém ousasse se aproximar, pedestre ou veículo. Mais um velório a céu aberto, o corpo no centro, imóvel, reverenciado apenas pela desaceleração dos carros, que passavam à esquerda com um silêncio respeitoso.

Quando avistei o homem sentado no banco, em Lagoinha, ao som da voz de um pastor que louvava minha candidatura, o homem frágil, nem forte nem exatamente fraco, nem bonito nem feio, nem rico nem pobre, nem velho nem jovem, o que vi na verdade foi esse chinês estirado na estrada, como se eu tivesse desviado os olhos de mim mesmo.

Às vezes, em algumas tardes mais langorosas de Brasília, durante meus quinze minutos de sesta no Alvorada, acontecia de começar a cochilar enquanto estava lendo. Sobrevinha o estado de quase sono, quase sonho. Quando eu notava a luz do dia se esconder por trás das pálpebras e eu começava a adormecer, tinha a impressão de entrar, por um lapso de tempo, num limbo identitário, em que ainda (ou já) não era Cássio, apenas um esboço de autoconsciência, sem contornos muito claros sobre meu status social, afetivo, profissional. Rapidamente me vinha a ideia de que eu era alguém, até mesmo um escritor que ganhou alguma importância, recebeu o Nobel, um homem eleito presidente do

Brasil, e nesse momento era tomado de uma ligeira admiração, de uma ponta de espanto e de orgulho por descobrir que aquele ser de identidade incerta tinha lá sua relevância, realizara algo que na visão do eu-a-definir, do esboço identitário, até parecia um conjunto de realizações louváveis. Assaltava-me uma suave surpresa ante o grau de exposição e vulnerabilidade que aquele indivíduo um tanto reservado conseguira alcançar.

Agora, quando me deito à tarde com um texto, olhando a luz coada pela floresta e pelo voile sobre o vidro, o ensaio de um cochilo desperta outra sorte de sentimentos. Primeiro vem o espanto de perceber que estou mais vivo do que nunca, enamorado até, e toma-me certo orgulho de ter feito e desfeito o que fiz. Só depois vem um esboço de dúvida, que começa a angustiar-me, mas logo é apaziguada pela consciência devidamente restaurada de que vivo, pelo menos por ora, nesta casa e em companhia de Alicia.

São oito da noite. Já não ouço os risos do menino. Já não ouço seu choro dengoso. Ela deve ter acabado de colocar Jorge Luis para dormir. Daqui a alguns minutos voltará para a sala, para a mesa que preparei e parece tão convidativa. Meu dia começará. O momento de viver uma pequena dose diária de imortalidade.

O resto é escuridão, silêncio.

ESTA OBRA FOI COMPOSTA POR OSMANE GARCIA FILHO EM ELECTRA
E IMPRESSA PELA GRÁFICA BARTIRA EM OFSETE SOBRE PAPEL PÓLEN SOFT
DA SUZANO PAPEL E CELULOSE PARA A EDITORA SCHWARCZ
EM ABRIL DE 2018

A marca FSC® é a garantia de que a madeira utilizada na fabricação do papel deste livro provém de florestas que foram gerenciadas de maneira ambientalmente correta, socialmente justa e economicamente viável, além de outras fontes de origem controlada.